諫早三部作

諫早少年記　諫早思春記　諫早夏物語

浦野興治

発売：右文書院　発行◆レック研究所

表紙（表1）墨絵（鶏）「テクネ7」1994年
表紙（表4）墨絵（梟）「テクネ3」1991年
背表紙墨絵（木菟）「テクネ創刊号」1989年
扉墨絵（蟻）「テクネ5」1992年／木葉井悦子（原画個人蔵）
装幀・制作／テクネ編集室

諫早三部作　目次

諫早少年記《いさはやしようねんき》

諫早思春記《いさはやししゅんき》

諫早夏物語《いさはやなつものがたり》

※文章中、差別の観念を表す不適切な言葉が使われていますが、芸術性を重んじて、著者の意向のままにしています。ご理解ください。

諫早《いさはや》少年記《しょうねんき》

一月の章　喧嘩独楽《けんかごま》

段々畑《だんだんばたけ》の石垣にへばりつき、頭一つ出してあたりの様子を窺っていた祐次《ゆうじ》が、「*だいか来よらすばい」と、あとに続く茂《しげる》と宗太《そうた》に注意を促した。この春から中学生になる祐次は真ん中から、一学年下の茂は右側から、同じく小学五年の宗太は左側からそれぞれ石垣をよじ登っていた。

石垣の上のそば畑には、祐次たちが狙っている独楽《こま》回しのひもにする真麻蘭《まおらん》が植えてある。濃い緑色をした剣形《つるぎがた》のかたい葉《は》っぱで、ほぼ円形状に群生している。祐次たちはその真麻蘭を毎年、冬休みに入る前にかっぱらいに行っていた。だから、ここでもし人に見つかったら、冬休みで一番楽しい正月の独楽回しができないことになる。

独楽回しのひもにする真麻蘭は、天神さんの裏山で公相寺《こうそうじ》の前の段々畑の一角に植えてあった。さっき祐次が目撃した人影は、その遠くの公相寺の前の道から、にわかに行き先を変えてこちらに足早に近づいていた。姐《あね》さんかぶりの老婆《ろうば》で、背中に竹籠《しょうけ》を背負っている。

それを見て、祐次はほっとしていた。聡子《さとこ》がまたあとをつけて来ているのではないかと思っていたからだ。

聡子は女子《おなご》のくせして、男と遊びたがる男女子《おとこおなご》なのだ。小学五年で、宗太とはクラスが同じだった。髪は短く、おかっぱで後ろは刈り上げていて、学校に行くときも赤と黄色の格子縞《こうしじま》のズボンをはいてくる。いつだったたか、ちゃんばらごっこで人数が一人足りなくて仲間に入れたことがあった。それからだった、聡子が祐次たちの周りでうろつき始めたのは。つい先週、農事試験場の蜜柑《みかん》をかっぱらいに行ったときも、聡子はあとをつけて来た。

「また聡子が、あとばつけて来たと?」

右側の茂が訊《き》いた。

「うんにゃ、聡子やなか。婆《ばあ》さんばい」と答えたのは、祐次だ。

左側の風上にいる宗太は、「あいた*、こっちに来よらすたい。がらるっ*かもしれんばい」と早くも逃げ腰だった。

「なぁーんもしとらんとに、だいががらるっもんか」

真ん中の祐次が引き止めた。

実際、祐次たちはまだ真麻蘭をかっぱらっていたわけではなかった。しかし、それでも祐次たちは石垣から下り、それとなく逃げ出す格好になっていた。

姐さんかぶりの老婆は真麻蘭が群生しているところに来ると、その石垣の下に悪童《おうどぼ》たちがいるとは知らずに、竹籠を背負ったまま、尻を真麻蘭の繁みのほうに向けて腰をかがめ、不意に野良着《のらぎ》の裾《すそ》をめくった。

「うんにゃ、小便しよらすばい」

茂は尻を露《あらわ》にした中腰姿の老婆を見上げていた。

＊だいか（誰か）　＊あいた（しまった）　＊がらる（叱られる）

続いて宗太が「ドバドバ……」と言って、「馬ん小便のごたる」と騒ぎ始めた。

「ほんなこつ、ほけの出よる」と祐次が言い、じっと上を食い入るように見つめていた茂が、今度は「ひわれちょる、ひわれちょる」と大声でからかいだした。

すると、石垣の上のあられもない姿の老婆は「あっちに行かんか。こん馬鹿たれどもが！」と怒鳴《どな》って、目潰《めつぶ》しに畑の土を放り投げてきた。

祐次たちはいったん退《ひ》いたものの、「小便しかぶり！」と叫びながら、再び石垣に近づき、下から老婆に向かって小石をぶつけ始めた。老婆は小石をぶつけられても、まだ放尿していた。祐次たちが投げつける小石がむき出しの尻に当たろうが、背中に当たろうが、ちっともひるまず、老婆はながながと音を立てて小便を垂れ続けた。

老婆が、やっと小便し終わった。小便し終わると、老婆は素早く野良着の裾を下ろし、「わいたちゃ、どこの部落のもんな。校長先生に言い付くっけん、よかか！」と脅しておいて、今、来た道を慌てて引き返し始めた。

祐次たちは姐さんかぶりの老婆が逃げ出したのを見て、石垣を素早くよじ登り、背中の竹籠が上下に踊っている老婆に向かって、からかい半分にまだ小石を投げ続けていた。そして、老婆が公相寺の角を曲がって、姿が見えなくなると、祐次たちはそれぞれポケットから小刀《こがたな》の肥後守《ひごのかみ》を取り出し、老婆の小便がかかっていない正面の真麻蘭を堂々とかっぱらい始めた。こんなに簡単に真麻蘭をかっぱらえたのは初めてだった。いつもはドキドキしていて慌てているせいか、祐次は必ずどちらかの手を切って赤い血を流していた。

肥後守で切り取った真麻蘭はそれぞれおさがりの学生服を脱ぎ、ズボンのベルトの位置に巻き付け、その上から学生服を着て隠し、段々畑を次々とよじ登り、天神さんの裏道から山を下りて逃げ帰っていた。

かっぱらってきた真麻蘭は、まず二週間ほど小川の水にさらしておいてかたい葉を柔らかくする。それから、丸太や木っ端《こば》で粗《あら》く叩いておいて大雑把《おおざっぱ》に葉肉を落とし、再び五日ほど小川の水にさらしておく。そして、最後の仕上げに水にさらしてさらに柔らかくなった真麻蘭をひとつに束ねて、時々水に浸しながら立ち木や電信柱に打ちつけて真っ白い繊維だけを取り出す。葉先が細くて根元が太くなるが、独楽を回すひもにするには、このほうがよかった。独楽はラッキョウのような形をしていて、下のほうがとがっていた。そのとがった先端に鉄芯《てつしん》がついている。ひもは鉄芯から、つまり細くなった真麻蘭の葉先から太い根元のほうへと巻けるだけ巻いていって、これを地《じ》べたに叩きつけるようにして回す、喧嘩独楽なのだ。

冬休みに入って祐次たちが、最後の仕上げに真麻蘭をひとつに束ねて立ち木や電信柱に打ち付けて葉肉を落としているときだった、「なんばしよっと?」*と言って、いつもの聡子が現れたのは。

聡子は女子同士、おとなしくゴム跳びやままごと遊びなんかをしていればいいのに、追っ払われても追っ払われても祐次たちの周りにしつこくまとわりついてくる。男七人兄弟のなかで唯一の女の子が聡子だ。さらに聡子の父親は町会議員をしていた。だから、とにかく聡子はのぼせあがっていた。自分がちょっとでも不利になると、「勇《いさむ》兄ちゃんに言いつくっけんね」だったし、それが利

*ほんなこつ（本当に）　*ひわれちょる（裂けてる）　*しかぶり（漏らし）　*ほけ（湯気）　*わいたちや（あんたたちは）　*なんばしよっと?（何してるの?）

かないと、「とうちゃんばい」だった。勇兄に言い付けられるぶんには、そんなに怖くなかった。というのは、なんとか勇兄の機嫌を取りなせば、ぶたれずに済んだからだ。しかし、父親に言い付けられると、必ずそれが誰《だれ》かの母親の耳に入り、「女子《おなご》ば*なんして、いじめんばできんと」とひどく仕置きされるのだった。

「女子《おなご》には関係なかやろが。あっちに行かんか!」

大きな椋《むく》の木に真麻蘭を打ちつけていた祐次が、近寄ってきた聡子を追っ払った。

すると、聡子は「ふーん」と言いながら、今度は向こう側の道路脇の電信柱に真麻蘭を打ちつけている同級生の宗太のところへ行って、「なんばしよっと?」と同じことを訊いた。

宗太は電信柱に向かったまま、「かたか葉っぱば叩いて、きれいにしよっとたい」と答えた。

「きれいにして、なんにすっと?」

「独楽回しのひもにすっとたい」と宗太はうるさそうに答え、小川の水に真麻蘭を浸しに行った。だんだんと白い繊維状になってきた真麻蘭は、水に浸すと、たっぷりと水分を含むため、表面がつるんとしている電信柱にぶつけたとき、むちのようにしなって巻き付き、やりづらくなる。へたをすると、長い真麻蘭が電信柱をひと回りしてきて、自分の手の甲や腕、あるいは先端がからまって切り取らなくてはならなくなったりする。しかし、宗太は真麻蘭を短く持ったり、少し電信柱から離れたりしてうまくやりこなしていた。

「そいは真麻蘭やろ。どこかいおっ盗《と》ってきたと?」

聡子が、それとなく言いがかりをつけてくる。

真麻蘭は荷造り用の丈夫な麻《あさ》のロープに加工して売買されていたから、どこからか、盗んでこない限り、小学生の祐次たちが持っているはずがなかった。

「宗太！　なぁーんも言わんちゃよかけんね」

さっきから聡子の様子を窺っていた祐次が、電信柱のほうへやって来て言った。

そこへ、祐次と背中合わせに、葉っぱに虫の巣のようなこぶをつくるごついイスノキに真麻蘭を打ちつけていた茂もやって来て、「あっちに行かんか！」と口調を合わせた。

すると、聡子は「へー、そぎゃん口の利き方ばしてよかと？」と顎《あご》をしゃくって言った。

「うち＊は、知っとっとよ……」と聡子。

「知っとっとって、なんばや」

のっぽの茂が聡子を見下ろした。

当然、聡子はちょっと威嚇《いかく》されたくらいで引き下がるような女の子ではない。茂のほうにぐいと近づき、下から見上げて「そん真麻蘭は、公相寺にあったとやろ」と睨《にら》む。とたんに、茂は棒立ちになる。それとなく上級生の祐次に助けを求めるような目つきになって、「おっ盗っとらん！」と聡子を突き飛ばす。もちろん、聡子は突き飛ばされてメソメソするような女の子ではない。とっさに、体をかわし、二、三歩後ろに下がっただけだ。

「女子《おなご》ば突き飛ばして、そぎゃん＊面白かとね」

聡子が下唇をキッとかんで、茂に喰《く》ってかかる。

「おっ盗ったとは、公相寺のもんやなかとばい」

＊なんして（どうして）　＊うち（私）　＊そぎゃん（そんなに）

祐次が茂と聡子の間に入った。

「あいば、どこかいおっ盗ってきたと？」

「どこでんよかたい！」

祐次が凄んだ。

「悪かことばしたと思わんと？」

「ちぃーっとばかし、悪さばすっとが男たい。女子《おなご》はあっちでままごとばしとけばよかと」

祐次は向こうの突き当たりの石垣の上で茣蓙《ござ》を広げて、ままごと遊びをしている女の子たちを指差した。

聡子は祐次に言い負かされて、頬《ほお》をプーッと膨《ふく》らませたまま、しぶしぶ向こうの石垣のある三叉路《さんさろ》の広場のほうへ行った。

ところが、聡子はしばらくすると、また宗太のそばにいた。

「面白かごたるね」

「もう、ちぃーっと離れとかんば。当たっても、知らんばい」

宗太はまともに相手せず、真麻蘭を打ち続けた。

と、聡子は何を思ったのか、「うちにも貸さんね」と言うや、宗太の腕に取り付いた。

「馬鹿たれが。ほんなこつ、当たってもよかとか！」と宗太は怒った。

すると、聡子は「へー」となぜか、余裕のあるふりをして、「反省会で言うてよかと。山口宗太くんは女子《おなご》の私を喰らわせました」と手を挙げて、本当に反省会で言い付ける真似《まね》をして見せた。

宗太は反省会と言われてちょっとひるんだ。というのは、担任の江頭《えがしら》先生は上級生の祐次たちからも「ゲンバク」と綽名《あだな》されるくらい怖い先生だったからだ。廊下をちょっと走っただけで、その場で立たされ、おまけに指で鼻を弾《はじ》かれる。反省会で言い付けられると、聡子はゲンバクから贔屓《ひいき》されていることもあって、絶対に鼻を弾かれるのは目に見えていた。拳骨《げんこつ》の爆弾だけなら「痛か！」で済むけれど、鼻弾きは後で鼻の奥にツンときて、涙がにじみ出てくるから困る。同じクラスの女の子たちの前で、男が涙を流すなんて、こんなにみっともないことはない。

「あいば、一回だけやっ*けんね」

宗太はとうとう聡子に真麻蘭を手渡した。

聡子は大喜びだった。

「うん」と首を大きく縦に振って頷くと、聡子は「ど*ぎゃんすれば、よかと？」と宗太に訊いた。

「女子《おなご》の手がつけば知らんばい。罰《ばち》の当たるとやっけんね」

祐次が見兼ねて、宗太を脅した。

しかし、宗太からの返事はなかった。

祐次は大きな椋の木に向かって、茂はごついイスノキに向かって、それぞれ真麻蘭を黙々と打ち続けた。

そこへ、聡子の悲鳴が上がった。聡子は左の頬を両手で押さえていた。

「どぎゃんしたと？」

祐次がにわかに駆けつけた。

＊あいば（そしたら）　＊ちぃーっとばかし（少しばかり）　＊やっけん（…だからね）　＊どぎゃん（どう）

聡子は左頬からうっすらと血を流していた。真麻蘭が電信柱をひと回りして、その細い先端が聡子の左頬に当たって切れたようなのだ。

「見てみんしゃい、罰の当たったろうが。女子《おなご》は、こぎゃんことはせんちゃよかと!」と言って、祐次は左の頬を押さえている聡子を、勢いあまって、ついゴツンとやっていた。

とたんに、聡子は大きな声を上げて泣き始めた。そして、そのまま泣きながら自分の家へと帰って行った。

「あいは、わが*が悪かと」と祐次たちは言い合い、引き続き真麻蘭を立ち木や電信柱に打ちつけた。

やがて、真麻蘭はふさふさとした真っ白い繊維だけになった。このふさふさとした繊維の多い根元のほうを少し残して、足の親指と人差し指の間に挟んで、ここを始点として、三つ編みの要領で結い上げていく。葉先の細くなった先端を手の人差し指に一回くるんと巻いて結ぶと、独楽回しのひもの出来上がりである。少し残した繊維の多いふさふさした根元は、独楽の回る勢いが弱まったときに、叩きつけるムチのような使い方をするから、よりふさふさしているほうがよかった。また、そのふさふさとした毛並みが見事な者ほど、喧嘩独楽も強かったのだ。

ひもが出来上がると、あとは新しい独楽を手に入れるだけだ。独楽だけは自分たちで作れないから買うことになる。しかし、独楽を買うには今から家の仕事をいろいろ手伝って、正月のお年玉をなるだけたくさんもらえるように、親のご機嫌をとっておかなくてはならなかった。

ところが、この日、家に帰ると、祐次は母に叱られていた。

「とぎゃんしてまた、聡子ちゃんば泣かせんばできんと。怪我《けが》させたって言いよんしゃったばい!」

「おいは*怪我させとらん。あいはわがが悪かと」

このごろ、祐次は母からあまり竹の物差しでぶたれなくなった。

「もうすぐ中学生やっけん、叩かれんでも、もうわかるやろ」と母に言われているからだ。だが、このときは、「女子《おなご》に怪我させてどぎゃんすっと。傷《きず》の残れば、一生恨《うら》まるっとぞ」と叱られて、竹の物差しで脚のふくらはぎを一発、バシリとやられた。


百八つの除夜の鐘が鳴って年が明け、正月のお年玉をもらって、新しい独楽を浅田《あさだ》おもちゃ屋で買うと、まず祐次たちは独楽の鉄芯を抜き取って刺し直す。独楽を割られるぶんには、まだ諦めがつくけれど、鉄芯にうまく当てられて抜け落ち、その買い立ての独楽を取られるほど悔しいものはなかったからだ。鉄芯を抜かれないようにするには、鉄芯を刺す穴に塩と、もうひとつ髪の毛を一緒に入れることだった。塩は鉄を早くさびつかせるためで、髪の毛はおまじないで、それも男の毛より、女の毛が鉄芯によくからむからいいと言われていた。

宗太は聡子から髪の毛を一本引き抜いてもらって入れていたが、祐次と茂はいがぐり頭だから、髪の毛ではなくて、しかたなく眉毛《まゆげ》を何本か引き抜いて入れていた。

独楽回しはたいてい昼のサイレンが鳴ってから、それぞれ昼食の丸餅《まるもち》をかじりながら、それとなく三叉路の広場に集まり、夕方の五時のサイレンが鳴るまで夢中になってやっていた。

初め、集まった全員が上級生、下級生に関係なく、一斉に独楽を回す。最後まで独楽を回していた者が〈大学〉、次が〈高校〉〈中学〉〈小学〉となり、一番下が〈幼稚園〉といったふうに順位をつ

＊わが（自分が）　＊おいは（僕は）

けていく。仲間が増えると、上から順に〈大大学〉〈中大学〉〈小大学〉と大、中、小を頭につけていく。こうすれば何人でも喧嘩独楽に入れるというわけだ。喧嘩独楽は、まず〈幼稚園〉を〈小学〉がぶつけ、〈小学〉を〈中学〉がぶつけていく。独楽に当たらなかったり、当たっても自分の独楽が回らなかったりしたら、ただちに順位が一つ下がる。だから、へまを立て続けに全員やっていくと、最後に〈幼稚園〉を〈大学〉がぶつけるということもないこともなかった。ただし、最高位の〈大学〉だけは、もし失敗すれば真っさかさまに〈幼稚園〉まで落ちることになっていたから、ゆだんならなかった。しかし、独楽回しのうまい〈大学〉が、〈幼稚園〉に落ちるということはまずなかった。その証拠に〈大学〉の独楽は傷ひとつなく、常に表面の胴体は赤、黄、緑とロクロ模様があざやかだった。

その日は、いつもならたいてい〈大学〉である祐次が、まず、五人集まったなかで最下位の〈幼稚園〉に真っさかさまに落ち、つづいて茂が〈中学〉に落ちて、まったく珍しいことに宗太が〈大学〉となって、この日の喧嘩独楽を仕切っていた。

宗太は有頂天だった。他人の独楽を鉄芯で傷つけることはあっても、自分の独楽が誰からも傷つけられないということは、かつてなかったからだ。宗太はせいぜい頑張っても上に祐次がいるかぎり〈高校〉止まりだった。

四人全員が終わったところで、宗太がおもむろに〈高校〉の独楽に最後の引導を渡す。それも、今まではいつもやられてばかりいた祐次の独楽にぶつけるのだから、宗太はたまらない。無傷だった祐次の独楽は次々とぶつけられて、あちこちにへこみがつき始めた。

「宗太、ナガシばしてみんしゃい」

宗太がなかなか失敗しないものだから、祐次がそれとなく挑発する。

ナガシとは回っている独楽を真横からぶつけて、相手の独楽を遠くまではじき飛ばすことができるかっこいいぶつけ方で、技としてはかなり難しかった。上からではなくて、真横からぶつけるので、もし狙いが外れれば、それでおしまいだったし、うまくぶつけても自分の独楽が回るとは限らなかった。相手の独楽を遠くまではじき飛ばすことだけに集中すると、ぶつけた瞬間、失速して自分の独楽が反対にはじき飛ばされて、回らなかったりするからだ。一番いい形はぶつけた瞬間、今まで回っていた相手の独楽の位置にそっくり入れ替わって、自分の独楽が回っていたら最高だ。

「そがんばい。〈大学〉はナガシくらいしてみんば」

茂も同調して、そそのかす。

宗太は見よう見真似で何回か挑戦していたが、いずれも失敗していた。そういうわけで、いつもいいところまで順位を上げても、ナガシで失敗するから、〈高校〉になってもすぐに〈中学〉の茂に追い越されていた。

宗太は上級生の祐次や茂にそそのかされても、せっかくの〈大学〉の地位から一気に〈幼稚園〉まで落ちるのがいやなのか、いつものように上から打ち下ろしてぶつける姿勢をとった。

ところが、そこへ、「宗太くん、ナガシばしてみんね」とさっきから、独楽回しの輪の外からじっと見入っていた聡子が声をかけた。

「男女子《おとこおなご》の聡子が応援しよんしゃったい。せんば、男のすたるっぱい」と茂が言って、ヘイヘイと
＊しよんしゃったい（…してるじゃない）　＊せんば（…しなければ）

からかうものだから、宗太もあとにはひけなくなった。

「あいば、してみっけん」

祐次と茂は互いに見合ってニヤッとした。

〈高校〉の祐次が独楽のひもを力いっぱいきつく巻いて、三叉路の広場の真ん中に勢いよく回した。

宗太は回っている祐次の独楽めがけて、斜め横から実にいい感じでぶつけた。

そのとき、祐次は宗太の一連の動きを見て、いつもと違うぞと思った。まず位置の取り方がよかった。勢いよく回っている独楽に自分の独楽をぶつけるのだから、もし失敗した場合、確実に自分のほうに跳ね返ってくるから、どうしても怖くて近づけないのだ。そうなると、自然と腰もひけ、狙いが定まらず、失敗するどころか、「ありゃりゃ、当たらんたい」とみんなに馬鹿にされるのがおちだった。ところが、宗太は近づけるだけ近づいているものだから、腰も入って、見事に真横からぶつけていた。

祐次の独楽はタイミングよくぶつけられて、遠くまではじき飛ばされ、コロコロと道端を転がって、しまいには小川に落ちていた。

「うんにゃ、またすごか！　流《なが》さるっばい」と祐次はひとり大騒ぎしながら、自分の独楽を拾いに走った。

「なぁーん、よかやっか。宗太はナガシばできったい」と祐次は濡れている自分の独楽をズボンにこすりつけながら、宗太を褒めた。しかし、本当のところは自分のもくろみが外れたものだから、祐次はがっかりしていたのだ。

一方、宗太の喜びようはたいへんなものだった。そばで応援してくれていた聡子と一緒になって、「できた、できた」の大合唱だった。

祐次は面白くなかった。はしゃぎ回っている宗太に「ほら、早ようせんか！」と急き立てた。すると、宗太は「おいが〈大学〉ばい」と胸を張って言い、〈高校〉の祐次に反抗するような態度をとった。

「なぁーんてや！」と祐次は宗太の胸倉《むなぐら》をつかみにかかったが、みんなの不満そうな視線をそれとなく感じて、チェッと舌打ちして引き下がるしかなかった。

と、聡子が「宗ちゃん……」と猫なで声で呼びかけ、いつ持って来ていたのか、独楽と真麻蘭のひもを差し出した。

「なんか？」

宗太は聡子が差し出した独楽と真麻蘭のひもを奇妙な目で見た。

祐次はその独楽と真麻蘭のひもには見覚えがあった。去年まで聡子の兄の勇が使っていたものだ。勇兄はもうすぐ中学三年で、勉強に忙しいせいか、ここのところ祐次たちとはほとんど遊んでくれない。

「うちも入れてくんしゃい？」

「女子《おなご》は入れんと」

〈大学〉の宗太が言った。

「そぎゃんことは、だいが決めたと？」

「だいも決めとらん。ばってん、女子《おなご》は羽根つきばするとが正月たい。男は独楽回しって、昔から決まっとっと」

祐次が宗太のあとに続けて言った。

茂も「そぎゃんたい。昔から決まっとっと」と加勢した。

ところが、聡子は一度言い出したら、そう簡単に引き下がらなかった。それで、祐次たちはあまりしつこいと、自分たちの遊びをやめて、帰るふりをし、聡子がいなくなってから、ちゃんばらなら場所を変えて、釘刺しなら隠した五寸釘《ごすんくぎ》を持ってきて、再び始めるということを繰り返していた。

とにかく、聡子はこの秋、シイの実を山に採りに行ったとき、女だてらに木を股ではさみ、足の裏をうまく使って懸垂《けんすい》の要領でスルスルとあの高いシイの木に昇ったくらいなのだ。

「ばってん、羽根つきは男もしてよかとばい」

「なんば言いよっとか。男が女子《おなご》の羽根つきばだいがすっか！」

茂が言い返した。

茂と聡子の家は道をひとつ隔てて隣同士だ。だから、聡子をいじめていつも一番初めに叱られるのは、茂なのだ。聡子のすぐ上の中学二年の勇兄から呼び出されて、一番初めにゲンコツを喰らうのも茂だ。ところが、ここにきて聡子の勇兄はもう祐次たちとは遊ばなくなった。それをいいことに、茂は何やかにやと聡子に意地悪して、今までの仕返しをやっている。

「茂ちゃんな、羽根つきはできんとやろ？」

聡子が茂を睨み付ける。

「馬鹿たれが。あぎゃんもんな、男がするもんやなかと。女子《おなご》のするもんたい。男がしてみんしゃい。男のすたるっとばい」

珍しく茂が言い返した。

すると、聡子は勝ち気そうに下唇をキッとかんだまま、なおしばらく茂を睨み付けていたが、何か悪知恵でも思いついたのか、いつものくせで「へー」と人を小馬鹿にするような声を上げ、「うちは独楽ば回しきっとばい。男のするもんば、女子《おなご》ができきっと。そいでん、男はすたれんとね?」と訊いてきた。

「だいがすたるもんか!」

茂は聡子が独楽を回せるとは端から信じていなかった。どうせ、口から出任《でまか》せだろうと思っていた。

「あいば回してみんか」

茂はそう言うと、どうだといわんばかりに自分の独楽を地べたに叩きつけるようにして回して見せた。

聡子は茂に言われて、あとにひけず、本当に真剣な目つきで真麻藺のひもをひと巻きひと巻き「エイ、エイ」と気合いを入れて巻き、赤と黄の格子縞の長ズボンの股を男のように大きく開いて割り、「せーの」で鉄芯を下向きにして、つまり一番やさしい独楽の回し方で、祐次たちはそれを「女子回《おなごまわ》し」と言って軽蔑していたが、聡子はその女子回しで見事に独楽を回して見せた。

茂はさっそく聡子のその独楽の回し方を、「なぁーん、女子回《おなごまわ》したい」と冷たい目で言った。

「ばってん、独楽は回っとったい」

「おいたちがしちょっとは、喧嘩独楽ばい。そぎゃんた、〈幼稚園〉の下の〈赤ちゃん〉たい」

「赤ちゃんでんよか。透《とおる》ちゃんな女子回《おなごまわ》しば、しとんしゃったい」

聡子はいつものようにしつこかった。

聡子の言うとおり、確かに茂の弟で小学二年の透は、鉄芯を上に向けて地べたに叩きつけるような回し方はできなかった。それでも、男の透は女子回しでも喧嘩独楽には参加できていたのだ。

「透は男ばい」

脇で黙って聞いていた祐次が、しびれをきらして言った。

「ほら、早ようせんば。宗太、どぎゃんすっとか！」

続けて、祐次が怒鳴った。

宗太は祐次から急き立てられて、〈大学〉の権威で、「透、しんしゃい」と命令した。

透が女子回しで独楽を回す。そこへ、聡子が同じ女子回しで邪魔をしてくる。

喧嘩独楽が聡子のせいで台無《だいな》しだ。

こんな場合、祐次は腕力で聡子を追っ払うのだが、同級生の宗太にはそれができない。

喧嘩独楽は一時中断する。

祐次は「宗太、聡子ばどぎゃんかせんか！」と言うと、三叉路の石垣をよじ登った。小便したくなると、祐次たちはいつもこの石垣によじ登って、道とは反対側の、今はまだ水が張られていない田圃《たんぼ》に向かって放尿していた。時には、小便の飛ばしっこもする。

茂も手持ちぶさたで、小便したくなったのか、祐次のあとに続いた。茂が石垣によじ登ると、弟の透も真似をする。

こうして、宗太を除いて祐次たち四人が石垣の上によじ登り、尻を一様に道のほうに向けて一列に並んだ。

そのとき、祐次はふとこんな意地悪を思いついていた。

「おい、茂。聡子に立ち小便できっか訊いてみようで。できれば、独楽回しに入れてやるけんって言うて」

「うん。そいはよか考えばい。立ち小便できれば、男やんもんね」

茂はウヒョウヒョと奇妙な笑い声を立てながら、後ろを振り向いて、「おーい、聡子!」と呼んだ。

「なんね」

「ちぃーっとばかし、こっちに来《き》てみんか」

「*よそばしか。小便しよっとやろ」

「よかけん、こっちに来《こ》んか。独楽回しに入りたかとやろ」

茂に代わって、祐次が大声で呼んだ。

一人だけ道にいた宗太が、聡子を促して石垣をよじ登って来た。

「聡子、小便しとうなかか?」

石垣によじ登って来たところで、祐次が訊いた。

聡子はキョトンとした顔をして、小首を二、三回かしげた。それから、聡子は下腹のほうを手で

＊そぎゃんた（そのようなもんは）　＊よそばしか（汚いじゃない）

少し押してみて、「出っかもしれん」と答えた。

すると、茂がエヘヘ……と笑いながら、「立ち小便はできっか？」と訊いた。

「そぎゃんことは、したことはなか」

「立ち小便できれば、男たい。男なら、喧嘩独楽に入れんばたいね」と祐次が得意そうに言った。

宗太も聡子も含めて、祐次たち六人は石垣の上に横一列に並び、下の田圃に向かって全員がズボンのボタンを外しにかかった。むろん聡子も、こちらはズボンの前にボタンがついているわけではないから、そのまま中のパンツと一緒に、ゴム付きのズボンをずり下げにかかった。

これを脇から覗き込んでいた茂が「おい！」と隣の祐次に、肘《ひじ》を使って合図を送って寄越した。

祐次たちは真麻蘭をかっぱらいに行ったあのとき、老婆が尻を後ろに向けて野良着をペロリとめくって小便したように、聡子もそれと同じことをするとばかり思っていた。そこを祐次たちは「小便しかぶり！」とからかって、聡子を追っ払う算段だった。

ところが、聡子は赤と黄の格子縞の長ズボンを踝《くるぶし》のところまでずり下げると、隣の宗太の真似をして、腹をやや前に突き出し、前方に小便を飛ばすような姿勢をとった。このままでは本当に立って小便できそうなのだ。

「どぎゃんすっと。聡子は男女子やっけん、ほんなこつ、立ち小便できっかもしれんばい」と茂がこそこそと言う。

「そぎゃん時は、そぎゃん時たい」と返事しながらも、祐次もそれとなく不安になる。

しかし、祐次も茂もすでに田圃に向かって放尿していた。石垣の上から下の田圃に向かって、横一列に並んで空中に五つの放物線を描いていた。ただ一番端《はし》っこの一つだけは前方に放物線を描くことはなく、両脚の股間《こかん》を伝わって踝まで下ろしている格子縞の長ズボンをびしょびしょに濡らしていた。

「わぁー」と素《す》っ頓狂《とんきょう》な声をあげたのは、聡子の隣で小便していた宗太だった。

「ズボンば濡らしよったい！」

次の瞬間、みんなの目が聡子に注がれていた。

聡子の大きな瞳《ひとみ》は、たちまち涙でいっぱいになり、やがてひと雫《しずく》の涙が頬を伝わって流れ落ちると、「ぎゃーあ！」と悲鳴にも似た声を張り上げて泣き始めた。

「おいは知らん！」と言って、一番初めに逃げ出したのは、反省会で言い付けられるかもしれない宗太だった。それから、小便し終わった茂が石垣から跳び下り、そのあとを弟の透が続いた。透より一学年上の鶴川自転車屋の正雄は、慌てていたせいか、石垣から跳び下りた際、尻餅《しりもち》をついたが、「おいは、泣かんばい」と言って走り去った。

最後まで残っていたのは、祐次だった。祐次はゆっくり小便していた。どうせ、早く帰っても母からこっぴどく叱られるのはわかっていたからだ。「こぎゃん、狡《こす》かことば考えっとは祐次しかおらんけんね」と母は一見、優しそうに褒めているように言ってはいるけれど、内実はまったくその正反対で、竹の物差しより痛い革の腰バンドでぶたれ、手足が赤紫に腫《は》れ上がることくらいは充分に覚悟していなくてはならなかった。

祐次は小便し終わると、泣いている聡子に向かって、「早よう、ズボンばはかんか！」と言ってはいたが、さすがに聡子の小便で濡れたズボンを手で触る気にはなれなかった。

一方、聡子は何がそんなにくやしいのか、「＊歯がいかぁー。もう＊たまらん！」と大声で叫び、「ちんぽのほしか！」と馬鹿なことを張り上げて泣いていた。

祐次は小便臭い聡子をその場に残して、石垣を跳び下りた。しかし、祐次はたったいま、革の腰バンドでぶたれてもいいと覚悟していたものの、どうしてもこのまま家に帰りきれず、一人で遠出をして駅のほうまで行き、そこの農協の倉庫で遊び、五時のサイレンが鳴ってから家に帰った。

ところが、不思議なことに、この日祐次は母からなんの咎《とが》めも受けなかった。いつものことだけど、ただ「遅《おそ》う帰って来て！」と文句を言われ、「早う、風呂ば沸《わ》かさんばばい」と注意されたくらいだった。

このとき、祐次は単純に「聡子は、まだ親に言い付けとらんとばいね……」と思った。


（※小学六年一月）

＊歯がいかぁー（くやしーい）　＊たまらん！（我慢できない！）

二月の章　不知火《しらぬい》

隣村の殿崎名《とのさきみょう》の西尾のじいちゃん家《ち》に、祐次たちが家族でお呼ばれで行くのは、旧正月の二月二十日だ。その日は小高い西尾のじいちゃん家の庭から見下ろされる泥海《どろうみ》の有明海《ありあけかい》に、夜には不知火が見える。

小学三年の祐次はお呼ばれで西尾のじいちゃん家に行くのは大好きだったが、遠くて、帰りがいつも夜になるのがとてもいやだった。西尾のじいちゃん家に行くには、途中で、昼間も薄暗く、夜にはきっとあもよ*が出るという、防空壕《ぼうくうごう》のある城《じょう》ノ下《した》の切り通しの坂を通らなければならなかったからだ。行きは下りだが、帰りは上りとなる。切り通しの片方は墓場で、父の本家の墓があり、もう片方はうっ蒼《そう》とした雑木林だ。ここを通るとき、いつも上空を見てはいけないと思いつつも、つい祐次は見上げてしまう。

すると、両側の崖に挟まれた狭い上空に、昼間は真っ黒いカラスが、夜にはコウモリがそれぞれ飛び交っている。そして、防空壕の前を通るとき、絶対、立ち止まりたくないのに、なぜか、祐次は立ち止まり、おまけに耳まですましてしまう。この防空壕では、戦争中、グラマン戦闘機の機銃掃射《きじゅうそうしゃ》を受けて負傷した何人もの人がうめきながら死んでいったのだ、と祐次は誰からともなく聞かされ

＊あもよ（幽霊）

ている。だから、耳をすますと、暗闇の防空壕の奥のほうから、今でもうんうんと人の、いやあもよのうめき声が聞こえてくるのだそうだ。だが、祐次はかつて一度も、そのうめき声を聞いたことはない。それは、怖くて防空壕の中に入りきれないせいだ。

祐次はさっきから母に言われて懐中電灯《かいちゅうでんとう》を探している。懐中電灯は玄関にある作り付けの下駄箱の上の戸棚に入っているはずなのだが、それがいくら探しても見つからないのだ。提灯《ちょうちん》のろうそくは何かの拍子に風で消えたり、継《つ》ぎ足《た》しのタイミングを間違ったりすれば、すーっとかき消えてあたりは真っ暗になるが、懐中電灯はそういうことはない。電池が入っていれば、どんなに風が強く吹こうと、雨が降ろうと消えることはまずなかった。いつまでも明るく周りを照らしてくれる。ところが、その懐中電灯がないとなれば大変なことなのだ。夜道はいつも祐次があかりを持って、先頭を歩く役目だからだ。夜空にはコウモリもいれば、ムササビ、フクロウだっている。そして、夜道にはキツネ、ムジナ、イタチもいるだろう。びっくりした拍子にいちいちろうそくが消えるようでは心細くてしかたがない。それに、もしあもよが出たらどうしよう……。

祐次は戸棚ばかりではなくて、下のほうの下駄箱も、土間に全部靴を出して探しまくった。

そこへ、中学二年の大きい姉ちゃんが学校から帰って来た。大きい姉ちゃんは、玄関の戸を開けるなり、「なんばしよっと。こぎゃん、散らかして！」と叱った。

「懐中電灯のなかと」

祐次は半べそをかいていた。

「なかれば、とうちゃんが持って行きんしゃったとたい」

大きい姉ちゃんはそう言うと、白の運動靴を脱いで、カバンを持ったまま、母のいる台所に向かった。

祐次は、長い髪を三つ編みにした大きい姉ちゃんの後ろ姿に向かって、「兄《にい》ちゃんなどぎゃんすっと。来ると?」と訊いた。

「汽車の時間があるけん、あとで来るとって」

祐次は大きい姉ちゃんの返事を聞いて、ほっとしていた。

父はお呼ばれで行くと、いつも決まって酒を飲み過ぎ、すっかり酔っ払ってしまって、まったく当てにならないのだ。やけに遅いなと思って、後ろを兄と一緒に探しに行くと、必ずといっていいほど、道端の草むらに座り込んでうたた寝しているといった体《てい》たらくなのだ。

その点、高校生の兄なら大丈夫だ。なにしろ、大川の浅瀬をものすごいスピードで泳いでいるアユに向かって小石を投げつけ、それに見事命中させることができる〈つぶての術〉をもっているからだ。あもよとお化《ば》けが一緒に出たところで、怖いことは何もない。足のないあもよは、その怨念《おんねん》を〈呪文《じゅもん》の術〉でしずめて追っ払ってくれるだろうし、のっぺら坊のお化けが出れば、目ざとく尻尾を見つけてつぶての術で、その正体のキツネに当てて、撃退《げきたい》してくれるにちがいないからだ。さらに、そのうえに風が吹いても消えることのない懐中電灯があれば、もう鬼に金棒だ。

祐次は玄関の土間に散らかした靴を下駄箱にしまうと、四畳半の部屋で着せ替え人形と遊んでいる、まだ学校に行っていない妹のところに行き、「おいはいっちょんえすなかもんね*」と言って、わざと人形を横取りして、妹を泣かせていた。

*えすなか(怖くない)

大きい姉ちゃんが学校から帰って来るのを待って、祐次たちは出発した。

長崎駅に勤めている父は、夜勤明けで、祐次たちが学校に行っている間に帰ってきており、餅つきのために、一足先に西尾のじいちゃん家に向かっていた。兄は諫早から一時の汽車で帰って来て、それから西尾のじいちゃん家に、祐次たちがこれから向かう海側の道ではなくて、近道の峠をひとつ越す険《けわ》しい山道のほうをやって来るのだそうだ。

祐次は昼食のおにぎりを二つ食べ終わると、みんなより先に家を出た。古川病院の角を曲がって、次の辻のところに祀ってある恵比寿《えびす》さんに「殿崎《とんのさき》まで行って来るけんね」とおまいりしてずっと畑ばかり続いているあぜ道を駆け、横田紙屋の角から、大通りの商店街に出た。大通りに出ると、商店街の一番端っこの荒川下駄屋の先に木橋がかかっている。その木橋の上から下を流れている大川に向かって、石を落とすのが楽しみで、祐次はさっきから先を急いでいたのだった。

この時季、日増しに暖かくなるにつれて、ハヤやフナなどの川魚が群れをつくって、まるで日向《ひなた》ぼっこしているかのように川底でじっとしている。その群れに向かって、木橋の上から石を落とすのだ。すると、川魚たちはびっくりして散りぢりになる。その慌てふためくさまが面白くて、祐次はわざと石を落とすのだ。もちろん、うまく命中して魚が浮いてきたらしめたものだ。

祐次は砂利道から比較的大きな石を拾ってきて、それを木橋の欄干《らんかん》に一列にきれいに並べる。そして、祐次は「弾詰《たまつ》めよーし！」とひとりで号令をかけ、「爆弾投下《ばくだんとうか》！」と大声をかけるや、次々と石を落としていく。思っていたとおり、川底の魚たちが驚いて右往左往する。しかし、魚は一匹も水面に浮いてこない。「成果なーし！」と声をだし、祐次はまた同じことをやり始める。

そこへ、母や姉たちが追いつき、小《ち》っちゃい姉ちゃんが「早よう来んば、置いて行くばい」と声をかけて行く。

小っちゃい姉ちゃんは、つい半年ほど前まで、足の骨折で武雄《たけお》の温泉病院に入院していた。今はすっかり元気になって、大きい姉ちゃんと一緒にラジオで覚えたばかりの美空ひばりの「リンゴ追分」を歌いながら歩いている。

祐次は後ろから走って行って、追い越すと、今度は映画館の朝日座の前で、みんなが来るのを待った。

朝日座では盆と正月に映画をやる。祐次は「笛吹童子《ふえふきどうじ》」の東千代之介《あずまちよのすけ》の看板がまだかかっているのを見上げていた。映画では必ず最後に悪党が斬り殺されるのだが、祐次の夢の中に出てくる悪党は、その斬り殺されるときの断末魔《だんまつま》の叫びと、あのぎょろ目の俳優、吉田義夫《よしだよしお》がこちらをぐいと睨みつけてくる怖い顔なのだ。だから、映画を見た日の夜は、必ずといっていいほど、祐次は眠れなかった。

朝日座を通り過ぎると、人家が途絶え、父の本家の墓がある墓場まで、しばらく田圃や畑が続く。空荷《あきに》の牛車《ぎっしゃ》が一台、大通りの県道を横切って、田圃の真っ只中に立っている農協のスレート葺きの倉庫のほうへと曲がって行った。同じ方向だったら、ちょっとの間、いたずらして牛車の後ろにこっそり乗れたかもしれなかったのに、と祐次は「チェッ！」と舌打ちしていた。

父の本家の墓は広くて、丸くてでっかい墓石が建っている。満州《まんしゅう》から引き揚げてきた父は、本家とは折り合いが悪く、本家の人たちとは滅多《めった》に顔を会わさない。盆の墓参りも、本家の人たちが終わったあとか、その前におまいりを済ませている。

しかし、祐次はどこの墓であろうと、墓場は大嫌いだ。第一、気色悪いし、あちこちにある墓石の下には死体がいっぱい埋めてあるのだと思うだけで、祐次は怖くてもう居たたまれなくなる。

妹は怖がって、母の脚にからみついているが、祐次には、もちろんそんなことはできない。男子《おとこんこ》が女子《おなごんこ》の妹のようにヒーヒー泣いていたのでは、男がすたるというものだ。それでも、祐次は大きい姉ちゃんの後ろに隠れるようにして、墓石の前に行き、「ナンマイダ」とちょこんとおまいりすると、急いで墓場を抜け出していた。

祐次はみんなより先に、城ノ下の切り通しの坂に向かった。県道の両脇を深く切り込んだ下り坂で、むきだしの赤土の崖には防空壕が無数に口を開けて、ずらりと並んでいる。

祐次は防空壕の前に立ち、さっきからうるさく騒いでいる上空のカラスを見上げ、それから防空壕の暗闇に向かって、しばらく耳をすます。別に、何も聞こえてこないと、「ばぁーか!」と叫んだり、「小便しかぶり!」と罵《ののし》ったり、またお尻を防空壕に向け、「臭《くさ》い警報発令《けいほうはつれい》、鼻退避《はなたいひ》!」と大声を出し、屁《へ》をかましたりして、自分ではさんざんあもよをからかったつもりで、坂を下って行く。

城ノ下の切り通しの坂を下ってしまうと、潟海《がたうみ》に出る。みんなはまだずっとあとからやって来るので、その間、祐次は浜辺に下りて腹ごしらえをする。貝殻や流木にくっついているカキを石で叩き割って、中から出てきたとろりとした生ガキを食べるのだ。ひと冬越して、ぷくっとよく太った生ガキは歯ごたえがあり、冷たくて渇いた喉をプルルンと震わしてお腹《なか》に落ちていく。

「うまか！」

祐次は思わず、そう呟く。

「あっ！　祐次がカキば食《く》いよる」

小っちゃい姉ちゃんが石垣の上から見つけて、母に言いつける。

すると、母は「＊腹ば壊すばい！」と注意しただけで、ほかに何も言ってこない。

そこで、小っちゃい姉ちゃんも護岸の石垣を下りて来て、波打ちぎわのカキを石で叩き割って口に入れた。しかし、小っちゃい姉ちゃんはすぐにぺっと生ガキを吐き出した。

「なぁーんの、こいは食《く》えんばい。じゃりじゃりしとる」

「洗えばよかと」

祐次は波打ちぎわに行き、殻から叩き割ってつまみ出した生ガキを海水で洗って、口に入れた。

小っちゃい姉ちゃんも真似て、海水で洗って口に入れと、「ほんなこつ、うまか」と目を丸くしていた。

「うまかやろが」

祐次はもう生ガキを食べてはいなかった。波打ちぎわ沿いに歩き始めていた。

「腐《ねま》っとっとば食えば、腹ば壊すとたい」

祐次は後ろからついて来ている小学六年の小っちゃい姉ちゃんに向かって、偉そうな口を利いていた。それから、祐次は後ろを振り返って、ずっと気になっていたことを訊いた。

＊腹ば壊すばい（下痢するよ）

「不知火って、なんね。知っとっと？」

「……知らん」

小っちゃい姉ちゃんはそう答えると、石垣をよじ登って、県道のほうに上がった。

城ノ下の突端を回って、殿崎の浜辺に出たところで、祐次は石垣を駆け登った。今度は、県道を離れて、海とは反対側の山道を登らなくてはならない。鉄道が通っていて、トンネルがある。汽車が通ったばかりのせいか、足元からモウモウと黒い煙が立ち昇っている。そのトンネルの坂を登りきったところで、祐次は後ろを振り向いた。

はるか、島原《しまばら》あたりまで裾野を引いた雲仙岳《うんぜんだけ》が目の前にあり、有明海の海原のはてに熊本の阿蘇《あそ》の山波が見渡せられる。

祐次は息を整えると、今度は大きい姉ちゃんにさっきのことを訊いてみた。

「不知火ってなんね？」

「去年、見たやろもん」と大きい姉ちゃんは返事するが、祐次にはまったく見覚えがない。

「見とらん」

「忘れたとやろ。ばってん、暗《くろ》うなればすぐわかっけん、よか」

「暗うなれば、わかっと？」

祐次はますますわからなくなった。

「そうたい。白《しろ》かとの光るもんね。そいはまた、銀紙《ぎんがみ》のごとうキラキラしてきれかと」*

「ああ、あいね！」と相槌《あいづち》を打ったのは、祐次の後ろからついて来ていた小っちゃい姉ちゃんだった。小っちゃい姉ちゃんは、このとき、ようやく何かを思い出したのか、「なぁーんの、あいはキラキラしとらん。チカチカしよる。赤かとの、ずーっと長《なご》うして、数珠《じゅず》のごとうつながっとったばい。ばってん、綺麗《きれ》かったとはきれかった」と自信たっぷりに喋った。

「海になんか、おるとね？」

海から光が出るというから、祐次は何か、海に、たとえば、あもよのようなものがいるのかと思った。

「海には、なぁーもおらん。どぎゃんして光っとっとか、わからんとって。そいやっけん、不知火っていうとたい。漢字で誰《だい》も知らん火って書くとってばい」

大きい姉ちゃんが言った。

漢字で誰も知らない火と書くと言われても、祐次にはちんぷんかんぷんだった。

祐次は小走りになって、妹の手を引っ張りながら、すでに西尾のじいちゃん家の石垣のところを歩いている母に追い着くと、「かあちゃん、海にもあもよっておると？」と訊いてみた。

すると、母は「海には、あもよはおらんやろもん」と答えたが、すぐに「うんにゃ、おるかもしれんばい」と答え直した。そのとき、メガネの奥の母の目が、ふっと笑っていた。

祐次はその目を見て、突然、怖くなった。

「よか、おいは見らん！」と叫んで、祐次は石垣の角を曲がり、海のほうに向かってひらけている、大きな柿の木のある西尾のじいちゃん家の庭に駆け込んでいた。

＊ごとう（ように）　＊おるとね？（いるの？）　＊どぎゃんして（どうして）

親戚《しんせき》の西尾のじいちゃん家に着くと、祐次はつきたての草餅をもらった。つぶし餡《あん》がたっぷり入っていて、なま暖かく、ヨモギの匂いが鼻腔《びこう》にぱーっと広がって、頭の芯《しん》まで甘くさせる。

祐次は妹や姉たちと一緒に、海の見える縁側に座って、つきたての草餅を食べた。

父たちは、すでに餅つきを終えていて、仏壇のある奥座敷のほうで、昼間からいろいろとご馳走《ちそう》の入った重箱を開け、杯《さかずき》を傾けていた。

草餅を食べ終わると、姉たちは広い庭に下り、親戚の子供たちと一緒に、〈だるまさんがころんだ〉をやり始めた。けれど、祐次にはその遊びがちっとも面白くなかった。第一、女子ばかりだったし、それに女子が遊びに加わると、動いた、動かないの言い合いで、とにかくやかましいのだ。男子ばかりだったら、殴《なぐ》り合いで、動いたのも動かないことになるし、それで面白くなければ、ほかの遊びをすればいいだけのことなのだが、女子は一度これと決めたら、いつまでも〈だるまさんがころんだ〉をやり続けるからつまらない。

そこへ、高校生の兄がやって来た。西尾のじいちゃんは兄を待って、海にタコを捕りに行くことにしていた。祐次はそちらのほうに付いて行きたくて、本当はさっきから気が気でなかったのだ。

西尾のじいちゃんは地下足袋《じかたび》を履き、捕ったタコを入れる底の深い桶《おけ》を天秤棒《てんびんぼう》で肩に担ぐと、兄を促して、石垣の角を曲がって出て行った。

祐次は最初、西尾のじいちゃんと同じ黒い地下足袋を履いている兄の後ろについて、そおーっと歩いていた。見つかって叱られたら、そこから引き返せばいいやと思っていた。

ところが、西尾のじいちゃんは急な坂道を下りるだんになって、後ろを振り向き、「祐次もおるとか」と叱るふうでもなく、名前を呼んだ。

「うん、おるばい」と祐次は返事をし、思いきって「おいもついて行ってよか?」と訊いてみた。

すると、西尾のじいちゃんは意外にも、「おっ、よかぞ」と返事してくれた。

「じいちゃんの邪魔《じゃま》ばせんとばい」

兄が言った。

「うん」

祐次は頭を大きく縦に振ってうなずいた。

西尾のじいちゃんは急な坂道をトンネルとは別のほうへ下り、線路を横切って、殿崎の浜辺に出た。

海はさっきまでの海とは違って、一面に干潟《ひがた》が現れていた。

西尾のじいちゃんは岸辺の茅葺《かやぶ》きの小屋から、滑板《すべりいた》を二つ取り出して、ひとつを兄に、もうひとつの幅広で大振りの滑板は自分で小脇に抱えて、干潟のほうにどんどん歩いて行った。

祐次は西尾のじいちゃんの滑板に乗せてもらった。滑板にくくりつけられた桶をしっかりとつかんでいた。西尾のじいちゃんは片足を滑板に乗せ、もう片方の足を潟土《がた》に潜り込ませて、ひと蹴《け》りすると、重くてとても子供では動かせない滑板がわけもなくすーっと動くのだった。

西尾のじいちゃんは滑板を止めるごとに、潟土に手を突っ込んではアゲマキ、アサリ、アカガイなどを次々と桶に放り込んでいった。カニやエビ、シャコも面白いほど捕れて、桶の中ではエビとシャコがピンピン跳ねていた。

祐次も西尾のじいちゃんのシャコの捕り方を真似て、ちょっと海水が溜まっている穴に、腕まくりして手を突っ込んでみた。すると、何やらコツと固い甲羅《こうら》のようなものに当たり、確かにシャコがいるようだったので、祐次はさらに力を入れた。その瞬間、祐次は前のめりになって潟土に突っ込み、滑板から落ちていた。

「じっちゃん！」

祐次が叫んだ。

ずるずると潟土の中に手から埋もれていくというより、誰かに手をつかまれて引きずり込まれていくような感じで、非常にやばい。

「誰《だい》かが手ば引っ張りよる！」

祐次は引きずり込まれないよう、もう一方の手で踏んばってみたが、まったく手応えがなく、その手も潟土の中にずぼずぼと埋もれていく。

「じっちゃん、死《し》む！」

祐次は手足をもうがむしゃらに動かしていた。

と、体がふわっと宙に浮いたかと思うと、頭にゴツンと西尾のじいちゃんのげんこつを、祐次は喰らっていた。

「なんばしよっとか！」

西尾のじいちゃんの声が飛ぶ。

しかし、祐次は西尾のじいちゃんのげんこつを喰らっても泣かなかった。兄と約束していたからだ。西尾のじいちゃんの邪魔をしないこと、と。

「小屋に上がっとかんか」

西尾のじいちゃんは滑板を岸辺のほうに向けて進め、潟土がぬからなくなると、そこで祐次を降ろして、自分はまた、沖のほうに向かってスイスイと滑って行った。

兄は殿崎の突端の岩場のほうにいて、そこでタコ捕りに夢中のようだった。

祐次は岸に上がると、小屋の脇を流れている小川で服についた潟土を一応落としたが、濡れた服は冷たく、日向にいてもガタガタと体の震えはとまらなかった。とても待っていられず、祐次はしかたなく、どろどろの服のまま、県道に出てトンネルの坂道のほうから、西尾のじいちゃん家に戻った。


どろどろの服のまま、西尾のじいちゃん家に戻ると、祐次は母にこっぴどく叱られた。

「着替えもなかとに！」と母に怒鳴られながら、祐次は風呂場で、頭から水をかけられた。

中学一年の西尾珠子《たまこ》姉ちゃんの、前が開いていない女もののズボンをはかされ、赤いセーターまで着せられた。

とてもこんな格好では遊べないので、祐次は奥の暗い納戸に引きこもり、電灯をつけて一人で寝そべって、少女ものの漫画本を見ていた。

西尾のじいちゃん家には男の子がいなくて、女ばかり四人いる。祐次は一緒に遊ぶ仲間がいなくてつまらなかった。奥座敷に行くと、父から、「子供が来《く》っとこやなか！」と叱られ、かまどのある薄暗い台所に行くと、西尾のかあちゃんから、「いんにゃーまた、赤かセーターのよう似おうちょる」と言って笑われるし、また、さっきは珠子姉ちゃんから、「うちのズボンばはいとっと？　どぎゃんね、見せてみんね」と言われ、いやだと言うのに、なかば強引にズボンのゴムを引っ張られ、パチンと弾かれて、「ぶかぶかたい」のあと、何やらクスクス笑われるしで、とにかく行くところがなかった。

早く服が乾けばいいのだが、大きい姉ちゃんは西尾のじいちゃん家の五右衛門風呂《ごえもんぶろ》を沸かすのに精いっぱいで、なかなか祐次の服を乾かしてくれない。

西尾のじいちゃんと兄はタコを八匹、やすで突いて帰って来た。西尾のじいちゃんが担いできた桶の中にはタコのほかに、アゲマキ、アサリ、アカガイ、カニ、エビ、シャコといった魚貝類がいっぱい入っていた。砂を吐かせなくてはならない貝類と、まだ生きているタコを除いて、ほかはさっそくぐらぐら沸いている大鍋に放り込まれた。

ゆがいてもらったシャコ、カニ、エビをおやつ代わりに食べているうちに、あたりはすっかり暗くなり、祐次も納戸から呼び寄せられて、いよいよ子供たちにも、重箱のご馳走がふるまわれた。祐次の一番のご馳走は、おそらく父が長崎駅の国鉄の購買部で買ってきたのだろう、正月にしか食べられない四角いハムとクジラのステーキだった。

不知火が見え始めたのは、夕食を終えて、しばらく経《た》ってからだ。祐次たちは座敷で適当に寝転がって漫画本を見ていた。

縁側で障子を開け、キセルをふかしながら外を眺めていた西尾のじいちゃんが「今年は早か、もう見ゆっばい」と暗い大海原を指差した。

祐次は起き上がって、西尾のじいちゃんが指差しているほうを見た。すると、暗い海に何か、銀紙のようなものがキラキラしていた。大きい姉ちゃんが言っていたとおりだった。しかし、手前のほうは赤く、小っちゃい姉ちゃんが言っていたように、糸でつながっているようにも見えた。

「うんにゃー、きれか！」

祐次は思わずうなっていた。

奥座敷で酒を飲んでいた父たちも、電灯を消して縁側に集まりだした。

「ほんなこつ、今年はよんにょ*出ちょっばい」と父が言えば、西尾のとうちゃんが「悪かことのなかれば、よかばってん」と心配そうに言う。

「あん、光っとっところに行っても、なぁーもなかとってばい」と西尾のかあちゃんが言うと、「あるもんか。あれば、そいこそえすかたい」と西尾のとうちゃんが言って笑う。

大人たちの話を聞いているうちに、祐次はだんだん恐ろしくなり、じっと不知火を見ていられなくなる。昼間、潟土に落ちたとき、何やら誰かに手を引きずり込まれたような気がしたのは、この不知火のお化けの仕業《しわざ》かもしれないと思った。そう思うと、祐次はぶるっと震え、もう帰ることしか頭になかった。これから、あの一番怖いあもよの出る防空壕の坂を登って帰らなければならないのだ、と。

＊よんにょ（たくさん）

帰るころになって、ようやくズボンだけは乾いたけれど、上着の学生服は濡れたままで、とても着れなかった。祐次は赤いセーターを、小っちゃい姉ちゃんが着ている黄色のセーターと取り替えてもらった。

「汚《よご》さんとばい」

小っちゃい姉ちゃんは、初めなんとなく不機嫌だったが、珠子姉ちゃんの赤いセーターはそのまま《ヽ》お《ヽ》さ《ヽ》が《ヽ》りとしてもらえるということになって、「あいば、よかよ」と言い、片足でくるっと回って、いつのまにかご機嫌になっていた。

父は酔っ払っていて、肝腎《かんじん》の懐中電灯を持ってきたかどうかもわからないと言い出す始末だった。これに一番怒ったのは、祐次だ。

「とうちゃんが持って行ったたって、大きい姉ちゃんが言いよったと！」と祐次は懸命に訴えていたが、父は「懐中電灯のなかれば、しょんなかたい。提灯ば借りて行けばよか」とまったく取り合ってもくれず、あたりを探そうともしていなかった。

祐次の頭の中では、絶対、提灯は駄目なのだ。どうしても、風が吹いても消えない懐中電灯でなければならなかったのだ。

「おいは、帰っきらん」と祐次は駄々《だだ》をこねて泣き、「あいば、えんちん子になればよかたい」と西尾のかあちゃんに言われ、それでまた泣いた。

西尾のとうちゃんもかあちゃんも男の子が欲しくてたまらないのだという。貰《もら》いっ子《こ》なんて、祐次はまっぴらだった。それでなくても、母からよく折檻《せっかん》されるとき、「お前は、橋の下から拾ってきた子ばい」といつも冷たく言い放《はな》たれているくらいなのだ。

「祐次は、*ひけしぼやんもんね」

泣いている弟の祐次を見て、大きい姉ちゃんがそう言い、「よか、うちが代わってやるけん」と先頭の役を買ってでた。

そこで、祐次は現金に泣きやみ、大きい姉ちゃんのすぐ後ろについて、西尾のじいちゃん家を出発した。

石垣の角を曲がって、小さな丘をひとつ越えると、どうしたことか、今まで見えていたはずの不知火が忽然《こつぜん》と消えた。目の前に広がっているのは、星空に蒼白《あおじろ》くそびえる雲仙岳と、真っ黒な大海原だけだ。

このとき、祐次は、海のあもよは生きていると思った。

と、祐次のセーターを誰か、後ろから引っ張るモノがいた。

祐次はぎくりとなり、空恐ろしくて声も出ず、その場に立ちすくんだ。

「祐次、行かんば！」と母に声をかけられて、祐次はふっと我に返った。

「小っちゃい姉ちゃんが、後ろかい、セーターば引っ張いよっと！」

祐次の声は震えていた。もし、小っちゃい姉ちゃんの手でなければ、どうしようか、と思って。

その間、大きい姉ちゃんは後ろの弟の祐次が立ち止まっているとは知らずに、一人でずんずん先へ行っていて、誰もついて来ていないのをそれとなく察したのか、「キャアー！」と悲鳴を上げた。

大きい姉ちゃんも、ついに先頭を歩けなくなり、母に言われて兄と入れ替わった。兄は西尾のじ

*しょんなかたい（仕様がないよ）　*えんちん子（うちの子）　*ひけしぼ（小心者）

いちゃんが藁《わら》でしっかり縛ってくれた、生きているタコを三匹、竹竿《たけざお》に突き刺して、それを肩に担いで歩いていた。兄は、時々、後ろを振り返って、提灯のあかりを上から照らしてくれたりしながら、トンネルの坂を下ってやっと県道に出た。

県道に出ると、所々、人家があって、そこから家の光がもれているから、しばらく怖いことはない。

そこで、祐次は「もう、よか。県道に出たけん。ここかい、おいが提灯ば持つばい」と言って、一番後ろにいる大きい姉ちゃんから提灯を受け取り、先頭を歩きだした。

いよいよ城ノ下の切り通しの上り坂にかかる。ここから坂を上りきるまで人家はなく、星あかりも届かず、本当に真っ暗な上り坂となる。

祐次は県道に出てすぐ、道端に落ちていた刀にちょうどいい棒切れを拾っていた。その棒切れを腰のバンドに差し、提灯をともして歩いていた。そして、一番怖い防空壕の前にさしかかったとき、何を思ったのか、祐次は大きな声で、ラジオ放送劇の「赤胴鈴之助《あかどうすずのすけ》」をセリフ入りで歌いだした。

「ちょこざいな小僧め　名を名のれ……　赤胴鈴之助だ！

チャンチャカチャーン、チャカチャカ……

♪剣を取っては日本一の　♪夢は大きな少年剣士……」

大きな声を張り上げて歌えばうたうほど、祐次は勇気が湧いた。

切り通しの坂を登りきって、角を曲がれば、もう大丈夫だ。電信柱があって、そこには外灯がついている。防空壕からあもよが出てくることも、キツネに化かされることもない。

父は泥酔《でいすい》していて、千鳥足《ちどりあし》状態だから、明るくてもキツネに化かされそうで心もとないが、腰のバンドに差している棒切れは、これは大いに心強い。もし、あもよが出たら、赤胴鈴之助になりきって、〈真空斬《しんくうぎ》り〉でやっつければいい。

と、そう思ったときだった、兄が「あいた、タコの一匹おらん！」と言ったのは。

兄は切り通しの坂を登りきっていて、角を曲がり、電信柱のところで、竹竿を下ろしていた。

「落《お》ちゃけたとやろ……？」

妹をおんぶしている母がそう言い、「祐次！」と呼び寄せられた。

「兄《にい》ちゃんと一緒に、タコば探してこんね」

兄はすでに一人で切り通しの坂を下っていた。遠くのほうで小さく提灯のあかりがあちこち動いている。

祐次は、腰のバンドに差している棒切れを、ここぞとばかりに抜くと、「うん、よかばい」と元気よく返事して、切り通しの坂をいっきに駆け下り始めた。

利き腕の右手には棒切れの刀を、もう一方の左手には提灯を持って走っていたものだから、坂の途中で、祐次はつい小石につまずき、引っ転んでしまった。提灯のろうそくの火が消え、すりむいた手のひらと膝小僧《ひざこぞう》がヒリヒリして痛かったが、祐次は泣かなかった。

真っ暗な闇のなか、祐次はすくっと立ち上がると、近づいて来る兄の提灯めがけて駆けた。そして、兄のところに行き着き、刀の棒切れを振り上げるや、「ちょこざいな小僧め！……」と言ったきり、祐次は声を出してワァーワァー泣きだしていた。

兄と一緒に探しに行ったタコは、結局見つからなかった。
藁がほどけて、落ちたことには違いなかったが、落ちたあと、そのタコがどこに行ったのかということだった。まさか、息を吹き返して海まで逃げて行ったということはないだろう。だが、しっかりと縛られた藁は、まるで人がほどいたかのように、きれいにほどけ、すっぽりと抜けていたのだ。

　このとき、みんなはあもよの仕業かもしれないと言って怖がっていたのに、父は泥酔した目で藁のほどけ具合を見て、「ありゃ、こいはイタチばい。後ろかい、跳びついたとやろ。よかよか」と悠長なことを言って、大きい姉ちゃんから「とうちゃん、あぶなか！」と注意されながらも、よろよろと県道の真ん中を歩きだしていた。

　田圃の向こうに農協の倉庫のあかりがついているのを横目に、祐次は鼻をぐずぐずさせながら歩いていた。映画館の朝日座を通り過ぎ、大川の木橋を渡って、明るい商店街に入ったあたりから、祐次はやっと泣き止《や》み、大きい姉ちゃんの手から離れた。

　大きい姉ちゃんに手を引かれ、しゃっくりが止まらず、ずっと泣き続けていたものだから、祐次は鼻の下までヒリヒリして痛くなった。しかし、祐次はもう大丈夫だった。痛いのはすりむいた手のひらと、血がにじみ出ている膝小僧と、それにセーターの袖《そで》で拭きすぎて痛くなった鼻の下だけで、ほかに痛いところはなかったからだ。さっきまでは痛いところも、怖いこともたくさんあった。たくさんありすぎて、祐次には泣くしかなかったのだ。だが、明るい商店街に着いた今は、痛いところはあっても、怖いことは何もなかった。

横田紙屋の角からではなく、もうひとつ先の染井ラジオ屋の角から、祐次は一人であかりも持たずに、夜道を家まで駆け出していた。

その夜、祐次は熱をだした。

昼間は暖かく、日溜《ひだ》まりにいると、汗ばむほどの気候になっていても、夜はまだ冷え込む。潟土に落ちて、体を冷やしたせいか、最初は風邪《かぜ》の熱だったかもしれないが、やがて高熱となり、体全体にブツブツができて、祐次ははしかにかかっていた。

熱はなかなか下がらず、あの干潟のお化け、不知火に手を引きずり込まれる悪夢《あくむ》に数日、祐次はうなされ続けた。


（※小学三年二月）

野苺《のいちご》

賢蔵《けんぞう》じいさんは山に薪《まき》を取りに行った帰り、孫の祐次たちに野苺をよく摘んできてくれていた。摘んだ野苺は空になったアルミの弁当箱に入っているから、つぶれて食べられなくなるようなものはほとんどなかった。

赤く熟れた野苺は歯応《はごた》えがあって、口じゅうをひどく甘酸っぱくさせる。祐次は五粒ほど手のひらにのせて、いっぺんに口に放り込んでみる。すると、ほどよい甘さと酸っぱさが、五倍になってはね返ってくるような気がする。けれども、こうやって贅沢《ぜいたく》に食べていると、すぐに苺の数が底をついてしまうから、つまらない。

三つ年下の妹はいつも一粒ずつしか食べない。それも皿を隠すように、前かがみになって食べるから、つい横からちょっかいを出したくなる。しかし、ちょっかいを出すと、妹は取られまいとしてヒステリーを起こす。

「なんば＊、泣かせよっと！」と母のカミナリが落ちる。

母から叱られるたびに、祐次は妹がいなければなと思う。妹がいなければ、少なくとも兄や姉たちがいらないと言ったおやつは、すべて自分のものになるのだ。祐次は五人兄弟で、下から二番目の次男だった。

祐次は常々こう思っている。いっぺんだけでいい、分け合わずに、むろん妹とも半分っこせずに、とにかく野苺でもいいからおやつを腹いっぱい食べてみたい、と。

ところが、その願いがついに今日かなえられそうな気配だった。祐次は賢蔵じいさんに連れられて林道を登っていた。勾配のきつい上り坂にかかり、後ろからリヤカーを懸命に押していた。首筋から背中にかけて汗をかき、喉がしきりに渇いた。といって、ここで音《ね》をあげるわけにはいかなかった。

来月、新学期を迎えると六年生になる祐次は、この日初めて山に連れて行ってもらえたのだ。それに、祐次は腹いっぱい野苺が食べられるのなら、なんでも我慢できそうな気がした。

勾配のきつい坂を登りきると、しばらく杉林に囲まれた平坦な林道が続く。賢蔵じいさんはリヤカーを引っ張りながら、前をむいたまま「乗れや」と声をかける。

祐次はちょっと迷ったが、すぐに「よか。*きつうなかけん」と元気よく答える。

賢蔵じいさんは「きつうなかと。ホウ……」と言ったきりだった。

賢蔵じいさんは去年、孫たちが住んでいる諫早地方は干潟のあるこの町に、名古屋からやって来た。だから、賢蔵じいさんは名古屋弁と諫早弁とがちゃんぽんになっている。

白髪交じりのいがぐり頭で、丸い黒縁のメガネを掛けていた。痩《や》せっぽっちだったけれど、背は高く、姿勢がよくて、昔軍人だったという。刻《きざ》み煙草《たばこ》を吸っていて、祐次はよく《朝日》という煙

＊なんば（なんで）　＊きつうなかけん（きつくないから）

草を買いにやらされた。

賢蔵じいさんがやって来る、それより一年ほど前に、この諫早地方一帯、大水害に見舞われたことがあった。あちこちで山津波が起きて、大量の土砂と一緒に根こそぎ木々をもなぎ倒していった。そのなぎ倒された木々が谷川の岩に挟まったり、流れの淀みに溜まったりして、放っておくにはもったいないほどのいい薪になっていた。それを賢蔵じいさんは、毎日、手弁当で山に入り、根気よく拾い集めて、風呂や炊事などに使う薪にしていた。

それから、賢蔵じいさんにはトレードマークのようなものが二つあった。ひとつは神風特攻隊で戦死した自分の息子の形見だという、革の飛行帽をいつも被《かぶ》っていたこと。暑いときは顎ひもを頭上で結んで風通しをよくしていた。もうひとつは、腰にいつも桜の木の皮で作ったあずき色のキセル入れを差し、四角い印籠《いんろう》のような煙草入れをぶら提げていたことだった。

賢蔵じいさんは、その腰に差しているキセルで、時折、刻み煙草を吸うのだが、これがとても上手なのだ。最初、キセルの火はマッチでつけるが、次からは手のひらに落とした種火を使う。それもうまいぐあいに、火傷《やけど》しない程度に、また火が消えない程度に、手のひらで転ばしているのだから、たいしたものだ。だが、もっと凄《すご》いのは、そうやって左の手のひらで種火を転ばしながら、もう片方の右手では、次の刻み煙草を素早くキセルに詰め込んでいることだ。これはもう神業《かみわざ》だとしかいいようがない。まるで忍術だ。

祐次はそのことを友達に自慢したいのだが、まだ誰にも話していない。自分だけの秘密にしている。

賢蔵じいさんは、祐次にとって、母方の祖父にあたる人で、なんでも陸軍の中隊長をしていたというとても偉い人だったらしい。

杉林に囲まれた平坦な林道を過ぎると、再びゆるいのぼりにかかった。上り坂になると、賢蔵じいさんは「ほっ、ほっ……」と小さなかけ声をかけながら、リヤカーを引っ張って行く。決して遅くなったり、速くなったりはしない。さっきまでの平坦な道を歩くのと同じ速さだ。

初め、確かに祐次は後ろからリヤカーを押していた。しかし、上り坂にかかった今では、足がくたびれていて、おまけに喉がからからで、押しているどころか、反対に引っ張られている。

「もうちょい、頑張《がんば》れや」

賢蔵じいさんの声がかかる。

「うん」と答えたものの、祐次の手はリヤカーから離れ、少しずつ遅れて行く。

祐次は少し立ち止まって息を整え、走って追いついてはまた離されたりしながら、なんとかリヤカーのあとについて林道をのぼり続けた。途中、二回ほど水飲み場で休み、冷たい湧き水を飲んだ。だが、楽しみにしていた野苺は、まだどこにも見あたらなかった。

夏になると、上流のキャンプ場に客を運ぶバスが通うようになるこの林道には、ところどころにバスと材木を積んだトラックとがすれ違う待避所《たいひしょ》があって、賢蔵じいさんはその待避所のひとつにリヤカーをとめた。そのとき、ちょうど風の向きでとぎれとぎれに、町のほうから昼を告げる役場のサイレンが聞こえた。

賢蔵じいさんは地下足袋をはき、脚にはゲートルを巻いていて、腰に幅広の頑丈《がんじょう》そうな革のバンドをしていた。その幅広の革のバンドに柄の長い鉈《なた》を、まるで侍のように斜めに差し、二人分のおにぎりを包んだ唐草模様《からくさもよう》の風呂敷を手に持つと、賢蔵じいさんは「ほら、先に行けや」と谷川のほうへと下りて行く草深い獣道《けものみち》を指差した。祐次は先になって、獣道を下り始めた。野苺はきっとこの下になっているにちがいないと思って、祐次ははりきっていた。しかし、着いたところはせせらぎの音が聞こえてくる谷川で、向こう岸の大きい椎《しい》の木の下にはふた山ほどの薪が積まれてあって、ほかにどこを見回しても野苺がなっているような草むらはなく、あたりは石ころばかりの河原《かわら》だった。祐次はがっかりした。と同時に、祐次はひどくお腹が空《す》いた。

賢蔵じいさんはまず腰に差していた鉈をぬくと、竹でスコップを作り、なんべんもたき火をして黒くなった地べたを掘り起こし、枯れた杉の葉を置き、その上に細かく割った薪をのせて火をつけた。風呂敷をほどき、竹の皮に包まれた味噌《みそ》つきのおにぎりを取り出して、竹串に刺し、遠火《とおび》で炙《あぶ》りだした。それからイワシの丸干しを焼いて、竹筒のコップに冷たい谷川の水を注いでくれた。祐次はくたびれていて、腹が空いていたものだから、三つずつのおにぎりはすぐに食べてしまった。賢蔵じいさんが「腹いっぱい、食べろや」と自分のぶんのおにぎりを指差してきたが、祐次は首を横に振った。

ここで本当に腹をいっぱいにしてしまったら、楽しみにしている野苺が食べられなくなるのだ。野苺がどこになっているのか、未《いま》だにその場所を教えてもらってはいないが、きっとびっくりするほど沢山《たくさん》なっているにちがいない。だから、賢蔵じいさんは人に、もちろん孫にも教えるのがもったいなくて、自分だけの秘密にしているのだ。

祐次は、傍《かたわ》らから匂ってくる味噌を炙る芳《こう》ばしいかおりのほうには、なるべく目を向けないようにして、竹筒のコップに粉末のオレンジジュースを注いだ。冷たいオレンジジュースを一息に飲み干すと、どうしたことか、とたんに腹が「クーッ」と鳴った。

「ほうれ!」

賢蔵じいさんが竹串に刺したままの焼きおにぎりを、取れよといわんばかりに目の前に差し出した。

「いらん!」

祐次は立ち上がった。

河原の石を一つ拾い、上流の青々とした深みめがけて、力いっぱい投げた。ぽちゃんと丸く波紋ができ、やがて流れに押されて消えた。

祐次は再び河原の石を一つ拾った。そして、その石をどこに投げるというわけでもなく放ると、思いきって「苺はどこになっとっと?」と訊いてみた。

賢蔵じいさんはちょうどキセルを出して、食後の一服をやっているところだった。いつものように、手のひらに種火を落とし、もう片方の手だけで素早く刻み煙草を詰め、うまそうに目を細めてキセルをふかしている。

「苺……? おお。わかった、わかった」

ところが、賢蔵じいさんはそう何回も首を振ってうなずくだけで、依然、刻み煙草をふかし続けているのだ。そして、ひと頻り煙草を吸い終わると、今度は昼食の後片付けにかかった。それから、拾い集めた薪の山からちょうど大人の両手でつかめるくらいの薪の束をつくって、カズラで縛る作業にとりかかった。

祐次はなるべく平《ひら》べったい石を選んで、水面ぎりぎりを狙って投げ、その水面を石がいくつ切って行くのかを数えながら、なお賢蔵じいさんの返事を待っていた。けれども、いくら待ってもなんの返事もなかった。

賢蔵じいさんは薪の束を十束ほど作ると、肩に分厚い布をあてがい、飛行帽の顎ひもをきっちり結んで耳を覆い、抱え込むようにして、いっぺんに四束を担ぎ上げた。

「ちょいと、待ってろや」

賢蔵じいさんはそう言い残して、草深い獣道を登り始めた。

薪を担いだ賢蔵じいさんの後ろ姿が、山の稜線に隠れたとき、祐次は思わず「けちん坊！」と叫んでいた。

賢蔵じいさんはなかなか戻って来なかった。石投げにも飽きて、祐次はつまらなかった。せせらぎの音が聞こえ、大きい椎の木の枝が風で揺れていた。あたりは静まり返っていて、時折、深みの水面ではハヤが跳ねていた。

ここからもう少し上流のほうへ行くと、谷川が二股に別れているところがある。流れが急で、危なく、おまけにそこには昔々でっかい白蛇《はくじゃ》が棲《す》んでいたという謂《いわ》れがあって、地元の人は滅多に近づかない。去年の大水害は、誰かがひそかにそこに足を踏み入れて白蛇を怒らせたからだ、と親戚のじいさん、ばあさんたちは話している。

　祐次は何におびえているのか、自分にもわからず、そこ、ここで物音がするたびにぶるっと身を震わせていた。

　祐次はもう待てなかった。賢蔵じいさんの真似をして一束だけ肩に担いでみた。と、楽に持ち上げられた。このくらいなら、自分にも手伝いができると思った。

　祐次は飛び石づたいに谷川を渡って、まずは向こう岸まで運んだ。そこで、一度薪を肩から下ろしてひと休みし、息を整えてから再び担ごうとした。すると、さっきまであんなに軽かった薪の束が、今度は腕にずっしりときて肩まで担ぎ上げられないのだ。しかたなく、薪の束を横にして、両手で前に抱くようにして急な獣道を登り始めた。しかし、十歩と登らないうちに、腕が痺《しび》れてきて、薪を落としてしまった。幸い、薪の束は谷川まで転げ落ちるようなことはなかったが、面倒なことに縛っていたカズラが切れてばらばらになってしまった。散らばった薪を一本一本拾い集め、切れたカズラを結び、再び束にしたところまではよかったのだが、持ち上げるだんになって、きっときつく縛ることができないせいか、すぐにほどけてゆるくなり、持ち上げられないのだ。もう一度縛り直してみるが、結果は変わらない。そのうち、肝腎のカズラが切れぎれになって使えなくなってくる。束《たば》ねられていない薪は、一歩足を踏み出すたびに腕のなかでバランスをくずし、あっちに一本、こっち一本と落ちてしまう。

　祐次は情けなくなってくる。こんなに頑張っているのに、薪のほうがちっともおい*の言うことを

＊おい（僕）

聞いてくれない……。

つい涙がこぼれ落ちそうになるのを、なんとか我慢《がまん》して、祐次はなるだけ太い薪を一本だけ持つと、草深い獣道を登り始めた。自分の息づかいとともに心臓の鼓動の音だけが、ひどく耳についた。


「どうした?」

林道の待避所にとめてあるリヤカーのそばで、一服している賢蔵じいさんが訊いた。

祐次はすでに遠くのほうから賢蔵じいさんの姿をとらえていた。キセルの煙が立ち昇っているのを見て、ほっとしたと同時に、祐次は急にきまり悪くなって、まともに賢蔵じいさんの顔が見られなかった。

「泣いてるのか」

賢蔵じいさんがキセルの火を地べたに落とし、それを地下足袋で踏み消した。

「うんにゃ、泣いとらん。目に汗の入ったと!」

祐次はそう返事すると、目をしばたたかせた。

「ほら、苺」

賢蔵じいさんが、つるになったままの野苺を差し出した。

「どこになっとったと?」

いっぺんに祐次は元気になった。

「あそこに、太《ふと》か桜の木があるやろ」と言って、賢蔵じいさんは先のほうを指差した。

まだ桜の季節には早かったが、林道がややカーブしている所に、枝をいっぱいに広げたでかい山桜の木が一本だけ目印のようにあった。その山桜の木のところから谷川のほうへ下りて行けば、ゆるい斜面に野苺がいくらでもなっているという。

　ここから少し離れてはいるけれど、たいした距離ではない。上り坂になっているわけでもないから、走ったらじきに着くだろう。おそらく野苺は食べきれないほどなっているにちがいない。賢蔵じいさんからもらった、つる付きの野苺よりもっと大きくて、甘い苺も見つかるはずだ。やっぱり、おにぎり一つぶん減らしていてよかった、と祐次はにやりとした。

　どうやら、賢蔵じいさんはけちん坊ではなかったようだ。ちょっとそこまで苺摘みに行っていたから、ただ遅くなっていただけのことだったのだ。

「苺、採りに行ってよか?」

もう我慢できなくて、祐次は思いきって訊いてみた。

「上で待っとくか」

賢蔵じいさんが訊き返した。

「うん!」

祐次は走り出そうとしたが、ちょっと思いとどまって、「じっちゃん。そこんとこで、カズラの切れて、薪のぐちゃぐちゃになっとっと」と言った。

「なぁーして、また……?」

「持って来よっとった*ばってん、重《おも》うて、*しっきれんかったと」

＊ばってん（だけど）　＊しっきれんかったと（…できなかったんだ）

「待っとれば、よかったとに」

「うん……」と返事して、祐次はわざと大きな声で、「下はとぜんなかったと！」と言って走り出した。

野苺は林道のでかい山桜の木のところから谷川のほうに少し下りた、陽当たりのいいゆったりした斜面一帯に、まるで苺畑のようにいっぱいなっていた。

祐次は葉っぱの裏側に見え隠れするようになっている、よく熟れた赤い実を見つけると、それを摘んで次々と口に放り込んだ。五粒とはいわず、手のひらにこぼれるほどのせて、いっぺんに口に含んでかんだ。なんとも嬉しい。妹と半分っこすることもないし、いくら食べても誰からも叱られることはない。

大きな粒で艶《つや》のあるのが甘くておいしいが、張りがありすぎるのはまだ酸っぱくて思わず首をすくめてしまう。艶がやや薄れ、張りがなく、粒がつぶれかかっているのは、熟れすぎていて妙に甘ったるく、腹をこわしそうなのだが、食べ馴《な》れてくると、どうしてか、これが実にうまいのだ。

しかし、ひときわ鮮やかな色をしているのは、ヘビイチゴだから、惑《まど》わされぬよう充分に気をつけなくてはならない。

祐次は腹いっぱい野苺を食べて満足だった。けれども、祐次にはここにもあそこにもなっている赤く熟れきった野苺を、そのまま放っておくのがひどくもったいないような気がしてならなかった。

祐次はいったんリヤカーのところまで戻り、賢蔵じいさんから弁当のおにぎりを包んでいた唐草模様の風呂敷を借りてきた。

祐次は苺摘みに夢中だった。むろん、おいしそうな実が見つかると、もう食べられないと思いつつも、ためらわず口に放り込んでいた。

「おーい、帰るぞ!」と賢蔵じいさんの声がかかったときには、ほとんど抱えきれないほど野苺を摘んでいた。風呂敷をしばると、ドッチボール大でとても片手では持てなかった。しかし、初めから風呂敷は上の林道の道端に広げて置いていたから、助かった。もし、一緒に持ち歩いていたら、束になった薪をばらばらにしたのと同じように、今ごろまた、持てないといってべそをかいていたかもしれない。

祐次はドッチボール大の風呂敷を両手で持ち上げ、まるで蟹《かに》の横這《よこば》いのようにして、林道をよちよちと歩いた。賢蔵じいさんは、その危なげな歩き方を見て、ただ笑っていた。


帰りは行きと違って、登って来たぶんすべてが下り坂になるわけだから、とても楽だ。けれども、急な下り坂になればなるほど、リヤカーのスピードが増して、今度はそのスピードのコントロールがやっかいだった。いちおうブレーキの代用として、リヤカーの底に長い丸太を一本、番線《ばんせん》で括《くく》りつけ、前方を高く持ち上げて、その長く後ろに突き出した部分を地べたにこすりつけてブレーキにするのだが、薪が重すぎるせいか、これがなかなか効かないのだ。

賢蔵じいさんは、急な下り坂にかかると、暴れる牛をなだめるように「どう、どう……」と言い、後ろにそっくり返るような格好をして、うまくスピードをコントロールしながら、下りて行く。こ

*とぜんなかったと(寂しかったんだ)

んなときは、祐次も賢蔵じいさんの口真似をして「どう、どう……」と言いながら、登りとは正反対に、リヤカーを後ろからスピードが出ないよう懸命に引っ張っていた。

しかし、せっかく摘んだ野苺は、リヤカーに山と積まれた薪の上で揉《も》まれて潰れ、結局は苺ジャムにしかならなかった。

その夜、祐次は激しい下痢に見舞われた。野苺を食べ過ぎたせいだ。水を飲んでも吐いて、まったく水分が摂《と》れず、唇がかさかさに乾ききって脱水症状を呈《てい》していた。しかし、国鉄の夜勤明けですでに昼ごろ帰って来ていた父も、母も、むろん賢蔵じいさんも脱水症状の恐ろしさを誰も知らなかった。いずれも、一晩くらい水が飲めなくても、どうっていうことはないだろう、と軽く考えていたそうだ。

ところが、祐次より二つ年下の上参分壱の木原さん家の司朗《しろう》が、野苺ではなくて、こちらは桑《くわ》の実を食べ過ぎて死んだのは、それからわずかふた月後の五月二十日のことだった。司朗のかあちゃんもやはり、何か変なものを食べ過ぎたせいだろう、というくらいにしか思っていなかったそうだ。だが、翌朝《よくあさ》には蒲団《ふとん》の中で冷たくなっていたという。

祐次が命拾いしたのは、ただの食いしん坊のせいだった。高価なスプーン印の白砂糖で溶いて作ったくず湯を、とにかくその甘さにひかれて口にしていたからだった。


（※小学五年三月）

四月の章　朋輩《ほうべ》

　猪《いのしし》撃ちの牧村爺《まきむらじい》さん家の石垣の陰に身を潜め、さっきから顔だけを出してあたりの下校の様子を窺っていた勝男《かつお》に、しびれをきらした祐次が「まだ来んか」と声をかけた。

「まだのごたる」

「よかな。おいたちは朋輩《ほうべ》やっけん、保《たもつ》ばやっつくっとぞ」

「そぎゃんたい」

　勝男は腰を半分に折り、石垣から道のほうを覗き込んだまま答えた。

　祐次と勝男の二人は転校生の保を待ち伏せしていた。

　新しい学年が始まってすぐ六年二組の祐次たちのクラスに転校生がやってきた。駅前の商店街からちょっと引っ込んだ、以前は風呂屋だった空き地にサーカス小屋が建って、そのサーカス小屋から保は学校に通っている。

「ちぃーっとばかしソフトボールのできっけんていうて、保はのぼせとっと。今んうちにやっつけとかんば、なめらるっと」

「そぎゃんばい」

＊

「保がおらんば、勝男が九番やったと。補欠に回されて、腹ん立たんとか」

祐次は「そぎゃんばい」とばかり返事する勝男に苛立《いらだ》っていた。本当は祐次より、補欠に回された勝男がもっと保に対して怒ってもいいはずなのだ。

ところが、勝男は暢気《のんき》で、祐次にただ煽《あお》られているような感じだった。というのは、祐次にも勝男を煽らなければならない切実な理由があったからだ。ソフトボールの打順で、九番ライトが祐次だったのである。九番ライトといえば、一回でもぶざまに三振したり、エラーしたりすれば、ただちに補欠の誰かに代えられる打順でもあった。それでは祐次は困るのだ。

保はのっけからピッチャーで四番だった。それに左利きだったので、打者の胸元をぐっとえぐるような球はほとんど誰も打てなかった。クラス対抗のソフトボール大会は五月の連休の間に行なわれる。だから、五月の連休にはまだ間のある今のうちによそ者の保をやっつけておかなくてはならなかった。

「うんにゃ、腹ん立たんことはなか」

「そぎゃんやろ。なんの、小指の爪ばちぃーっとばかし、剝《む》けばよかと。爪の死ねば、生え替わるまでボールは投げっきらん。ばってん、鉛筆は持ちきるっけん、かすり傷《きず》たい」

「うん、そぎゃんばい」

勝男はまた同じ答え方をしたが、このときばかりは言葉が少ないのがかえって、祐次には心強かった。

勝男はやるときにはやるのだ、と祐次は思っている。勉強はできないし、駆けっこは遅いが、勝男にめじろかごを作らせたら、凄い。中学生でも手こずる落とし付きのめじろかごを作れるのだ。上下、二段式で下に囮《おとり》のめじろを入れておいて、そのさえずり声に誘われて上のかごにめじろが入ると、すかさず重し付きのふたが落ちるような仕掛けになっている。二段式のめじろかごを作るのもたいへんなのに、仕掛けまでうまく作れるとなると、もう青年団の兄《あん》ちゃんたちとそう変わらない。それに、勝男はめじろの捕り方が実にうまかった。猪撃ちの牧村爺さんと同じで、勝男は小学六年でもうめじろ捕りの名人なのだ。

「ちかっと*おいにも見せんか」と言いながら、祐次も腰を半分に折り、勝男と一緒に道のほうを覗き込んだ。

と、校門に保の姿が現れた。保はランドセルではなくて、肩から斜めに白いカバンを懸《か》けていた。これを見て、祐次はますますのぼせていると思った。

みんなはお下がりのランドセルか、風呂敷なのだ。ピカピカのランドセルは新入生の小学一年生くらいなものだ。それだって、二、三日のうちに誰からというわけでもなく、傷つけられたり汚されたりしていた。

真っ白いカバンを袈裟《けさ》懸《が》けにした保が石垣の前を通り過ぎようとしたところで、祐次が呼び止めた。

「保、ちかっと待たんか！」

呼び止められた保はこちらを振り向きざまに、「何か用事、祐次クン」と訊いた。

勝男は、保が回れ右をしている隙《すき》にすばやく、保の後ろに回り込んでいた。

*おらんば（いなければ）　*ちかっと（ちょっと）

祐次は保の口の利き方も気にくわなかった。だいたい誰もクンなんかをつけて呼びはしないのだ。勝男は「かつお」で、決して「勝男クン」ではないのだ。

「用事のあっけん、呼び止めたったい」

祐次は生意気な口の利き方をする保をすぐにでも殴りつけたかったが、そこはぐっとこらえた。道の真ん中で喧嘩をすれば、邪魔が入るのはわかりきっている。それでは所期《しょき》の目的が果たされないではないか。

保は異様な雰囲気を察したのか、しばらく黙っていた。それから、保は「はっはーん」とうなずき、やっとわかったらしく、「いじめっ子って、君たち？」と訊いた。

「面《つら》ば貸さんか」と祐次ががんをとばし、後ろに回った勝男が「ほら、行かんか」と保の背中を押した。

猪撃ちの牧村爺さん家の裏のほうには麦藁屋根の小さい庵《いおり》があって、そこにはよく勧進《かんじん》が住み着いていた。勧進は薄汚く、臭かったので、人はあまり近づかなかった。赤い涎掛《よだれか》けをしたお地蔵さんを祀っている庵の前には、ちょっとした広場があって、後ろは竹籔《たけやぶ》になっていた。

保は黙って祐次のあとについてきた。竹籔のほうに追いつめ、後ろに回った勝男が保の片手を取って捻った。ところが、保は身軽にくるりと一回転したかと思うと、勝男の手から逃げていた。

本来なら、ここで「痛てててぇー」と保が顔をゆがめたところで、すかさず祐次が一発殴りつければ、それですべて事は済んでいたはずなのだ。

「やるたい」

勝男はそう言って、唇をひと舐めすると、真顔《まがお》になって殴りかかったが、保はそれも一歩後ろに下がってかわし、へらへらと笑った。

保は余裕があるのか、へらへら笑いながらも真新しいカバンの底を手の平で払って泥を落としていた。さっき一回転した際に、カバンの底が地べたに着いて汚れたようなのだ。

「逃げてばっかしたい」

へらへら笑っている保を小馬鹿にするように祐次が言った。

「都会もんな、ふ抜けな?* 女子《おなご》のごたるたい」

しかし、保は祐次の挑発にはのらなかった。そのまま、カバンの底を手の平で払いながら少しずつ後ろに退がり、ひょいとこちらに背中を向けると、牧村爺さん家の石垣のところまで一目散に駆けた。

「祐次クンと勝男クンはぼくをいじめました。月曜日、反省会で言いつけます!」と保は大きな声で言い、石垣の角を曲がって姿を消した。

「反省会で言いつくってや。男の喧嘩ばい。あいは男やなか。逃げてばっかし」

「ほんなこつ、男やなか。髪毛《かんげ》も長うして、女子《おなご》んごたる」

祐次と勝男は、そう言い合って笑った。

祐次は一度家に帰って昼食を済ませてから、駅向こうの八幡《はちまん》さんに近い勝男の家に向かった。

今、祐次はめじろかごを作っている。出来上がったら、勝男からめじろを一羽もらえることにな

＊ふ抜けな?(意気地なしか?)

っている。

勝男は八幡さんの裏山のほうからめじろを捕ってきては自分で飼って、それを内緒で売りさばいていた。

めじろは鑑札をつけないと飼えなかったが、捕ってきてもかごに慣れなくてすぐに死んだり、きれいな声でさえずらないめじろもいたりしたから、しばらく飼ってみてからでないと、鑑札を買っても仕方なかった。だから、鑑札つきのめじろは高くで売れ、鑑札なしのめじろは小遣い程度で売り買いできた。なかでも、特に高《たか》ざえのめじろは値が張った。勝男が言うには「チヨチョッ、チヨチョッ」とさえずるのだそうだ。次が中《ちゅう》ざえといって、「チヨッチヨッ」と呟くように連続してさえずるのがいいらしい。一番どうしようもないのが「ジイジイ」とさえずるのは、もうこれは飼わずに逃がしてやったほうがいいとのことだ。めじろは普通、「ツイツイ」とさえずるのだそうだが、祐次にはその鳴き声の区別がまったくつかめない。

高ざえのめじろを飼うには、まだ寒い三月の初めごろに山深く入って、子《こ》めじろを捕ってきて、それを大切にめじろかごの大きさから餌《えさ》まで細かく気を配り、さえずる訓練を一年ほどかけてやらなければならないらしい。しかし、そうやればどんな子めじろでも高ざえするとは限らなかったから、飼うのが難しかったし、売れば百円以上はしたのである。餌に黄粉《きなこ》をやったら鳴き声が嗄《か》れるとか、餌のさつまいもはアカよりシロがいいとか、めじろが弱っているときにはニラの青汁を飲ませれば元気になるとか、また高く澄んだ鳴き声をつくるには寒椿《かんつばき》の花の蜜が一番いいとか、とにかく勝男はめじろのことには詳しかった。

勝男は今、高ざえのめじろを一羽、中ざえのめじろを二羽飼っている。高ざえのめじろは鑑札つきで、今年の町の鳴き合わせ大会で一等賞を獲得していた。役場の助役さんから百五十円で売ってくれと頼まれているそうだが、勝男は売らないでいる。勝男が言うには、今年は形のいい子めじろがいないのだそうだ。そこで、勝男は中ざえのめじろを高ざえにする訓練をここのところ毎日のようにやっている。

勝男はまず一番上の兄から譲り受けた七、八年は使い込んでいる竹笛で、「チヨチヨ、チヨチヨ」と吹く。すると、本当の高ざえのめじろが、これに呼応するかのように、「チヨチョッ、チヨチョッ」とさえずる。ところが、中ざえのめじろは透き通った高い鳴き声に怖《お》じ気《け》づくのか、二羽とも小さく「チヨッ、チヨッ」としかさえずらないのだ。見本となる高ざえのめじろがいるというのに。

この日、祐次が勝男の家にめじろかごを作りに行くと、勝男は牛小屋のほうで、大きな押し切り包丁で藁を切っているところだった。

「牛の餌《はみ》な?」

「うん」

「もうめじろは鳴かせんとな」

「鳴かせとらん。どぎゃんしようもなかと。鳴かんとばい」

勝男はそう言うと、「ちぃーっとばかし待っとかんね。牛に餌ばやるけん。めじろかごはできとっばい」と母屋の縁側のほうを指差した。

「作ってくれたと」

祐次は嬉しくなって、思わず駆け出していた。

縁側には自分で作ったとは信じられないほどの立派なめじろかごが置いてあった。

祐次が削る竹ひごは先が太くなったり細くなったりで、一様の太さにはなかなか削れなかった。勝男はそのちぐはぐな竹ひごを、自分で削った竹ひごにすべて取り替えてくれたのだ。勝男が作ってくれためじろかごは本当に頑丈で、昨日まではちょっと捻るとギシッときしんで今にも潰れそうだったのが、今日のめじろかごは試しに、ちょっと捻ったくらいではびくともしなかった。

「どぎゃんね?」

牛の世話を終えた勝男がやって来た。

「おいが作ったとやなかごたる」

勝男は最後の仕上げだと言って、かごの上面《うわつら》に紙ヤスリをかけ始めた。

「めじろはいつ捕りに行くとな」

祐次が訊いた。

「ちぃーっとばかし遅かばってん、明日捕りに行こうたい」

「おお、よかぞ」と祐次は張り切っていた。


翌日、日曜日の朝から祐次たちはめじろを捕りに行く準備を始めていた。上下、二段式の落とし付きのめじろかごで捕るのは、なるだけ傷をつけたくない子めじろを捕るときに使うが、今ごろのめじろは囮のめじろかごの前にとりもちをつけたとまり木を仕掛けておいて、そこにくっついためじろをつかまえるのだった。

ところが、そのとりもちを町で買うと、かなり高かったのである。そこで、勝男はとりもちを自分で作っていた。とりもちはとりもちの木があれば簡単に作れた。樹皮を削り取って、水をかけながら根気強く、小石や木っ端などの固いもので搗《つ》き続ければ、やがて粘《ねば》りが出てきてとりもちになっていく。しかし、肝腎のとりもちの木を探すのが大変だった。とりもちの木は山まで取りに行かなくても、近くの新田《にった》材木屋の生木が積まれてあるところに行けば、必ず一本や二本はあった。勝男はこのチップ材にする生木の山から、丁寧《ていねい》に一本一本当たってとりもちの木を探し出す。これはもう勝男にしかできない技だ。

新田材木屋は小川を挟んで、去年の暮れに火事で焼けた風呂屋の、今はサーカス小屋が建っている隣にあって、生木の山はちょうどいいぐわいに、敷地の一番外れで、小川の近くに積まれてあった。

勝男はこの日も生木を丁寧に一本一本当たって、とりもちの木を探し出し、小川に持って行くと、さっそく二つ折りの小刀の肥後守で樹皮を削り取り始めた。

削り取った樹皮を二人で手分けして懸命に小石で搗いているときだった。小川の土手のほうから、こちらにやって来る人の気配を察したのは。

祐次も勝男も手を休めて、こちらにやって来る三人連れに息をひそめた。

三人のなかで一番背の高い女の人は髪を後ろにひっめて上のほうで留めているから、たぶんもう青年団の姉ちゃんたちと同じくらいの歳《とし》なのだろう。洗濯ものの入った大きな盥《たらい》を抱きかかえていて、もう一人の中学生くらいの背の低いほうの女の子は洗濯板を持っていた。残る一人は男の子で、二人の姉たちの陰に見え隠れしているが、祐次にも勝男にもその男の子が保であることは一目でわかっていた。

「見んしゃい。あいは保ばい」

祐次が言った。

「ほんなこつ、洗濯に来よらす」と勝男は立ち上がって言い、「どぎゃんすっと」と訊いた。

「なんの、あん人たちはよそ者《もん》たい。なんも言わせん」

祐次はそう言うと、休めていた手を再び動かし始めた。

やがて、保がやって来て、「祐次クンたち、何をやってるの」と土手の上から声をかけてきた。

保は姉たちと一緒のせいか、ひどく馴《な》れなれしかった。

「なんでんなか」

祐次が答えた。

すると、髪を後ろにひっめている女の人が保のほうを見て、「お友達……?」と訊いた。

「同じクラスなんだ」

「そう」とその女の人は相づちを打ち、「仲良く遊んでね」と今度は祐次のほうを見て言った。

そのとき、保の姉と目が合った瞬間、祐次は思わず「うんにゃ、べっぴんさんばい」と唸ってい*た。

ここいらへんではめったに見かけない、目の大きな、肌の白い、ほっそりとしたきれいな女の人だったからだ。

「ほんなこつ」と勝男も唸って、ぽけっとしていた。

保は土手から下りて来ると、勝男のそばに近づき、「何、やってるの」としっこい。

「とりもちたい」と勝男が答える。

「とりもちって……？」

「めじろば捕ると」

「どうやって？」と保は興味津々。

しかし、勝男はどうやってと訊かれても、説明できない。とにかく、わかっているのはとりもちを使って、ただめじろを捕るだけなのだ。

「都会もんな、山に入りきれんたい」

祐次が口を挟んだ。

「山くらい、入れるさ」

「ほんなこてや」と祐次が小馬鹿にするように言い、「入りきるんなら、連れて行こうたい。なぁ、勝男」とにやにやしながら続けた。

祐次はひそかに、山に連れて行ったらこっちのものだと思っていた。勝男もそのことにはすぐに察しがついたらしくて、「おお、連れて行こうたい。二羽、捕れれば保にもやるたい」と返事し、こちらはエへへと笑っていた。

一方、保は二人の誘いに大喜びだった。
＊べっぴんさんばい（美人さんだよ）

「おお姉ちゃん、めじろ捕りに連れて行ってくれるって。行っていいでしょう」

弟の保から「おお姉ちゃん」と呼ばれている保の姉は盥で洗濯している手を休めて、こちらを向き、「珍しいわね。保に友達ができるなんて。行っていいわよ。でも、夜の部に間に合うように帰って来るのよ」と言った。

保は「オッケーイ、オッケーイ」となにやらハイカラな英語で返事していた。

たくらみがあるとも知らないでと思いながら、祐次は盥のそばで中学生にもなって、手伝いもせずにしゃぼん玉を作って遊んでいる、髪も眉毛も真っ白い、背の低いほうのもう一人の姉を見て、しきりに小首をかしげていた。

「うんにゃ、白《しろ》かばい。こん人はちいっとばかし、頭*の足りんしゃらんとやろか……？」


祐次たちは勝男の家に戻り、囮のめじろと昨日できたばかりのめじろかごを持って、八幡さんのわきから裏山に入った。さっき作ったばかりのとりもちは、去年まで使っていた古いとりもちと一緒にして練り合わせ、量を多くして、くっつかない二枚貝の赤貝《あかがい》に詰めて勝男が持った。峠をひとつ越えた二の山の表斜面に、昔、八幡さんの隠田《おんでん》があった。その隠田の奥のほうに雑木林がある。手前に孟宗竹《もうそうだけ》の竹林があって、そのちょうど竹林がきれたあたりに、めじろがよく来ていた。

今日、勝男はその奥の雑木林のほうでめじろを捕るつもりでいる。しかし、その前に、隠田のあたりで、保を始末しなければならなかった。祐次たちは保に帰り道がわからないよう、わざと遠回りして崖や石垣をよじ登ったり、沢を渡ったりした。そのたびに保は遅れて、「待って！」を連発していた。

沢を二箇所《か》ほど渡ったところで、石垣をよじ登って八幡さんの隠田に着いた。

ここで祐次は「いっぷくしようたい」と言って、風呂敷に包んできた自分のめじろかごをそおっと田んぼのあぜ道の草むらに隠した。勝男も唐草模様の風呂敷に包んできた囮のめじろかごを同じところに隠し、それからとりもちの入った赤貝と竹笛、捕ったばかりのめじろが暴れて傷つかないよう、しばらく入れておくつぎはぎだらけの足袋《たび》を、その唐草模様の風呂敷に包まれためじろかごの上に、これは草むらからわかるように、蛇よけのために積み上げた。まだ蛇は出てこないだろうが、もし出てきた場合、こうして積み上げておけば、囮のめじろが暴れている様子がひと目でわかるからだった。

田んぼはちょうどれんげ草を植えて土を休ませているときで、喧嘩するにはかっこうの場所だった。

今までほとんど口を利かなかった祐次が、やおら保に口を開いた。

「保、どぎゃんな? 一人では、もう帰っきらんやろ」

このとき、保はすでに異様な雰囲気を察していたようだった。

「今日は逃げられんばい」と祐次が言ったと同時だった、後ろに回っていた勝男が保の先制攻撃を受けていたのは。

勝男は顔面に保の頭突《ずつ》きをまともに喰らっていた。

次の瞬間、祐次は太腿《ふともも》を蹴られて筋肉が硬直し、その場に膝を落として動けずにいた。
＊頭の足りんしゃらん（知的障害者）

保の喧嘩の仕方《しかた》は堂《どう》に入っていた。

勝男は鼻血を流して、早くも泣いていたのだ。

「狡《こす》か。まだなんもしとらんとに」

ようやく筋肉の痛みが取れて立ち上がった祐次が、吐き捨てるように言った。

「狡いのはそっちだろう。二人でかかってきて」

保は両拳《りょうこぶし》を固く握り、半身になって構えて見せた。

「なんば言いよっか。喧嘩は勝てばよかと」

祐次は保をつかまえればなんとかなると思っていた。保は細身でひょろひょろしていたからだ。

しかし、保は意外とすばしこかった。なかなかつかまらなかった。祐次は姿勢を低くし、腋《わき》を締めて蹴り上げる保の足を狙った。保は痛めつけた太腿をしつこく攻撃してきた。祐次は殴られるまま蹴られるまま、ちょっとかわしたり少し退がったりしながら、なんとか耐えて、保が疲れるのを待った。やがて、保の足を蹴り上げるスピードがにぶってきた。

祐次は何回目かにようやく蹴り上げた保の足をつかんでいた。そして保がよろけた隙に、すかさず股間に蹴りを入れていた。

保が「ギャアー」と悲鳴を上げてひっくり返った。

ところが、このとき祐次のほうも動けなかった。太腿の筋肉が何回も蹴られてけいれんしていたのだ。

祐次は地べたに尻もちをつき、けいれんしている太腿をさすった。痛くて涙がこぼれた。一方、保は股間を両手で押さえ、仰向《あおむ》けになって、「痛い、痛い」と呻《うめ》きながら、のたうち回っていた。

もう一人の勝男は鼻を押さえたまま、まだ泣き続けている。


喧嘩した三人のなかで、最初に立ち上がったのは祐次だった。

太腿のけいれんがおさまると、祐次はなんとか立てた。歩くと、まだ痛く足を引きずるようになるが、たいしたことはない。体を動かしているうちに、痛みもとれるだろう。それより、祐次は唇を切っていて、そこが少し腫《は》れて気持ち悪いのが気になっていた。口の中を冷たい湧《わ》き水かなんかでうがいをしたかった。

祐次は足を引きずりながら、泣いている勝男のところに行き、手で頭をちょっと小突《こづ》いて、「もう泣かんちゃよか」と言い、あぜ道にはえているよもぎの葉を摘んで、よくもみほぐし、「ほら、こいで拭かんか」と手渡した。

勝男はようやく泣きやみ、鼻を押さえていた手を放した。手には血糊《ちのり》がべっとりとついていたが、鼻血はもう止まっているようだった。上唇が切れて少しぷくっと腫れているが、ここも血は止まっていてたいしたことはなさそうだった。

それから、祐次は両手で股間を押さえ、横向きに倒れ込んでいる保のそばに近寄った。

保は忍び泣きしていた。

「保！　わいはやるたい。ばってん、今日はあいこたい。よかな」と話かけながら、祐次は「ちぃーっとばかし起きてみんしゃい。腰の抜けたとやろ」と言い、後ろからはがい締めにして強引に体を起こし、腰のところに膝で活《かつ》を入れた。

保は「うっ」と押し殺したような声を上げ、大きく深呼吸をすると、「死ぬかと思った」と大袈裟《おおげさ》なことを言った。

祐次は笑いながら、「そいはきんたまによう当たったとばい」と言い、「早よう跳び上がって、玉ば下ろさんば」と促した。

すると、保は「きんたま……？」と言ったきり、きょとんとしていた。

祐次は「ほら、触らせてみんか」と言って、保の股間を握った。

「ありゃりあ、ほんなこて玉のなかばい」

「ええ、ほんと！」と保はびっくりして、恐るおそるズボンの中に、自分の手を突っ込んで探った。

これを脇で見ていた勝男が、突然笑いだした。

「引っかかんしゃったばい」

「黙っとかんか」と祐次。

「なんだ、そうだったのか」とひと安心して、少し遅れて保が笑いだした。

「よかな。こいで保とおいとは朋輩《ほうべ》たい」

祐次が言った。

「うん、そぎゃんばい」と勝男も同意し、「あいばおいはあとで、めじろばやらんばできんたい」と言った。

祐次たちは再び沢に下り、冷たい湧き水で傷口を洗ったり口をゆすいだりしてから、もう一度石垣をよじ登って、田んぼのあぜ道沿いに竹林のほうに向かった。竹林の奥の薄暗い雑木林に入ってからしばらくして、先頭を行く勝男が立ち止まり、腰を低くして、「めじろのおるごたる」と声をひそめて言った。

しかし、祐次にはどこにめじろがいるのか見当もつかなかった。樹上は青々とした新緑で覆《おお》われているし、枝に目をこらしてもささくれだった樹皮が見えるだけで、あの萌葱《もえぎ》色の、目の回りが白く縁取られためじろの姿は見当たらなかった。

「どこにおると？」と祐次が訊いた。

「上にはおらんばい。もっと低かとこば、見らんば」

勝男に言われて、祐次は自分の背丈くらいのところを見回した。すると、勝男の言うとおり、周りに何十羽と群れをなしてめじろがいるのだ。

「ほんなこて、べ*ったいおるたい」とわくわくの祐次。

「どこどこ……？」と保。

勝男は「黙っとかんば逃ぐ」と注意し、「おさんたちは、ここにおらんね」と言って、自分は前に進み出てシイの木の陰に隠れ、めじろ捕りの準備を始めた。

二股に分かれた竹の枝にとりもちを巻きつけ、先端に赤いツバキの花を挿し、根元のほうを地面に深く刺し込む。囮のめじろかごは風呂敷を取って、とりもちを仕掛けた二股の竹の枝がちょうどめじろかごのとまり木の高さの位置にくるよう、あたりの適当な木の枝にぶら下げる。

＊あいば（そしたら）　＊やらんば（あげなくては）　＊べったい（たくさん）

こうしておいて、勝男は音を立てぬようそおっと祐次たちのところに戻って来て、やおらポケットから竹笛を取り出した。

「チヨチョ」と勝男がひと吹きすると、囮のめじろはそれよりきれいな高い声で、返事するように「チヨチョッ」とさえずる。

と、あたり一帯のめじろがその鳴き声に挑発されたのか、一斉に鳴き合い、やがてどこからともなく飛んできためじろが一ぺんに二羽とりもちに掛かった。

「やった！」と立ち上がって小躍りする保を、上着の裾を引っ張って座らせた勝男が、「そぎゃん、驚かせしゃんな。めじろのびっくりすれば、羽にとりもちのくっつくと」と言って、足速《あしばや》にめじろかごのところに行き、仕掛けたとりもちにくっついて飛べなくなっためじろの足を、唾《つば》をつけた指で素早くはがし、持ってきた足袋に入れた。もう一羽は保の声にびっくりして暴れたのか、羽を広げた状態のままとりもちにくっついてひっくり返り、ぶら下がっていた。

勝男はこちらに戻ってくると、「見てみんしゃい。こぎゃんなれば飛べんとさ。どぎゃんしようもなか。殺さんば」と保に言い、とりもちで羽がべとべとになっためじろの首をくるりとひと捻りした。間もなくして動かなくなっためじろを、勝男は後ろの竹藪のほうにぽいと放り投げた。

めじろは合計で五羽掛かった。うちメスが二羽いて、「メスはあんまし鳴かんけんね」と言って、勝男は逃がしてやり、オス三羽のうち一羽は形が悪いと言い、これも逃がしてやり、残った二羽を持ち帰ることにした。

それから、勝男は「めじろば捕るとは今日で仕舞《しま》いたい」と言って、自分で一番大切にしている高ざえのめじろをかごから取り出して、山に放してやった。

「もったいなか。よかめじろば逃がして、どぎゃんすっと」

祐次は頼まれている役場の助役さんに百五十円で売るのがいやなら、二百円にして売れば五十円もうけたのにと思っていた。五十円あれば、今集めているグリコの点数付きのキャラメルを十個買える。

「今年はよかめじろのおらんとさ。種《たね》つけの悪かとばい。あんめじろはそんうちよかめじろの種ばつけてくんしゃるやろ」と言って、勝男はさばさばしていた。

勝男は左右の足袋からめじろを取り出して、一羽を祐次のめじろかごに入れ、もう一羽を空になった自分のかごに入れて、「こいはおさんにやるけん*」と保にかごごと手渡した。

保は「ええ、本当にくれるの」と驚いていた。

「おいたちは朋輩《ほうべ》たい」

勝男はそう言って、鼻をすった。

祐次は昨日できあがったばかりの自分のめじろかごを、「あいば、おいはこんめじろかごばやるけん」と保に差し出した。

「そいはよかごとばい」と勝男も賛成し、「おいのめじろかごば使ってよかよ」と祐次に言い、さっそくめじろを取り替えた。

保は「へー」と感心し、「朋輩《ほうべ》って、よかばい」と方言で答えてみせた。

「よかやろが」と勝男が言い、祐次が笑った。

*おさんにやるけん（君にあげるから）

八幡さんの裏山から下りて来た後、別れ際に保が、「今夜、サーカスを見に来ない？」と誘った。

「高かとやろ。おいたちは行ききらん」

祐次が答えた。

「テントの後ろに来て。そこからこっそり入れてやるから」

「ばってん、夜、家ば出ればがらるっと」

勝男が言い、喧嘩で腫らしている上唇を舌でなめた。

祐次も勝男と同じだった。口を腫らし、あちこち生傷《なまきず》をつくっていて、それを母に見つけられると、叱られるのはわかりきっていた。「遊びよって、崖から落《お》っちゃけたと」で済めばよいが、喧嘩して生傷をつくったことがばれれば、相手がいてできることなので、それこそただでは済まされなかった。竹の物差しでバシリとやられるくらいのことは覚悟していなくてはならなかった。悪くすれば、あやまりにも連れて行かれるだろう。そこへ、さらに夜黙って家を出たとなれば、もうどうなるかわからない。おそらく母からではなくて、もっと怖い父から痛いめに遭わされるだろう。父の怒った顔を想像するだけでも、祐次は震えがくる。

「僕たちは朋輩《ほうべ》なんでしょう」

保が言った。

祐次も勝男もしばらく返事ができなかった。

「よかばい。朋輩はなんでんせんばできんとたい」と祐次が返事し、勝男に向かって「わいもよかやろが」と餓鬼《がき》大将風を吹かした。

勝男はしかたなさそうに「よかよ」と返事していたが、「兄ちゃんのえすかとばい……」といつまでもぼそぼそ言っていた。


家に帰ると、祐次はさっそく母に咎められた。

「口の腫れとったい。なんばしたと?」

「めじろば捕りに行ったと」と言って、祐次は風呂敷に包んでいるめじろかごを見せた。

「めじろは捕ってよかと」

「もろうたと。勝男は鑑札ば持っとんしゃるもんね」

祐次はそう言うと、逃げるように裏口のほうに回って、物置の天井に釘を打って、針金でめじろかごをぶら下げた。

祐次は内心、喧嘩したことがばれなくてよかったと思った。

勝男に言われたとおりに、さつまいもを練って餌をつくり、猪口《ちょこ》に盛って餌台にのせた。風呂敷は取らずに、そのままかぶせていた。めじろが外へ逃げようとして、竹ひごにぶっかって嘴《くちばし》を折ったり、首を挟んだりするから、かごに慣れるまでの間、風呂敷で覆ってあたりを暗くしておかなければならないのだそうだ。そのうち、めじろのほうも観念しておとなしくなるから、そうなれば風呂敷は取ってもいいらしい。

祐次は五時のサイレンが鳴る前に、風呂を焚《た》きつけて自分の仕事を終えていた。それから、祐次は晩ご飯前までに帰ってくれば叱られることはないだろうと思って、勝手口からこっそり抜け出て、保と約束したとおり、サーカス小屋に向かった。

　サーカス小屋の前にはすでにたくさんの人が並んでいて、祐次は戸惑《とまど》った。しばらく勝男が来るのを待ったが、並んでいる人がサーカス小屋の中に姿を消し始めてからも、勝男は現れなかった。祐次は勝男も来ないことだし、帰ろうかと思ったが、どうしても「僕たち朋輩《ほうべ》なんでしょう」と言った保の言葉が頭にこびりついて離れなかった。

　保に言われたとおり、テントの後ろに回ろうとしたときだった、祐次が女の人の声で、「祐次くん！」と呼び止められていたのは。

　今朝、小川で会ったばかりの背の高いほうの姉だった。おしろいに紅《べに》をつけていて、なにやらびっくりするような赤い色のスカートをはいていた。

「祐次くんなんでしょう。保のお友達の」

　祐次はどう返事すればよいかわからず、ただおろおろしていた。

「めじろもらったって。保、喜んでたわ」

　祐次は保の姉の語尾の「わ」の発音に一瞬、息がつまった。かつて耳にしたこともない言葉なのだ。叱られてばかりいる母の言葉とは違って、なにやら優しく、胸がきゅっと締めつけられて、息苦しいような感じなのだ。

「保、今、ショーに出る準備をしてるの」と保の姉は続けて言い、「あら、もう一人のお友達は？」と訊いた。

祐次は息苦しさに、どうしようもなくただ首を横に振るばかりだった。できるなら、このまま逃げ出したかった。

「あら、そうなの。残念だわね」と保の姉は言い、「じゃ、ここから入って」と今度はにっこりして手招きした。

祐次は手招きされるまま、テントの裾から中に入った。

風呂上がりの赤ん坊によくつける天花粉《てんかふん》のようないい香りが鼻腔をくすぐり、にっこり笑っている大きな目で見つめられ、祐次は耳たぶが熱くなった。

「これ食べながら見てね。保、あとから来るわよ」と保の姉はちり紙に包んだお菓子を手渡して、客席の一番前に祐次を連れて行った。

祐次はござの上に座ると、一息つき、さっそくちり紙を開いて見た。なかには塩せんべい、金平糖《こんぺいとう》、かりんとう、明治のミルクキャラメル、それから箱羊羹《はこようかん》が入っていた。祐次はご飯前に甘いものを食べると叱られそうだったが、お腹がすいていてどうしても我慢できずに、黒砂糖がたっぷりついたかりんとうを口に入れた。黒砂糖特有の甘いさとうきびの匂いが口の中いっぱいに広がって、舌の付け根付近からじわっとよだれが湧き出てくるような感じだ。

暗闇の中に電気が点《つ》いたかと思うと、黒いカーテンの裏側でなにやら音楽が聞こえ始めた。と、カーテンが開き、舞台が現れると、そこにはさっき会ったばかりの赤いスカートをはいた保の姉もいれば、犬のように首を鎖でつながれ、四つん這いになった全身真っ白なもう一人の姉の姿もあった。そして、保はといえば、舞台の中央で、手に持っている細長い棒を使って、シンバルを横にしたようなものや小さな太鼓を目にも止まらない速さで叩いていた。さらに驚いたことには、保は床に置いてある大きな太鼓をも足で叩いていたのだ。

保はとにかく格好よかった。腕と脚の部分にひらひらした魚のひれのようなものが付いた服を着て、それが不思議なことに手足を盛んに動かすごとに、赤や黄や青色にピカピカ光るのだ。

やがて音楽が終わり、赤いスカートから男のように黒いズボンにはき替えた保の姉が舞台に登場して来て、手品をやった。かぶっていた山高帽子にコップ一杯の水を入れて引っくり返しても、あら不思議、水がこぼれ出てこないのだ。それをもう一回引っくり返して、今度は真っ赤な花に変えて見せたりした。そしてきわめつきがお客さんからもらった一本のタバコを空中に放り投げて、一瞬にして白い鳩に変えて見せたときには、思わず祐次もパチパチと拍手を送っていた。

それから、保はピカピカに光る服のまま、オートバイに乗って現れた。でっかい地球儀のような丸い檻《おり》の中に入り、オートバイのエンジンをバリバリとふかし、やがてスピードをつけると、なんと頭上を走り始めたのだ。

祐次はよく落ちないものだと狐《きつね》につままれたような感じで見とれ、保がどうしてあんなに喧嘩が強かったのかの理由がわかったような気がした。保は忍術使い、忍者なのだ、と祐次は思った。だから、あんなに軽々しく一回転できたり、足を高く蹴り上げることができたのだ、と。

このとき、祐次はひょいと勝男も来ればよかったのにと思った。そうすれば、遠足のときにしか食べられない明治のミルクキャラメルも箱羊羹も食べられたのに、保の忍術も見れたのに、と思った。

祐次は夢中になって、サーカスに見とれていた。

犬の曲芸が終わってから休憩に入った。休憩のとき、祐次は保に呼ばれてテントの外に出た。と、外はもう真っ暗だった。

祐次は焦った。とっさに、晩ご飯は終わっていると思った。保にお礼を言うのも忘れて、駆け出していた。

「早よう帰らんば、こいはとうちゃんにがらる」

祐次は走った。

ほんのさっきまで楽しかった時間がまるで夢のようだった。塩せんべいも金平糖もかりんとうも明治のミルクキャラメルも箱羊羹も、それから優しい保の姉の笑顔もいらなかった。

祐次はちり紙に包まれた食べ残しのお菓子を放り投げていた。

祐次は懸命に駆けた。

家に近づくにつれて、なぜか涙がこぼれ出てきた。上着の袖《そで》で何度拭いても涙は止まらなかった。

玄関の戸を開け、母に怒鳴られるよりも先に、祐次は声を立てて泣き出していた。

（※小学六年四月）

五月の章　千羽鶴《せんばづる》――故瑞奈枝姉に捧ぐ

祐次には二人の姉がいる。中学二年の姉を「大《おお》きい姉ちゃん」、小学六年の姉を「小《ち》っちゃい姉ちゃん」と祐次は呼び分けている。その小っちゃい姉ちゃんが武雄の温泉病院に入院した。

小っちゃい姉ちゃんは半年ほど前、学校に行く道の栗田《くりた》豆腐屋の角で牛車《ぎっしゃ》にひかれた。ひかれたときはかすり傷程度で、それほど痛くもなかったから、親には黙っていた。というより、親に言えばきっと叱られると思っていたから、小っちゃい姉ちゃんは「引っ転んで、すりむいたと」と嘘をついていた。ところが、ひと月経っても足の痛いのが治らず、その足をかばって歩いているうちに、いつしかびっこを引くようになっていた。歩き方がおかしいのを父に見つけられ、町の診療所で診《み》てもらったときには、すでに左右の足の長さが五センチも違っていた。

そこで、牽引《けんいん》と温泉治療のために、小っちゃい姉ちゃんは武雄の国鉄病院に入院した。

小学三年の祐次が父に連れられて、小っちゃい姉ちゃんが入院している温泉病院に行ったのは、五月の連休のときだった。連休の間の一日だけ、父が母と入れ替わった。

佐賀県の武雄まで行くには、諫早で大村線、早岐《はいき》で佐世保線と二回乗り換えなければならない。国鉄職員の父は、その面倒臭い乗り換えをうまくやるために、貨物列車を利用した。諫早で乗り換えたのは石炭列車で、最後部の乗務員用の小さな箱形の車両だった。

　停まる駅がないので、まるで急行列車並みの速さなのだ。大村湾の海岸線に沿って線路が大きく曲がっているところでは、先頭の蒸気機関車が丸見えになる。黒煙が後方に棚引き、時折、下から勢いよく噴き出す白い蒸気で四つの大車輪が隠れる。しかし、隠れるのはほんの一瞬で、間もなく銀白色に輝く、国鉄ボタンマークの大車輪が、その全貌《ぜんぼう》を現してくる。そんなとき、祐次はつい「ポッポッシュッシュッ、ポッポッシュッシュッ」と口ずさみ、その声にも自然と力が入ってくる。

　しかし、ここで用心しなくてはならないのは、ゆうべ嬉しくて眠れなく、しょぼついている目に黒い石炭の煤《すす》が、入らないよう充分に気をつけなくてはならないことなのだ。風向きが変わったら、素早く窓から首を引っ込めること。ぐずぐずしていたら、微細《びさい》な石炭の煤で泣くようなことになる。しかも、その微細な煤は泣いて、涙で流し落とさなくてはうまく取れない代物《しろもの》だったから、男子《おとこんこ》にとってはよけいに極《き》まり悪いのだ。

　祐次は窓から首を出したり、素早く引っ込めたりしながら、先頭の蒸気機関車を上手に眺め続けた。


　小っちゃい姉ちゃんは悪いほうの足を枕元の砂袋に牽引されたまま、上半身を起こし、座り机に向かって、折り紙で何かを懸命に折っていた。

　祐次は縁側から上がり込んで、小っちゃい姉ちゃんの手元を凝視《ぎょうし》した。

「うんにゃー、また、こまんかたい*。なんば折りよっと?」

＊こまんかたい（ちっちゃいね）

小っちゃい姉ちゃんの手には、マチ針とピンセットが握られていた。

「なんでんなか！」

小っちゃい姉ちゃんは、そう怒るように言うと、机の上の小さな折り損なった透明のセロハン紙に強く息を吹きかけて払いのけ、マチ針とピンセットを座り机の引き出しにしまった。

それから、小っちゃい姉ちゃんはもう一方の引き出しから、乳白色の封筒形のあめがたを取り出して、机の角で叩き割り、その割れたかけらのほうからちびちびと舐《な》め始めた。

あめがたは滅多に食べられない米飴《こめあめ》で、結婚式の引き出物のなかにたまに入っているくらいだった。それを小っちゃい姉ちゃんはお見舞いでもらっていたようなのだ。もったいないから、少しずつ割って食べていたのだろう。

これを見て、祐次は「おいにもくれんね」と思わず、手を差し出す。

ところが、小っちゃい姉ちゃんは差し出された手にひどく脅《おび》え、「とうちゃん、祐次がおっ盗《と》ると！」と叫ぶ。

別に、取り上げようとしているわけではないのに、と祐次は思うのだけれど、父からは拳骨をもらうしで、小っちゃい姉ちゃんのそばにいるとろくなことはない。

小っちゃい姉ちゃんの病室は、国鉄の長屋の官舎を改築したもので、板の間に畳が六枚敷かれてあった。六畳の板の間だ。北側に壁があって、各病室は襖《ふすま》で仕切られるようになっていたが、昼間は開《あ》けっ放《ぱな》しだ。南側の出入り口の四本引きの障子の敷居をまたぐと、庭に面して幅一間《いっけん》ほどの広い縁側がある。その縁側はずーっと長く玄関のほうまで続いていて、廊下になっていた。縁側からは直接外の庭へと自由に出入りでき、その広い庭にはつつじの花が咲いていた。

祐次はつまらなくなって庭に下り、つつじの花びらを摘んではあめがたの代わりに花弁についているわずかな蜜を舐めて遊んだ。しかし、祐次は小っちゃい姉ちゃんが、どの引き出しにあめがたをしまったのかをはっきりと目撃していた。


夕方、祐次は父に連れられて、温泉に入りに行った。

湯船が途方もなく広いのを見て、とたんに祐次は嬉しくなった。こんなに広いなら、泳げると思ったからだ。薄暗いうえに、湯煙で先のほうに何があるのか、かいもく見当がつかない。祐次はさっそく潜って、湯船の探検に乗り出した。突き当たりは岩場になっていて、どうやらその底のほうから温泉が湧き出ているようだった。ひどく熱いところがあったり、生暖かいところがあったりした。

祐次は突き当たりの岩場に手を着いてターンをし、息をついてまた潜ったまま戻って来て、父のいる洗い場に上がった。

「とうちゃん、小っちゃい姉ちゃんな、いつでん*温泉に入っとっと?」

祐次が訊いた。

毎日、学校にも行かず、温泉に入って泳いで、あめがたを食べていいな、と祐次は思っていたからだ。

「そぎゃんせんば、治らんけんね」

＊いつでん（いつでも）

「よかね……」

「馬鹿たれが、どこがよかか！」

父はそう言うと、ヘチマの皮で祐次の首のところから順に石鹸《せっけん》をつけて洗い始めた。

ところが、石鹸がついているのに、一向に泡立ってこないのだ。それが祐次には不思議だった。

「なぁーんして、泡の立たんと？」

「よか温泉やっけんたい。こいが傷にはよう効くと」と父は答え、次に「ほれ」と後ろを向かせて、背中を洗い始めた。

祐次は父に促されるままに後ろ向きに立ち、それとなくあたりを見回した。

すると、今まで泳ぐのに夢中で気がつかなかったけれど、周りには片手のない人とか、肩から背中にかけて大きな傷痕《きずあと》のある人とか、両足がなくていざりながら湯船に向かっている人とかがいて、祐次はびっくりした。と同時に、祐次は急に薄気味悪くなってきた。怪我だから、移る病気ではないのに、一緒に風呂に入ったら、そのうち手も足も腐って溶けてなくなるのではないのかとひどく不安になるのだ。もう泳ぐどころではなかった。祐次は早く上がりたかった。

「とうちゃん、小便したか！」

祐次はそう父に告げると、一人でさっさと温泉から上がっていた。

温泉から帰って来ると、小っちゃい姉ちゃんは眠っていた。父は庭に下りて七輪《しちりん》に火を熾《おこ》し、夕飯の支度《したく》を始めていた。

祐次は気づかれぬよう忍び足で、小っちゃい姉ちゃんの枕元に行き、座り机の右側の引き出しからこっそりとあめがたを盗み出した。ひと目で盗んだとわからないように、あめがたのはじっこを机の角に叩きつけてほんの一かけを口に入れた。しかし、盗んで口にしたものの、小っちゃい姉ちゃんが今にも目を覚ますのではないのか、父がこちらを向いて何か用事を言いつけるのではないのかと、気が急《せ》いてゆっくり味わう以前に、祐次は固まりのまま呑《の》み込んでいた。

夕食は祐次の大嫌いな大根と人参《にんじん》の煮染《にし》めだった。煮染めは父が家から弁当箱に詰めて持って来たものだ。それを七輪で温めていた。ほかに鯨《くじら》の肉が少しと、豆腐の味噌汁で、その鯨の肉のほとんどは小ちゃい姉ちゃんの口に入った。

小っちゃい姉ちゃんは鯨の肉のほかに、寒天《かんてん》やら、ハムやら、苺やらを食べた。

祐次はうらやましくてたまらなかった。これなら、一かけのあめがたではなくて、一枚まるごと盗んで、家に帰ってからたっぷり時間をかけて食べればよかったと思った。

祐次は自分の箸《はし》でこまかくちぎった人参を、鼻をつまみ、目をつぶって、口に放り込んでは、おえっと突き上げてくる嘔吐《おうと》を我慢しながら食べた。一方、小っちゃい姉ちゃんは大根と人参の煮染めは皿の脇に残して、こんもりと盛ってある鯨の肉ばかりを食べていた。

祐次がちらりとそちらのほうに目を向けると、小っちゃい姉ちゃんは決まって、「とうちゃん、祐次がこちば睨《にら》むと！」と言いつける。そのたびに祐次は父から「人参ば食わんか！」と叱られていた。

夜中、祐次は隣で寝ている小っちゃい姉ちゃんの唸り声と泣き声で、二度目を覚ました。

最初は牽引しているほうの足が痛いのか、小っちゃい姉ちゃんは「ウーン、ウーン」としきりに唸っていた。

寝ぼけて聞いていたせいか、祐次はその唸り声を牛の鳴き声と聞き間違えていた。

祐次の家とは道を一本隔てた隣家は、農家で牛を二頭飼っている。春になると、種をつけ、子牛を産む。そのとき、お産が近づくにつれて隣家の牛は奇妙な声で鳴く。腹の底から絞り出すような声で、モーともウーンとも区別のつかないような重苦しい声なのだ。それを夜中にふと耳にすると、祐次はもう眠れなくなる。とてもつらそうで、聞くに耐えられず、怖いのだ。

小っちゃい姉ちゃんの唸り声は、その鳴き声とそっくりで、祐次は思わず耳を塞《ふさ》いだ。しかし、耳を塞いでもかすかに聞こえてくるから、よけいに怖い。しかもあたりは月の光で妙に明るく、あの白い障子が紫色がかって見えるのだ。これほど明るいと、もしあもよが出た場合、はっきり見えるから目も開けられない。

「とうちゃん、えすか！」

父は小っちゃい姉ちゃんの足元にいて、牽引しているほうの足を蒲団の上からしきりにさすってあげていた。

「なぁーんの、えすかろう」

そう言われれば、怖いことは何もなかった。そばには腕力のある大人の父もいれば、病気で今は歩けないけれど、いつもは頼もしい三つ年上の小っちゃい姉ちゃんもいた。

祐次はそおっと耳から手を離し、つぶっていた目を開けた。

あもよはどこにもいなかった。小っちゃい姉ちゃんも恐ろしい唸り声を上げてはいなかった。目をうっすらと半分ほど開けて、小さな寝息を立ててすでに寝入っていた。

「寝とっと？」

祐次が訊いた。

「よう寝とる」

父が答えた。

「半分、目ば開けとったい」

「よかけん、もう寝ろ」

父にそう叱られて、祐次は蒲団にごろりと横になった。そして、小っちゃい姉ちゃんのまねをしてうっすらと目を開けて寝る練習をしているうちに、いつしか祐次は眠っていた。


次に祐次が目を覚ましたのは、明け方だった。

小っちゃい姉ちゃんは、今度は初めから小さな声で「痛か、痛か」と泣いていた。父は牽引しているほうの足を、同じように蒲団の上から両手でさすってあげていたが、痛いのが治まらないのか、小っちゃい姉ちゃんの泣き声はだんだん大きくなっていった。初めは「わー、わー」と声を立て、次に「もう家《うち》に帰りたか」と叫び、終《しま》いには「ヒック、ヒック……」としゃっくりを上げていた。

祐次は蒲団に起き上がって、これらの一部始終をぼんやりと眺めていた。父から「小便に行ってこい」と言われて、祐次は蒲団から起き上がり、半開きの目をこすりこすり縁側の障子を開けた。長く続いている縁側はまだ薄暗かったが、ところどころ豆電球がついていたから、怖くはなかった。それに雨戸の隙間から差し込んでくる光は、すでに白みがかっていた。これならひとりでも行ける、と祐次は思った。

小便から帰って来ると、小っちゃい姉ちゃんはひと騒動起こして気が済んだのか、時折、ヒックとしゃっくりをあげていたが、少しずつまどろみ始めていた。

一方、祐次は眠れなかった。

「とうちゃん、小っちゃい姉ちゃんな、死ぬと?」

蒲団のほうに戻って来た父に、祐次が訊いた。

「馬鹿たれが、だいが死ぬもんか！」

祐次は父に叱られた。

「ばってん、痛か、痛かって言うてばい、泣いとったい」

祐次は自分がしゃっくりをあげて泣く場合のことを考えていた。よっぽどのことがない限り、しゃっくりをあげて泣くことはなかった。だから、小っちゃい姉ちゃんは本当に死ねほど足が痛いにちがいないのだ。

「泣いとっとは、ようなっとる証拠たい。悪うなれば、泣きもきらんと」と父は言って、「心配せんちゃよか。もうちぃーっと寝ろ」と蒲団をかぶせてきた。

祐次は蒲団をかぶせられて目をつぶったが、やっぱり眠れなかった。

あんなに足が痛いのなら、ぶら下げている砂袋を夜だけでも取ってあげたらいいのにとか、家に帰りたいのなら、帰って家で治療すればいいのにとか、祐次はそういうふうに考えていた。

しかし、小っちゃい姉ちゃんがどんなに泣き叫ぼうと、父は砂袋を取らなかったし、家にも帰してあげずに、ただ足をさすってあげているだけだった。

「とうちゃんな、狡《こす》か……」と祐次は小さく呟く。

このまま、もし治らなかったなら小っちゃい姉ちゃんは足の痛さに耐えきれずに死ぬかもしれない。死んだら、悪いことをした人や嘘をついた人はみんな地獄に堕《お》ちて、閻魔《えんま》大王に舌を引き抜かれるのだそうだ。痛いのを助けることができなかった父も、牛車にひかれたのを「引っ転んだと」と嘘をついた小っちゃい姉ちゃんも、あめがたを盗み食いした自分も、これからどんなにいいことをしても、死んだらやっぱり閻魔大王に舌を引き抜かれるのだろうか。

天井の板目《いため》模様が閻魔大王のそれに似てきて、祐次は怖くなり、思わず頭から蒲団をかぶる。口が耳のあたりまで裂けた閻魔大王が大きく目ん玉をひんむいて、こちらを睨みつけている。

「とうちゃん、死ねばどぎゃんなっと?」

蒲団を頭からかぶったまま、祐次は父にそう訊いていた。


翌朝、小っちゃい姉ちゃんはゆうべは何もなかったかのように、しじみの味噌汁を啜《すす》り、目玉焼きを食べ、ご飯をおかわりして、嫌いだという牛乳を、それでも一本飲んだ。祐次は食べ残しを狙っていたが、結局何も残らなかった。祐次が食べたのはゆうべの残りもので、大根と人参の煮染めだった。

看護婦さんが検温に来たあと、小っちゃい姉ちゃんは上半身を起こし、父から座り机を出してもらっていた。

それを見て、祐次はぎくりとした。昨日の盗み食いがばれるかもしれないと思ったからだ。ほんのちょっとだから、おそらくばれることはないだろうが、よもやということもありうる。そのことを考えると、祐次は空恐ろしくなる。

拳骨ひとつでは済まなくて、男子のくせに弱い者いじめをする気かとのお仕置《しお》きで、ひょっとしたら昼ご飯は抜きになるかもしれない。そうなれば、朝も満足に食べていないうえに、さらに昼抜きでは「ひもじかって[*]たまらんばい！」と祐次は思った。

祐次はもう考えないことにした。

しかし、小っちゃい姉ちゃんはあめがたをしまっているほうの引き出しには手をふれなかった。もう一方の引き出しから色とりどりの折り紙を取り出していた。

「千羽鶴ば折りよっと？」

脇から覗き込んだ祐次が訊いた。

「千羽鶴ば千羽折れば、わがが[*]よかごとの叶うとって」

小っちゃい姉ちゃんはそう返事しながらも、手を休めずに千羽鶴を折り続けている。

「千羽もや……？」

祐次は一日十羽折っても、百日かかると思った。とうてい自分にはできっこない、と。

「そいやっけん、千羽鶴っていうとたい」

小っちゃい姉ちゃんがこちらを見て、偉そうに言う。

祐次はふーんと思い、「千羽鶴ちゃ、ようできとったい」と感心しながら言い、「できんことばせんばできんけん、千羽っていうとやろ」と続けた。

すると、小っちゃい姉ちゃんはキョトンとしたまま、「とうちゃん、祐次がわざと笑わすっと！」と言いつける。

小っちゃい姉ちゃんは肩を小さく震わせながら、懸命に笑うのをこらえていた。体を震わせて笑うと、それだけ足にも響くのだろうか。

しかし、このとき父は庭のほうにいて、たぶん盥に水を張って洗濯をしていたのだろう。庭までは声が届かなかったようで、何も言ってこなかった。

祐次は小っちゃい姉ちゃんに教えてもらって千羽鶴を折った。けれども、不器用なものだから、折り上がったとき、腹部に息を吹きかけてもふくらまなかった。

それから、小っちゃい姉ちゃんはマチ針とピンセットを器用に使って、五ミリ四方のごく小さなセロハン紙で鶴を折って見せた。今はもっと小さい三ミリ四方のセロハン紙に挑戦しているところなのだそうだ。だが、それが意外とむずかしくて、昨日祐次が覗き込んだとき、「なんでんなか！」と機嫌が悪かったのは、そのためだったらしい。

公相寺の幼稚園に通っている妹が、母に手を引かれてやって来たのは、昼ごろだった。

＊ひもじかって（おなかが空いて）　＊わががよかごと（わたしの願い事）

祐次はさっそく妹のポケットからあめ玉と風船ガムを奪い取った。妹はいつもおいしいものはあとから食べるくせがあって、それはたいていポケットに隠し持っていた。兄の祐次はそれをよく知っていて、「くれんば、喰《く》らすっぞ！」と脅して横取りしていた。

しかし、この日は特別に交換条件をだしていた。小っちゃい姉ちゃんの座り机の右側の引き出しに、あのおいしいあめがたが入っている秘密を教えていた。もし見つかった場合、祐次はずるをして、妹に罪を押しつけるつもりでいたのだ。

「寝とっときにおっ盗ればよかと。ばってん、全部おっ盗れば、すぐわかるけん、ちょこっとぞ。よかな」と祐次は盗み出す方法も教えていた。

ところが、小っちゃい姉ちゃんは昼からも千羽鶴を折り続けて、いっこうに寝る気配はなかった。小っちゃい姉ちゃんは本当に千羽鶴を千羽折るつもりでいるらしい。

祐次は「すごか！」と思った。

母に連れられて武雄駅の国鉄の購買部に買い物に行って帰って来ると、小っちゃい姉ちゃんはようやく昼寝をしていた。父は母と入れ替わりにどこかへ出かけていて姿が見えず、そしてうまいぐわいに、母は病室で知り合いになった隣のおばさんと一緒に庭のほうに下りて長話をしていた。

祐次は妹を誘って、小っちゃい姉ちゃんの座り机の右側の引き出しを開けた。買い物に行ってカバヤのキャラメルを買ってもらっていたが、あんなものは外で待っているうちに食べ終えていた。

引き出しを開けると、長方形の菓子箱があり、あめがたは、その菓子箱の中の白い粉に埋まって二枚入っていた。一枚は食べて半分ほどになっていたが、もう一枚はまったく手がついておらず、そっくり一枚残っていた。あれから小っちゃい姉ちゃんはあめがたがもったいなくて食べきれずにいたようなのだ。半分ほどになっているあめがたは、昨日祐次が盗み食いした分だけ、端っこのほうがほんの少し欠けたままだった。

これを見て、祐次は「食いきれんとなら、おいが食うてやろうたい」と思い、まったく手をつけていないほうのあめがたを取り出し、机の角で半分に叩き割った。そして、半分を元の場所に埋め戻し、叩き割った半分を妹と分けた。

「やっぱぁー、カバヤよっか、うまかばい！」と妹と言い合いながら、祐次は、もちろん半分っこした大きいほうのあめがたを食べた。

それから、ちょうどあめがたを食べ終えたころ、母が庭から戻って来て、そして小っちゃい姉ちゃんが昼寝から目を覚ました。

祐次はなんとなく小っちゃい姉ちゃんのそばにはいられなくて、庭に下り、地べたを這いずり回っている黒蟻《くろあり》を捕まえて遊んでいた。

そこへ、母の恐ろしい声が上がった。

「祐次！」

妹はすでにうつ伏せになって、わーわーと泣いており、小っちゃい姉ちゃんは「あめがたばおっ盗られた。半分なか！」と言って、こちらはギャーギャーと声を立てて泣き叫んでいた。

祐次は恐ろしい雰囲気をひと目で察して、逃げようと思ったが、逃げられなかった。ここは佐賀県の武雄という町なのだ。昨日来たばかりの町で、どこをどう逃げればいいのか、見当もつかない。ここがたとえば、家なら、とにかく外に跳び出して、隣の牛小屋の裏を通り、畑を横切って喜田米屋の前の道から公民館の物置小屋に隠れれば、まずひと安心だった。少し時間が経ってから、五時のサイレンが鳴り終わるころ、夕飯の支度で忙しい頃合いを見計らって帰れば、時には体罰を受けずに、「かんにん……」*だけで許されることもあった。

しかし、この場合、祐次は自分も悪いことをしたなと思っていたし、逃げることもできなかったから、観念して母の言葉に従うしかなかった。庭へと続いている縁側に上がると、母はすぐに逃げ出せないよう祐次の耳をつかんだ。

祐次は耳をつかまれたまま、小っちゃい姉ちゃんの前に座らされた。

「手で叩けば、手の痛かもんね」と母は言いながら、裁縫箱《さいほうばこ》の脇に置いてある細長い袋に入った鯨尺《くじらじゃく》を取り出すや、まず二の腕をバシリだった。

「妹も食ったとに、どげんしておいばっかい?」

祐次は、叩かれた二の腕をさすりながら、そう訴えた。

すると、母は「声のこまかけん、聞こえんたい」と、一見、訴えを聞いてくれそうな口調で言いながらも、目はつり上がっていて、「そそのかしたのは、だいね!」と、今度は太股《ふともも》のほうをバシリだった。

「ばってん、小っちゃい姉ちゃんな狡《こす》か。わがばっかい、あめがたばべったい食うて。おいも足の痛うなりたか!」と祐次はやぶれかぶれだった。

一瞬、沈黙があって、母は「祐次……!」と呼びかけておいて、「そぎゃん、あめがたば食いたかね。あいば、立ってみんしゃい!」と命令して、祐次が腰をあげずにぐずぐずしていると、母は再び耳をつかんで、無理やり立たせた。

「足の痛うなりたかって言うたね」と言うや、母は鯨尺を水平にして、いきなり向こう臑《ずね》をゴツンだった。

母は病室のほかの人達が見ていようと構わなかった。本当に本気になって、足の骨を叩き折ろうとしていた。

祐次は向こう臑に一発浴びて「痛か!」と跳び上がり逃げようとしたが、耳を母からつかまれていてはどうすることもできなかった。しかし、それでも祐次は必死になってもがき、「もうせんけん」*とあやまったすきに、耳にあった母の手を振り切って、裸足のまま庭に跳び下りていた。

父が外出先から戻って来たころには、小っちゃい姉ちゃんも泣きやんでいた。

祐次はまだ庭にいて、そのあたりをなんとなくうろついていた。父からさらに打《ぶ》たれるようなことはなかったが、ただ「あやまっとけ……」と言われただけだった。そのとき、父は小さな声で、「昨日は男の節句やったけん、あとで酒《さか》まんじゅうば買《こ》うてやるばい」と約束してくれた。

それから、祐次が父と一緒に帰るころだった。小っちゃい姉ちゃんの機嫌も直って、座り机に向かって再び千羽鶴を折り始めていた。

父から「帰っぞ!」と言われて、祐次は庭先で靴を履いていた。そこへ、小っちゃい姉ちゃんが「祐

*かんにん(ごめんなさい)　*せんけん(しないから)

次！」と呼び止めた。

「こいば持って行かんね」

小っちゃい姉ちゃんは森永キャラメルの箱を差し出していた。

祐次はキャラメルを一箱もらえると思って大喜びし、「かんにん、もう盗らんけん」とあやまって、差し出されている森永キャラメルを受け取った。しかし、このとき、祐次は中身が入っている割にはやけに箱が軽いなとは思っていた。

帰りは武雄から肥前山口に出て、それから長崎本線に乗り換えた。急行列車でも貨物列車でもなくて、普通の客車だった。車中、祐次はさっそく小っちゃい姉ちゃんからもらった森永キャラメルの箱を開けてみた。

と、中身はキャラメルではなくて、小さなセロハン紙で折られた米粒ほどの千羽鶴が三羽、真綿に包まれて入っていただけだった。

父は「よかもんばもろうたたい。大事にせんば」と言っていたが、キャラメルとばかり思っていた祐次は、内心「なぁーんの、つまらんたい」とがっかりしていた。それよりも祐次にとって大切なのは、さきほど約束してくれていた酒まんじゅうのことだった。

何か祝い事があるとき、たとえば赤ん坊が生まれたとか、家を新築したとかというときに振る舞われるのが、この酒まんじゅうだった。だから、端午《たんご》の節句も柏餅《かしわもち》ではなくて、めでたい酒まんじゅうなのだ。

「酒まんじゅうは、どこで買《こ》うてくれると？」

「家に帰ってからたい。大窪《おおくぼ》さん家《ち》の酒まんじゅうが一番うまか」

「うん。兄ちゃんにも、大きい姉ちゃんにもおみやげで、買うていくとやろ？」

「そぎゃんしようかね」と父が言った。

このとき、祐次は小っちゃい姉ちゃんも家にいれば、「大窪さん家の一番うまか酒まんじゅう」が食べられたのにと思った。


（※小学三年五月）

おかっぱ頭の広子《ひろこ》は、くりくりとしたどんぐり眼《まなこ》で、笑うと両 頬《りょうほお》にえくぼができるが、いじめられて泣くときには、そのえくぼのできる両頬をぷーっとふくらませて、泣き声ひとつ立てず、大粒の涙をぽろぽろと流す。

勝《まさる》がどうして広子をそんなにいじめるのか、祐次にはわからなかった。

祐次と広子は同級生だが、勝はひとつ学年が上で小学六年だ。学年ごとに校舎が違ったり、先生の目があったりするものだから、勝が学校で広子をいじめるということはまずなかった。むしろ、勝は学校ではおとなしいほうだった。だが、学校から一歩外に出ると、がぜん勝はいじめっ子になる。広子を待ち伏せして、ヘビやトカゲを投げつけたり、あるいはランドセルを奪い取ってどこかに隠したりと、とにかくべそをかくまでいじめる。おまけに、家が互いに近くだったから、遊んでいるときでも、たとえば広子たちがゴム跳び遊びをしているなら、そのゴムを強引に取り上げてちょん切ったりしていた。

祐次は勝のことを「上級生のくせして、そいも女子《おなご》ばいじめよっとは、狡《こす》か」と思う。

ところが、そう思うものの、いざ広子から助けを求められても、祐次は何もできなかった。というより、どちらかといえば一緒になって広子をいじめていたほうだった。

勝の父親は馬喰《ばくろう》だ。年一回、秋に行なわれる恒例の上川神社《かみかわ》の奉納相撲大会ではいつも優勝して、米三俵の褒美《ほうび》をもらっていた。勝は、そんな父親の体力と気性をそのまま受け継いで生まれてきたような男で、いわばここいら一帯の餓鬼大将でもあった。とてもではないが、腕力では勝ち目がなかった。それに女の子と一緒に遊んだり、言葉を交わしたりすれば、たちまち「男と女子の豆男《おなごまめおとこ》」とはやしたてられ、仲間外れにされるのは目に見えていた。だから、いじめられているからといって、女の子を助けるなんてとんでもないことだった。

かといって、広子たちをまったく無視することもできなかった。

祐次や勝たちの遊び場は、大きなムクの樹のある空き地だ。奥のほうにムクの樹があって、手前にトタン屋根の破れかかったガレージがあった。広子たちはその手前のトタン屋根の破れかかったガレージのあたりで、ゴム跳びや石蹴りなどをして遊んでいた。

このころ、広子たちの間では〈けんけんぱー〉が、祐次たちの間では〈ちゃんばらごっこ〉が流行《はや》っていた。映画だか、紙芝居だかで、刺激を受けた誰かが、竹の刀にチョークを塗りつけて斬り合う遊びを見つけた。服に白くチョークの跡が付いたら、その人は斬られたことになるというわけだ。これなら、「うんにゃ、斬られんかった」と言って、喧嘩になることはなかった。ところが、そう勝負にはっきりと白黒がついてくると、なんとかチョークを投げつけてでも、敵の服に白い粉を付けようとする。棒切れにチョークの粉を付けた手裏剣《しゅるけん》が現れ、やがてもっと遠くから敵を倒せる弓矢が登場した。

しかし、勝はそれらの飛び道具をほかの誰にも使わせず、大将かぜをふかして自分だけが使った。そして、勝はそれらの飛び道具を一番年下の小学二年になる広子の弟、誠二《せいじ》に持たせていた。誠二は勝の小姓であり、大将の庇護《ひご》を受け、いつもいい役をもらい、いやな役はもっぱら祐次たちに押しつけられていた。

姉の広子はいじめるくせに、どうして弟の誠二だけはあんなにひいきするのか、と祐次は時折ひどく腹が立つことがある。しかし、それは悪い役が回ってきたときで、たとえば〈真田十勇士《さなだじゅうゆうし》ごっこ〉なら、真田幸村《さなだゆきむら》にはなれないとしても、猿飛佐助《さるとびさすけ》、霧隠才蔵《きりがくれさいぞう》、三好晴海入道《みよしせいかいにゅうどう》といったいい役が回ってきたら、それこそ腹を立てていたことさえもけろりと忘れてしまう程度のものだった。

ちゃんばらごっこに手裏剣や弓矢といった飛び道具が登場し、これまで竹の刀で懸命に斬り合っていたのが、遠くからでも簡単に白いチョークの粉を付けることができるようになって、なんとなくこの遊びに飽きていたころであった。

六月に入った最初の日曜日だった。この日、祐次は午後から勝たちと一緒に、ここのところ続いているいつものちゃんばらごっこをして遊んだ。広子たちも同じ空き地で、こちらは隅のほうの平らな地面にチョークで白く三角帽子の案山子《かかし》を描いて、そこに小石を投げ入れて遊ぶ、けんけんぱーをやっていた。

大きなムクの樹の陰に隠れて、広子たちの遊びを見ていた勝が「おーい！」とみんなを集め、「こいかい、広子たちばやっつけるばい」と言い出した。むろん、みんなも簡単に白いチョークの粉をつけられるちゃんばらごっこに飽きていたから、すぐに相談はまとまった。

しかし、祐次はなんとなく気が進まなかった。みんなが女の子たちをいじめるのは、いつものことだからいいとしても、勝が広子だけを目の敵《かたき》にして、いじめるのはどうしても許せない気がしていた。


この日の早朝、祐次はいつものとおり公民館で剣道を習った。その後、勝に呼び出されて、広子の家のニワトリをつぶしに行った。

勝の父親は牛や豚の品定めや売買などもしていたが、そのほかにもそれらを屠殺《とさつ》して、腹を裂き、部位ごとに食肉にする仕事もしていた。ウサギやカモ、ニワトリなんかはお手のもので、一ぺんに十羽、二十羽と絞《し》めていた。勝は父親の仕事を脇で見ていて、そのうちコツをつかみ、自分でもニワトリくらいは絞めて料理できるようになっていた。何かお祝いごとやお客さんがあったりすると、お呼びがかかり、勝にとってはいい小遣い銭《せん》稼ぎになっていた。

この日、広子の家では諫早からお客さんが来るということで、飼っているニワトリを一羽つぶすことになった。

勝は鶏小屋からとさかの赤いニワトリを一羽つかまえてくると、それをビワの木のある畑のほうへ持って行った。祐次と誠二は勝に付き添って一緒にビワの木のところまで行くが、広子は遠くからこの光景を見守っているだけで、決して近づこうとはしない。

初め、ニワトリは羽をつかまれて暴れているのだが、そのうち観念するのか、あるいは勝が何かを仕掛けるのか、急におとなしくなり、地べたに押しつけられても、時折「コウコウ……」と鳴くだけでじっとしている。やがて、勝はニワトリの首をひと捻りする。このとき、ニワトリは本当に、絞め殺されるよといわんばかりに「コケッー」と鳴く。しかし、これきりだ。勝はひと捻りしたそのニワトリの首をグイと折り曲げて、風切羽《かざきりばね》の腋の下に潜りこませて隠し、しばらく押さえ込んだままにしておく。ピクリとも動かなくなると、押さえ込んだまま、出刃包丁でニワトリの喉笛《のどぶえ》を切る。

　ここまでの手順はてきぱきとしていて素早く、しかもそばで見ていてもほとんど風切羽で覆《おお》い隠されているせいか、勝が何をやっているのかさっぱりわからない。ニワトリの喉からほとばしり出る鮮血を見て初めて、「ああ、やんしゃったばい」と思うくらいだった。

　ニワトリの喉笛から大量に出る血は、あらかじめ地べたに掘っていた深い穴へと吸い込まれていく。血の勢いがなくなったところで、勝はビワの木の枝に頭を下に、足を上にして吊り下げる。そして、これからが祐次や誠二の出番となる。生温かいうちに、ニワトリの毛をむしり取るのだ。むしり取った風切羽は矢羽《やばね》に使ったり、きれいなものは自分の宝物として大事に仕舞っていたりしていた。毛をきれいにむしり取られたニワトリは、さらに新聞紙を二、三枚くらい燃やして、産毛のような細い毛まで焼き取られる。ちょっと焦げ目のついた丸裸のニワトリは、もうこの時点では立派なかしわの肉だ。

　これを勝は片手にぶら下げて、広子が待っている井戸のそばに持って行き、出刃包丁一本で解体にとりかかる。腹を裂いて、臓物《ぞうもつ》を取り出し、部位ごとに肉を皿に盛っていく。勝の包丁さばきは荒っぽくて乱暴なのだが、それを脇でひと皿ごとに受けとめている広子は、さほどいやな顔をしていない。むしろ、勝の荒っぽさに広子が合わせているふうだった。

「皿のべったい*、いるばい」と勝が言えば、広子は「よかばい、いくらでんあるけん」と答える。

「こいがモツたい。長《なが》かと。ホルモンにすればうまか」

勝は腸を裂いて、まだ消化されていない鶏の餌を包丁の背でこそげ取る。

「ほんなこつ、長か」

勝が持ち上げた腸を見て、広子が目を丸くして言う。

「こんレバーも一緒に煮れば、うまか」

勝はそう言って、チョコレート色の肝臓を広子が持っている皿にドサッと盛った。

広子は急に盛られて、その皿をひっくり返しそうにするが、うまく親指でささえる。

このとき、広子と勝は目と目を見合わせて「コロコロ……」と笑う。

いつもあんなにいじめられてばかりいるのだから、勝の言うことを聞く必要はないのに、と祐次は思う。皿をわざとひっくり返してもいいのではないのか、と。

それなのに、広子は勝と一緒になって笑いころげているのだ。祐次は面白くなかった。

広子の母親が勝手口から出てきて、「勝ちゃんな、よか跡継ぎたい」と褒めて、お駄賃《だちん》として五十円硬貨をあげた。

それを目の当たりにして、祐次はますます面白くなかった。なぜか、勝に対してむしょうに腹が立った。

＊べったい（たくさん）

祐次は最後まで手伝うことができず、赤いとさかを切り落としている勝に、「おいはもう帰るけん」と言った。

すると、勝は「約束の違《ちご》う」といったふうな鋭い目で睨み、「帰らんちゃよかやろが。グリコば、あとでおごるけん」と、さっき広子の母親からお駄賃としてもらった五十円玉を見せようとして、ズボンのポケットに手を突っ込んだ。

しかし、祐次はもう駆け出していた。


勝は珍しく誠二を呼び付けて、先鋒の役をやらせた。いつもなら、ちびで駆けっこの速い小学四年の和夫が、その先鋒の役をやっていたはずなのだ。勝は午前中、広子の家の手伝いをしたり、広子とも言葉をかわしたりしていたから、ここはひとつ弟の誠二に華《はな》をもたせたかったのかもしれなかった。ところが、結果は反対に姉の広子から突き飛ばされて、半べそをかきながら、誠二は戻って来た。

「よかよか。あとで仇《かたき》ば討ってやるけん」と言い、勝はポケットから取り出したグリコのキャラメルを一つあげて、誠二を慰《なぐさ》めた。

それから、勝はこれみよがしにこそこそと誠二に耳打ちし、みんながほしがっている、グリコの景品が当たる野球の二塁打券をあげた。

さっきまで泣いていた誠二は、キャラメルと二塁打券をもらってにこりとし、自分の背丈と同じくらいの立派な男竹《おとこだけ》でできた弓と、午前中つぶしたニワトリの風切羽で作ったばかりの女竹《おんなだけ》でできた矢を持って、勝の後ろに機嫌よく控えた。

次に、勝は祐次を呼びつけた。

祐次はどうもさっきから勝としっくりいかなかった。一方、勝のほうも午前中のことで祐次を根にもっていた。

今までは勝に何かを言われて、それをやらないと殴られると思っていたから、「うん、よかばい」と祐次は、とにかくなんでも簡単に引き受けていた。しかし、今回だけは殴られてもいいやと思っていた。

「おいは行かん」

祐次が勝に対して、口答えしたのはこれが初めてだった。

「なんやて！」

勝が祐次の胸ぐらをつかんだ。

「行かんて言うちょろうが！」と本当はそう言うつもりだったのだが、口から出た言葉は「う、うんにゃ、行ってくるけん」だった。

祐次は自分でも情けなかった。

広子たちがやっているけんけんぱーを、祐次はトタン屋根の破れかかったガレージの陰に身を潜ませて、その様子を窺っていた。

ここから広子たちが遊んでいるところまで、五メートルと離れていない。この距離なら、すきを見て、広子の平べったい石を奪い取って来ることもできよう。うまくそれに成功すれば、広子はおそらく怒るだろう。怒って罵声《ばせい》を浴びせかけてくるにちがいない。そして、罵声を浴びせられてきたところで、勝はこう命令するだろう。「かかれ！」と。

その証拠に、ムクの樹の陰に隠れている勝は、しきりに「広子の石ば、早よう取らんか！」といわんばかりに、手でしっしっと合図を送り続けている。しかし、祐次の足はどうしても、もう一歩前に進まない。

もたもたしているうちに、広子のほうが目敏《めざと》く、祐次の姿を見つけていた。

「祐ちゃん、なんばしよっと。わかっちょろうね。月曜日、反省会で先生に言いつくっばい」

おかっぱ頭の広子がくりぐりとした大きなどんぐり眼をこちらに向けて、きっとなって怒鳴った。

このとき、祐次は複雑な気持ちだった。見つけられてほっとした気持ちがある一方、女の子に言われてすごすご引っ込むのもしゃくだったのだ。

しかし、いずれにしろ、こうなった以上、祐次は引き返すしかなかった。

引き返すと、勝がさっそく「こん、馬鹿たれが！」とけなした。

祐次はわけもわからず、むしょうに腹が立っていたものだから、思わず「人に言わんで、わがが行けばよかやろが！」と応酬《おうしゅう》していた。

「なんやて。もう一辺、言うてみんか！」

勝が怒った。

咄嗟に、祐次は腰を落として身構えた。これは一発、腹に蹴りを入れられるな、と思ったからだ。構えられると、さすがにやりにくいのか、勝はすぐに足を上げるようなことはせずに、まず背筋

を伸ばし、高い背をさらに高くして上から見下ろすようにして「ふん」と鼻であしらい、それから、

「あっはーん」と奇妙な声をあげた。

「祐次は、広子ば好《す》いちょっとやろ……？」

勝が言った。

おそらく、勝はそう言ってみんなの前で恥をかかせれば、祐次がカッとなって殴りかかってくるだろうと思っていたにちがいなかった。

ところが、祐次は自分の気持ちをずばり見抜かれても、不思議とむかついてはいなかった。むしろ、この場合自分にはまったく関係のない言葉のように感じられた。

勝は、一向に殴りかかってこない祐次に苛立ったのか、わざと大きな声で「広子ちゃーん！」と呼び、「祐次がおさんのことば、好いちょってばい」と女子《おなご》のようにしなをつくって言い、ヒヤヒヤとからかった。

しかし、勝がどんなにからかおうと、祐次はなんともなかった。腹が立つどころか、反対に異様にはしゃいでいる勝がうらやましかった。できれば、自分も勝のように、本当のことを言ってはしゃぎたかった。

このとき、祐次ははっきりと勝に対して敵意をもった。

「好いちょっとは、勝やなかと」

やっと祐次が言い返した。

一瞬、勝が黙った。

やがて、勝は「祐次、ようう見とけ。こぎゃんことば、わいにはできっか」と言い、後ろに控えている誠二の手から、充分に殺傷力のある男竹でできた弓を取った。そして、真新しい矢羽の付いた矢をつがえると、勝はにわかに弦《つる》を引き絞った。

その引き絞った矢の先をよく見ると、的は広子だった。

「危なか！　目に当たれば、どぎゃんすっと」

祐次が止めた。

しかし、時はすでに遅く、矢は弦から離れ、広子へとめがけて一直線に飛んでいた。

祐次は呆気《あっけ》にとられ、「あっ！　こいはほんなこつ、目に当たるばい」とわかっていても、「危なか！」のひとことも言えず、飛んでいる矢の軌道をただ目で追っているだけだった。

矢は広子の左目に突き刺さった。

「……！」

広子の悲鳴が上がった。

この広子の悲鳴を、祐次はまったく不思議な思いで聞いていた。

「ぎゃあー！」とか、「きゃあー！」とかいう声ではなくて、確かに何者かによって突き殺される悲鳴だった。ニワトリがひと捻りされて、絞め殺されたときに上げた、あの「コケッー！」のひと声にも似ていた。

ところが、祐次はそのあまりにも恐ろしい悲鳴に泣き出すどころか、小便をちびっていた。

（※小学五年六月）

七月《がつ》二十五日《にち》

祐次と同じ学級で、小学四年二組の佐々木等《ひとし》が死んだのは、七月二十五日の未明に起きた水害でだった。等はほかの兄弟三人と一緒に浴衣《ゆかた》の腰紐《こしひも》で縛られたまま、翌日、遺体となって家の瓦礫《がれき》の中から発見された。

その日の夜、高校二年の祐次の兄は、近くを流れている大川の堤防が決壊して直撃を受けた佐々木歯科医院の隣の岡村洋品店にいた。商品が濡《ぬ》れたら売りものにならないからといって、兄は岡村洋品店の岡村君の手伝いをしていた。停電のなかを懐中電灯の明かりをたよりに、岡村君と一緒になって懸命に商品を二階に運び上げていた。そこで、兄は濁流の直撃を受けた。

兄と岡村君と岡村の親父《おやじ》さんの三人は、二階の叩き割った腰掛け窓から屋根伝《づた》いに、佐々木歯科医院とは反対側の吉岡時計店のほうへ逃げようとしたが、濁流の勢いには勝てず、とっさに裏庭の柿の木の枝に跳びついた。

ところが、その枝にもう一人、跳びついて来た者がいた。佐々木歯科医院でただ一人、生き残った長男の弘《ひろし》だった。高校一年の弘は、縛られた腰紐を歯で喰いちぎって、逃げて来たのだという。

「死ぬときは、とうちゃんもかあちゃんもだいでん一緒たい」とみんなして言い合い、佐々木一家七人は互いに体を縛り合ったらしかった。佐々木等の両親は、それから三日後、自衛隊の捜索により、泥に埋もれた水田の中から、互いに腰をロープで縛り合ったままの遺体で発見された。

月が変わって、八月に入ると、いつもの暑い夏がやってきた。

大人たちは水害の後片付けに忙しかったけれど、子供たちは濁流の勢いで深くえぐれた淵《ふち》があちこちにできて、格好の泳ぎ場所がいっぺんに増えて大喜びだった。祐次は一刻も早く泳ぎに行きたくてしかたなかった。なかでも、小学校裏の地蔵淵《じぞうぶち》は凄かった。堤防の下が大きく深くえぐれて、祐次の兄の話では、堤防の一番上から立ち飛びで、つまり足から飛び込んでも、足が川底に着かないくらい深いと言うのだ。河原も水害前と比べたら倍ほど広がっていた。流れもゆったりしていて、川下の浅瀬は小学校裏の橋のたもとまで長く続いていた。

午前中、祐次は床上に三十センチほど溜まった泥をバケツリレーで外に運び出す手伝いをし、午後からは隣同士、互いに声を掛け合って、地蔵淵へと一緒に泳ぎに行くのが、そのころの日課だった。

昨日、祐次は堤防の石垣の十段目から飛び込むことができた。十段目といっても、まだ堤防の高さの半分もいかない。栗田豆腐屋の秋雄《あきお》は、祐次より一学年下のくせに、十八段目くらいから平気で飛び込む。祐次はそこいらあたりまで登って行くと、もう足が震えて駄目だ。飛び込むどころか、せっかく登って来た石垣を恐るおそる下りる有様だった。少しでも高いところから飛び込みたいとは思うものの、どうしても勇気がわかないのだ。

一方、祐次の兄はさすがに高校生だけあって、石垣で二十二、三段くらいある堤防の一番上から、やや斜め前方に向かって頭から飛び込んで行く。

水害で大きく流れの変わった河原をあちこち探検しながら、祐次たちが上流の地蔵淵に泳ぎに行くと、東参分壱《ひがしさんぶいち》の克彦《かつひこ》たちが先に来ていて、地蔵淵一帯を広く使って鬼ごっこをやっていた。

克彦は小学六年だが、中学生だと見間違われるほど体が大きかった。同じ東参分壱の背の低い中学一年の透を第一の子分にしている。克彦の家には昔から伝わっているという古ぼけた、赤紫色の鎧《よろい》があった。克彦の自慢は、その鎧だ。

「えんちん*祖先は独礼《どくれい》ばい」と何やら足軽より偉いようなことを言って、克彦は威張りちらしている。だから、西参分壱《にしさんぶいち》の祐次たちは、なんとなくそんな克彦が苦手だった。克彦は門のある立派な屋敷に、母と姉の三人で暮らしている。

祐次たちは川下の浅瀬のほうで、克彦がなんとか早く子分を引き連れてもっと上流の上川神社の淵に泳ぎに行かないかなぁー、と淡い期待を抱きつつ、川のなかで相撲を取ったり、潜りごっこをしたりしながら、つまらなく遊んでいた。何しろ向こうは九人いて、こちらはたったの四人だ。あんなに沢山いては、とうてい勝ち目はなかった。堤防の石垣の段から飛び込んで遊ぶより、むしろ今日は克彦たちの仲間に入れてもらったほうが、まだましだった。というのは、地蔵淵にはほかの部落の連中もそれぞれ餓鬼大将が子分を引き連れて泳ぎに来ていたからだ。場所の取り合いでいつも喧嘩になっていた。

＊えんちん（ぼくの家の）

祐次たちが相撲に飽きて、潜りごっこをしているときだった。克彦が鬼に追われて、川下の浅瀬のほうに逃げてきたのは。

克彦は、潜っている祐次に気づかずに、のしかかってきた。足をとられて倒れ、そこを克彦は鬼につかまった。

「こん馬鹿たれが。わいのせいで、つかまったやなかか！」

克彦は腹いせに、祐次を首投げにした。

祐次は首に腕を巻かれたまま、川のなかに押しつけられていたものだから、息苦しくなってどうにもならず、ただいたずらに手足をばたつかせていた。やがて、克彦は力をゆるめ、息ができるように祐次の顔を水面からあげた。しかし、一息ついたらまた水面に押しつけるにちがいなかった。こうして、わずかに息をさせながら、アップアップしているところを、克彦は楽しむのだ。

ところが、克彦は腋に抱え込んでいる相手の顔を見たとたん、「なぁーん、祐次や！」と言って、首から腕を外した。

「赤《あか》べこの兄《にい》ちゃんな、来《こ》らっさんと？」

克彦が訊いた。

祐次の兄はいつも赤いへこを絞めて泳ぎに来ていた。勉強もできて、中学時代は陸上部の選手だった。高校に入ってからは水泳部に所属している。あの七月二十五日の未明、柿の木にしがみついて助かったということで、ここいら一帯の餓鬼大将たちからは羨望《せんぼう》の的《まと》になっていた。

「あとで来《く》るって、言いよったばってん」

祐次が答えた。

鬼につかまった克彦は「ふーん」と返事しながら、川上の深みのほうへと引き返していたが、途中でこちらを振り向き、「祐次！　わいたちも、おいがとこに入ってよかばい」と誘ってきた。

「入って、よかと」

祐次はすぐに返事した。

「おう、よかぞ。ばってん、じゃんけんせんば。負けた者《もん》が鬼たい」

克彦はそう言うと、深みのある向こう岸の堤防のほうへ、自由形で泳いで行った。

祐次たち四人はそれぞれ自分の両手を交差して組み、それを元に戻しながらもうひと捻りして、「空を見れば、勝つぞ」と一斉に呪文を唱えてじゃんけんをした。負けたのは秋雄だった。秋雄は鬼の陣地である、やや黒っぽい大きな石のところで、後ろ向きに立ち、両手で目を覆い、素早く十《とお》、数えた。

その間に、ほかの三人は逃げた。祐次は堤防の石垣を懸命によじ登っていた。十段目くらいのところまで登ったが、それ以上、祐次はどうしても登れなかった。下を見ると、とたんに足に震えがくるのだ。

しかし、秋雄はそんな祐次にはおかまいなしに、石垣をよじ登ってくる。祐次は秋雄にあおられて、さらに五段ほど高く登ったが、もうこれ以上は駄目だ、登れない。かといって、このままでは鬼につかまってしまう。あとは飛び込むかどうかだ。だが、果たしていつもとは五段も高いところから飛び込めるだろうか。祐次は固く目をつぶったまま、「えすか！」*とばかりに飛び込んだ。

＊えすか（怖いよー）

ところが、たいへんだったのはそれからだった。水面に突っ込んだ瞬間、ツーンと鼻から水が入り、せきと鼻汁と涙でどうしようもなく、何度も水を飲み、おまけに岸に向かってバタバタと泳いでいるところを、祐次は簡単に鬼につかまっていたのだ。

秋雄の次に鬼になった祐次は、みんなを追いかけて、再び堤防の石垣をよじ登った。堤防の一番上からは「おーい。ひけしぼの祐次、こっちぞ！」と何人かがはやし立てた。祐次は小心者なんかじゃないんだぞ、ただ足が震えるだけなんだぞ、と意地になって、石垣をよじ登っていた。一度も下を見なかったから、このときは平気で堤防の一番上まで登れた。しかし、一番上まで登れたのはよかったけれど、はるか下のほうに見える青々とした水面を覗き込むと、後ろに誰もいやしないのに、誰かから背中を押されそうで、祐次はやっぱり足がブルブル震えてくる。

堤防の一番上にいた連中は、祐次が登って来ると、一斉に飛び込んだ。みんなは祐次が飛び込めないのを知っているのだ。祐次は誰もいなくなった堤防の一番上から、今度は一段一段、下に向かって石垣を下り始めた。しかし、このとき祐次はちっともみじめとは思っていなかった。というのは、さっきまでの意地もあって、自分では相当に無理をして石垣にへばりつくような格好ではなくて、石垣を背中に前向きで、すぐに飛び込める体勢で下りていたからだ。

と、祐次が石垣を四、五段ほど下りているあいだに、もうほかの場所からよじ登って来たのか、克彦が「おい、ひけしぼの祐次！」と言って、上から足で頭を小突いてきて、そのまま目の前を飛び込んでいった。祐次は頭を小突かれ、思わず体が硬直し、バランスをくずして、どうしても飛び込まなくてはならない事態に陥った。このまま怖がって石垣にしがみついていたら、かえって怪我するのは目に見えていた。おそらく、落ちた瞬間、石垣に背中をこすりつけて、一面かすり傷を負うことになるだろう。それを避けるには、どうしても、今立っている石段を思いっきり両足で蹴《け》るしかなかった。

祐次は克彦のあとに続いて、飛び込んでいた。

ところが、飛び込んでみると、さっきとは違ってなんともなかった。鼻に水が入ることもなかったし、不思議と「えすか！」とも思わなかった。むしろ、一挙に今までとは倍ほどの高さから飛び込めて、祐次は喜んでいた。堤防の一番上から飛び込めるのも、「あと一歩たい」と。

赤べこの祐次の兄が佐々木医院の弘を伴って、地蔵淵の堤防の上に現れたのは、五時のサイレンが鳴り終わるころだった。

弘は、そのころ役場の前の佐々木酒店の親戚の家にいた。役場は祐次の家の近くで、商店街の真ん中あたりにある。

初め、兄と弘は堤防の上にいたが、いっとき二人の姿が消えた。しかし、間もなくして、いがぐり頭から水滴《すいてき》を垂らした二人の姿が、再び堤防の一番上に現れた。たぶん、堤防の向こう側の水田に流れ込んでいる小川で、体を水に慣らしてきたのだろう。赤べこの兄は小指に唾をつけ、それで耳に栓《せん》をしたかと思うと、少し腰をかがめ、はずみをつけて、やや斜め前方に頭から飛び込んでいった。兄に続いて弘も飛び込んだが、弘は頭からではなくて、克彦たちと同じで立ち飛びだった。

兄は飛び込んだあと、なかなか上がってこなかったが、やがて川下の浅瀬のほうで、ぽっかりといがぐり頭を現した。それから、兄は川の流れに逆らって泳ぎ始めた。自由形も、バタフライも、背泳ぎも、平泳ぎもやった。弘も兄を真似て、いろんな泳ぎをやったが、水泳選手の兄には、はるかにおよばなかった。

五時のサイレンを合図に祐次たちは克彦を先頭に、来たときと同じように、今度は川の浅瀬を下流に向かって歩きだしていた。兄と弘が堤防の上に現れたのを見て、「あっ、赤べこ！」と言って、みんなが立ち止まった。そして、祐次の兄が堤防の一番上から飛び込み、誰もいなくなった地蔵淵を上下に、いろんな泳ぎ方で泳いでいるのを、みんながぽかんとして見ていた。

そのうちに、黙って見ていた克彦が、突如、こう奇妙なことを言い始めた。

「あぎゃん人ば、ほんなこつのひけしぼって言うとたい」

誰のことを言っているのか、祐次にはわからなかった。しかし、兄でないことだけはわかっていた。

「わがばっかい、生きて……」

克彦が続けた。

「とうちゃんが死のうって言うて、死にきれんかったとたい。そぎゃんやっけんが、ひけしぼやろうが。な、秋雄？」

たまたま克彦のそばにいた秋雄は、そう克彦に頭を小突かれ、返事にとまどっていたが、やがて、*

「そぎゃんばい。克ちゃんの言うとおりばい。弘ちゃんな、ひけしぼたい。おいはいっちょんととしかなかけん、とうちゃんが死のうって言いんしゃれば、死にきる」と答えた。

すると、みんなも「死にきる」「死にきる」と答え、「弘ちゃんな、ひけしぼたい！」と言い始めた。

「よかな。あぎゃん、ひけしぼとはぜったい口ば利かんとぞ！」

克彦はそう言うと、みんなを引き連れて、川のなかをジャブジャブと歩き始めた。

祐次もみんなと同じで、「弘ちゃんな、ほんなこつのひけしぼたい。おいは、ちかっと、ととしかばっかい」と思った。

「ばってん、兄ちゃんな、あぎゃんひけしぼと、どげんして一緒に泳ぎよっとやろか……？」と祐次はなんとなく腑《ふ》に落ちなかった。

家に帰ると、祐次はいい匂いに誘われて台所に向かった。台所では母と中学二年の上のほうの大きい姉ちゃんが手伝って、祐次の大好物の天プラを揚げていた。今日はごちそうだ。

水害のとき足に怪我をした父が、その怪我も治って、今日、諫早駅の国鉄の物資部に買い出しに行ってきたらしいのだ。諫早も本明川《ほんみょうがわ》の眼鏡橋《めがねばし》から下流のほうは目茶苦茶だそうだが、高台にある駅舎は無事だったという。

祐次は風呂場で着替えると、再び台所に向かった。そして、でっぷりと太った母の大きな体の陰に隠れて、揚げたてがとてもおいしいサツマイモの天プラに手を出した。

「祐次！　そいば食《く》えば、いっちょ＊減るばってん、よかね？」

こっそり脇から手を出したつもりだったのに、大きい姉ちゃんにしっかり見られていた。

＊ととしか（臆病）　＊いっちょ（一つ）

祐次はチェッと舌打ちし、つまみかけていたサツマイモの天プラを元に戻した。

すると、母が横から「ほら、こいば食《く》え」と言って、いましがた鍋から揚げたばかりの、サツマイモの天プラを菜箸《さいばし》でつまんで寄こした。

「食ってよかと？　もうひもじうてたまらんと。腹《はら》ん皮のくっつきよる」

祐次は熱あつの天プラを「ハヒハヒ……」と舌で転ばしながら食べた。そして、食べながら、祐次はなんとなく気になっていたことを、母に訊いていた。

「かあちゃん！　……弘ちゃんな、ひけしぼって言いよんしゃるばってん、ほんなこつね？」

「弘ちゃんって、だいね？」

ささがきにしたゴボウの天プラを揚げている母が訊いた。

「佐々木等の兄ちゃんたい」

「だいね。そぎゃんことば言いよっとは？」

ゴボウの天プラを揚げている手を休めて、母がこちらを睨んだ。

「だ、だいがって……。だいでん、そぎゃん言いよんしゃっと。わがばっかい逃げて、死にきれんかったって」

にわかに顔色の変わった母を見て、祐次は「がらるっぱい！」と思い、とっさに克彦の名前は言わなかった。

「そぎゃん言うもんやなかと。生きとっとがいちばんたい。死んだら、つまらんと」

母はそう言うと、再びささがきにしたゴボウの天プラを揚げ始めた。

祐次は食べかけていたサツマイモの天プラをいっぺんに口の中に放り込み、モグモグと食べながら、「あいば、どげんして等のとうちゃんな、死のうって言いんしゃったとね。生きとっとがいちばんやろ?」と訊いた。

しかし、母は何も答えなかった。天プラの衣《ころも》をつけている大きい姉ちゃんを促して、黙々と天プラを揚げ続けていた。

そこへ、まだ少し足をひきずっている父が現れた。父は、たぶん台所の奥の便所に行って、用を足してきたところだったのだろう。

「祐次! 親にそぎゃんことば、言うもんやなか。水害って、そぎゃんもんたい。どぎゃんしようもなかったと」と父は言い、「やぐらしか*ことは考えんとばい。よかか!」と叱った。

その際、父は祐次の頭をひとつゴツンとやってきた。

祐次は、なぜ父に殴られなくてはならないのかわからず、とにかくそのげんこつの痛さに涙ぐみながら、「えすかとは、とうちゃんばい」と思って、台所から逃げ出していた。

(※小学四年七月)

*やぐらしか(ややこしいこと)

八月の章　廿日《はつか》えべっさん

ラジオ体操の帰りがけに、後で一緒に鮎突《あゆつ》きに行こうと約束していたから、祐次は今日の分の「夏休みの友」を終えると、さっそく黒い三角の布製のへこに着替え、上にはランニングシャツを着て、毅《つよし》の家へ向かった。手には丸形の水中メガネと手製のほこを持っている。

毅は、この春、新しく中学に入ってきたばかりの転校生だ。組はちがっていたが、引っ越してきた家がすぐ近くだったので、まず妹たちが仲よくなり、それから毅がいつのまにか、祐次たちの遊び仲間に入っていた。

毅の家の豚小屋のほうから声をかけると、ちょうど妹の日奈子《ひなこ》が豚に餌をやっているところだった。

「毅！　祐ちゃんが来んしゃったばい」

日奈子は小学六年のくせに、兄の毅より背が高い。小学四年の祐次の妹をよくかわいがってくれていて、朝はいつも一緒に学校に行く。夏休みに入った今は、学校の代わりに、毎朝、ラジオ体操に誘ってくれている。

「毅！　祐ちゃんばい」

日奈子は、そう兄の毅の名前を二回大きな声で呼んで、肩を左右にギッタンバッタンと揺らしながら、片手には豚にやった空のブリキのバケツを提げて裏口に消えた。

やがて、その裏口に毅が現れた。

と、毅の右頬は青紫色に腫れあがっていた。

「どぎゃんしたと？　ほっぺたの腫れとったい」

「あー、なんて？」

毅は左の耳を近づけてきた。

「聞こえんと。ほっぺたの腫れとる」

祐次は大きな声を出した。

「なぁーの、こんくらい。なんでんなか」

毅はそう答えると、そのまま真っ直ぐ、カボチャ畑を踏み散らして表の道に出た。

「とうちゃんに叩かれたと？」

道に出たところで、祐次が訊いた。

毅の家には、なぜか、引っ越して来たときから母親がいなかった。

黙っている毅に、祐次が続けて訊いた。

「昨日のことでや？」

昨日、毅は一学年上の中学三年の省三《しょうぞう》に脅《おど》されて、店から板垣退助《いたがきたいすけ》の百円札を三枚盗んだ。省三の家は肉屋をしている。省三が店員を呼び寄せている隙に、毅に盗ませたのだ。省三は、自慢のジャックナイフをちらつかせながら、「*わいんとこのとうちゃんは、あいはなんな。目は*ひんがらたい。日奈子は*ちんばやなかか。豚ばっかい殺すけん、罰の当たったとやなかと。おいが遊んでやらんば、わいとはだいも遊んでくれんとばい。なんの、肝《きも》だめしたい。三枚ばかし取ってくればよかと」と言い、ジャックナイフの刃先で背中を押した。

毅は何も言い返せず、唇をへの字に結んだまま省三に言われたとおり、店のお金入れの引き出しから百円札を三枚盗んだ。

そのとき、祐次も一緒にいたが、省三の仕返しが恐ろしくて毅同様、何もできずに黙っていた。

毅の父親は、その省三の家の谷川肉屋の、店のほうではなくて屠殺場《とさつじょう》で働いている。

省三はジャックナイフをちらつかせて、盗みを強要させたくせに、三百円足りないのが見つかって、ひきょうにもその罪を毅に押しつけたにちがいないのだ。確かに事実だけをとってみれば、直接手をくだしたのは省三ではなくて毅だ。だから「おいはおっ盗っとらん。毅がおっ盗りよったごたる」と言っても、省三は親に対して何も嘘をついていることにはならない。ぬれぎぬを着せられているとわかっていても、毅は何も言えなかった。父親から頬が腫れ上がるくらい殴られるのは、当たり前だ、と毅は思っていたにちがいない。

「叩かれたばってん、なぁーも言われんたい」

毅は手に持っている女竹をくり抜いて作った、ゴム付きのほこを手前のほうへ引き、鉤《かぎ》形のレバーを凹《くぼ》みに引っ掛け、それを人差し指ではじいて、畑のカボチャを突き刺した。

「ボコッ！……」

祐次は何も言えなかった。

大川の堤防に出ると、向こう岸の屠殺場ではちょうど豚を屠殺しているところらしくて、青いトタン屋根からはうるさく騒ぐ豚の金切《かなき》り声が聞こえ、土管からはどす黒い血が流れ出ていた。

毅は小石を拾うと、「こんばかたれが！」と怒鳴り、屠殺場めがけて、その小石を力いっぱい投げた。しかし、投げられた小石は屠殺場の青いトタン屋根に届くどころか、その半分もいかず、川の真ん中あたりを流れている深みに丸い輪をつくって落ちた。

祐次も毅にならって、小石を拾って投げたが、こちらはなんとか向こう岸には届いたものの、土管の手前でどす黒く淀んでいる水たまりに、やっぱり丸い輪をつくって落ちただけだった。

「……ばってん、えんちんとうちゃんもえすかとばい」

祐次はそう言って、前を行く毅に追いつき、肩を並べて歩き出した。

ところが、祐次は間もなくして、県道の大通りを横切り、道の脇に真新しい赤い涎掛けをした恵比寿さんを目にしたとたん、「ヤッホー！」と歓声をあげていた。

「今日は廿日えべっさんやったたい」

「なぁーん、そん廿日えべっさんって？」

毅は狐につままれたような顔をした。

「わいは、知らんとやろ。よかとぞ、廿日えべっさんって。なんでん食《く》えっと。金時《きんとき》やろ、ミルクセーキやろ……」

「き、金時ば食えっと。あん、冷めたか、小豆《あずき》の入っととっとやろ。そいはよかごたるばい。よ、よ
＊わいんとこ（君んち）　＊ひんがら（斜視）　＊ちんば（片脚）

だるのたるったい」

毅はそうわざとどもって、喉を鳴らしてつばを飲み込んだ。

学校でうるさく禁止されている鉄橋を素早く渡り、でんぷん工場の先の第一プールと呼んでいる堰《せき》から、祐次たちは川に入った。

コンクリートでできている堰の下には、流れに沿って深い淵があるが、ここは泳いでいる連中が多くて、ほこを使うのは危ない。けれども、下流の浅いところで、今日の腕試しに、大人の手のひらくらいの鮎を二、三匹突いて、祐次たちはゴミ焼却場《しょうきゃくじょう》の下の第二プールへと向かった。この第二プールの下には、第一プールよりもっと深い淵があって、去年、小学生が溺《おぼ》れ死んだ。それで、今年からは遊泳禁止になっている。ところが、この淵には三十センチ級の大形の鮎が、それこそうようよいたのだ。

昼前で、まだ見回りの役場の人もやって来ないだろうから、と思うと祐次は焦った。

三十センチ級の形のいい鮎を突いて旅館に持って行けば、一匹五十円ぐらいで引き取ってくれる。なるべく傷をつけないよう、頭から背中にかけての肉厚の部分を狙って一発で仕留《しと》める。そうすれば、暴れて逃げられることもないし、傷も一箇所つくだけで、それも串を刺して焼いてしまえばまったくわからなくなってしまうから、確実に売り物になるのだ。鮎を深みから河原の浅瀬のほうに追い込み、鮎が一瞬反転したところを狙う。毅がこちら側、祐次が向こう岸に陣取って潜った。

祐次は潜ってすぐ、最初の息継《いきつ》ぎで一匹目を仕留めていた。潜り始めてから五、六回息継ぎするまでの間がいちばん肝腎なのだ。鮎もまだ逃げずに沢山いるし、やがてはあの乱暴者の省三も子分を何人か引き連れてやってくるだろう。そうなれば、鮎突きどころではなくなる。へたなくせに、省三は「ほこば貸さんか」と言って、無理やり奪い取り、深みに潜って鮎をきれいに追っ払ってしまう。そして、省三は「鮎は一匹もおらんたい」と決まり文句をはき、祐次たちが突いた鮎をかっぱらって行く。

鮎はだいたい、午前中だけで祐次が十二、三匹ぐらい突き、毅はまだ始めたばかりだから、二、三匹も突けば上出来だった。

ところが、この日、毅は一匹も鮎を突かないうちに、河原の大きな石の上で腹這《はらば》いになって休んでいた。父親に殴られた右の耳を、陽が当たって熱くなった石に押しつけている。

「どぎゃんしたと！」

水面から顔を上げて、祐次が叫んだ。

だが、聞こえなかったのか、毅は横を向いたままだった。

「痛かと？」

祐次が大声を張り上げた。

すると、毅は「うんにゃー！」と返事して、ようやくこちら見て、「痛とうはなかばってん、潜れば頭にジーンってくっとたい」と言った。

「家に帰らんちゃよかと？」

「なんの、こんくらい」と毅は言って、石から起き上がると、堤防を駆け上がり、農道の脇に生えているヨモギの葉を摘んで来て、手でよくもみほぐした後、それを耳に詰めた。

「こいでよかやろ」

毅は再び水中メガネを掛け、ゴム付きのほこを引いて深みに潜った。

その間、祐次は早くも三匹目の鮎を突いていた。四匹目を突いて、水面から顔を上げると、毅がまた、大きな石の上で腹這いになってやすんでいた。

「毅……！」

祐次は突いた鮎を手に持って、川から上がった。

毅は水際に水中メガネとほこを置きっぱなしにしていた。そのほこもゴムを引いたままなのだ。

祐次は「あぶなか……」と思いながらも、突いた四匹目の鮎を水際に作っている小さな生け簀《す》に入れ、上から平たい石で蓋《ふた》をして隠してから、もう一度毅に声をかけた。

「おーい、どぎゃんすっとか。もう突《つ》かんと？」

今度はすぐに聞こえたらしくて、毅は「うん、今日はもうせん」と答えた。

と、そこへ省三が現れた。

「今日はもう*せんって、なんばや？」

省三は堤防の上にいた。

省三はいつものとおり、子分を三人ほど引き連れている。

「いん*にゃまた、泥棒のおったい」

堤防を駆け下りて来た、省三の第一の子分でもある山内呉服店の長男坊が、毅をひと目見て、そう言ってきた。

「泥棒ちゃ、誰《だい》のことな」

毅がやおら石の上から起き上がった。

「わいのことやなかと」

毅より一学年下で小学六年の、その山内呉服店の卓也《たくや》がなまいきな口の利き方をした。

毅はその一つ年下の卓也よりも背が低く、痩せっぽちだったから、ほかの小学生たちからも小馬鹿にされていた。

「なぁーて、もういっぺん言うてみんしゃい！」

毅は爪先立《つまさきだ》って、精いっぱい背筋を伸ばし、卓也に向かってこぶしを振り上げた。

ところが、その振り上げたこぶしをつかんで、簡単にねじ伏せたのは、親分格の省三だ。

「よか。今日は、喧嘩はせんと。廿日えべっさんやんもんね」

毅はねじ伏せられた腕をさすりながら、卓也に「覚えときんしゃいよ」と言い、唾をペッと吐いて脇に引っ込んだ。

川から上がってきた祐次も、「うん。今日は廿日えべっさんたい」と珍しく省三と申し合わせたかのように言った。

「祐次、なん匹突いたとな？」

省三がやんわりと訊いてきた。

「一匹も突いとらん」

＊せんって、なんばや？（しないって、何を？）　＊いんにゃ（これは）

祐次は嘘をついた。

ここで、本当のことを言っても、どうせ見つかったら奪われるのはわかりきっていたのだ。

省三は「ほう、そぎゃんやろか」と言いながら、ゴム草履《ぞうり》を脱ぎ、裸足になって水際のそれらしい怪《あや》しげな平たい石を蹴っ飛ばし始めた。卓也たちも一緒になって探しているから、もう駄目だと祐次は諦めきっていた。

と、そのときだった、省三が「ギャアー」と悲鳴を上げたのは。

省三はそのまま悲鳴を上げながら倒れ込み、「だいな、こぎゃんとこにほこば置いとっとは！」と叫んだ。

省三の右足には、親指の付け根あたりから斜めに、赤ん坊用の蚊帳《かや》の骨で作ったほこが突き刺さっていた。

「早よう、取らんか！」

このとき、痛さに顔をゆがめている省三を見て、いちばん慌てたのは、毅だ。突き刺さっているほこは、まぎれもなく毅のものだったからだ。

毅はうっかり、ゴムを引いたままほこをほうりっぱなしにしていた。といって、省三を狙ってわざとほうりっぱなしにしていたわけではない。にもかかわらず、毅はなぜか、すでに省三の仕返しを恐れたのか、まったく近づけなかった。それでも、毅は勇気をふるって、ある程度距離を取って近づき、小刻みに震えている手で、それも片手で持ち上げて引き抜こうとしているものだから、突き刺さっているほこ自体が安定せず、かえって持ち上げた重みで痛さが増すのか、省三は「痛かー」

と目に涙を浮かべていた。

もたもたしているのを見るに見兼ねて、祐次が「毅！」と声をかけ、「わいはちぃーっとばかし、あっちに行っとかんか！」と大声で指図して、卓也を呼び寄せ、「足ばよう押さえときんしゃいよ！」と声を強めて言い、すでに血がにじみ出ている足の裏から、突き刺さっているほこを根元から一気に引き抜いた。

かなり深く突き刺さっていたようで、どす黒い血がいちどきに湧き出てきた。

ほこを引き抜くと、少しは楽になったのか、省三はさっきよりは痛がらず、そばにいる卓彦に言いつけて、まず手ぬぐいで足首を強く縛り、傷口を自分の手ぬぐいで押さえつけた。省三はそうやって、痛さをこらえながら、血が止まるまで、しばらく河原の石ころの上であぐらをかいていた。

しかし、こうやって、省三が黙っていればいるほど、後が怖かった。

ところが、省三は祐次に向かって、「今日んことはわかっちょろ。昼《ひる》かい卓也ん家《ち》の裏庭に来んばぞ。よかな」と言ったきりで、大川の堤防をけんけんで登り、あとは子分たちの肩を借りて、右足をかばうようにびっこをひきながら、引き揚げて行った。

省三の右足に巻かれていた手ぬぐいは血で真っ赤に染まり、石垣の堤防には赤い斑点《はんてん》が描かれていた。

「なんの、あいはわがが悪かと。足であせくらんば*、怪我《けが》はせんやったとさ」

祐次は、仕返しをひどく恐れて顔色を失っている毅に、そう言ってやった。

しかし、毅はうんともすんとも言わずに、ただうなだれていた。

*あせくらんば（掻き回さなかったなら）

廿日えべっさんとは八月二十日の夜、駅前から大川の橋のたもとまでの約一キロの商店街の軒下に縄を張り、そこに小さな四角錐《しかくすい》の灯籠《とうろう》を吊るして、各辻《つじ》ごとにまってある石仏の恵比寿さんに商売繁昌を願う祭りだ。「こん一年、よんにょ儲けさせてもろうて、ありがとさん」といったふうに、恵比寿さんに感謝する祭りでもあったから、その灯籠づくりを手伝う各班の子供たちには小遣いがふるまわれた。その小遣いで祐次たちはいつもならかき氷しか食べられないのが、この日に限って金時やらミルクセーキ、それに餡のいっぱい詰まった回転焼きといったご馳走を口にすることができたのだった。

祐次は楽しみな夜のことを考えて、昼ご飯はおにぎり一つだけで済ませて、早々と毅を呼びに行き、一緒に山内呉服店の裏庭のほうへ回った。

毅は初め、「おいは行かん」と言っていたが、「今日はよかと。廿日えべっさんやんもんね。なんか言うてきんしゃればさ、廿日えべっさんて言うちょればよかと。さいばさ、おさんな、金時は食わんちゃよかとね」との祐次の言葉に、つい首を縦にふり、「金時は食いたかばってん、えすか……」とぶつくさ言いながらもついて来た。

山内呉服店の裏庭にはすでに十二、三人ほどの小学生が集まっていて、灯籠の障子紙貼《は》りをやっていた。

「なぁーん、もうしよっと」

祐次が卓也に声をかけた。

省三ではなくて、卓也がみんなに号令をかけていた。

「省ちゃんな、足の痛うて来《こ》れんとげな」

「寝とっと?」

「知らん」と卓也は答えて、「今日は廿日えべっさんやっけん……」と伏し目がちに言い、省三といるときとはちがう、正反対の態度を取った。

祐次は「おお、わかっちょる」と言って、毅のほうを見た。

毅もなんとなく祐次たちの言っていることがわかったらしくて、「よか……」とうなずいた。

「祐ちゃんがいちばん上級生やっけん」

「おお、そいもわかっちょる」

祐次は卓也に言われて、そう答え、「小学一、二年はのりづけ、五、六年は障子紙貼り、三、四年が霧吹きたい。よかな」とみんなに号令をかけた。

灯籠はまず四角錐をかたちづくっている木製の骨組みにのりをつけ、四面に障子紙を貼り、その障子紙に霧を吹いて陽に当て、乾いて皺《しわ》が延《の》びたところで、仕上げに墨で絵付けをする。

ところが、例年この絵付けに時間がかかるのだった。みんな字がへただったし、それに絵を描ける人がいなかったからだ。「わいがしいやい、わいがしいやい*」と言い合ってばかりで、ひとつも進まなかった。しかたなく、卓也の姉に手伝ってもらって、なんとか店名だけは漢字を間違わずにきちんと書いてもらっていた。絵のほうは、三日月を横に描き、点々をつけてスイカとか、線を一本縦に引き、八の字を二つ書いて線香花火《せんこうはなび》といったふうに、簡単に描けるものばかりだった。

*さいばさ（そしたらよ）　*しいやい（やりなさい）

今年もいつものとおり、卓也に頼んで、中学三年の智子《ともこ》を呼び出した。

「また、今年もうちが書くと。書いてやるばってん、今年でもうおしまいばい」

おさげ髪《がみ》の智子はそう迷惑そうに言ってはいるけれど、書き始めると、「こん墨は薄か。もっと*きばって摺《す》んしゃい」とか言って、いつしかいい気分になり、弟の卓也や祐次たちを顎で使うのだった。

智子は硯《すずり》の墨を筆につけながら、ふと周りを見渡して、「省ちゃんがおんしゃらんたい」と言い、

「足ばほこで突かれたって言いよんしゃったばってん、誰《だい》が突きんしゃったと?」と訊いてきた。

「誰《だい》も突いとらん」と祐次がすかさず言い返し、「あいは省ちゃんが悪かと。おいたちの鮎ばおっ盗《と》ろうとしてばい、足であせくっけんが、あぎゃんことになったとたい」と続けた。

智子は灯籠を手のひらに乗せ、筆で「鶴」と難しい漢字を書いて手をやすめ、「*えずらしかたいね、なんもせんで、ほこの突き刺さるやろか」と言ってきた。

「違《ちご》うと、ゴムば引いて置いとったと」

「*あちゃろば、突かれたって言いよんしゃったとは、*すらごとね?」

「そうたい」

「ふーん」といったふうに、智子は小さく首を二、三回縦に振ってうなずき、「ばってん、ゴムば引いて置いとけば危なかたい」と言った。

祐次はそれとなく毅のほうへ目配せして、「すぐ突こうと思うて、置いとったとばいね?」と訊いた。

すると、毅は聞きもらしたのか、「はぁー」と言って耳を傾けてきた。

祐次は同じことを繰り返した。

「うん……」

毅がやっと返事をした。

「こん人ね、毅ちゃんって」と智子は言い、すでになんらかのことを知っているような目つきで見て、「太良《たら》から引っ越して来《き》んしゃったと?」と訊いた。

毅は智子の質問に対しても「う、うん」といったふうに、首を小さく縦に振ってうなずいていた。

「耳の痛《いた》かったとって。ちかっと休んで、そいかい潜ろうと思うとったとばってん、治らんかったとって。なぁー、毅?」と祐次は毅に代わって答えた。

毅は知らない女《おんなの》子《こ》から話しかけられて、おろおろしているのだ。

智子は、そんな毅の様子を見て、今度は「ハハハ……」と笑って、「なんの、こん人はなんもできんしゃらんごたるばい。ひけしぼたい。省ちゃんはふ*の悪かったとやろ」と言って、引き続き筆で「川自転車」と書いた。

しばらく、祐次たちがへのへのもへじやら、8の数字を横に書いて目玉と尾ひれをつけて魚といったふうに描いていると、毅が脇から出し抜けに「おいもなんか描《か》いてよか?」と口を利いてきた。

「おおよかぞ。わいもなんか、描かんか」と言って、祐次は自分が使っていた筆を手渡そうとしたが、毅は「もっとこまんかとがよか」と言った。

祐次は卓也が使っている細い筆を横取りして、毅に手渡した。毅はその筆を手に取ると、硯の墨をつけて、短いつばの帽子に逆三角形のマスク、そしてマフラーをなびかせた漫画の「まぼろし探

＊きばって（力を入れて）　＊えずらしか（珍しい）　＊あちゃろば（そしたら）　＊すらごとね（嘘ね）
＊ふの（運が）

偵」を描き上げた。

祐次はあまりのうまさに声もでなかった。

次に、毅は赤銅鈴之助の〈真空斬り〉を描いた。傍らで見ていたみんなが「オーッ」と揃って声を上げげた。

「うんにゃ、また上手《じょうず》たい！」

智子もそう声を上げて褒め、「あんみつ姫はどぎゃんね、描くんね？」と訊いた。

毅は返事をする代わりに、智子の持っている灯籠を、自分の手のひらに乗せ、「山内呉服」と店名が入っている反対の面の障子紙に、かんざしを挿したまんまるい顔のあんみつ姫を見事に描き上げた。

毅が、とにかくうますぎるものだから、智子はただ「ハハハ……」と笑っているばかりで、呆《あき》れているのか喜んでいるのかわからないくらいだった。

毅の描いた漫画は大人たちの間でも大評判で、お賽銭《さいせん》が去年の倍は集まった、と山内呉服店のおばさんは大喜びしていた。そのおかげで、祐次たちは二回にわたって、金時にトコロテン、あるいはミルクセーキに回転焼《かいてんや》きといったふうに、二品ずつ合計四品食べることができた。

こういうことはかつてないことだった。例年なら、上級生がすべて取り仕切っていて、下級生の祐次たちは金時かミルクセーキかのどちらか一品のみで、よくて二回目にようやくトコロテンが食べられるくらいだった。

上級生の祐次たち三人は、最後に手伝ってくれた智子も一緒に、もらった小遣いを全額はたいて、餡づくしの金時と回転焼きを食べた。

毅は、「こぎゃんうまかもんば、こぎゃんべったい食《く》うたとは初めてばい。廿日えべっさんって、ほんなこつ、よか」と言って、膨らんだ腹をポコポコ叩いていた。

祐次も大満足だった。苦手の省三もついに姿を現さなかったし、夏に食べたいものを一年分まとめて食べたような気がしたからだ。さらに、祐次はみんなが食べきれなかった回転焼きを一個、おみやげに持ち帰ったほどだ。それも、祐次は妹にあげるのがどうしてもいやで、道々、げっぷをしながらも飲み込むように食べていた。

ところが、祐次は冷たいものと甘いものを意地汚く食べすぎたせいか、夜半過ぎごろから腹が痛くなり、明け方近くまで便所に行きっぱなしだった。


祐次は二日間、腹くだしで寝込んだ。三日目になってようやく、ふつうのご飯が食べられるようになった。寝込んでいる間、貸本屋から借りていた「少年画報」を返しに行った帰り、祐次は毅の家に寄った。

ところが、毅の家の玄関の戸板には南京錠《なんきんじょう》がかかっていて、何回呼んでも誰も出て来なかった。試しに豚小屋のほうに回ったが、不思議なことに豚までいなかった。

「毅はどぎゃんしたとやろか。豚までおらんたい」と思いながら、祐次は家に帰った。

家に帰ると、祐次はさっそく台所で夕飯の支度をしている母に、「毅ん家《ち》はどぎゃんしんしゃったとやろか。誰《だい》もおんしゃらんごたる」と訊いてみた。

すると、母は「夜逃げしんしゃったとって」と答えた。

「夜逃げって、なぁーん？」

「よかと。子供にはわからんちゃ」

母はそう言って、ジャガイモの皮をむき始めた。

「おいはもう子供やなか。中学生は汽車賃な大人やろもん」

祐次は下から母を見上げて言った。

「こん馬鹿たれが」と母は一喝し、祐次をぶとうとしたが、逃げられたせいか、「そぎゃん理屈ばこぬっとやなか。見てみんしゃい、かわいそかたいね、省ちゃんな足ば切んしゃったってばい」と言った。

「足ば切んしゃったって、なぁーん？」

「毅ちゃんがほこで足ば突いたげなたい」

「そいは違《ちご》うと」

祐次は思わず、声を上げていた。

「どこが違《ちご》うやろか。大人の目は騙《だま》されんばい。毅ちゃんな漫画は上手ばってん、悪かことばっかい＊しよんしゃったってたい。店の銭《ぜに》ばおっ盗《と》って、そいば省ちゃんに押しつけたって言いよんしゃった。とうちゃんに叩かれたとやろ。耳の聞こえんくらい。そんくらい、当たり前たい」

「そいは違《ちご》うとって。日奈ちゃんのことば……」と言って、祐次はふと言葉に詰まった。

「日奈ちゃんがどぎゃんしたって？」

「……」

祐次はやはり、その先が何も言えなかった。

毅がひどく悔しがっていたのは、父親から殴られたせいではないということに、このとき祐次は初めて気がついていた。他人にはもちろんのこと、親にも決して口にしてはいけないことを、最後まで何ひとつ言えなかった悔しさから、あのとき、毅はカボチャを「ボコッ！」と突き刺したり小石を投げたりしていたのだ。たとえ、父親から耳が聞こえなくなるまで殴られようと、だ。その悔しさがわかればわかるほど、祐次もまた、日奈子の脚のことや父親の目のことは絶対に口にしてはいけないと思った。

「とうちゃんに叩かれて、そん仕返しにゴムば引いたまんま、省ちゃんに突《つ》ん抜《ぬ》かるごと、ほこば置いとったげなたい*」

「そいは違《ちご》う、違うと……」と言いながら、祐次は肝腎なことが何ひとつ言えなくて、だんだん涙ぐんできた。

「そん、ふの悪かったと」と智子の口真似をして、なんとか逆らった後、祐次は泣きだした。

「なんの、ふの悪かろ。省ちゃんは一生、かたわばい」

母は、そう言って泣いている祐次の頭を、手に持っているジャガイモでぶった。

祐次はげんこつをもらった痛さよりも、何も言えない悔しさから、「大人は汚《きたな》か！」と言葉を投げつけて、込《こ》み上がってくる悔《くや》し涙を手の甲でぬぐいながら、台所から出て行った。

（※中学二年八月）


*しょんしゃったってたい（やってたんだって）　*げなたい（らしんだって）

九月の章　丹波栗《たんばくり》

青い目の淳《じゅん》は、祐次たちが上参分壱の連中の隠れ家《が》を占拠してから、滅多に口にすることのない板《いた》チョコを手土産《てみやげ》に、ちょいらょい遊びに来るようになった。

祐次より一学年下で小学五年の淳は、でっかいムクの樹の上の二股に分かれている太い枝に板切れを渡し、回りを小枝やござなどで囲って作った隠れ家に向かって、下から「あー、そー、ぼー」と声をかける。すると、一番年下で見張り役でもある小学四年の正夫《まさお》が、樹上から「板チョコは持ってきたな？」と訊く。

「うん。ここに持ってきちょるばい」

「あいば、そいはこっちに投げんしゃい！」と正夫が、ひとつ年上の淳に命令する。

淳は野球のピッチャーのように大きく振りかぶって、板チョコをほうり投げる。それをうまい具合につかんだのは、正夫の年子《としご》の兄である哲夫《てつお》だ。

哲夫と淳、それから島田金物店の長男坊である真一《しんいち》の三人は、同じ学年で小学五年だ。ただ淳は祐次たちの仲間ではない。仲間どころか、祐次たち西参分壱とは敵対する上参分壱に住んでいる。

みんなのなかで一番の年長者である小学六年の祐次は、その板チョコを哲夫から受け取ると、まず半分に割って、片方を哲夫に返す。哲夫はもらった板チョコをさらに半分にして、大きいほうを自分が取り、小さいのを弟の正夫に渡す。祐次は真一と半分っこするが、むろん大きいほうが自分のものだ。

沢村商店で売っている板チョコとは較べものにならないほど甘くて分厚くて、歯応えのある星条旗《せいじょうき》マークの入った板チョコをそれぞれかじりながら、祐次たちは、今日これから丹波栗をかっぱらいに行く相談を始めていた。

祐次たちが狙っている丹波栗は農事試験場の裏山にあった。山の斜面の一番高いところに見張り小屋があって、そこには胡麻塩頭《ごましおあたま》の爺さんがいた。この時季になると、爺さんは決まって鎌を片手に、上から下のほうを睨んでいる。

ところが、下から見て上のほうが見えない、つまり上からも死角になっている場所があった。そこには丹波栗の木が一本あって、四、五人で食べるにはちょうどいいくらいの栗がなっていた。

去年、祐次たちは上参分壱の連中に先を越された。ほんのひと足違いだった。連中は、同じ九月の第二週目の日曜日の午前中で、祐次たちは午後からだった。

しかし、今年は去年のようなどじは踏まない。すでに二学期早々から先手を打っている。連中の遊び場である天神さんのムクの木の隠れ家を襲ってひと泡吹かせている。これだけいじめていたら、おそらく連中は仕返してこないだろう。だが、用心に越したことはないのだ。それに、やはり一番怖いのは、なんといっても鎌を持ったあの爺さんだ。

どうしても、誰か一人は見張りがほしかった。けれど見張りに立つと、今度は自分の分け前が当然少なくなるわけだから、誰もその役を引き受けたがらなかった。そこで、年の順ということになるのだったが、今年はいつもとはちょっと様子が違う。敵対する上参分壱の淳が一人加わっていたからだ。ここは淳にひと肌脱いでもらわなくてはならない。それに淳だったら、仲間でもないわけだから、分け前も少なくて済むし、もし見つかったとしても気にせず、置き去りにしたまま、逃げられるというわけだ。

祐次たちの相談はすぐに決まった。

「こいかい、農事試験場の裏山の丹波栗ばおっ盗《と》りに行くけん、よかな。見張りは淳たい」

「おいは、見張りせんでよかと？」

一番ちびの正夫が嬉しそうに訊く。

「そん代わり、栗《くり》ばよんにょ拾《ひろ》わんば」

祐次はそう言って、「真一！」と呼び、「マッチは持ってきたな？」と訊く。

真一は白いシャツの胸ポケットを叩いて、「ここに入っとるばい」とうなずいて見せる。

島田金物店の店のマッチは、あとで栗を焼くのに必要だった。

祐次たち五人の一行が、農事試験場の裏山の丹波栗をかっぱらいに向かったのは、まだ午前中のことだった。鎌を持った爺さんが昼の弁当を食べている隙にうまく「おっ盗ったほうがよか」との真一の意見にみんなが従った。真一はみんなの中で、一番勉強ができ、学校では級長をしていた。

途中、祐次たちは昼食の代わりに、よそん家のさつまいも畑に入り、それぞれ二、三本ずつさつまいもを失敬《しっけい》してきて、一本は道々生のやつをかじりながら、山道を登り続けた。農事試験場までは小一時間ほどで着く。

よそん家のさつまいも畑に入って、すでにかっぱらいの予行演習をしているものだから、みんな気合いが入っている。農事試験場の正門を通らずに、横手に回り、一段低くなった土手の下を腰を曲げて、素早く前方の杉林のほうへと駆け抜ける。杉林を抜けると、目の前にうっそうとした竹籔があって、その向こうが目的地の栗林だ。

竹籔に入る手前で、祐次は地面に地図を描いて、みんなに段取りを指示する。去年この役をやったのは、今年中学生になったばかりの達雄だ。だが、達雄はへまをやった。せっかく苦労して竹籔を抜けたのに、栗はすでにきれいに拾われていた。

竹籔に入るときは音をたてぬよう、静かに入ることと注意したあと、祐次は「よかな、初めは落《お》っちゃけとる栗ば拾うとぞ。そいかい、おいが木に登って揺らすけんが、そいば拾うと。絶対、枝は折《お》んしゃんなよ。折んしゃれば、そいかいバイ菌の入っとさ。木の枯《か》るっと。木の枯れれば、栗はならんもんね。丹波栗も食《く》えんごとなるばい」と言い、最後に見つかったときにはみんなばらばらに逃げて、この裏山の下の、谷川の一ノ橋のところで待つことと指図した。

見張り役の淳を先頭に、小さな声で「右、左、真っ直ぐ」といったふうに、後ろで祐次が命令しながら、うっそうとした竹籔の中を縦一列になって突き進む。やがて、前方が明るくなり、急に目の前がひらけて栗林に出る。しかし、その手前に有刺鉄線の柵《さく》がある。地べたを棒切れでちょっと掘って、この有刺鉄線の下を服が引っ掛からないよう、腹這いになってくぐり抜ける。

と、いがをつけた栗が一面、あちこちに落ちている。今年はまだ誰も、この木には近づいていないようだ。そう思うと、祐次はいっぺんに胸がどきどきしてくる。

竹籔の陰に身を潜ませて上のほうを眺めるが、あの爺さんの姿はない。やはりこの時間は小屋で弁当を食べているらしい。下の町のほうから風に乗って、昼のサイレンがとぎれとぎれに聞こえる。

祐次はその場に見張り役の淳を残して、みんながいる丹波栗の木のそばに戻った。みんなはさっそく下に落ちている栗から拾い始めていた。いがをあらかじめ腰のバンドに差し込んでいた竹のへらで剝き、次々と実をズボンのポケットに収《おさ》める。実が大きいせいか、それほど数を拾っていなくても、すぐにポケットが大きく膨らむ。

これくらい拾えたら、見つからないうちにそろそろ引き揚げたほうがいいのではないのか。いや、まだ木になっている栗が残っている。これをかっぱらわずに引き揚げるなんて、腰抜けだ。「おいは達雄《たつお》のごたる失敗はせんばい」と祐次は呟く。

祐次は木に登り、自分の体重をかけて左右に激しく揺らす。ぼたぼたと栗の実が地べたに落ちたと同時に、近くの籔にいた山鳩が数羽一斉に飛び出した。

瞬間、祐次は淳のほうを見た。

「どぎゃんな?」

「どぎゃんもなかごたるばい」

淳が答えた。

それから、ちょっと間をおいて、遠くの雑木林から「ケーン」という鳴き声とともに、一羽のキジが青空に向かって飛び出した。

「おい、見つかるごたる。引き揚ぐっぞ！」

祐次がみんなに号令をかけた。

そのとき、見張り役の淳が「だいか、来《き》よらす！」と叫んだ。

栗林の山の斜面を、あの胡麻塩頭の爺さんが本当に鎌を振り上げて、こちらに向かってものすごい形相《ぎょうそう》で駆け下りて来るのが見えた。

「がらるっぞ、逃げんば！」

誰かがそう叫んだというわけでもなく、みんなちりぢりになって後ろの竹藪の中へと逃げ込んだ。


有刺鉄線の柵をどうやってくぐり抜けて来たのか、うっそうとした竹藪をどうかきわけて杉林の山道に出て来たのかわからなかったが、とにかく祐次は無事だった。

竹藪から外に出た祐次は、まず周りを窺い、こちらに手が回っていないことを確認したうえで、二股に分かれている山道を谷川のほうへと下り始めた。ゆるやかな坂道をしばらく急《いそ》ぎ足で歩いていると、前方に真一の姿があった。

「真一！」

「なぁーん、祐ちゃんね」

真一はびっくりしていた。自分が一番最後だとばかり思っていたらしいのだ。

「哲夫たちは？」

「知らん」

真一はそう答えたあと、「ああっ！」と驚きの声を上げ、後ろを指差した。

と、坂道を哲夫と正夫の兄弟が息を弾《はず》ませながら、駆け下りて来た。

「へぇー、捕まらんかったとや」

真一がちびの正夫の頭を小突いてからかった。

正夫は「べぇー」と舌を出して睨み返し、大きく膨らんだポケットを自慢気にぽんぽんと叩いて見せた。

それから、正夫は「淳はおらんたい。捕まったとやろか？」と訊いた。

「あいはよかと。おいたちの仲間やなかけん」

祐次が答えた。

祐次を先頭に、真一、正夫、哲夫と縦一列になって、坂道を谷川のほうへと下り始めた。

そこへ、後ろから「哲ちゃん、待たんね！」と叫ぶ淳の声が聞こえた。

淳はどうしたのか、けんけんをしていた。

「どぎゃんしたと？」

哲夫が訊いた。

「とんがっとる竹ば、踏んだくったと」

淳はそう言いながら、こちらに近づいて来た。

「うんにゃ、血のべったい出とったい」

白い運動靴が赤い血で染まっているのを見て、哲夫が言った。

「痛《いと》うなかと？」

淳の後ろに回った真一が訊いた。

「そいがまた痛《いた》かと」と言うや、淳はその場にうずくまった。

「祐ちゃん！　どぎゃんすんね」

真一が呼んだ。

祐次は自分が怪我したときのことを思い出していた。血止めにヨモギの葉を揉んで傷口に強く押しつけていたことに気がついた。

「靴ば脱がせんしゃい」

祐次はそう真一に言いつけて、道端にはえている比較的きれいな、ぷーんと強く匂ってくるヨモギの葉を両手いっぱいに摘み、それをよく揉みほぐしながら、淳のそばに近づいた。

淳は脱いだほうの靴下も真っ赤にしていた。けれど靴下を取って見ると、どうやら血は止まっているようだった。傷口が赤い血糊でべっとりしている。

「うんにゃー、こいはひどかばい。病院に行かんば」

哲夫が覗き込んで言った。

「なぁーんの、血の止まっとるけん、よか。こんツバ*ばひっつけとけば*よかと」

祐次は手に持っているヨモギの葉を半分にして、一方のヨモギの葉を絞って傷口の血糊を拭き取り、もう半分を傷口に当ててた。それから、祐次は道端の軟《やわ》らかい地べたを棒切れで掘りおこし、そ

＊ツバ（ヨモギの葉）　＊ひっつけとけば（くっ付けていたら）

の穴に血で染まった靴下と血糊を拭き取ったヨモギの葉を一緒にして捨てて、土をかぶせた。

「こぎゃんすれば、カラスも突っつきえんやろ。傷も、早よう治るとばい」

カラスは人間の血の付いたものが大好きだそうで、その血の付いたものを食べられた人間は傷が膿《う》んでひどくなり、必ず死ぬという迷信があった。

淳はズボンの後ろポケットから白いハンカチを取り出して、ヨモギの葉を傷口にくっつけたまま、その上からきつくハンカチで包帯をし、もう片方の靴下を怪我しているほうの足にはき替えて立ち上がった。

「よかばい」

「うんにゃ、おさんな、もうここかい帰んしゃい。今、来た道ば戻れば、ふとか道に出るもんね。そん道ば、試験場のほうに下《くだ》ればすぐたい。あん爺さんも、もう*おらっさんさ」

祐次が言った。

「うんにゃ、よか。おいは帰らん。もう、痛《いと》うなか」

淳はそう言うと、坂道を先頭になって下り始めた。

谷川の広い河原に出ると、祐次たちはよく燃える枯れ葉や小枝を集めて来て、大きな岩陰に隠れた。あまり煙を立たせぬよう、要領よく少しずつ小枝を火にくべていって、真っ赤なおきをつくる。おきができると、平べったい石に、各自、自分のポケットから取り出した丹波栗を並べて、そのおきで栗を焼く。ポケットに入っているもうひとつのさつまいもは、そのままおきの下の灰のなかに放り込んで置く。栗もさつまいもと同じようにおきのなかに放り込んでいたほうがよく焼けるのだが、今度は焼けすぎて灰になりかねなかった。灰になったら、それこそだいなしだ。

祐次たちは焚き火を中心に円陣を組み、栗が焼けるのを待つ。

やがて、栗の表面からシューシューと音を立てながら、白い蒸気が吹き出し始める。まだ中まで焼けていないのに、哲夫と正夫の兄弟は我慢できず、競《きそ》うようにして、その音を立てているほうの栗を手に取る。

焼けたばかりの栗は熱くて、とても手に持っていられない。手のひらで交互に転ばしながら、ふーふーと息を吹きかける。ところが、うまく転ばすことができずに、正夫が「あっちち！」と悲鳴を上げ、その焼き栗を河原の石ころの間に落とした。

それを見て、みんなが「ふぅーけもんがぁー*」と言って笑う。

正夫は「ふぅーけもんやなかもん！」と言いながら、石ころの間に落ちた栗を拾おうとするが、まだとても熱いらしくて、指でつまみ上げたとたん、また「あっちち！」と悲鳴をあげ、そのつまみ上げた焼き栗を勢いあまって谷川の深みに、ぽーんと放り投げた。

河原の石ころの上でひっくり返って笑っていた淳が「もったいなか」と言って、浅瀬のほうへ行き、その栗が流れ着いてくるところを拾おうとするが、祐次に止められる。

「あいは虫食っとっと。よう見んしゃい。浮かんどるやろ」

淳は見張り役だったから、自分で拾った栗はたったの五つだった。それも一つは虫食っていて、とても食べられるような代物ではなかった。

＊おらっさん（いないよ）　＊ふぅーけもんがぁー（馬鹿者が）

「こいば食えばよかと」

祐次は自分のぶんの栗を指さした。

一番年上だけに、祐次はほかの誰よりも沢山拾っていた。

「くんしゃっと？」

「おお、よかばい」

淳は、祐次の気前のいい返事を聞いて、手を打って喜び、「今度、板チョコば二つ持ってくるけん。いっちょは祐ちゃんが全部食えばよか」と目を輝かして言った。

生煮《なまに》えの栗を二つ、三つ食べたところで、ようやくほくほくとしたおいしい焼き栗が食べられるようになった。

「栗は九里が一番うまかとやんもんね」と言って、真一が喋り始めた。

九里とは栗の実が熟する度合いのことをいう。裂けていない、まだ青いいがのなかに入っている栗の実が八里で、裂けたいがのなかに入っているのが九里、熟しすぎていがから地べたに落ちているのを十里と数える。

「九里が一番うまかけん、クリっていうとや？」と哲夫がからかうように、真一に訊く。

すると、真一が「そうたい。九里が一番うまかけん、栗っていうとたい。はっちゃんな九里より、八里がうまかと。そうやっけんがはっちゃんっていうとたい」と知ったかぶりをして見せる。

「そいはまたおかしかね」と言って、哲夫がへらへら笑う。

祐次が「うんにゃー、真一の言うちょることはほんなこつばい」と言いながら、長い棒切れで焚き火の灰の中をほじくる。灰の中から真っ黒に焼けたさつまいもが出てくる。だいたいの見当をつけて、「こいはおいのと。こいは哲夫のやろ?」と言って、灰の中から出てきたさつまいもを祐次が分けていく。

ここでも、淳のさつまいもは一つだけだ。焼く場所が悪かったせいか、そのたった一つのさつまいもも焼けすぎて、半分はすでに炭化している。

淳はなかなかみんなの話のなかに入ってこれないが、こんな遊びをやったのは初めてのようで、「こぎゃんうまか栗は、食《く》ったこともなか」と言って大喜びし、みんなと違って、「板チョコよりうまか、うまか」を連発していた。

さつまいもを祐次から半分わけてもらったときも、「こんはっちゃんなうまか。塩はいらんばい」と言って、ひとりで喜んでいた。

喉につかえるような栗とさつまいもを腹いっぱい食べたものだから、みんなしゃっくりが出てしようがない。誰がというわけでもなく、「うんにゃ、こいは水のいるばい」と言い始める。

湧き水は谷川の土手をよじ登って、山道を少し上がった岩の裂け目から湧き出ていた。

「あいば、帰っぞ!」

祐次が声をかける。

すると、全員ズボンのボタンをはずしてなかのものを出し、くすぶり続けている焚き火に向かって小便をひっかけ始める。こうしておけば、山火事になることもなかったし、今から、たとえば栗が一つ、さつまいもが一本、白く煙を立てている灰の中から出てきたとしても、誰も食べられない

＊くんしゃっと?（呉れるの?）　＊はっちゃん（サツマイモ）

というわけだ。

みんながズボンのボタンを留めたところで、祐次がちびの正夫を捕まえて、「火に小便ば引っかけたけん、火の観音《かんのん》さんが腹《はら》かいて、晩に、正夫は寝小便ばするばい」と脅した。

するると、正夫は「よかもん。おいは兄ちゃんの布団で寝るけん」と言って笑った。


岩の裂け目から湧き出ている水を飲むまでは何も言っていなかった淳が、突然、帰りぎわになって、「足の痛《いた》か」と言い始めた。

白いハンカチの包帯を取ると、親指の付け根のあたりに半月状の傷があって、かなりひどく腫れ上がっていた。

「どぎゃんね。歩けんとや?」

祐次が訊いた。

「うんにゃ、歩けんことはなか。踵《かかと》ばつければ、歩けるばい」

淳が答えた。

祐次は近道することにした。

さっきの坂道を農事試験場まで引き返すより、ここからは山を一つ越したほうがずっと近かった。

この目の前の低い雑木林の山を越せば、向こうはさっきのさつまいも畑だ。そのさつまいも畑を突っ切り、車の通る砂利道に出ると、やがて防空壕が見えてくる。防空壕を過ぎると、じきに天神さんの一の鳥居《とりい》が見える。淳の家は、その鳥居のすぐ下だから、どんなにゆっくり休み休み行っても、五時のサイレンが鳴る前には帰り着く。

　祐次は雑木林の籔の中に入った。道らしい道はないが、行く先々に目印となる大きいクスの樹やどんく岩*などがあって、そこで後ろを振り返り、どのくらい登って来たのかの見当をつけて進めば、方角を間違えることはまずなかった。

　ところが、怪我をした淳の足どりは極端に悪く、祐次たちは途中で淳が登って来るのを何回も待たなくてはならなかった。いつもは「遅か、早《はよ》う来んか！」とみんなから言われているちびの正夫さえも、このときは腹を立てて、「あいつは置いて行けばよかと」と言っていたくらいだった。しかし、それでも淳は誰の手も借りずに、というより誰も手を貸してあげることもなく、足をひきずりながら、ほとんど這いつくばるようにして、籔の中をみんなから置いてきぼりを喰わないよう、必死になってついて来た。

　雑木林の峠をようやく越したとき、淳は白のシャツを泥だらけにしていた。手にも何箇所か引《ひ》っ掻《か》き傷《きず》をつくっていて、赤い血をにじませていた。そして、さつまいも畑の畝《うね》を突っ切って、砂利道に出たとたん、淳はとうとう歩けなくなった。怪我をした足をかばいすぎて、反対の足も傷《いた》めてしまったようなのだ。

　祐次は、道端に座り込んだ淳を見て困ってしまった。「誰《だい》か、淳ばからわんか！*」と言いつけても、今まで誰一人として淳に手を貸してあげていない以上、みんなからそっぽを向かれるのはわかりきっていた。だからといって、自分がおんぶするのも、なんとなく抵抗があった。

　足に怪我をしているとわかったあのとき、強引に突っぱねておけばよかったんだ、と祐次は後悔

*どんく岩（カエルの形をした岩）　*からわんか！（おんぶしろ！）

した。

哲夫と正夫の兄弟が、まず初めに「おいたちは知らんばい」と言って勝手に砂利道を下り始めた。

真一はしばらくうずくまっている淳を見ていたが、やがて回れ右をして哲夫たちのあとを追った。

祐次も真一のあとに続いた。

そのとき、置いてきぼりを喰った淳が大きな声で「わぁーっ！」と泣き始めた。

祐次はその泣き声を耳にして、どうしようもなく足を止めた。

「真一！」

祐次が呼んだ。

「なんね！」

真一が振り向いた。

「ちかっと、こっちに来《こ》んか！」

真一は無言で突っ立っていた。

「来んば、喰《く》らわすっぞ！」

祐次がげんこつを振り上げた。

しかし、祐次の脅かしは利かず、真一は「おいは、そぎゃん合い*の子は知らんばい！」と言って、そのまま砂利道を勢いよく駆け下りて行った。

祐次はしかたなくあと戻りして、うずくまっている淳に、「泣かんちゃよかやろが！」と一喝し、頭をぽかりとやった。

「よかな。おいは、わいが足の痛かって言うとるけん、からうとやっけんね。いっちょんかわいそかって思っとらんけんね。あいば、もう泣くな。こい以上泣けば、おいも知らんばい」

祐次はそう言って、淳に背中を向けた。

淳は祐次におんぶされると、鼻汁をすすって泣きやんだ。

勾配のゆるいだらだら坂を下りきったところで、祐次は遠くから車のエンジンの音がしているのに気がついて、後ろを振り向いた。

坂の上に、農事試験場の幌の付いたジープが現れた。

「淳、下ろすばい。見つかればがらるっけん。後ろば向いとけばよか」

祐次は背中の淳を下ろすと、道端に寄って後ろを向いた。

そこへ、ジープが停まった。

「どぎゃんしたと?」

東参分壱の青年団の一郎《いちろう》兄の声だ。

「どぎゃんもせん!」

祐次が答えた。

「なぁーん、祐ちゃんや。あららっ! こいはえずらしかばい。上参分壱の淳ちゃんもおらすと。乗って行かんね、へへへっ……」

「よか。乗らん!」と祐次が返事し、「なぁー、淳……?」と同意を求める。

すると、淳は黙って首を縦に振ってうなずく。

＊合いの子（混血児）　＊いっちょん（少しも）　＊えずらしか（珍しい）

「また、なんか、悪さばしたとやろ」

一郎兄はそう言って「ハハハッ……」と笑い、口にくわえていたタバコをぷっと砂利道に捨てると、「淳、かあちゃんに言うとけ。おいにも*ぼぼばさせろって」と言ってジープを走らせた。

一郎兄が淳に何を言ったのか、小学六年の祐次にはわかりきっていた。

ジープが前方の大きく右側にカーブしている砂利道を、スピードを落としながらゆっくりと曲がって、その車体が消えたところで、祐次は「よかな。今あったことは、絶対、人に言うなよ！」ときつく釘を刺しておいて、再び淳をおんぶした。

おんぶされると、淳は押し殺したような低い声で、ヒックヒックと泣きだした。

大きく右側にカーブしている箇所を通り、左右から迫《せ》り出している赤土の崖に防空壕があるところに来て、祐次は背中の淳を下ろした。

淳はもう泣いていなかった。

「ひょろひょろしとるばってん、わいは重たかね。そいに、なんか臭か。糞臭《くそくさ》かと」

祐次は肩で息をしながら、そう言って笑った。

「ここからは、もう歩けるやろ……？」

前方に天神さんの森があって、すぐそばに一の鳥居が見える。だが、その鳥居の前の道には、哲夫や正夫、真一の姿はなかった。

「天神さんのところからは一人で帰れるやろ。おいは大川の堤防ば行くけん。よかな、丹波栗ばおっ盗りに行って怪我したって言うてみろ、こうやっけんね」と祐次はげんこつをつくって、バシリと殴る真似をして見せた。

淳は怪我をしているほうの足の踵を地面につけて、ピョコタンピョコタンと肩を左右にゆらしながら、天神さんの鳥居の前の道を歩き始めた。

祐次はもう一方の道を大川のほうへと歩きながら、「淳！　よかな。山で引《ひ》っ転《ころ》んで、怪我したって言えよ」と叫んだ。

「わかっと！」

淳はそう答えて、大きく手を振って見せた。


ちょうど五時のサイレンが鳴っているときに、祐次は家に帰りついた。家には誰もいなかった。母と妹は買い物に行っているらしく、買い物袋と履き物がなかった。

祐次は自分の仕事である風呂焚きの準備に取りかかった。裏の小屋から風呂の焚き口のある勝手口のほうへ薪を運んでいた。

そこへ、母と妹が帰って来た。

母は帰って来るなり、声を荒らげて「祐次！」と呼んだ。

「なんね……？」

祐次は運んで来た薪を勝手口の土間に置いて、返事をした。

「ちかっと、こっちに来《き》てみんね」

母は仏壇と床の間のある座敷にいた。

＊ぼぼばさせろって（売春の意）

祐次はなんとなく嫌な感じを持った。いつもひどく叱られるときは、たいていその座敷に呼ばれていたからだ。

母は「そこに座らんね」と言って、食卓の前を指差した。

祐次はそろり膝を揃《そろ》えて座った。

やがて、母は「なんで、淳ちゃんに怪我させせんばできんとね！」と言うや、後ろに隠し持っていた竹の物差しで、祐次の二の腕をバシッとやってきた。

突然のことで防ぎようがなく、祐次は「なんばすっと。おいはなんも知らん」と喰ってかかった。「知らんことはなかやろ。青年団の一郎兄ちゃんが言いよんしゃったとばい。祐次が淳ちゃんばからっとったって。そいに、島田金物店の真ちゃん。試験場の丹波栗ばおっ盗りに行っとったげなたい。祐次が知らんことはなか。なんで、そぎゃん悪さばすっとね！」と言うや、母はまた竹の物差しでバシッだった。そして、これに追い打ちをかけるように「青か目の淳ちゃんば、そぎゃんいじめて面白かとね。三針も縫《ぬ》うたげなたい！」と言って、今度は正座している祐次の太股をピシリだった。

しかし、祐次は竹の物差しで叩かれても、「怪我させたとはおいやなか！」と泣きながら叫んでいた。

母はうむを言わせず、祐次の耳を引っ張って立ち上がらせると、玄関に連れて行き、「早《はよ》う、あやまりに行ってこんね！」と外にほうり出した。

祐次は真一から裏切られたのがひどく悔しかった。丹波栗はみんなで相談して、かっぱらいに行ったのではなかったのか。

天神さんの一の鳥居の下をちょっと行ったところにある淳の家に着くと、母は「早う、あやまらんね」と言って、玄関から出て来た淳の爺さんと婆さんの前で、祐次は頭を強く押しつけられた。

淳の家には爺さんと婆さんしかいなかった。淳の父親と母親がどこにいるのか、祐次は知らない。ただ時折、星条旗を翻《ひるがえ》した米軍のジープが二台連《つら》なってやって来ていた。そして、そのジープの一台にはいつも、もの凄く派手に化粧をした女の人が乗っていた。

「かんにん……」

ぐずぐずしていて再び母にぶたれるのが怖くて、祐次は嗚咽《おえつ》まじりの声で、そう短くあやまった。

すると、淳は「おいはなんも知らんばい」と妙な答え方をした。

「おいは山ば歩いとって、わがで怪我したと。そいに、西参分壱の人たちと遊べば、おいは上参分壱の人たちかい、がらるっと。がらるっとに、誰《だい》が一緒に遊ぶと」

淳は両手を腰にあてがい、玄関の一段高くなっているところから、祐次を見下《みくだ》すようにして堂々と言った。

母はきょとんとしていたが、すぐに気を取り直して、「入れ知恵ばしたとや、なかろうね」と言い、祐次の頭をげんこつでゴツンとやってきた。

しかし、このときばかりは母から喰らった拳骨の痛さを、祐次はなんとか我慢することができた。

（※小学六年九月）

十月の章　浮立《ふりゅう》

缶けりは鬼に見つかってからが勝負だ。空き缶のところまで、鬼との駆けっこに勝てば、その空き缶を蹴って、先に捕まっている仲間を救うことができるからだ。

祐次は達郎《たつろう》ん家の納屋に隠れていた。納屋といっても、天窓がついていて明るいから、中でじっと潜んでいても、ちっとも怖いことはない。けれど、隠れ場所としてはあまりいいところではなかった。いかにもそれらしくて、すぐに見つかるからだ。

ところが、祐次はそれを承知で隠れていた。

祐次と、今、鬼をやっている達郎は同級生で中学一年。祐次は陸上部で、達郎は野球部だった。祐次には、達郎に駆けっこでは絶対に負けない自信があった。

祐次は開けっ放しの納屋の戸口の陰から鬼の様子を窺っていた。鬼の達郎が周囲に気を配りながら、いよいよこちらに近づいてきた。

祐次はかたずをのんで、わざと見つかって飛び出す機会を狙っていた。

そこへ、どこからやって来たのか、小学四年の良子《よしこ》が「十円、持っとるけん。あ、そ、ぼー」と戸口の横合いから声かけてきた。良子は戸口の前に突っ立ったまま、グーになっている手をパーにして十円玉を見せつけている。祐次は「シーッ！」と睨みつけ、あっちに行け、といったふうにげんこつを振り上げて威嚇した。

しかし、良子にはそれがまったく通ぜず、かえってまだ何かが足りないと思ったのか、「ぼぼ*ば見せるけん」と言ってきた。

「また、陸夫《りくお》に言われたとか？」

おかっぱ頭の良子はこっくりうなずき、ゴム入りの長ズボンをずり下げにかかった。

「そげんことはせんと！」

祐次はなるだけ小さな声で叱ったつもりだったが、近づいて来ている鬼の達郎からすれば、簡単に「祐次、見つけたばい」だった。

「今のはたんまたい、たんま……」

祐次はそう叫びながら、全速力で駆けている達郎のあとを追ったが、最後まで追いつくことができず、結局、鬼に捕まっていた。

「良子があてんなっと*」

祐次は息を弾ませながら、達郎に文句を言った。

「なぁーんの、良子があてんなっとは誰《だい》でんたい。わいばっかいやなかと」

達郎はそう言い返し、駆けっこで初めて勝って嬉しかったのか、すでに当てつけがましく、「うひゃ、うひゃ」と声を立てて笑っていた。

祐次は面白くなかった。

＊ぼぼ（性器）　＊あてんなっと（邪魔なんだよ）

「陸夫はおらんとか。陸夫！」

祐次はわざと大きな声で、一つ年上の中学二年の陸夫を呼びつけた。

陸夫は達郎ん家の畑の石垣のほうからでっかい図体《ずうたい》を現し、「えへへ……」と笑いながら、「なぁーん」と返事してこっちにやって来た。

陸夫は、手につぶれた空き缶を持っている。

「良子ば見とれって言いよったやろが！」

「よ、良子は、お、おらんと」

「こん馬鹿たれが。よう見とらんけん、おいがとこに来たと」

陸夫はつぶれた空き缶を小石で元通り丸く直すのに懸命で、もう祐次の話は聞いていなかった。

祐次はむかっときて、陸夫の手のなかにある空き缶を蹴っ飛ばしてやった。

「もう、遊んでやらんばい！」

陸夫は挑発されて怒るどころか、逆に「キャッホー」と歓声を上げ、転がって行く空き缶を嬉しがって、スキップを踏みながら追っ駆けて行った。

「あいはほんなこつ、頭の足らんばい」と言って笑ったのは、鬼の達郎だ。

陸夫には、つぶれた空き缶を元通りに直してくれたら缶けりの仲間に入れてやるから、と約束していた。力の加減《かげん》がよくわからないものだから、馬鹿力の陸夫が本気で空き缶を蹴ったりすると、いっぺんにつぶれてしまう。そうなれば、缶けりは一回きりで終わってしまってつまらない。細かいことをやらせておけば、時間はかかるけれど、陸夫はつぶれた空き缶を、結構《けっこう》きれいに、元通りに直してくれるから、その仕事は陸夫にちょうどいいのだった。また、仕上がるころには上参分壱の浮立の稽古《けいこ》も始まる。

例年、上参分壱の浮立の稽古は猪撃ちの牧村爺さん家の裏の、地蔵《じぞう》小屋の前の広場で行なわれていた。今年も同じ場所で、十月に入ってから、鉦《かね》や太鼓、笛の囃《はや》子《し》が聞こえてきた。祐次たち西参部壱の部落は割と店が多かったので、五穀豊穣《ごこくほうじょう》を感謝して浮立を天神さんに奉納するような祭りはなかったが、その代わり、真夏の八月二十日には商売繁盛の廿日えべっさんがあった。しかし、えべっさんは浮立と違って、鉦や太鼓、笛の囃子に合わせて赤装束《あかそうぞく》に身を固め、鬼面《きめん》をかぶり、首からは太鼓をさげ、列をなして練り歩く派手でかっこいい〈かけ打ち〉のような踊りはなかったから、この時季になると、どうしても祐次たちは浮立のできる部落がうらやましくなるのだった。しかも、単独で浮立の稽古を見に行ったりすれば、必ず上参分壱の連中から待ち伏せを喰らって、頭にたんこぶの一つや二つはつくるような羽目に陥るから、一人では絶対に見に行けなかった。そこで、祐次たち西参分壱の連中は、缶けりなんかをして遊びながら、何人か仲間を集め、囃子が聞こえてきたら、グループをつくって浮立の稽古を見に行っていた。陸夫は馬鹿力で、図体がでっかいから、これにものを言わせて、上参分壱の連中を威圧《いあつ》するためにも、ぜひ連れて行かなければならなかった。

もういっぽうの良子は、この春、隣町から引っ越して来たばかりの新参者《しんざんもの》で、女子《おんなのこ》たちは気色悪《きしょくわる》がって遊んでくれず、ひょんなことから陸夫と遊ぶようになっていた。良子はいつもポケットに十円玉を持っていて、ある日、その十円で陸夫が買い食いの味を占めたらしくて、それからは陸夫のほうから良子に近づいていた。良子は良子で、小さいながらもなんとかみんなの仲間に入れてもらおうと、十円玉をあげたり、陸夫の言うなりに長ズボンを下げてみたりして、自分ではおべっかを使っているつもりでいるらしかったのだ。

陸夫は蹴っ飛ばされた空き缶を拾いに行ったまま、こちらには戻らず、向こうの電信柱の近くで、カンカンと音を立てて細かい作業を始めていた。

缶けりは早々と祐次が捕まったものだから、あとの小学生は芋《いも》づる式に捕まり、鬼が交代することになった。缶を蹴るのがへたで、最初に捕まった小学六年の吾一が鬼で、達郎が空き缶を蹴ってみんなが隠れた。

祐次はいつものとおり、達郎ん家の開け放された納屋の戸口の陰に隠れた。納屋からちょっと離れた、母屋の庭先に良子がいて、どうもぐわいが悪い。良子のところからは祐次の隠れている姿が丸見えなのだ。良子は地べたにぺたりと尻をつけて座り込み、何がそんなに面白いのか、時折空を見上げては「あはは……」と笑ってばかりいて、なかなか立ち去ろうとはしない。

祐次はなんとなく良子が邪魔だった。できればあっちに行ってほしいと思っていた。

そこへ、もう一人、納屋の戸口の脇から邪魔者が入った。

「わいは知っとるや?」と言って、薄気味悪いほどにやにやしながら入って来たのは、達郎だ。

達郎は祐次のすぐ後ろ、背中側にぴたりと自分の体をくっつけるようにして隠れ、「イヒヒ……」と笑って、「赤子《あかご》はどっかい生まるっか、知っとるや?」と続けた。

ここのところ、達郎は変なのだ。毛が生えているとかいないとか、皮が剝けているとかいないとか、女子は月に一度あそこから血を流すとか流さないとか、助平《すけべ》なことばかり言ってへらへらしているのだ。

祐次は鬼の吾一の様子を窺いながら、知らないと答えれば馬鹿にされそうだったから、「わいこそ知らんとやろ」と訊き返してやった。

すると、達郎は得意げに「へそから生まるっとやなかとばい」と言い、しばらく黙った。

それから、達郎は「ぼぼから生まるっとたい」と知ったかぶった。

「馬鹿たれが。あがんとこかい、誰《だい》が生まるっか！　赤子の頭はばい、太《ふと》かやろが。ザボンぐらいはあっとぞ。出っきらんやろが」

祐次はほとんど相手にしなかった。

ところが、達郎は祐次の大きな疑問に「あいは*おめちゃんたい。小便の出っとこさ。赤子が生まるっとことは違《ちご》うと」と簡単に答えた。

祐次はうろたえた。自分の知らないことを、駆けっこの遅い、野球部では球拾《たまひろ》いをやっているあの達郎が知っているなんて……。

何も言えないでいると、達郎は「おいのはもう生えとっとばい」と言い、後ろから手を伸ばし、いきなり「わいのば見せてみんか」と股間のものを握ってきた。

祐次はかっとなって、そのまましゃがんだ状態から急に腰を伸ばし、わざと背中にへばりついている達郎のほうへ倒れかかった。

先月、達郎ん家では祝言《しゅうげん》があった。一番上の、青年団の副団長をしていた誠《まこと》兄が大村から嫁さ

＊おめちゃん（陰核）

んをもらってきたばかりなのだ。達郎は、おそらくそんなところから大人の話を聞き込んできたのだろう。それをいかにも大人ぶって喋っている達郎が、祐次には気にくわなかった。

「そげんことは、わいに言われんちゃ誰《だい》でん知っとっと」

祐次は自分の体重をかけて思いきり仰向けに倒れ込むと、そう達郎に言ってやった。

達郎は後ろにひっくり返されてもまったくひるまず、かえって「うひょ、うひょ……」とふざけた笑い声を立てて、さっきよりもよりぴたっと体をくっつけてきた。

「離れんか。気色の悪か！」

祐次は倒れ込んでいる達郎の脇腹めがけて、とにかくでたらめにげんこつを振るった。

そのうちの何発かが脇腹にまともに喰らったらしく、達郎は「ウッ」と唸り、ようやくへばりついていた祐次の背中から離れた。

達郎は立ち上がると、まだ懲《こ》りずに、「明日は兄ちゃんの持っとらす、写真ば見せてやるけん」と言って、「イヒヒッ……」と笑いながら、納屋から外へ出た。

そこを、鬼の吾一《ごいち》に見つかっていた。

祐次も一緒に見つかったが、達郎が邪魔になって、鬼を追っかけることができず、ぶざまに下級生の吾一に捕まっていた。祐次は腹いせに、追い越しざまに後ろから達郎の背中をど突いてやった。

いつもなら、そこで達郎が反撃に出て、取っ組み合いの喧嘩になるはずなのだが、この日は達郎のほうに余裕があったせいか、「やられたばい」と言って笑ってばかりいた。

浮立の鉦や太鼓、笛の囃子が聞こえ始めたのは、それからすぐのことだった。

「おっ、浮立の始まったごたる。行くばい！」

祐次がみんなに声をかけた。

いつも、そう声かけていちばん喜ぶのは陸夫だ。陸夫はあれほど熱心だった、つぶれた空き缶直しを途中でほうりだし、先頭に立って歩きだした。「だだぁー」とわけのわからないことを呟いたり、「きゃはぁー」と奇声を上げたり、ちょっと小走りになったかと思うと、立ち止まり、今度は首をふりふり歩きだす。その陸夫のあとを良子がこれも同じように首をふりふり、足はけんけんをしながら歩くから、そばで見ていても「こん馬鹿たれどもが」とすぐにわかって、なんとなくおかしいのだった。

地蔵小屋の広場に着くと、祐次たちは庵に上がる石段に横並びに座り込んで、上参分壱の連中の浮立の稽古をじっと見つめる。連中がちょっとでもへまをすれば、大げさに笑って小馬鹿にし、仮にうまくできたとしても、まず拍手を送るということはなかった。

ただ、陸夫と良子は何も知らないから、じっとしていられず、上参分壱の連中に交じって、一緒に〈かけ打ち〉を踊っている。良子は鉦や小太鼓、笛の囃子をじかに聞いて興奮し、手足を盛んに動かしているだけのことだろうが、陸夫のほうは違う。陸夫は踊りはへただが、鉦を叩かせると、これが実にうまいのだった。あの馬鹿力の陸夫が力を加減してやわらかく、時には強く、音に強弱をつけて叩くところは、誰にもまねできない。西参分壱で唯一、陸夫だけが特別に本番でも鉦叩きができるのだった。

いつもはそうやって、石段に座り込んだまま、五時のサイレンが鳴るまで広場にいて、それから祐次たちは再び来たときと同じようにグループをつくって家路に着く。帰るころになると、さっきまでの囃子が耳にしっかりとこびりついていて、道々自然と「トッテン、ヒーヒャイヒョ〜ロ。トッカン、ヒーヒャイヒョ〜ロ」と口ずさみ、〈かき打ち〉をまねて手足を動かしているのだった。

缶けりは、空き缶を思い切り蹴っ飛ばせるからすっきりするし、カランカランと音を立てて転がっていくところは、空き缶が「堪忍、かんにん」と叫んでいるようで、とても気分がいい。昨日に続いて今日も缶けりだ

祐次はさっき空き缶を蹴ってきたばかりで、ちょっと隠れるのが遅くなって、達郎ん家の庭先の大きな柿の木の根元に、腹ばいになって隠れていた。庭先には珍しく良子が一人で、地べたに棒切れのようなもので何かを熱心に描いて遊んでいた。良子は腹ばいになっている祐次を見つけると、自分もまねして腹ばいになり、さっそく「十円、持っとるけん、あー、そー、ぼー」と言ってきた。

祐次はまたかと思ったが、この日はこぶしを振り上げて威嚇するようなことはせずに、「あいば、そん十円で、飴《あめ》こ《こ》ば買うてこんか」と用事を言い付けていた。

すると、良子は騙《だま》されているとは知らずに、素直に「うん」とうなずき、庭を横切って道のほうに小走りで向かった。

ところが、良子はどうしたことか、すぐに戻って来た。

「陸夫に、十円、おっ盗られたと」

良子はそう言って、ひとつもくやしい表情を見せず、むしろ嬉しげで、再び棒切れを手にすると、

何かを描き始めた。

祐次はしかたなく、ゆっくりと体を起こし、鬼に気づかれぬよう隙をみて、いつもの納屋に走り込んだ。

と、納屋にはすでに先客がいた。

奥のほうから、待ってましたといわんばかりに「へらへら……」と笑いながらやって来たのは、ここのところひどく助平になった達郎だ。

「写真ば見すって言いよったやろが」

達郎は後ろポケットに隠し持っていた写真を、明るい天窓の下で大事そうに取り出して見せた。

「見てみんしゃい。男《おとこ》ん人と女《おんな》ん人が口と口ばくっつけよんしゃいやろ。こいがせっぷんって言うとたい」

達郎はそう言いながら、次の写真を見せた。

祐次はその写真をじっと見入った。

「こいはなんね、よそばしか。男ん人が女ん人のちちば吸いよんしゃったい。赤子《あかご》のごたる」

「わいはなぁーんも知らんとやろ。こぎゃんすれば、女ん人は気持ちんよかとってばい」と達郎は鼻高々に言い、「ほら、こいさ、見てみんね。おそそ*ばしよんしゃいやろ」と続けた。

「よか。おいはこぎゃんたぁー、もう見とうなか！」

祐次はなんとなく悔しかった。達郎が急に大人びて見えたからだ。

祐次は納屋から出て行こうとした。

＊おそそ（性交）

そこを、達郎は出て行かせまいとして、祐次の腕をつかんだ。

「あいば、もっとよかもんば一緒に見ようたい」

達郎はそう言って、庭先で何かを描いて遊んでいる良子を呼んだ。

良子は「遊んでやるぞ」と言えば、誰にでもついて行ったし、誰の言うことも素直に聞いた。

達郎は、良子を納屋の中に招き入れると、天窓の下に連れて行って、「遊んでやるけん、ぼぼば見せてみんか」と言った。

すると、良子は言われるままに、ゴム入りの長ズボンをずり下げた。

「よう見てみんしゃい。あん、尖《と》んがっとっとこがさ、小便の出るとこたい」

達郎は祐次と肩を組み、一緒に中腰《ちゅうごし》になってひそひそ声で話しかけてきた。

「赤子の生まるっとこは、そん奥にあっとさ」と言って、達郎は良子に「ズボンば脱いで、脚ば上げてみんしゃい」と指図した。

良子は言われるまま、長ズボンを脱いで下半身裸になり、ひょいと片脚を上げた。

「なんが見えっとな？」

祐次が訊いた。

天窓の下だから、その周辺だけは異様に明るいが、納屋の中はやはりかなり薄暗くて、ものの輪郭がはっきりつかめない。もちろん、物をしまっているだけの離れに電灯などがついているわけがなかった。

「もう一回、上げてみんしゃい」

達郎に言われて、良子は再び片脚を上げた。

「なぁーんも見えんたい」

「おかしかばい……」

達郎のひそひそ声がより細くなった。

「あいば、こっちの脚ば上げてみんしゃい」と達郎がもう一方の脚を指差した。

良子は指差されたほうの脚を上げた。

「わいはおいば、担《かつ》いどっとやろ!」

祐次はきっとなった。

達郎はだんだん旗色《はたいろ》が悪くなって、肩を組んでいた腕を外し、一歩後ろに退《さ》がった。

と、良子が「きゃっ!」と短く驚きの声を上げ、お相撲さんが四股《しこ》を踏むように、盛んに脚を左右交互に上げ始めた。

天窓からの明かりで、四股を踏んでいる良子の姿が影絵となって、土間に映っていた。それを良子は自分で発見したらしいのだ。

良子は大喜びだった。「うきゃ、うきゃ……」と奇妙な笑い声をあげ、おかっぱの髪を振り乱して飛び跳ねていた。

ところが、その動きをよく見てみると、なんと浮立の〈かき打ち〉の踊りだった。

良子はこうべをたれたまま、片脚を上げ、下ろしたと同時にそれとは違うほうの腕を上げ、その上げたほうの手でおかっぱの髪を櫛《くし》ですくような仕草《しぐさ》をした。次に首からさげた太鼓を打つように、もう一方の手で腹を叩き、こうべを上げて遠くを見据《す》えて得意げな顔をする。トッテンと太鼓を打ち、ヒーヒャイヒョ〜ロと笛を吹き、トッカンと鉦を叩いて、再びヒーヒャイヒョ〜ロと笛が続く。この囃子に合わせて、良子は下半身裸のまま、天窓から差し込む明かりを受けて踊り続けた。

「うんにゃ、また上手《じょうず》たい」

祐次は思わず唸っていた。

達郎も「ほんなこつ。のんのんさんのうさぎのごたる」と言って褒めて、自分も一緒になって踊り始めた。

そこへ、不意に現れたのは、缶けりの鬼ではなくて、陸夫だった。

陸夫は納屋の戸口に立って、「よー、しー、こちゃん」と呼んだ。

と、次の瞬間、陸夫は目を見開いたままじっとしていた。それから、陸夫は手に持っていた紙袋を投げつけてきた。おそらく、良子の十円で買ってきた、ざらめのついた五色の飴玉《あめだま》だったのだろう。その五色の飴玉の入った紙袋は、避けようとした達郎の背中に当たってばらばらに散らばった。

達郎は飴玉を喰らって怖じ気づいたのか、でっかい図体の陸夫の脇をすり抜けて、いち早く納屋から逃げ出した。

陸夫は達郎を取り逃がして怒ったのか、「だだぁー」と叫び、その場で懸命に地団駄《じたんだ》を踏み始めた。運動靴が脱げて、裸足になっても陸夫はその地団駄をやめなかった。

そのとき、祐次は良子に「早よう、ズボンばはきんしゃい」と促《うなが》して、わりとのんびりしていた。

陸夫は取り逃がした達郎に腹を立てて地団駄を踏んでいるのだ、とばかり思っていたからだ。

ところが、陸夫は足踏みを終えると、今度はそこいらへんに置いてある笊《ざる》や竹籠《しょうけ》、丸められた茣蓙など、初めは持って投げやすいものを「うぎゃー」と叫んで、馬鹿力で放り投げてきた。まともに受け取ったら、後ろにひっくり返りそうだったので、祐次はなんとか体をかわしてさけた。

するると、陸夫はうまくかわされて頭にきたのか、次には納屋の隅に山積みされているさつまいもやじゃがいもを投げつけてきた。しかし、もともと運動神経の鈍い、陸夫の投げたさつまいもが当たるはずがなかった。当たらないと、陸夫はもっと怒ってあの重い漬物石《つけものいし》まで放り投げてきた。

「陸夫、やめろ。やめんか！」

祐次は怒鳴りつけた。

しかし、陸夫はやめなかった。投げても当たらないとわかると、陸夫は納屋の壁に立てかけてあった天秤棒を持ち出して、それをでたらめに振り回し始めた。

「おりゃあー」

「やめろ。怪我すればどぎゃんすっとか！」

祐次は納屋の奥へと逃げた。

陸夫は「わぁーおー」と悲鳴にもにた声を上げて、追っかけて来た。そして、空振りした天秤棒を土間に激しく打ちつけて折ってしまった。

「なんばすっとか！」

とたんに、祐次は恐ろしくなった。

陸夫はいったん後ろに退がり、漬物樽《つけものだる》のそばに差し掛けてあった三日月形の鎌《かま》を持ち出して、再

＊のんのんさん（お月さん）

び「わぁーおー」とひと声あげ、その鎌をめちゃくちゃに振り回しながら、こちらに近づいて来た。

祐次は納屋のさらに奥の柱の陰に隠れた。

鎌をめちゃくちゃに振り回して、こちらに近づいて来る陸夫の目を見て、祐次は震え上がっていた。

陸夫は泣いていたのだ。

祐次はとっさに殺されるかもしれないと思った。

陸夫は薄《うす》ら馬鹿だから、くちなわがいてもちっとも怖がらず、逆にしっぽをつかんでぐるぐる回しにし、道ばたに馬鹿力で打ちつける。すると、くちなわは腹から横に裂け、内臓が飛び出し、ひくひくとけいれんする。それを見て陸夫は「うきゃ、うきゃ」と喜んでいるような奴《やつ》なのだ。

と、めちゃくちゃに振り回している鎌の先端が目の前の柱に突き刺さった。陸夫は懸命に抜き取ろうとしているのだが、よほど深く突き刺さっているのか、なかなか抜けないでいる。逃げるのは今だと思うのだが、小刻みに体が震えているせいか、思うように足が前に出ない。

祐次はそのまま腰くだけになり、土間を四つん這《ば》いになって、納屋のいちばん奥に積まれてある藁の中にもぐり込んだ。あたりは暗闇で薄気味悪く、しばらく物音を立てずにじっと隠れていたら、さすがのあの陸夫でさえも臆病風《おくびょうかぜ》に吹かれて諦めるにちがいない、と祐次は思っていた。

ところが、陸夫はしつこかった。「うぎゃぎゃー」とでかい声を張り上げながら、藁束をつかんでは手に持っている鎌で切りつけてきた。

祐次は焦った。このままではいずれ見つかると思ったからだ。そうなると、ずたずたに斬り裂かれるだろう。ひょっとしたら、心臓をひと突きされて本当に死ぬかもしれない。

祐次は少しずつ後ろに退がったが、もうそこまでだった。足のかかとが納屋の壁にぶつかっていた。

陸夫が藁束を次々に取り払って、鎌で斬り込んでくるするどい音がすぐそばに迫ってきた。藁束の山がどんどん低くなって、うっすらと遠くの納屋の戸口が見える。もう逃げられないと思ったときだった、祐次の脳裏《のうり》に、良子のことが思い浮かんだのは。

最後の藁束が取り払われたとき、祐次は思いっきり大きな声で「良子！」と叫んだ。

すると、鎌を振りかざしていた陸夫の手が止まった。そして、陸夫は祐次の声にうながされるように、ゆっくりと後ろを振り向いた。

祐次は逃げた。遠くのうっすらと見える戸口に向かって、一目散に駆けた。

陸上部の祐次の足に、裸足の陸夫が敵《かな》うはずがなかった。戸口を一歩出たところで、中から飛んできたのは、三日月形の鎌だった。とっさに手を頭にかざして身をかがめた。頭上を通りすぎて行った鎌は、庭先の畑の土に突き刺さった。

「人殺し！」

祐次はそう叫びながら、とにかく逃げた。


その日、祐次は上参分壱の浮立の稽古を見に行けなかった。家に帰ったきり、恐ろしくて、浮立の囃子が聞こえてきても外に出られず、押入の布団の中で震えていた。

しかし、陸夫と良子はあれから二人きりで浮立の稽古を見に行き、いつものとおり上参分壱の連中に交じって〈かけ打ち〉を踊ったらしかった。だが、帰りがけに、二人は上参分壱の連中に待ち伏せを喰らって、陸夫はうまく逃げたようだが、良子は捕まり、小突き回されてひどい目に遭ったらしく、翌日から良子は外に姿を現さなくなった。

それを陸夫は、もともとは祐次が悪いから外に出してもらえなくなったのだ、と思い込んだらしく、登校途中でも姿を見つけると、陸夫は石を投げつけてきた。何を言っても陸夫は聞かず、反対に「うぎゃー！」と怒るばかりだった。達郎は達郎で、学校の仲間にもこっそりと例の写真を見せて、にやついてばかりいて腰抜けになっていた。いい気になっている上参分壱の連中になんとかひと泡吹かせようにも、小学生の吾一だけではどうしようもなかった。

祐次は、上参分壱の連中をやっつける俄然《がぜん》うまい口実があるというのに、まったく手がだせず、ひとりで歯ぎしりしていた。

そんなある日、祐次は朝方、奇妙な夢を見た。

夢は陸夫に追いつめられて、ぼこぼこに殴りつけられている場面から始まった。殺されると思って、あのときと同じように良子を呼ぶと、とたんに陸夫が消えて、代わりに良子が現れた。良子はいつものように丸衿《まるえり》のブラウスを着て、長ズボンをはいていた。ところが、下半身裸になっているのは自分のほうだった。うっすらと毛が生えていて、なんとなく気恥ずかしくてもじもじしていた。それを良子がうふふと笑って見ているのだ。ところが、次の瞬間、良子も下半身裸になっていた。「とんがっとっとこが小便の出るとこたい。そん奥が……」と達郎の声が聞こえて、ここで、今まで感じたこともない、えもいわれぬ、いい気持ちのまま目が覚めた。

目が覚めてみると、祐次は自分のパンツが濡れていることに気がついていた。

（※中学一年十月）

十一月の章　神待夜《とうや》

いがぐり頭のてっぺんに、横一文字形の傷痕のある喧嘩早《ばや》い小学六年の泰介《たいすけ》が、同級生の祐次のすぐ隣で、ご飯を喉に詰まらせて茶碗を手に持ったまま、仰向けにひっくり返ったのは、九杯目のご飯をかき込んでいるときだった。

「わぁー、泰介がめしば食《く》いすぎて、死による！」

目を白黒させている泰介を間近で見て、仰天《ぎょうてん》した祐次が言った。

「ほんなこつ。目の回っとるばい」と言って立ち上がったのは、泰介の右隣にいた、やはり同じ学年の房夫《ふさお》だ。

房夫は続けて、向こう側の下座のほうでご飯をよそっている婦人会の須賀《すが》のおばちゃんを大声で呼んだ。

須賀のおばちゃんは、「なんばおらび*よっと。*せからしかね！」と怒りながらやって来て、「だいが死ぬもんね」と言い、泰介を抱き起こすと、背中を手のひらでひと突きにドンとやった。

すると、泰介は口から大量の白いご飯を吐き出したかと思うや、「うんにゃ、死ぬるごとあったばい」と言ってけろりとしていた。

「泰ちゃんは、昼めしば食《く》うとらんとやろ?」

須賀のおばちゃんが訊いた。

「こぎゃん、ご馳走《ちそう》のあっとば、だいが食うもんね」

泰介は、今しがた息苦しさから救ってくれたばかりの須賀のおばちゃんに向かって、もう文句を言っていた。

「あいば、きばって食わんばたい。何杯目ね……?」

「九杯目たい!」

泰介は胸を張って答えた。

泰介は昼食抜きで、さらにマラソンまでやって精いっぱい腹をすかせ、《ご飯の食べくらべ》で、なんとか一等賞をとろうとしていたらしいのだ。

それにくらべて、祐次はまだ四杯目だった。家で食べるのと違って、麦の入っていない真っ白い米のご飯で、おいしいことはおいしいのだが、おかずが嫌いなものばかり残っていて、一向に箸が進まないのだ。大好きな鯨の肉は、最初に食べ終えていた。

「祐ちゃんは、あんまし食いんしゃらんとね?」と須賀のおばちゃんが訊き、「うんにゃ、またニンジンばきれいに残しとんしゃったい」と言って、向こうに行ってしまった。

祐次はニンジンの、あの血のような赤さと、口にしたときの青臭さが大嫌いだった。煮染めたニンジンは、さらにその赤さに鮮やかさが加わり、見ただけでも青臭さが鼻腔に蘇って思わずオエッとなる。


*おらびよっと(大声を出してるの)　*せからしかね!(うるさいわね!)

しかし、この日だけは嫌いなものをどんなに沢山残しても、誰からも叱られなかった。つまり、この日の神待夜は、氏神様《うじがみさま》が出雲《いずも》の国から帰って来られるまでの間、無垢《むく》な子供たちが神様になり代われる日なのだ。

さっき、別棟の台所のほうに行っていた須賀のおばちゃんが鯨の肉をどっさり盛った大皿を持って来て、祐次たちの前に置いた。

「ほぉーら、よんにょ食いんしゃい」

祐次はもちろんのこと、房夫も、目を剥いてひっくり返った泰介も、「ワーッ」という歓声とともに一斉に箸を出した。

須賀さん家は、西参分壱で一番の金持ちで材木屋だ。広い屋敷の一角には製材所もあって、何か大きな寄り合いがあるというと、たいていは須賀さん家だった。

神待夜も例年、十一月最後の日曜日に須賀さん家でやっていた。子供倶楽部《くらぶ》の小学生と中学生の全員が須賀さん家に集まって、ご馳走を食べる。それも腹いっぱい食べられた。食べ終わると、小学生は蜜柑とキャラメルをおみやげに家に帰ることになる。このとき《釜名《かまみよう》一周のマラソン》と《ご飯の食べくらべ》で一等賞をとった人には、帳面と鉛筆一ダース、それにもう一箱キャラメルのご褒美がもらえた。

《ご飯の食べくらべ》で、泰介は十杯食べて房夫と一等賞を分け合ったが、じゃんけんに勝って森永キャラメルではなくて、グリコキャラメルをもらえて大喜びしていた。グリコには野球のヒット券が入っていて、それを集めてある点数に達すると、景品をもらえるおまけがついていた。それに、グリコキャラメルはアーモンドが入っていて、一粒で二度おいしいのだ。

　小学生が全員引き払ってしまうと、次に中学生の男子《おとこんこ》だけが残って近くの大川の河原へ行き、一晩中、火を焚いて出雲の国から帰って来られる地元の氏神様を迎える。神待夜で一番面白いのは、実はこの徹夜だった。

　祐次が大学生の兄から聞いた話では、夜が深まると、青年団の兄ちゃんたちもやって来て、何やら艶《なまめ》かしい姉ちゃんたちの話をしてくれたり、天神さんに奉納する御神酒《おみき》も少しは飲ませてくれるのだそうだ。

　それで、小学六年ともなると、中学生となるあとの一年がじれったいほど待ち遠しくなるのだった。泰介と房夫と祐次の三人は、お互い誘い合って、神待夜の火を焚《た》く大川の河原に行ってみることにした。

　小学三、四年の低学年の何人かがグループになって、田圃の畦道《あぜみち》を歩いていた。連中はひどく上機嫌で、中学生が各戸を回って神待夜の寄付を集めに行くときの音頭を真似して、「明日《あーす》の晩《ばん》は、神待夜《とーやー》やっけん、神待夜米《とーやーごめ》、くんにゃーれ」を大声で唱えながら歩いていた。連中に後ろから追いついた祐次たちは、「どかんか！」と脅して道をあけさせ、踏み切りを渡らずに、その手前で線路沿いに大川のほうに向かった。鉄橋のところから、急に真っ暗くなった下流の河原を望むと、すでに中学生がいて、山から拾ってきた薪をうずたかく積み上げているところだった。

「暗《くら》かけん、あっちかい行けば、見つからんかもしれんばい」

泰介が鉄橋の向こう側の川岸を指差した。

泰介を先頭に、学校で禁止されている鉄橋を、音を立てないよう爪先立ちで素早く渡り、向こう岸の堤防沿いに背をかがめて近づいた。堤防の石垣の斜面を駆け下り、河原の大きな石の陰に身を隠し、息をこらして、祐次たちはしばらく中学生の動きを見守っていた。

ここいらはどうやら、風下にあたるようで、火の粉が舞い落ちてくる心配がないせいか、あたり一面ぶ厚く藁が敷かれてあった。おそらく、眠くなった者の順に、この中に潜り込んで仮眠でもとるのだろう。

かすかにガソリンの臭いが漂ってきたかと思うや、一瞬、火柱が夜空に向かって立ち昇った。うずたかく積まれた薪にガソリンが掛けられ、火のついた新聞紙が放り込まれたのだ。轟音《ごうおん》とともに、目の前が真っ赤な炎の海となり、大きな石の陰に隠れていた祐次たちは、その炎の勢いの凄さに圧倒されて思わず立ちすくんだ。

「そこにおっとは、だいな！」

中学生の声が上がった。

祐次たちは、さっき駆け下りてきたばかりの堤防の石垣を、今度は四つん這いになって駆け登った。

「わいたちゃ、早《はよ》う帰らんば、がらるっぞ！」

同じ中学生の声だ。

「だいが、がらるもんね。今日は神待夜ばい！」

泰介が言い返した。

すると、堤防の下の河原のほうから、小石が飛んできた。

祐次たちは逃げた。鉄橋を渡らずに線路を横切って、そのまま堤防沿いの道を駆けた。県道の大橋を渡って商店街に入ったところで、泰介が立ち止まり、「こいかい、天神さんに行かんか」と誘った。

天神さんには上参分壱の連中がいて、やはり神待夜をやっていた。しかし、連中はほかの部落とは違って、御神酒をあげに来た最上級生の中学三年生をすきあらば、本殿に閉じ込めて帰さないようにするのが、彼らの狙いだった。つまり、各部落の氏神様を封じ込める魂胆《こんたん》なのだ。運悪く、その策略にはまってしまうと、向こう一年間、氏神様がいない、留守をするということなのだから、封じ込められた部落のお百姓《ひゃくしょう》さんにとってはたいへんなのだ。田圃に水がほしいけれど、水の神様が留守をしているものだから、どんなに祈ってもご利益がないし、やたら火事だとか、怪我人だとか、病人が出るとか、悪いことばかり続くといったふうで、厄年《やくねん》になると信じられていた。

それで、祐次は泰介の誘いにはあまりのりたくなかった。本殿に閉じ込められて、ひと晩帰れないという事態になれば、部落の人たちからはもちろん、親からどんな仕置きを受けるか、想像しただけでもゾッとする。ひょっとしたら、後ろ手に縛られて、木の枝に吊るされるかもしれなかった。だから、祐次はそれとなく房夫の顔色をうかがっていた。

しかし、房夫は別に怖がりもせずに、「おいは行くばい」と張り切っていた。こうなると、祐次もあとには退けなかった。

月明かりをたよりに、祐次たちは大川の堤防沿いに上流のほうに向かい、地蔵淵の手前で、道なりに小学校の裏を通って、そこから道一本隔てた農業高校の分校の裏庭に入った。その裏庭の崖を登ると、天神さんの二の鳥居のところに出る。

昼間はカズラにつかまって簡単に登れる崖なのに、夜になってあたりが暗くなると、昼間のようにはうまくスルスルとは登れなかった。カズラにつかまっても、足元が赤土だものだから、すべって登れないのだ。あの喧嘩早い泰介さえも、途中で足をすべらせて崖から落っこちた。落っこちても、下はやわらかい畑の土だから、怪我することはなかった。

ところが、ようようのことで崖をよじ登ったというのに、祐次たちはすでに上参分壱の連中に見つかっていた。連中は高い椎の木の上にのぼっていて、ほかの部落の連中がやって来るのを待ち構えていたのだ。

「わいたちゃ、どこの部落のもんな?」

木の上から、声が降ってきた。

祐次たちは思わぬ伏兵《ふくへい》にびっくりして、木の上を見上げた。

「なぁーん、小学生やなかか!」

同じ西参分壱の連中ならいざ知らず、上参分壱の連中から小学生だと馬鹿にされて、泰介が黙っているわけがなかった。それに、相手はひとつ年上の中学一年といっても、喧嘩の弱いちびの松岡《まつおか》なのだ。

松岡なら自分も喧嘩に勝てる、と祐次は思った。だが、木の上にはもう一人中学生がいるようだった。

「松岡やろ。狡《こす》かぞ、下りてこんか！」

泰介が凄んだ。

「馬鹿たれどもが、だいが下りるか！」

松岡が言い返した。

と、まもなくして、木の上から水しぶきのようなものが降ってきた。

「あいた、小便ば引っかけよらすばい」

木の幹を揺らせていた祐次が叫んだ。

そこへ、房夫が「だいか、来よらす！」と声を殺して言った。

天神さんの本殿がある上のほうから、人の話し声が降ってきて、近くの籔がにわかにカサコソと騒ぎ始めた。

「松岡！　覚えとけよ。あとで喰らすっけん」

泰介は、そう捨て台詞を吐くと、籔の中に逃げ込んだ。

三人ともばらばらに逃げた。

祐次は背を低くして、両手で籔をかきわけながら、とにかく下へ下へと逃げた。

下の一の鳥居のお堂の裏で、祐次は房夫と出会った。房夫は茅で頬を切ったらしくて、横にスーッと血をにじませていた。祐次は手の甲にちょっとした怪我をしたが、舐めて唾をつけていたら、そのうち痛みはなくなった。

ところが、泰介だけはなかなか藪から出て来なかった。しかし、泰介はしばらくして、意外なところから現れた。天神さんの表参道の石段を堂々と下りて来たのだ。

泰介は鼻血を流していた。途中で引き返して上参分壱の連中と喧嘩したらしいのだ。小学生だと馬鹿にされて、おまけに小便まで引っかけられて黙っていられなかったのだろう。相手が中学生で、何人いようとも、一発、誰かを殴らなくては、もう自分でも収まりがつかなかったのかもしれない。

泰介は鼻血が出ているほうの鼻に、手で揉んで柔らかくしたヨモギの葉を詰め、お堂の前で腰を下ろしたまま、しばらく鼻血が止まるまでじっとしていた。その間、泰介は無言だった。喧嘩に負けたのが、よほどくやしかったのだろう。

泰介は房夫が「おいは、もう帰っばい」と言うのを、「まだ、よかやろが。おいは*腹かいとっとばい。なんか、せんばどぎゃんしようもなかと」と勝手なことを言って、房夫の前に立ちはだかった。

泰介は天神さんのお堂のところから、農道を外れて、新しくできた役場のほうに向かって広がっている、稲刈りの済んだ田圃のなかを歩き始めた。

祐次も房夫も、泰介からもらったグリコキャラメルを頬張りながら、泰介の後ろに従った。小川をひとつ跳び越えたところで、泰介は前方の、藁葺き屋根の家を指差した。雨戸が半分開いていて、そこから明かりがもれ、庭にたわわになった柿の実を照らしていた。

「こいかい、柿ばおっ盗りに行くばってん、よかな。今日は神待夜やっけん、おっ盗ってもなぁーんも言わさんとさ」

「ほんなこつな？」

房夫が訊いた。

「見とって、みんね」

泰介は柿の木の下に行くと、跳び上がって枝をつかみ、なっている柿を二、三個ちぎってポケットに入れた。

そのとき、縁側の障子が開いた。

祐次と房夫は、思わず物陰に隠れた。

ところが、泰介は「今日は神待夜やっけん、もらっていくばい」と障子の隙間から顔をのぞかせた白髪頭の歯のない梅干しばあさんに言うと、梅干しばあさんは「なぁーい*」と返事して、「あいば、枝ば折らんごと、持っていかんばたい」と言って障子を閉めた。

「ほんなこつ。なぁーんも言わさんばい」

房夫はびっくりしていた。

祐次も二、三個、柿をちぎってポケットに入れたが、なんとなく拍子抜けしていた。

いつもなら、喜田米屋の裏になっている甘いゴマ柿を、いつ見つかるか今にもどやされやしないかとドキドキなのに、まったく張り合いがないのだ。そのせいかどうか、わからないのだが、梅干しばあさんからもらった柿は渋くて、とても食べられる代物ではなかった。

しかし、祐次は食べ散らかした柿は捨てたものの、残った一個の柿は泰介のように投げ捨てるよ

*腹かいとっと（激怒してるんだ）　*なぁーい（はぁーい）

うなことはせずに、大事にポケットにしまった。家に帰ったらタンスのなかに入れて置いて、熟するのを待つのだ。セーターや木綿のシャツなどに包んで十日ほども経つと、渋柿《しぶがき》は柔らかく真っ赤《まか》に熟れる。この熟れた渋柿を炬燵《こたつ》に入って食べるときほど、幸せなときはなかった。果肉の汁が冷たくて、種子がツルンと口に入って、実においしいのだ。

祐次たちは腹いせに、梅干しばあさん家の畑に入りこんで、小学校へと通う道に出た。それから、泰介が先頭に立ち、恵比寿地蔵の二股の角を学校ではなくて、再び大川の堤防のほうへと曲がって歩きだした。

大川の堤防の土手を上がったところで、房夫が大きなあくびをしながら、「おいは、もう眠《ねむ》うてたまらんばい。帰るけん」と言うや、突然、街灯のついた商店街のほうへと堤防沿いの道を走って行った。

「泰介はどぎゃんすっとな。帰らんと?」

祐次が訊いた。

祐次も房夫が「眠うてたまらん」と言ったのを聞いて、とたんにあくびが出てしまうがなかったのだ。

「どぎゃんもせん。ばってん、おいはまだ帰らん」

泰介が答えた。

泰介が帰りたくないのは、喧嘩で相手に殴られて上唇を赤紫色に腫れ上がらせていたからだ。親に見つかれば、叱られるに決まっていた。それも、勝っていたならまだしも、負けて腫らしているとなれば、高校生の兄からもう一発、びんたを張られるくらいは覚悟していなくてはならなかった。

泰介は親が寝静まったころを見計らって、こっそり裏口から帰るつもりでいるのだろう。そのまま部屋に入って布団を被って寝てしまえば、一応、今日のことはかたがつく。明日になれば腫れもひくだろうし、「神待夜のマラソンで、引《ひ》っ転《ころ》んだとたい」と言ってごまかせば、それで済むことだった。

しかし、房夫がいなくなると、今度は祐次のほうが急に心細くなってきた。

「帰らんと?」

祐次はもう一度訊いてみた。

すると、泰介は「おう」と、どちらともとれるような返事をして、大川の向こう岸の暗闇へと投げていた石投げを中止した。

堤防沿いの道を歩いて、県道の大橋のところまで来たとき、遠くの鉄橋の向こう側の夜空に、火の粉が舞い上がっているのが見えた。神待夜のたき火が盛んに燃えているようなのだ。

泰介は、その盛んに夜空に向かって舞い上がっている火の粉を見て、「ああ、つまらん! 頭のぐらぐらすっばい」と言って、まだひどく腹を立てていた。

街灯のついた商店街を駅のほうに向かって歩き、途中、鶴川自転車屋のところで、祐次は泰介と別れた。

泰介は「明日、学校が終われば、待ち伏せして、松岡ば喰らすっけん、よかな」と強い口調で言い、「あいばなぁー」と手を振りながら、鶴川自転車屋の角を曲がって行った。

泰介は少し肩を怒《いか》らせていた。


翌朝、祐次は母に叩き起こされた。

泰介がゆうべ家に帰って来ていないということで、大騒ぎしているらしかった。

「泰介とは、鶴川自転車屋さんのところで、別れたばってん……」

ゆうべ寝るのが遅かったものだから、祐次はまだ眠かった。その眠い目をこすりこすり、祐次は母の質問に答えていた。

まだ朝の六時のサイレンも鳴っていない。

「なんか、悪さばしたとやなかろうね？」

母はすかさず、布団から起き上がって来たばかりの祐次の頭をゴツンとやった。

「昨日は神待夜ばい。だいが、悪さばすっと！」

祐次は思わず首を引っ込めて言い返した。

「あいば、どこに行きんしゃったとやろかね……？」

母はそう言いながら、玄関のほうに向かった。

そのとき、祐次はまさかと思った。

あれから、泰介は一人で天神さんに戻って上参分壱の連中を相手に喧嘩したのではないだろうな、と。その結果、本殿に閉じ込められて、未だに帰って来れないとか……。

「祐次……！」

玄関のほうから母が呼んだ。

呼ばれた玄関のほうに行くと、泰介の姉で中学三年の晴子《はるこ》と房夫がいた。房夫もやはり晴子に訊かれて、親から叩き起こされたらしかった。房夫は子供用のサドルの低い自転車で来ていた。

「天神さんかもしれんばい」

祐次は房夫の自転車の後ろにまたがった。

サドルの高い大人用の黒い自転車をこいでいる晴子を先頭に、祐次たちは天神さんに急いだ。

しかし、天神さんには誰もいなかった。神待夜のたき火のあと片付けもきれいに終わっていて、わずかに白い煙が、というより水をかけたあとの水蒸気のようなものが煙っていただけだった。周りに敷き詰められていた藁も一箇所に集められて燃やされていて、黒く灰になっていた。本殿の中もがらんとしていた。

「ゆうべ、こん下の二の鳥居のとこで、上参分壱の松岡たちと喧嘩したと」

祐次は天神さんの石段を登り切った三の鳥居のところで、そう晴子にゆうべのことを白状した。

すると、晴子は「また喧嘩ね。泰介は怪我《けが》したとやなかと。そいで、ゆうべは帰って来《き》きらんかったとやろ」と言いながら、天神さんの石段を先になって下り始めた。

そのとき、房夫が天神さんのちょっとした高台のところから、「ちかっと待たんね！」と祐次たちを呼び止めた。

房夫は見晴らしのきくところから、それとなく眼下の景色を眺めていたようだった。

「あそこんとこに、人のべったいおらすとさ。なんか、あったとやろか……？」

大川が流れていて、県道の大橋があり、鉄橋の、その先のほうの河原が、ちょうどゆうべ神待夜のたき火をしていたあたりが黒山の人だかりだった。

「なんか、あったごたるばい！」と言うや、晴子は天神さんの石段をものすごい速さで駆け下りた。

祐次も房夫も、晴子の後を追った。

晴子は石段を駆け下りると、大人用のサドルの高い自転車にまたがり、これもものすごいスピードで走り去った。祐次と房夫が、石段を駆け下りて来たときには、すでに晴子の自転車は、六時のサイレンが鳴り始めた役場の角を曲がっていた。

役場の角から県道の商店街を横切り、踏み切りを渡って、須賀製材所の先の澱粉《でんぷん》工場の脇の農道を大川のほうへと、房夫は懸命に自転車のペタルをこいだ。大川の堤防へと続く土手の下で、房夫は自転車を停めた。後ろに乗っていた祐次は跳び降り、そのまま土手を駆け上がった。

すると、河原は青年団の兄《あん》ちゃんたちや婦人会のおばちゃんたちでいっぱいだった。そのなかには警察官の姿もまじっていた。

「なんね、あいは……？」

盛んに息を弾ませている房夫が訊いた。

「黙っとかんか！」

祐次はさっきから、じっと耳を澄ましていた。

先に着いていた晴子は、河原で婦人会のおばちゃんにだき抱えられるようにして、なぜか、大声で泣いていた。

「あぎゃんとこに、寝とらすって、だいも知らんたい……」

「全部燃やして、ゴミにすっとさ」

「消したばってん、どぎゃんしようもなかったと。……もう真っ黒やったもんね」

そう話している青年団の兄ちゃんたちの声がとぎれとぎれに聞こえてくるのだが、実際にはなんのことを話しているのか、祐次にはさっぱりだった。

房夫も「晴子が泣きよる……?」と言って、しきりに小首をかしげてばかりいた。

しばらくして、須賀のおばちゃんが何やらぶつぶつ呟きながら、下の河原から堤防の石段を上がって来た。

「ののんさん*の帰って来らすとが、ちぃーっとばかし、遅かったごたるばい」

それから、須賀のおばちゃんは祐次たちの顔を見て、「おさんたちは、泰ちゃんとほうべやったたい。こいかいは、泰ちゃんのぶんまできばらんばできんたいね」と言い、「あっちには、行かんとよ」と釘を刺して、田圃のほうへと土手をゆっくりと下りて行った。

と、晴子がまたひときわ大きな声で泣き始めた。


(※小学六年十一月)

*ののんさん(氏神様)

十二月の章　もちつき

組水名《くみずみょう》の仲田さん家では、例年、暮れの二十八日になると、親戚の五家族が集まってもちつきをする。五家族分のもちをつくのだから、朝はまだ暗いうちから始めないと、とてもではないが、一日では終わらない。

小学五年の祐次が高校生の兄と一緒に、父に連れられて、母や姉、妹たちより一足先に、仲田さん家に向かったのは、朝の六時のサイレンが鳴ってすぐだった。

外はまだ薄暗く、吐く息は白かった。しかし、祐次は寒いとか眠いとかといったふうにはちっとも思わなかった。むしろ、早朝に男衆《おとこしゅう》だけで出掛けるのが、なんとなく嬉しかった。まだ小学生ではあるが、自分も男衆のなかの一人なのだという晴れがましい気持ちなのだ。

小学校裏の地蔵橋《じぞうばし》を渡って、水車小屋の脇から、祐次を先頭に竹籔沿いの小道に入った。うっそうとした竹籔を右手に、道は左曲がりにゆっくりとS字カーブを描いて続いている。強い北風にあおられて、孟宗竹の先端が大きく揺れ、夜明け近いあやめ色の朝空を掃いている。

このうっそうとした竹籔沿いの小道を歩くたびに、祐次は以前、諫早の病院に入院していたころ、妹がまだ入学前で母が公相寺の幼稚園で先生をやっていたころに、よく聞かされていた昔話を想い出す。当時、祐次は小学二年で、腸のヘルニアの手術をしていた。

オバアさんの大切なノリを食べて、ハサミで舌を切られた雀が、オジイさんの心優しい気持ちに触れて、その恩返しにつづらをプレゼントするという昔話だ。ところが、欲深いオバアさんがもらった重たいつづらの中には、三ツ目小僧や大入道《おおにゅうどう》といったお化けと一緒に、ヘビやガマガエル、あるいはゲジゲジ、ムカデ、クモといった気持ち悪い昆虫ばかりでいっぱいなのだ。その重たいつづらが、どうしても、このうっそうとした竹藪の奥深いところに隠されているようで、祐次はつい、それを探るような目つきになって見てしまうのだ。すると、そこに、たとえば使い古しのぼろぼろのつづらが捨ててあったりしたら、今度はどうしても、その中を覗きたくてしようがなくなる。

この日も、祐次は小道からちょっと藪のほうに入ったところに、竹のつづらを発見していた。

「うん。こいはあとで来んばたい」と思って、祐次は立ち止まり、道端の苔《こけ》むした石をひっくり返して目印にした。

「なんな……？」と兄が訊くが、祐次は「なんでんなか」と返事して、さっさと歩き出す。

右手の竹藪が切れると、ハクサイやキャベツ畑が広がり、その奥まったところに、やはりうっそうとした竹藪を背に麦藁屋根の一軒家がある。そこが仲田さん家だ。

仲田さん家では、すでにもちつきが始まっていた。

もちつきは広い土間の真ん中に木の臼《うす》を置き、二人が交互にではなく、大人四人が臼を取り囲んで、小ぶりの横杵《よこぎね》を使って順番についていく。

まず、初めに仲田のかあちゃんが*かまごやで蒸してきたもち米をせいろごと持って来て木の臼にひっくり返す。臼にもられたもち米をつき手の大人四人がぐるぐる回りながら、横杵でよくこねる。これ上げると、今度は仲田のばあちゃんの出番だ。仲田のばあちゃんは臼に付きっきりで、横杵にもちがくっつかないよう、もちをつくテンポに合わせてすばやく手のひらで水をつけていく。そして、頃合を見計らって、「あらよっ！」のひと声で、もちを空中に放り投げ、ものの見事にひっくり返す。

　父は着いた早々、肌着になり、*てんげで頭にねじり鉢巻きをして、すっかりもちつきの態勢に入っていた。仲田のばあちゃんがもちをひっくり返した隙に、「ほい！」と農協に勤めている澤村の芳雄《よしお》兄に声をかけ、すばやくつき手を交代していた。

　もちつきは、時々、つき手が交代したり休憩に入ったりする。休憩に入るときは、つき上がったその臼のもちを取り囲んで、つき手の大人たちがそれぞれ手をのばし、先端を丸めて醤油《しょうゆ》をつけ、まるでうどんでもすするかのように細長くのばしながら、まったくかまずにスルスルと飲み込んでいく。こうして、ひと臼分のもちをみんなして平《たい》らげて腹の足しにするのだ。

　祐次はいとこの雄一《ゆういち》に会いに、かまごやのほうに向かった。

　雄一は祐次より一つ年上で小学六年だ。背格好が仲田のとうちゃんにそっくりで大柄だ。父の親戚はだいたい大柄の人が多いが、なぜか、父だけが小さかった。祐次も父の血をひいたのか、小柄のほうだった。だから、祐次はあまり力仕事ができない。一方、雄一は小学六年で薪を割ったり、牛や豚の世話をしたりともう力のいる男衆の仕事をいろいろと手伝っている。祐次には、それがいつもうらやましかった。

雄一はかまごやの隅のほうで、いつものとおり斧《おの》を使って丸太の薪を割っていた。

「薪割りな……？」

自分の家で風呂を沸かすとき、祐次は鉈を使って薪を割っているが、まだ斧のほうは使ったことがなかった。丸太が気持ちよく、パカッと割れるのを見て、祐次もやりたくなった。

「おいにもさせんしゃい」

雄一は返事もせずに、黙って斧を貸してくれた。

祐次は丸太を立てて、エイとばかりに斧を振りおろすが、肝腎の丸太には当たらず、下に敷いてあるぶ厚い板にボクッと突き刺さるのみだ。

雄一はそれを見て、「ほら、みんしゃい」といわんばかりにニヤニヤしている。

祐次はもう一度、試してみるが、今度は丸太に当たったことは当たったのだが、力不足のせいか、丸太は割れずに、斧の刃が丸太に突き刺さったままだった。

「貸してみんしゃい」といわんばかりに、雄一は大きく手を差し出し、斧を受け取ると、思いきり打ち下ろして、今しがた祐次が失敗したばかりの丸太をパカッと割って見せた。

「こん薪ば、おっかん*とこに、持って行ってくれん」

祐次は雄一に、そう指図されてなんとなく面白くなかった。かといって、丸太を割れない以上、今は黙って雄一の指図に従うしかないのだ。

＊かまごや（台所）　＊てんげ（手拭い）　＊おっかん（母ちゃん）

祐次は雄一が割った薪を束ね、縄で縛り、*くどでもち米を蒸している仲田のかあちゃんのところに運んで行った。

「あんがとうさんね」

仲田のかあちゃんは、そう礼を言うと、「火ば見とっててくれんね」と頼んでおいて、井戸端のほうへ行き、つるべで井戸水を汲んでもち米を研ぎ始めた。

かまごやは天窓しかなくて、昼間も薄暗く、あたりは薪をたく煙でいっぱいだ。その煙が目にしみてしようがない。

祐次は火を見ているだけではつまらなくなり、やがて、「煙《けむ》たか！」と悲鳴を上げ、かまごやの裏手から豚小屋の前を通って、外の広い庭に逃げ出していた。

外はすでに陽《ひ》が昇っていて、ポカポカの陽気だった。

祐次は庭を通って、築山《つきやま》に面している母屋の縁側のほうに向かった。そこで、祐次はひなたぼっこをしながら、しばらくうたた寝した。

十時のおやつの時間なのか、もちをつく音がしなくなったかと思うと、雄一が「食《く》わんかん……？」と言って、祐次の鼻先に黒砂糖入りのかんころもちを突き出していた。

「おう」と祐次は返事してかんころもちを受け取ると、縁側から下り、雄一のあとについて裏の竹籔のほうに向かった。

雄一が裏山の雑木林に罠《わな》を仕掛けているらしいのだ。それを見に行くことにした。

竹籔を抜けると、ゆるやかな丘があって、そこいら一帯が雑木林になっている。雄一は雑木林に入ると、ポケットから取り出した小刀の肥後守で、木の枝に覆いかぶさるようにはえているカズラを切り取って、それを丸く輪にして束ね、肩に掛けて歩き出した。罠は雑木林に入って、しばらく草むらを進み、やや平べったくなったところに一つ仕掛けられたのがあったが、獲物のかっちょ*は掛かっていなかった。

雄一は、餌のハゼの実やら野ブドウ、赤いナンテンの実などの食べぐわいを見て、「あいた、食われちょるばい」と言って、地べたに落ちている小枝を拾い、仕掛けを外して見せた。その際、小枝は地べたのほうから強く引っ張られている女竹《おんなだけ》に挟まって、バキッと大きな音を立てて折れた。

「すごか！」

祐次は仕掛けを見てびっくりしていた。

仕掛けは、赤ん坊の腕の太さくらいの生木を途中で切って、それを曲げ、元に戻る力を利用したものだ。作り方は、まずその生木の先端にカズラを三本縛りつけ、左右の二本は真っ直ぐな女竹の両端に結んで、横にして使う。真ん中のカズラは鉛筆くらいの棒を、先のほうを少し残して結び、これは縦にして使う。次に、さっきの真っ直ぐな女竹よりやや太めのものを地べたに横にして置き、両端を大きな石でしっかりと固定する。生木に縛り付けられている二本のカズラを引っ張って、今しがた地べたに固定したばかりの女竹の内側から、横にして使うもうひとつの女竹をくぐらせ、今度は強く引っ張ってカズラをピンと張る。そのピンと張ったカズラの下のほうに、これもやっぱり内側から小枝を一本渡して、にせのとまり木を仕掛けるのだが、今の段階ではまだこのとまり木は

＊くど（竈）　＊かっちょ（ツグミ）

宙に浮いている。下向きに強く引っ張られている上のほうの女竹を、縦にして使う棒の少し残った先端部分で下からあてがうようにして支えると、そこが支点となって、棒のもう一方の先端は同じようにカズラで強く引っ張られているため、上向きに力が働く。この力を、今、宙に浮いているにせのとまり木に当てて固定するのだ。にせのとまり木に獲物のかっちょがとまると、その重みでとまり木がわずかに下がり、固定している棒が外れ、見事に獲物が挟まるというわけだ。だが、ここであまりにも強く棒を引っ張りすぎていると、かっちょくらいの重みでは仕掛けのとまり木が下がらないことになる。弱すぎると、今度は上の女竹が勢いよく落ちてこず、せっかくかかった獲物のかっちょが暴れて、まんまと逃げられたりするのだ。

雄一は仕掛けを外して、「ちぃーっとばかし、強かったごたるばい」と言いながら、肥後守でカズラを切り払い、新しいカズラでもう一度仕掛けをやり直していた。

二つ目の罠は誰《だれ》かからいたずらされていて、めちゃくちゃに壊されていた。

「見てみんしゃい。こいは掛かっとったとばい。おっ盗られたとやろう」と雄一はぶつくさ言いながら、あたりに落ちている小鳥の羽を拾い、「山鳩のごたる。かっちょよいうまかもんのう」と言って、残念そうにチェッと舌打ちしていた。

「山鳩はうまかと?」

祐次にはわからなかった。

「おう。うまかばい」

雄一は、そう言って笑っていた。

それから、あと二箇所くらい罠を見て回ったが、結局、獲物は何も掛かっていなかった。雄一が言うには、もう時季が過ぎているとのことだ。先月まではまだうんべ*やら、柿、シイの実などがたくさんなっていたから、小鳥のほかに、野うさぎが掛かるくらいの大きな罠も仕掛けていたのだという。

帰り道、ふだん無口の雄一は、ずっと喋りっぱなしだった。

昼のサイレンがちょうど鳴り終わるころ、東参分壱の里美たちがやって来て、それからちょっと遅れて館名《だてみょう》の国広たちがやって来た。母や姉、妹たちがやって来たときには、すでにいとこたちは全員そろっていて、それぞれ仲田のかあちゃんから三角のおにぎりと煮染めをもらって、仏壇のある奥座敷のほうで昼のご飯を食べているところだった。

里美と国広と祐次の三人は同い年《おなどし》で、小学五年だ。里美は小さいときから背も体のほうも、国広や祐次よりもずっと大きかった。さらに、副級長なんかをやっていたものだから、里美は同級生のこの二人に対して、いつも命令口調なのだ。特に、三人のなかで一番小さい祐次は、何かと里美にいじめられていた。

里美はさっそく祐次のそばににじり寄って来て、肘で脇腹を突っつき、「おさんな、このあいだ、立たされちょったたい。なんばしたと?」と訊いてきた。

里美は学校ではいつも知らんふりしているのに、こんなときに限ってわざとちょっかいを出してくる。

*うんべ(むべ)

祐次が立たされていたのは廊下を走っていて、そこを運悪く赤い腕章を付けた週番《しゅうばん》に見つかっただけなのだ。宿題を忘れて立たされていたわけではない。

「なんもしとらん」

祐次は三角のおにぎりを頬張りながら、膝を立てて、もう逃げ出す態勢に入っていた。

ところが、里美は「ほんなこつね」と言うや、祐次の腕を両手でガッとつかんできた。

「なんばすっと。痛かやっか！」

「逃ぐっけんたい。週番に見つかったとやろ」

里美が爪を立てて、二の腕をわしづかんでいるものだから、祐次は痛くて逃げ出せず、また女子《おなご》からやっつけられているのだと思うと、どうしても自分が情けなくなって、つい涙ぐんでくる。

「あらら、もう泣きよっと？」

「泣いとらん！」と祐次は精いっぱい突っぱねて、「こん男女子《おとこおなご》が！」と言い返してやった。

すると、里美は爪を立ててわしづかんでいる祐次の二の腕を、今度はグイッと自分のほうへ引き寄せて、「うちとやるとね……！」と目をむいて凄んできたから、祐次は引き寄せられるままに、その肩口にかぶりついてやった。

「痛《いた》か！」と里美が悲鳴を上げた。

「だいね、喧嘩しよっとは！」と里美のかあちゃんの甲高《かんだか》い声が飛んだ。

里美のかあちゃんは、もちをついている土間から一段上がった十畳の間で、高校生の大きい姉ちゃんや母たちの女衆《おんなしゅう》に交じって、次々ともちを丸めていた。

「里美が悪かと！」と祐次は意見してやったが、「かぶりついたとは、祐次ばい！」との里美の訴えで、どうしても男の祐次のほうが分が悪くなり、「仲良《なかよ》うせんば。女子《おなご》は泣かせんと！」とあべこべに母に叱られていた。

しかし、祐次はなんとか里美から逃れることができて、ほっとしていた。祐次は座敷から仲田のじいちゃんがいつも神棚を背に座っている囲炉裏《いろり》の間へと避難していた。

仲田のじいちゃんは薪の丸太が燃え盛っている囲炉裏を前に、あぐらをかき、キセルで刻み煙草をふかしながら、目の前の土間で繰り広げられているもちつきをじっと眺めていた。囲炉裏から立ち昇ってくる煙に、時々、むせるのか、仲田のじいちゃんはゴホンゴホンとせき込んでいた。

「国広かん……？」

「違《ちご》う。祐次たい」

「おお、祐次かん……」

仲田のじいちゃんは、そう言って自在鉤《じざいかぎ》に掛かっている鉄瓶を傾けて、お湯を急須《きゅうす》に注ぎ、しばらくしてから湯《ゆ》呑《の》みにお茶を入れた。それから、おもむろに湯呑みを口のほうに運んで行き、ズズーッと音を立ててひとくち飲んだ。

祐次は囲炉裏の煙の行方《ゆくえ》をさっきから目で追っていたが、どうしても天井のてっぺんのほうまでは追えなかった。天井には板が張っていなくて、ずっと奥のほうまで真っ暗なのだ。さらに、煙で煤けた大きな梁《はり》が黒光りしていて、どうしても、その裏側に何かが潜んでいるように見えてきてしようがないのだ。ネズミならまだいいけれど、去年は天井の梁から冬眠しているはずのでっかい青大将が落ちてきた。

「国広……！」と仲田のじいちゃんが、また名前を間違えて呼んだ。

祐次はいちいち直すのが面倒で、というより、仲田のじいちゃんが灰の中から、こんがりと焼けたサツマイモを火箸《ひばし》でほじくり出したのを見て、もうそれどころではなかったのだ。それもサツマイモは赤ではなくて、白なのだ。

「食いさるかん？」

「うん。食う」と祐次は元気よく返事をし、「じっちゃん。白ばちゃんな、ほんなこつうまかね」と珍しく、仲田のじいちゃんに話しかけていた。

仲田のじいちゃんは白い歯を見せてちょっと笑い、今度は灰の中から殻付きの落花生《らっかせい》を火箸でつまみ上げて、「ほら」とまたニコッとした。

祐次はなんとなく凄いと思った。

丸太が燃え盛っている囲炉裏の灰の中からいろんなものが出てくるのだ。ほかにも何かありそうだが、仲田のじいちゃんはぜったい火に触らせない。「小便しかぶるばい！」と言って、火箸に触ろうものなら、煙草のキセルでピシリとやられる。

祐次は仲田のじいちゃんからもらった落花生を手のひらにのせて、フーフー息を吹きかけて冷まし、カリッと前歯で割って、殻から出てきた南京豆《なんきんまめ》を食べようとした。

そこへ、横合いからスッと手を伸ばしてきたのが、里美だ。

「なんばすっとか！」と祐次は怒鳴った。

里美は横取りした南京豆をすかさず口に放り込んでいたのだ。

祐次は目の色を変え、本気で里美の髪をつかみかかっていた。

このときばかりは、里美もちょっとひるんで口の中にある南京豆を吐き出し、「返すけん、返すけん……」と言ってあやまった。

「人のもんばおっ盗《と》れば、だいでん腹《はら》かくと！」と祐次は大声を上げ、里美から取り返した南京豆を口に戻した。

「里美、人のもんな、おっ盗らんとばい！」

里美は、仲田のじいちゃんから、今度はきっちりと叱られていた。

「ほら、見ろ」と祐次は里美に言ってやった。

すると、里美は「うちも食いたか」と言った。

「*あちゃろば、ちぃーっとばかし待たんかん」と仲田のじいちゃんは言い、後ろの戸棚から底の深い焙烙《ほうろく》を取り出して、その中にさっきの殻付きの落花生を入れ、カラカラと揺すりながら焼き始めた。

やがて、国広や雄一たちも匂いをかぎつけてやって来た。子供たちが増えると、仲田のじいちゃんはどこからともなくシイの実やらクリ、ヤマイモの芽のムカゴなど小さくて数のあるものばかりを取り出してきて、同じように焙烙でカラカラと揺すりながら、気長に焼いてくれた。

それから、祐次たちは仲田さん家の広い庭に出て、中学二年の小っちゃい姉ちゃんを頭《かしら》に、下は里美の妹で小学一年の清美まで、男も女も入り交じって十二人全員が〈長縄《ながなわ》跳び〉や〈花いちもん

＊食いさるかん？（食べますか？）　＊白ばちゃん（白いサツマイモ）　＊あちゃろば（そしたら）

め〉、〈だるまさんがころんだ〉などをして夕方近くまで遊んだ。

　陽が沈んであたりが暗くなる前に、祐次たちは母屋の離れにある五右衛門風呂に入れられる。母が音頭をとって、まず初めに「祐次、国広、雄一……」と呼ばれて裸にされ、風呂小屋に追いやられる。

　去年までは里美も一緒に風呂に入っていたが、どうしたのか、今年は一緒ではなかった。一度だけ、「風呂の湯加減は、どがんね？」と訊くふりをして、里美はそれとなく様子を見に来た。しかし、それだけだった。

　雄一が弟の友春《ともはる》や妹の美和子《みわこ》を風呂に入れる順番がくると、祐次と国広は入れ替わりに風呂から上がる。

　風呂小屋を出ると、あたりはすっかり暗闇に包まれていた。さっきまで母屋のほうから聞こえていたもちつきの音もやんで、奥座敷ではいよいよ*しまい宴《うえ》が始まる。つき手の男衆はさっそくどぶろくを飲み交わし、子供たちはとにかく真っ白い米のご飯をたらふく食べられた。仲田さん家は農家で、米も自分たちでつくっていたから、国鉄職員の祐次の家や役場勤めの国広の家や長崎の三菱造船所勤めの里美の家とは違って、買わなくても米はいくらでもあるのだ。おまけに、麦もサツマイモも入っていない、真っ白い新米なのだ。

　男衆の酒がまわり始めると、どこからともなく国広のかあちゃんが三味線《しゃみせん》を持ち出してきて、「♪しばぁーに、なれぇーたやぁー」と「のんのこ節」を歌い始める。仲田のとうちゃんの皿踊《さらおど》りは、みんなが「腰のよう動いちょる。よか。皿の音もよかもんのう」と褒め合っているように、腰がくねくねと姉ちゃんたちのようにしなをつくって動き、皿はカチンカチンと澄んだ金属音を発しているのだ。父はといえば、酔っ払ってくると、必ず十八番《おはこ》のどじょうすくいを踊り始める。

　しかし、このころになると、祐次は決まって眠たくなる。それに、祐次は酔っ払いの父が嫌いなのだ。酔っ払っているとはいえ、大《だい》の男がてんげで頬かぶりをして鼻の穴に栗箸《くりばし》を突っ込み、それを下唇で受けて、竹籠《しょうけ》を持ってひょうきんに踊るなんて、みっともないといったらありゃしない。祐次は常日頃《つねひごろ》、父のような酒飲みにはなりたくないと思っている。そこで、祐次は仲田のじいちゃんが一人でポツンといる囲炉裏のそばに行きたくなる。そして、火に手をあぶっているうちに、祐次はついコックリコックリしてくるのだった。

　仲田のじいちゃんは湯呑みでどぶろくをちびりちびりやりながら、時折、もちを口に入れ、気長にゆっくりかんで飲み込んでいた。

　コクンと首がうなだれるたびに、祐次が薄目を開けると、仲田のじいちゃんは口をもぐもぐ動かしていた。

　次に、祐次が薄目を開けたとき、仲田のじいちゃんはもちを喉に詰まらせたのか、オエッ、オエッと吐きそうになっていた。

「じいやん、こぎゃんとこに寝ちょれば、*ぎゃーけんつくばい」と仲田のかあちゃんの声がして、その声で祐次が薄目を開けたとき、仲田のかあちゃんがちょうどじいちゃんに丹前《たんぜん》をかけてあげているところだった。

＊しまい宴（打ち上げ）　＊ぎゃーけんつくばい（風邪をひくよ）

それからしばらくして、祐次は里美から「帰るばい！」と起こされた。その際、里美はこっくりこっくりと舟をこいでいる祐次の額をゴツンとやってきた。

「叩かんでん、わかっちょる！」

祐次は、そう言って立ち上がった。


帰りは、高校生の兄が三家族分のもちが積まれているリヤカーを引き、後ろをそれぞれ酔っ払いの男衆が押すから、祐次たちは自然と前のほうへ行き、遊びながら夜道を帰ることになる。

祐次は帰るころになって、ふと今朝のつづらのことを想い出していた。あとで来ようと思っていたのだが、雄一と一緒に罠を見に行っているうちに、すっかり忘れていた。

祐次は懐中電灯を持って、先頭を切って走っていた。そして、目印に苔むした石をひっくり返しているところに来て、竹籔を懐中電灯で照らした。

「里美、見てみんか。あんつづらん中に、三ツ目小僧の入っちょっとばい」と祐次は脅《おど》かしてみた。

ところが、里美は「三ツ目小僧は、すらごとばい。おるもんね」と言って、フンと鼻で笑った。

国広はといえば、「三ツ目小僧、出て来んしゃい！」と面白がって、すでにつづらに小石をぶつけていた。

祐次もさっそく小石を拾って投げつけた。

つづらは小石が当たった箇所から破れ、中から赤や黄や緑の布切れが飛び出してきた。

「あらら、あいが三ツ目小僧ね」と里美は小馬鹿にして言う。

「そうたい。目の三つあっと。赤目《あかめ》に黄色《きいろ》か目、そいかい緑《みどり》の目たい。ワッハハ……」と祐次はわざと笑ってみせた。

すると、国広が「ばってん」と声を低めて言い、真顔になって、「青《あお》か目《め》ん玉《たま》のひ、と、だ、まは、ほんなこつおっとばい」と言った。

祐次はギクリとしたが、里美は「うん。そいはほんなこつおっと。あっじょんが*、あいはリンが燃えとっとばい」と頭のいいところをみせた。

「リンちゃなんね……？」と祐次。

そのとき、竹籔で何かがガサゴソと動く気配がして、「キャー！」と里美の悲鳴が上がった。

とっさに、祐次は懐中電灯を竹籔へ向けた。

と、赤褐色の猫より細長いイタチが目をピカッと光らせて、こちらを見ていた。

「イタチばい！」と国広が言い、持っていた小石を投げつけた。

祐次もすぐに小石を拾ってぶつけようとしたが、次に目を向けたときにはすでにイタチの姿はなかった。

それでも、祐次と国広は竹籔に向かって、めちゃくちゃに小石をほうった。

後ろからリヤカーのキーキーと車輪を鳴らしながらやって来る音がして、ふと祐次の耳に、「こら、国広！」と仲田のじいちゃんの叱る声が入った。

「また、じっちゃんな、名前ば間違《まちご》うとる」と思いながら、祐次はひょいと石投げをやめた。

それから、祐次たちは水車小屋の脇の道を、帰りは地蔵橋のほうではなくて、下流の商店街へと

＊あっじょんが（だけれども）

抜ける道を、まずは館名の国広の家に向かってリヤカーを押して行った。

（※小学五年十二月）

（完）

諫早思春記《いさはやししゅんき》

第一話　爪先立《つまさきだ》つ剣士《けんし》

日曜日のせいか、体育館はがらんとしていた。杉浦耕平は竹刀を肩に担いだまま、一礼して中に入った。

剣道部の稽古場に割り当てられている中央の壇場の前には、先に着替えを済ませた部員がたむろしている。いずれも長身ぞろいで、なかでも先頃二段に昇段したばかりの、今度新しく剣道部の主将になった水上先輩のそれは、ほかを圧倒している。十六人いる部員のなかで一番のちびは、耕平だった。

耕平が剣道を習い始めたきっかけは、その選手のいずれもが長身で、獲物を狙う鷹のような鋭い目つきをしていたからだ。自分も剣道をやれば、そうなると思い込んでいた。中学のとき、町の公民館で習っていた師範もやはり長身で、鋭い目つきをしていた。

しかし、中学、高校と剣道をやってきたものの、耕平の身長はいっこうに伸びる気配がなかった。目つきも鋭くなるどころか、こちらは蛇に睨まれた蛙のほうだった。いまだに対戦相手の目を直視することができないでいる。

剣道部員十六人、全員が壇場を背にして、横一列に正座して並んだ。

「面、つけぇー」

主将の図太い声があがった。

上座のほうに七人のレギュラーの選手がいて、耕平はそこから九番目の一番下位にいた。

席順は決められている。先輩、後輩の区別はあったが、強い者の順に着席する。団体戦の試合に出場できる選手は、大将、副将、中堅、四将、先鋒と五人で、ほかに二人の補欠の選手がいる。そしてこれら七人の選手がレギュラーを形成していて、上座を占めていた。

同級生の一年生のなかでは、中学時代にすでに名を馳せていた同じ五組の守田が一番上位で、六番目に位置してレギュラーの座についている。中学時代にすでに立派な実績をあげてきた部員ばかりのなかにあって、耕平にはこれといった実績がなかった。まだ一回も、公式戦の試合に出場したことがない。自ら進んで一番下位に着席していたのも、仕方のないことだった。

主力選手の七人が一斉に稽古場にあがる。これから下級生の掛かり稽古の相手をするのだ。耕平は一年生の誰もが敬遠したがる主将の水上先輩を、まず相手に選ぶ。水上先輩は県下でも五指に入るほどの剣士だった。それゆえ、剣道部では絶対的な権力をもっている。

耕平は主将に向かって一礼し、前に進み出た。互いに正眼に構えるが、耕平はこの瞬間からすでに気迫負けしている。鋭い目で見下ろされているものだから、恐怖心で縮みあがっている。怖じ気を払って、かけ声もろともメンに飛び込む。主将にぶち当たってもびくともしない。左右に切り返しをしながら、すり足でさがり、最後にまたメンに飛び込む。主将の切り返しは、一振りひとふりがずっしりと重く、じかに往復びんたを喰らっているようだ。メン打ちも的確で、芯に当たると、一瞬目がくらむ。

主将は長身を生かしての飛び込みメンが得意技だ。背の低い者は、低いなりに出ゴテを狙うという小技があったが、耕平はその小技を捨て、主将と同じ飛び込みメンの大技だけをがむしゃらに狙った。それもメンだけの二段、三段の連続技だった。三段目あたりでようやくメンに決まると、主将は伸びきった耕平の体をわざと竹刀で突き飛ばす。「*こまんかくせして、メンば狙ろうとったい。*こしゃくれとる」と主将は思っているのかもしれない。しかし耕平は床に叩きつけられると、がぜん闘志が湧いてくる。背の高いやつらがにっくき敵に見えてくるのだ。

高校の剣道部の稽古量は、耕平が中学のとき町の公民館で日曜日ごとにやっていた比ではなかった。稽古は放課後、毎日あったし、当然その質も違っていた。実力の差が歴然としている先輩たちのなかに交じって、対等に渡り合わなくてはならなかった。ひっくり返されようが、床に叩きつけられようが、いっさい文句が言えなかった。腹が立つなら、その先輩より強くなることだった。

掛かり稽古は、順繰りに少なくとも主力選手七人を相手にしなければならない。強くなるためには、つらい稽古にも耐えなければならなかったが、それより剣道部の規律のほうがもっと厳しかった。たとえば、主将のかけ声でいったん面をつけると、稽古が終わるまで面は取れなかった。頭に巻いているタオルがゆるんで垂れ下がってこようと、汗が目に入ってひりひり痛もうと、面は取れなかった。むろん、一息ついているときも、面をつけたまま、正座して先輩たちの稽古ぶりを眺めていなくてはならなかった。もし、その規律を破ろうものなら、リンチまがいの稽古が待っていた。剣道部を去った者のなかには、稽古には耐えられるものの、剣道部の規律についていけずに辞めていった者が半分ほどいた。

耕平は主将と比較的背の低い中堅の白鳥先輩との稽古を終えて、一息ついている。今日は午後から市主催の市民剣道大会があるので、それほどハードな稽古はしなくてよかった。各自、自由に相手を選んでひと汗流す程度だった。

耕平もこの市民剣道大会には出場する。団体戦ではなくて、トーナメントの個人戦なのだ。一年生の誰もが経験する、高校生としては初めての公式戦の試合だった。

午後からの大会にそなえて、主将と白鳥先輩の練習試合が始まった。耕平は二人の動きを見つめている。主将が間合いを測りながら、白鳥先輩を追いつめている。主将は飛び込みメンを、白鳥先輩は出ゴテを狙っているようだ。白鳥先輩の爪先は両足とも立っている。より背を高く見せようとしているにちがいない。耕平も白鳥先輩に見習って、いつも爪先立って稽古をしている。なんとか背を高く見せようと努力しているけれど、まだまだ白鳥先輩の足元にも及ばない。重心が不安定で、よくひっくり返される。

白鳥先輩の動きが止まった。隅に追い込まれて動けなくなっている。おそらく白鳥先輩のほうが先に技を仕掛けるだろう。白鳥先輩が竹刀を払った。その一瞬、主将の飛び込みメンが決まった。白鳥先輩もコテを打っていたが、主将のメンがずっと早かった。元の位置に戻って二本目が始まる。

ふだんの日なら、竹刀を交えている部員たちの向こう側には、バスケットボールを追う選手たちの姿があった。体育館は四つのクラブで使用されていて、中央の壇場の前が剣道部で、右側にバドミントン部、左側に体操部、そして真向かいがバスケット部だった。バスケット部には耕平と同じ

＊こまんか（背が低い）　＊こしゃくれとる（なまいき）

クラスの、背がすらりと伸びた長身の村中律子さんがいた。女子で体育部に所属してクラブ活動をするのは、耕平たちの高校では珍しかった。耕平たちの高校は進学校だ。文武両道を謳ってはいるが、四十五人いるクラスメイトのうちで、実際クラブ活動をしているのは、わずか五人だ。そのうち女子は村中さんだけだ。耕平の目に村中さんの姿がなんとはなしにとまるのは、女の子にしては体育部に所属していて成績も下がらず、よく頑張っているなという興味もあったけれど、それより彼女の、そのすらりと伸びた身長のほうにあった。「*あぎゃん背の高かれば、*おいも、もっと強うなっとんば……」と耕平は羨ましかった。

主将と白鳥先輩の練習試合は、主将がメンを二本とり、白鳥先輩がコテを一本とって終わった。午後から行なわれる試合で、主将が優勝することはまず間違いなかった。決勝戦で主将の相手をするのはいったい誰なのか、そちらのほうがもっぱら話題の中心になっていた。一年生の耕平たちの間では、主将の次に実力がある副主将の黒川先輩をあげていたが、先輩たちの間では、ほかに三校あるなかで、N農高の主将の名をあげていた。よもや、耕平が最後まで勝ち進んで、自分が水上主将を相手に優勝を争うなんて夢にも思っていなかった。

試合会場になっている市民公会堂では、他校の出場選手たちがそれぞれ丸い輪をつくって、あちこちで素振りを始めていた。間もなくして、「全員集合！」の号令がかかり、抽選が始まった。A、B、C、Dと四つのブロックに分かれていて、耕平はそのなかのAブロックで、一回戦は第三試合を引き当てていた。

各ブロックごとに出場選手が集まり、赤と白に組み分けされて、全員が試合場にあがり、試合前の礼を交わし合った。耕平の隣には守田がいた。守田は先輩たちからも一目置かれているせいか、下位の耕平たちに対して横柄な態度をとっていた。その守田が「運の悪か。おいは一回戦で負けるばい」と耳打ちしてきた。守田の日頃の言動にしては、ずいぶんと弱気だった。守田の一回戦の相手はT商高の主将なのだそうだ。

耕平は自分と対戦する相手が誰だか、まったく見当がつかなかった。初めての試合だったし、それに市内に住んでいるわけではなく、汽車通学していたから、その種の情報がなかった。守田は小刻みに震えていた。竹刀を交えないうちからすでに守田は、気迫負けしていたようだ。そのT商高の主将とは三回戦で当たったらしいが、耕平はなにも覚えていなかった。背の高い連中を敵に回して、ひたすら飛び込みメンだけを狙っていた。

自分でもわけがわからないうちに耕平は、準決勝まで勝ち進んでいた。準決勝の相手は、先輩たちの間で評判の高かったN農高の主将だった。耕平は、ここまでくればもう勝っても負けても、どうでもいいような気がしていた。ところが、耕平はそのN農高の主将に一本勝ちしていた。このときもやはりコテではなく、メンだった。耕平が誘いをかけるようにコテをあけると、相手がなんのためらいもなく、コテに飛び込んできた。そこを耕平は外したと同時に、無意識に跳び上がっていた。跳び上がるという余計な動作を起こさなくても、メンが打てるはずなのに、耕平はそうしていた。背の高い連中ばかりを相手に稽古をしてきたから、跳び上がらなくてはメンに当たらないような気がしていたのかもしれない。しかも、この技は跳び上がるという派手な動作が入っていたから、

＊あぎゃん（あのように）　＊おいも（僕も）

審判も思わず赤旗を揚げずにはいられなかったのだろう。

　審判の「それまで！」の声があがった。続いて「ウオーッ！」という仲間たちの歓声が耳に入った。部員が耕平の周りを取り囲んでいた。決勝戦の前に、すでに優勝者が決まったような騒ぎだった。

　決勝戦の相手はやはり水上先輩だった。主将は副主将の黒川先輩に勝って、CブロックとDブロックの勝者として残っていた。

　決勝戦ではあっさりと耕平が負けた。初めから歯が立つような相手ではないと思っていた。一本目は飛び込みメンを決められた。二本目は背の低い者が得意とする出ゴテを、逆に決められていた。主将は裏をかいたのだろう。

　試合が終わって面を取ると、すぐに主将がやって来た。耕平は主将から「わいは[*]、なんばしよっとか[*]！　こいは試合ばい！」と言われて頭を小突かれた。二本目のとき、連続技のメン打ちで、耕平は自分からふっと身を引いていた。そのことを主将は注意したにちがいない。いつものように連続してメンを打っていたら、「突き飛ばされてひっくり返されるばい。みったんなか[*]」と耕平は知らず知らずのうちに警戒していたのだ。

　この日から耕平は、席順が一挙に九つ飛んで、守田のつぎ、七番目のレギュラーの座につくことになった。

　翌日、学校に行くと、耕平はクラスメイトに取り囲まれて、昨日と同じように頭や背中を小突かれたりして祝福された。夕方のローカルニュースで決勝戦の模様がテレビに映ったらしかった。

バスケット部の村中さんから思いもかけず、声をかけられたのは、四時間目の授業が始まる前だった。生物の時間で、その日はたまたま化学実験室で授業が行なわれた。そこへ行く途中の廊下で村中さんは、後ろから「杉浦くん！」と呼び止め、「昨日の試合で、準優勝したとやろ？」と話しかけてきた。

耕平はまさかと思った。村中さんのように、長身でスタイルのいい女の子は、ちびの男の子なんぞ相手にもしないものだとばかり思っていたからだ。

耕平は後ろを振り返り、微笑んでいる村中さんの顔を見上げて、「*あいは、まぐればい」と答えた。

「テレビ見とって、杉浦くんってすぐわかったとよ」

村中さんが追いついて脇に並んだ。耕平はそれとはなしに村中さんを、避けるような動作をとった。並ばれるのがいやなのだ。

少し距離をおいて、村中さんの顔を見た。左の目尻のところに小さなほくろが一つある。泣きぼくろだ。

と、視線が合う。

「強かね……」

途端に耕平は恥ずかしくなる。

「えへへ……」

耕平は返事する代わりに頭をかいた。


*わい（あんた）　*なんば（何を）　*みったんなか（みっともない）　*あいは（あれは）

「おめでとう。こいからも、*気張らんばたいね。新人戦、もうすぐやろ……？　新人戦には、*うちも出るとよ」

　村中さんはそう言うと、目だけで笑って、一足先に化学実験室に入った。

　放課後、耕平は初めてレギュラーの座について、同級生の稽古相手を務めた。一日で立場が逆転したことに驚きを覚え、しばらくは足が地に着かなかった。稽古も、不思議といつもよりきつくなかった。先輩たちが、なぜ面を一度も取らずに稽古できるのか、その理由がやっとわかったような気がした。実力の差が歴然としているなかで、まともに打ち合ったら、稽古にならないから、それぞれ相手に合わせて力をセーブしていたのだ。

　その日、耕平はいつになくバスケットボールを追う村中さんの姿が気になって仕方なかった。相手と竹刀を交えている最中は、村中さんを見るゆとりはなかったが、稽古が一段落ついて、ひと息つけるようになると、面をかぶっているのをいいことに、心ゆくまで彼女の姿を目で追うことができた。

　村中さんは男子部員に交じって試合形式の練習をしていた。背の高さは、男子部員に交じっていても、ひけをとらないくらいだ。彼女はそれだけで正選手の座を得ることができるだろう。なで肩でほっそりしているから、スタミナがなさそうに見えるが、なかなかへたばる様子はない。パスされたボールをいったん受け取ると、誰にも渡さず、軽快にドリブルし、シュートするところは、勝ち気の性格だ。二重瞼の大きな目をもつ彼女に、その性格が一番ふさわしいのかもしれない。

耕平はなにげなく、村中さんをガールフレンドにできたらいいなと思った。「ばってん……」と耕平は思う。ちびの自分が、長身でスタイルのいい村中さんと一緒に歩いていたとしたら、他人の目にはどんなふうに映るだろうか、と。

耕平はその光景をちょっぴり想い描いてみた。のっぽの村中さんの腕にぶら下がっていたのは、ちびの自分だった。思わず笑いが込み上がってくる。

「どうだい。もうよかやろ。相手せんか？」

隣に座っている守田が声をかけてきた。

「おう。よかぞ」

耕平はそう返事しながら、それとなく守田の顔色をうかがった。守田はなに喰わぬ顔をしていた。にやついているところをべつに、覗かれていたわけではなさそうだった。

掛かり稽古が終わり、蹲居《そんきょ》の姿勢をとって互いに竹刀を収めると、いつものように守田がやって来た。また悪い点を先輩面して注意するのだろうと思っていたら、守田は「＊ほんなこつ、強うなったばい。＊いっちょん、隙のなかもんね」と言い、「こまんかとに、高こう見ゆっばい」と続けて、盛んに褒めた。脇の下をくすぐられているような感じだった。しかしこのとき耕平は、守田も決して補欠の六番目の地位に甘んじているわけではなくて、自分と同じようにチャンスさえあれば、五番目の先鋒か、四番目の四将の正選手の地位をわがものにしようとする野心があることに気がついた。守田が盛んに褒めてくれたのは、「おいにはまだわいば、褒めてやる余裕のあっと」と言いたかったにちがいない。

＊気張らんば（頑張らないと）　＊うち（私）　＊ほんなこつ（ほんとうに）　＊いっちょん（ひとつも）

耕平はへらへらと笑いながらも、腹のなかでは今にみてろよと闘志を燃やしていた。

耕平が守田との差を縮め、さらにひとつだけ水をあけたのは、新人戦で守田に代わって試合に出場し、三連勝してからだった。


チャンスは、五番目の正選手の座についていた先鋒の大久保先輩が、新人戦の一カ月前から稽古に来なくなったときに訪れた。勉学に励むためにということらしいが、本当の理由は市民剣道大会で思ったよりいい成績を上げられず、一回戦で敗退したことだった。勉強がよくできる先輩だったから、どうやらその時点で剣道に見切りをつけたようだ。大久保先輩の志望校は、家が病院をしているせいか、地元の国立の医学部だった。主将の水上先輩の説得にも耳を貸さなかったらしい。

大久保先輩が一人抜けて、ひそかに喜んだのは守田だった。席順からして五番目の正選手の座につくのは、いまのところ守田以外いなかったからだ。耕平は先を越されてくやしかった。

ところが、守田はそのせっかくのチャンスをものにすることができなかった。新人戦で正選手として出場した守田は、一回戦で完敗した。守田はかわいそうなくらいあがっていた。一本目は足がもつれてよろけた隙にメンを決められ、二本目は鍔《つば》ぜり合いからの引きドーを決められた。基本どおりに脇をかためていさえすれば、引き際にドーを決められるはずがなかった。守田は先に一本取られて焦り、頭が混乱して基本的なことも忘れてしまっていたのだろう。日頃の実力を半分でも出しきっていたら、負けるような相手ではなかった。それだけに守田は、自分でも納得がいかない様子だった。

一回戦は先鋒として出場した守田だけが負け、ほかの四人がたて続けに勝って二回戦へと進出した。耕平に出番が回ってきたのは、二回戦のときだった。完敗した守田に代わって、耕平が先鋒として出場した。主将からは「負けてもよかけん、思いきっていってこい！」と激励された。

耕平もかなりあがっていた。部員の声援も耳に入らなかったし、主審の時間切れの言葉も聞き取れず、相手に攻撃を仕掛けていた。突き飛ばされて床に転んだり、面の紐がゆるんで縛り直したりしたが、とにかく勝負には勝っていた。得意技の、相手がコテに飛び込んできたところを外し、跳び上がって打ち下ろすメン、一本で勝負がついていた。

二回戦は先鋒の耕平が勝ち、一回戦とは逆に四将、中堅と負けて危うかったが、副将、大将と勝ってなんとか三回戦へと進出した。

二回戦の実績を買われ、耕平は三回戦でも先鋒として出場した。三回戦のときは落ち着いていた。先輩たちのアドバイスも耳に入った。一本目は主将のアドバイスどおり、飛び込みメンを決め、二本目は相手のふところに飛び込んでドーを決めた。

耕平たちの高校は、三回戦まで勝ち進んだが、四回戦で敗退した。四回戦の相手は、常時ベスト8《エイト》に顔を出す強豪の長崎のP商高だった。全員が濃紺の胴着に、真新しい防具をつけ、粒揃いのなかで、たった一人、大将だけが背が低かった。居並ぶ粒揃いの四人の剣士を従えている、背丈が自分とそう変わらない、鋭い目をもったP商高の大将が、耕平にはなんとなく気になった。

耕平は四回戦のときも、長身の敵に勝った。相手が上背があって強そうに見えれば見えるほど、なぜか、がぜん闘志が湧くのだった。耕平たちの高校は、先鋒の耕平と副将の黒川先輩が勝って、大将同士の勝負となった。これに勝つと二年ぶりのベスト8進出だ。

大将同士の試合が始まった。一本目は背の低いP商高の大将に、長身の水上先輩のほうが終始追い込まれていた。おそらく気迫負けしていたのだろう。追い込まれていただけに、水上先輩は自分から技をしかけていかなかればならなかった。気迫負けして後ろの白線を越えれば、三回で反則一本となり、黙ってても相手に勝ちが転がり込む。水上先輩は二分経過した時点で、すでに二回白線を越えていた。「白線ば気にしとんしゃるばい」と耕平が思ったと同時だった。P商高の大将の飛び込みメンが見事に決まったのは。「こぎゃん強かれば、背の低かとも、高かとも関係なか……！」と耕平は驚愕の目で見ていた。

二本目に入ると、P商高の大将はゆったり構えて、決して自分から攻撃しなかった。しかし、水上先輩は絶えず追い込まれていた。そして時間切れで、一本勝ちされてしまった。大将の水上先輩が負けて、二年ぶりのベスト8進出にはならなかったが、耕平だけはまるで自分が完勝したかのように興奮していた。ちびの剣士が長身の剣士を見事に負かせたのが、とにかく耕平には小気味よかったのだ。


この日の帰り、耕平たち剣道部は、車中、偶然バスケット部の連中と一緒になった。それとはなしに一年生同士が集まり、村中さんが誰にというわけでもなく、「知っとるね？」と訊き、「今朝、ケネディ大統領が暗殺されたってばい」と頭のいいところを見せると、守田がすぐに、「知っちょる、知っちょる」と二つ返事をし、村中さんの話題にのっていた。それから、村中さんは「勝って、三回戦までいったとよ」と嬉しそうに試合のことを語り、自分もそれまで正選手として出場していたことを誇らしげに話してくれた。女子の部員が極端に少なくて、メンバーさえも満足に組めないような状態で、三回戦まで勝ち進んだのは本当に立派だった。それまで女子のバスケット部は、常に一回戦で敗退していたという。

耕平は初め何も喋らなかった。ケネディ暗殺も知らなかった。ひたすら、聞き役に回っていた。その代わり隣に座っていた守田が、初めから異様にはしゃいでいた。はしゃぐことで、守田は一回戦でぶざまな負け方をしたうっぷんを晴らしていたのだろう。

守田はよく喋った。

「こいつ、二回戦から出場して、三連勝したとばい」と村中さんに余計なことまで喋った。

しかし、耕平が黙って聞いていたのは、ここまでだった。守田の挑発に乗って、耕平もがぜん喋り始めた。それまでよく喋っていた村中さんは、いつしか、男子だけの剣道部員に囲まれてすっかり聞き役に回っていた。

バスケット部の連中とは駅前で別れた。剣道部は学校まで戻り、防具を部室に置いてから解散となった。耕平には夕方七時の汽車の時間まで一時間ほどあった。守田が付き合ってくれて、駅前のラーメン屋さんに入った。

「どぎゃんな*、村中律子は?」

守田が話しかけてきた。

「村中律子って、だいな*……?」

＊どぎゃんな（どうだい）　＊だいな（だれだよ）

耕平はとぼけた。

「*よかとって。知っとったとばい。今度はこっちで、勝負せんか？　新人戦では負けたけんね」

守田が薄ら笑いを浮かべた。

「なんば言いよっとか。*ぞうたんもなか！　初めから、勝負にならんたい」

耕平は怒った。

「勝負にならんて、どぎゃんして？」

守田は首を傾げた。

「考えてもみんしゃい。村中律子と並んで歩けるって、思うとっと！」

耕平は箸立てから割り箸を二本掴み、テーブルの下で、その割り箸を人差し指と中指と薬指の間に一本ずつ挟んで、ひそかに喧嘩の準備を整えていた。もっと気に障ることを言われたら、そのときは、と。

「腕ぐらい組んで歩けるやろ……」

「わいはおいに言わせる気か！」

耕平はかっときた。割り箸を挟んでいるこぶしに思わず力が入る。

「なぁーん、背丈や！　わいはこまかけんね」

守田が小馬鹿にして声を立てて笑った。

このとき耕平は、守田の顔面めがけてパンチを繰り出していた。しかし割り箸をはさんで長くしたパンチでもなお、守田の顔面には届かなかった。

守田はちょっと反りぎみになり、「へっへ……」と笑いながら、「リーチの差たい」と言い、手刀をつくって「メンあり！」と逆に攻撃された。

ところが、その手刀は見事に耕平の頭に当たっていたのだ。

これには、耕平はまいった。完敗だった。どうしようもなかった。

「ちくしょう！」

「そぎゃん、ひがみんしゃんな。わいの箸のパンチば、喰ろうとってみんしゃい。今頃は顔に突＊んぬかって、血のぽたぽた流れとったばい」

守田はそう言って笑った。

耕平も、しかたなく笑って、ばつの悪さをごまかすしかなかった。


冬に裸足で冷たい体育館の床にじかに触れて、体を動かすスポーツは剣道ぐらいなものだ。とにかく冬はつらい。耕平は相変わらず両足とも爪先立って稽古をしていたものだから、とくに右足の親指のところによくまめができる。そのまめが知らぬ間につぶれて、冷たい体育館の床に触れると、激痛が走る。爪先は凍てついているような感じで、感覚はなくなるが、まめがつぶれた箇所だけは、いやらしくも生きている。なぜ、こんな思いをしてまでも剣道をやらなくてはならないのか、とふと耕平は疑問に思うことがある。

冬場の三学期をのりきった部員は、上級生、同級生を合わせて八人しかいなかった。新人戦が終わったあと、四将をつとめていた先輩がまた一人辞めた。五人いた先輩がいまでは、主将の水上先

＊よかと（いいんだ）　＊ぞうたんもなか（冗談じゃないよ）　＊突んぬかって（突き刺さって）

輩、副主将の黒川先輩、それに中堅の白鳥先輩の三人だけになった。一年生のなかでは、新人戦のとき七番目の補欠の選手だった石丸が辞めた。石丸は勉学のためというより、耕平に先を越されて、自分のふがいなさがどうしても許せなかったのだろう。町の公民館程度の剣道しか知らない耕平に対して、石丸は市内の有力な中学校の剣道部の主将をやっていたほどの剣士だったのである。

しかし新学期が始まると、八人しかいなかった剣道部員が、一挙に三倍程度に膨れ上がった。新しく十七人が部員に加わったのだ。

耕平と守田は新入生の指導に当たることになった。指導といっても、実際はしごきの役だ。予算の都合上、剣道部には二十組の防具しかなかった。部員が二十人以上になると、当然防具にあぶれる者がでてくる。それをまず新入生に的を合わせ、しごいて調整する役が、伝統的に次期の剣道部を背負って立つ二人にあてがわれていた。特に下級の新入生に対して厳しく当たることは、剣道部の規律が守られ、格付けがより明確になっていく原動力にもなっていた。

新入生が先輩たちに対して口ひとつきけないような状態で続けられる稽古は、年間で最大のメインイベントである高体連までだ。高体連が終わると、最上級生の三年生が進学のために全員が退部する。その時点でようやく部員が十五人前後になり、例年どおりの円滑なクラブ活動ができるようになっていく。

その間一番つらい思いをするのは、耕平と守田だった。気の強い新人は捨てゼリフを吐いて、部を去っていく。また中学時代、名を馳せた各中学校の剣道部の主将たちは強いのを鼻にかけて生意気な口の利き方をする。こういった連中をのさばらせておくと、指導が徹底していない、と先輩たちからハッパをかけられる。昼間、神経を使いすぎて、夜はへとへとになってしまうけれど、勉強をほうっておくわけにはいかない。眠気ざましに素振りを取り入れても、睡魔には勝てず、ついウトウトしてしまうことがある。何よりも自分が、より強くならなくてはならない時期だった。

耕平はかなりまいっていたが、そんななかでも守田と共通する話題があったのは心強かった。例のバスケット部の村中さんのことだ。彼女も次期のバスケット部を背負って立つリーダーになることは明らかだった。

二年生の新学期が始まってクラス替えがあり、耕平は村中さんとは別のクラスになった。彼女と引き続き同じクラスになったのは守田だ。どうしようもないことなのだが、耕平は村中さんを取られたような気がして、ひそかにしょんぼりしていた。

しかし、耕平は元気だった。クラスが別でも、廊下ですれ違うことはある。すれ違いざまに村中さんと目が合ったりしたら、その日は、一日中気分がよかった。体育館でバスケットボールを追う村中さんが輝いて見えた。守田がいちいち報告してくる村中さんの授業風景のことも耳に心地よく入った。英語のリーダーの時間にあてられて、いつもはスラスラと読めるのに、今日は珍しく二箇所もつかえたとか、数学はあまり得意ではなさそうだとか、その代わり現代国語は抜群で、なかでも古文は完璧のできだとか……。

耕平は守田の話を聞いていて、一年生のときと同じで、村中さんは依然として文科系が強いんだな、と思った。そう思うと、耕平はなんとなく嬉しくなる。一年前とちっとも変わっていないということは、自分のことをまだ彼女は覚えてくれているということにほかならないからだ。

稽古が終わり、部室で着替えを済ませて、校門から一歩外に出ると、耕平と守田の二人はようやくしごきの役から解放される。特にそれが土曜日なら、思わず万歳を叫びたくなるほどだ。土曜日はいつもより二時間早く、四時には稽古が終わる。そんな土曜日に耕平は、守田の家へ何回か遊びに行ったことがあった。守田の勉強部屋に上がり込んだまま、つい話がはずみ、最終の九時半の汽車で帰ったこともあった。もちろん、話は勉強や剣道のことではなく、村中さんのことだった。「今日は目の三回、合《お》うたばい。わいよりおいのほうが一回多か」とか、「*ちかっと、スカートの短かとやなかと。長《なご》うせんばって、わいかい言いやい」とか、「*いんにゃ、あがん脚の長かれば、もっと短こうしたほうがよか。目の保養ばい」とか、とにかくそんなたわいもない話で盛り上がっていた。しかし耕平にとってはしょせん高嶺の花だった。どうすることもできなかった。ところが、守田は違った。守田は積極的にチャンスを狙っていた。

　高体連を間近に控えて、稽古はますます厳しくなっていった。五人いる同級生のなかからも一人、二人と稽古をさぼる部員が出てきた。そのなかには守田も含まれていた。

　県下の高校が一堂に集まり、種目ごとに競技が行なわれる高体連は、最高学年の三年生にとって高校生活最後の試合だった。先輩たちは目の色をかえて稽古をした。あまりにも厳しい稽古に耐えられず、十七人いた新入生が一挙に半分ちかく九人に減り、二年生の同級生のなかからも一人が完全に稽古にこなくなった。守田はずる休みはするが、二日連続して稽古を休むということはなかった。

しかし、その厳しい稽古の成果はあった。団体戦で三年ぶりにベスト8進出を果たしたのだ。個人戦では水上先輩と黒川先輩が出場し、黒川先輩は三回戦で敗退したが、水上先輩は準決勝まで勝ち進んだ。準決勝で水上先輩は、よほど巡り合わせが悪かったのか、新人戦で対戦したあの背の低い長崎のP商高の大将と再び竹刀をまじえることになった。勝負がつかず、延長戦にもつれこんだが、水上先輩はどうしてもP商高の大将から一本をとれなかった。水上先輩が勝てなかったのも無理はなかった。そのちびのP商高の大将、桐島が個人戦を制したのだ。耕平はひそかに自分が優勝したかのように喜んでいた。バスケットでは、まずこうはいかないだろうが、剣道はちびでもこのように県下一の剣士になれるんだ、と。

高体連での耕平の成績は準々決勝まで負け知らずだった。中堅の座をよく守り、先鋒、四将と負けても、次の副将、大将へと勝負をつないだ。守田は先鋒で出場し、新人戦のときとは違って、落ち着いていて、実力的に見て自分より下位の者に対しては完全に勝てるようになっていた。

準々決勝のときだった、声援を送ってくれる部員のなかに交じって、ひょいと村中さんの顔を、耕平が見つけたのは……。先鋒の守田、四将の白鳥先輩と負けていた。ここで中堅の耕平が負けたら、もう勝負はついたも同然だった。ところが、耕平は勝った。背の高い相手を敵に回し、跳び上がってのメンを決めた。一本勝ちだったが、耕平は満足だった。村中さんに一番いいところを見せてあげることができたからだ。「こいで、守田にも勝ったばい！」と耕平は思った。

耕平は何も知らなかった。守田が時々稽古をさぼって村中さんとデートを重ねていたとは。村中さんがわざわざ剣道部の応援にやってきたのは、守田が誘ったからだった。耕平がそのことになん

＊ちかっと（ちょっと）　＊いんにゃ（いいや）

となく気がついたのは、高体連が終わり、先輩たちが剣道部を去って、これという試合もなくなり、一年中で一番のんびりムードにひたれるころだった。

大学進学を控えた諸先輩たちが抜けてしまった剣道部は、まるで活気がなかった。しかし部全体の雰囲気はよかった。全員がベスト8進出の余韻に酔っていた。剣道部をやめたものだと思っていた石丸が復帰したのも、このころだった。

稽古はいたってのんびりしていた。だから、守田が週に一回ぐらい稽古をさぼってもなんとも思わなかった。だが、そのうち耕平はいつもなら隣にいるはずの守田がいないとき、バスケットコートにも、村中さんの姿が見あたらないことに気がついた。「なぁーんの、ただの偶然たい」と思って、耕平は変に勘ぐらないようにしていた。

部員一人ひとりに直接関係のある昇段試験が目の前にせまってきた。一年生は初段、二年生は二段への昇段試験は、年間のスケジュールが動きだす、その最初の出発点でもあった。昇段試験が終わると、市民剣道大会があり、次はいよいよ新しいメンバーで取り組む新人戦がある。この新人戦でベスト8に残れば、博多で行なわれる九州大会の玉竜旗に出場できる。勝ち抜き戦で、一人で五人抜き、十人抜きをやる剣士がひょっこり現れたりする。この大会で水上先輩は一年生のとき、十五人抜きをやってみせたのだそうだ。今回、高体連でベスト8に入ったから、おそらく新人戦はシードされるだろう。剣道で博多まで行くのも夢ではない。

だが、その最初の出発点で、次期主将格の耕平が肝心なところでつまずいてしまった。誰も疑ってもみなかった二段の昇段試験に落ちたのだ。二段の段位は次期主将を務める者にとって、必要不可欠のものであっただけに、耕平のショックはひどかった。

昇段試験は、筆記と木刀を使って行なう型、そして実技の三種目で採点された。なかでも実技が一番厳しかった。実技は練習試合の形式で、一人が次々と三人を相手に竹刀を交える。勝ち負けは三連敗しないかぎり、さほど採点には影響しなかった。ある一定の水準に達していれば、全員合格ということもありうる。実技の試験でもっとも重要視されていたのは、まず基本姿勢、それから攻撃と防御の三つだった。その三点をいろんな角度から採点される。また昇段試験では名前がすべて伏せられていて、受験番号で呼ばれていた。

耕平はいつもより時間をかけて、胴衣と防具を身につけた。頭に巻くタオルも実技が始まる直前に、垂れ下がってくるのを防ぐために、水で濡らしてしっかりとつけた。続けて三人も相手をすれば、どうしてもタオルはゆるんで垂れ下がってくる。

耕平は試合のときよりあがっていた。試合は勝ちさえすれば、ほかのことはなにも考える必要はなかった。しかし試験ともなれば、試験官の目を気にしなくてはならなかった。防具のつけ方はこれでいいのだろうか。紐がほどけやしないか。背の低いのがマイナスに働くのではないのか。試合をしている二人を見比べるなら、背の低いほうがどう見ても、分が悪い。

耕平は最初の相手、6番にあっさり負けていた。自分でも信じられないほどだった。6番は上背こそあったが、とくべつ強そうには見えなかった。両足の間隔が広く、さらに両膝を曲げて、せっかくの高い背をわざと低く見せていた。こんな悪い姿勢では不合格まちがいなしだ、と思った。コテをあければ打ってくるだろうと思っていたら、本当に狙いどおり打ってきてあっさりとコテを決められた。しまった、ここは跳び上がるんだったのに、と思っているうちに、二本目は相手に思い切り飛び込まれて、メンを決められていた。

耕平は肝心なことを忘れていた。相手のことより自分のことだった。耕平は悪い癖が抜けず、依然として両足とも爪先立っていた。基本姿勢では右足に重心をのせるために、やや爪先立つような姿勢になるのは、左足だけだった。攻撃のほうも、相手が打ってきたところを一歩引いて打つメンは、基本では跳び上がるという動作は入っていなかった。この打ち方はまったくの我流なのだ。試合では両足とも爪先立っていようと、跳び上がってメンを打とうと、とにかく勝負に勝ちさえすればいいのだ。しかし昇段試験ともなれば、これとは勝手がちがう。我流はもっとも大きな減点の対象となる。

耕平は二段の昇段試験にものの見事に落ちていた。しかし耕平には自分がなぜ落ちたのか、その理由がわからなかった。6番には負けたが、7番、8番と立て続けに勝った。ところが、その7番、8番は合格しているのである。やっぱり背の低いのが駄目なんだな、としか耕平には考えられなかった。

二段を受験したほかの守田や石丸、そして稽古をさぼってばかりいた原口まで合格していた。初段の部も下級生九人全員が受かった。受からなかったのは、皮肉にも次期主将格の耕平だけだった。これから剣道部を盛り上げ、全員の模範となって引っ張っていかなくてはならない自分の立場を考えると、耕平はやりきれなかった。

耕平は黒板に発表された白いチョークの合格者の受験番号を何度も見直した。しかし何度見直しても5番はなかった。全員シーンとなっていた。一緒に下級生の面倒を見てきた守田さえ無言だった。部員全員の熱い同情の視線を浴びて、耕平はいっそう打ちひしがれた。

翌日、耕平は稽古を休んだ。次の日も稽古を休んだ。放課後を図書館で過ごした。三日目の昼休み時間に先輩たちから部室に呼び出された。「稽古ばさぼって、なんばしよっとな。おいたちの顔に泥ば塗る気か！」と注意された。先輩たちは一様に突き放しにかかった。耕平はつらかった。直ぐに竹刀をとる自信はなかった。先輩たちは突き放してはいるが、実際はその反対で同情してくれているのだ。元主将の水上先輩から「今日から稽古せんばばい！」と言われ、「稽古しきらん」とは返事できず、耕平はしかたなく首を縦に振っていた。

放課後、部室に行くと、いつものように全員が「おっす！」と挨拶をしてくれた。正式に新主将となった守田がやってきて「気にせんと！」と言い、「来月の市民剣道大会で優勝するたい。優勝すれば、[*]どぎゃんちゃなか」と言ってくれたが、守田の口調にはどういうわけか、鼻歌がまじっていた。

耕平は水上先輩に言われて、竹刀を取ったのがやっとだった。だが、それも三日間しか続かなかった。翌週には再び稽古をやすむようになっていた。常に上位をめざして稽古してきただけに耕平は、剣道をやる目的そのものが見えなくなっていた。

耕平は失った自信を取り戻そうと頑張った。家に帰ると、毎日欠かすことのなかった素振りをまた始めた。勉強の合間に素振りを取り入れると、眠気ざましにもなったし、なによりも気分転換に

＊どぎゃんちゃなか（どうってことはない）

なった。しかし一番つらかったのは、みんなが稽古をしている放課後だった。図書館で友達と一緒に数学の問題集を開いてはいるものの、お喋りするだけで、いっこうに勉強ははかどらなかった。余計なお喋りをするようなら、剣道の稽古をしていたほうがまだましだった。とくに話題が女子のことになると、耕平はやりきれなかった。村中さんのバスケットボールを追う姿が目にちらつくのだ。今、村中さんは懸命に練習していることだろう。村中さんの額の汗が床に落ちたかもしれない。それをいち早く見つけた下級生がすばやくモップで床の汗を拭く。あるいはモップを持って来るのがちょっと遅れて、村中さんは自分の汗ですべって床に尻餅をついたかもしれない。そんなふうに考えだすと、耕平は居ても立ってもいられなくなる。すぐにでも防具を身につけて体育館へと駆け込んで行きたい衝動に襲われる。

耕平は徐々にではあったが、失った自信を取り戻しつつあった。

ところが、ちょうどそんなときであった。耕平が、守田と村中さんの二人が仲良く腕を組んで歩いている現場を目撃したのは……。

その日は二学期の中間テストの最終日だった。テストは午前中に終わった。学校側の都合で、体育館は終日使用禁止だった。耕平は図書館で友達とテストの検討をしたあと、駅に向かった。時間はたっぷりあった。テストの検討の結果、いい点がとれそうだった。なんとなくいつもと違う道を歩きたい気分だった。駅のほうへと続いている道を、いつもなら本明川《ほんみょうがわ》の上流に向かって右岸を歩くのに、その日ばかりは遠回りして左岸の砂利道を歩いていた。この砂利道は途中で、城跡となっている小高い丘へと登って行く石段の二股に分かれている。上は公園になっており、恋人たちの格好のデート場所でもあった。

守田と村中さんの二人は、その公園へと登って行く石段を、すでに公園でのデートを終えたのか、ちょうど下りて来ているところだった。二人は話に夢中で、前の道を耕平が歩いていることに気づかない様子だった。耕平は初め授業をさぼってデートを楽しんでいる他校のよからぬカップルにちがいないと思っていた。男子生徒は制帽を取っていたし、女子生徒のほうは制服の上着を脱いで腕に掛けていた。だが、女子生徒の顔には見覚えがあった。左の目尻にほくろが一つあった。あの泣きぼくろは確かに村中さんのものだった。一方、長身の男子生徒はスポーツ刈りにしていて、鬢を長くする今流行りの髪型をしていた。守田だった。

耕平は一瞬息をのんだ。彼らに見つかるのではないのかと気がきではなかった。もし、声をかけられたらなんと返事しようか、と。しかし二人は砂利道のところまで下りて来ると、何もなかったかのように、耕平とは正反対のほうへと曲がって行った。

耕平は守田と村中さんの二人のことについて、うすうす気がついていたせいか、自分で思っていたよりはショックを受けなかった。なぜか、似合いのカップルだと思った。負け惜しみではなかった。見つめ合う二人の目が輝いていたし、何よりも背丈がぴったりだった。

ところが、後ろを振り返った瞬間だった、耕平がショックというより、何か、激しい嫉妬のようなものを覚えたのは。「守田、なんばしよっとか!」と大声を張り上げれば、まだ聞こえる距離に二人の姿はあった。だが、やがて寄り添う二人の姿は小さくなり、二人が歩いている砂利道も舗装された広い車道と合流してしまった。おそらくそばを行き交う車の騒音で、もう声は届かないだろう。二人は、砂利道までは腕を組んでいた。そして舗装された広い車道に入ったとたん、二人は組んでいた腕をはずした。一対一の男女不純交際は校則で禁止されている。確実に取り戻しつつあった自信がいっぺんに吹っ飛んでしまった。

耕平は砂利道から小石を一つ拾った。鞄を地べたに置き、大きくふりかぶって、その小石を彼らめがけて投げつけた。小石は大きく放物線を描いて、本明川の川面にぽちゃりと落ちた。

それから耕平は、鞄を手に取り、川面に広がっていく波紋に一瞥を投げかけ、ひとりにんまりしながら駅へと向かって歩きだした。

第二話　アボちゃん

アボちゃんとは、今度新しく赴任してきたばかりの物理の高校教師である。ほかの先生たちとは違って、その新任の高校教師は蝶ネクタイをしめていた。あきらかに目立つ服装をしていると、何かといちゃもんをつけたくなるのが道理というものだ。

ぎょろ目で鼻が高く、頬がこけていて、やや前髪が薄かった。この特徴から「一モルの気体のなかに含まれる分子の数は、すべて同数で共通な定数となる。これをNという記号で表し、一般にアボガドロ定数と呼ばれる」で有名な教科書にも載っているイタリアの理論物理学者、アボガドロにそっくりだということで、この新任の物理の高校教師は「アボちゃん」というニックネームがついた。

高校三年に進級した耕平は、いちおう進学で理数系のクラスに組み入れられていた。いちおうというのは、途中で進学をあきらめて、就職してもいいという意味のクラスだ。もっとひらたくいえば、高校三年になると、クラスはグレード別に編成されていて、耕平のいる九組は進学コースと就職コースのちゃんぽん、学校側からいえば、どうでもいいクラスというわけだ。アボちゃんは、そのどうでもいい男子だけの九組に副主任として、佐世保のS高から赴任してきた。

うわさによると、アボちゃんは毎晩酒の飲みすぎで、いつも途中で授業を抜け出し、水道の水を蛇口から直接口に受けて飲んでいるらしいとのことだ。

新学期の中間テストが無事終わったあと、耕平は同じクラスで、やはり進学コースの雅志《まさし》に誘われて、警察官志望のケンの家に向かっていた。ケンはなぜか、広い庭のある一軒家に一人で住んでいた。雅志によると、親代わりの姉夫婦はすでに長崎市内に引っ越しているそうだが、ケンは高校を卒業するまではここ諫早を、離れたくないということでとどまっているらしい。そのケンの家で、今晩、中間テストの打ち上げをするというのだ。とどのつまり、内緒だが酒盛りだ。

高校三年になると、進学コースはやたらと試験が多くなり、うんざりする。しかし、試験が終われば、最終日はたいてい土曜日だから、汽車通学している耕平にとっては、友達の家に泊まりがけで遊びに行ける格好の口実ができるから、試験もそう悪くはなかった。

「依口《よりぐち》」と表札のあるケンの家の石垣の門を入ると、ガレージがあって、丸っこい感じの軽自動車のマツダクーペが停まっていた。そのクリーム色のマツダクーペを目にした雅志が、「あねしゃんが来とんしゃったい。べっぴんさんばい。もう一人、あねしゃんがおらしたもんね。ばってん、死にんしゃったとさ。佐世保で……。若《わか》かったとばい、二十五やったと。タエコさん……」と喋った。*

このとき、耕平は何も知らずに「ふーん。ケンには、あねしゃんが二人おらしたとばいね」と思って聞いていただけだった。

玄関を上がると、クラスのまとめ役である副級長の源造がすでに来ていて、ケンの将棋の相手をしていた。源造は奇妙な奴で、就職コースのくせして、勉強家で図書館に行ってはよく本を読んでいた。耕平とも、たびたび図書館で顔を合わせていた。赤いものが大好きで、特に火事であの燃え盛る炎を見ると、もうたまらなく興奮するのだという。それで、源造の志望は消防士になることだった。

「おう、耕平も来たとか」

ケンはそう言って、奥のほうに向かって「コーヒーば、二ついれてくれんね!」と叫んだ。

間もなくして、水玉模様のワンピースを着たケンのあねしゃんが現れた。コーヒーカップとかりんとうを盛ったお盆を、耕平の目の前に置いて、「食《た》べんしゃい」と言った。

このとき耕平は、偶然、あねしゃんと視線が合っていた。なぜかドキンとして、耕平は恥ずかしかった。

「どぎゃんな。べっぴんさんやろ?」

雅志がかりんとうを頬張りながら言った。

「うん、べっぴんさん……」

耕平はなんとなく上の空だった。

あたりにはあねしゃんの残り香が漂っていた。クチナシの花の香りに似た、甘ったるいにおいだった。耕平は黒砂糖のかりんとうのにおいより、この甘ったるいにおいにときめいていた。

と、ケンが「なぁーん、わいも、さかりがついたごたるたい」と言って、耕平の股間のものをギュッとつかんできた。

＊あねしゃん(お姉ちゃん)

とたんに耕平は「ぎゃあー」と悲鳴を上げた。

「剣道部の大将も、金玉ば握られれば、どぎゃんしょうもなかたい」

身長が一八五センチもある大男のケンは、とにかく喧嘩が強かった。柔道もやっていて、自分で学校の番長を気取っているくらいだ。

「喧嘩するときは、ここたい」

ケンはそう言って、自分の股間のものを指さした。

「ここば狙えば、わいのごたるちびでん、勝つとばい」

「おいは、もう剣道部は辞めたと！」

「わかっちょる。さかって*ばっかいおらんで、金玉は使いようたい。剣道もそぎゃんやろ？」

「はぁー？」

ケンが何を言おうとしているのか、耕平にはわからなかった。反対に、「さかっとっとは、ケンのほうばい」と思ったが、耕平はそれを口にせずに、グッと我慢した。

ケンと源造は、再び将棋を指し始めた。

しばらくたって勝負がついたのか、ケンが奥のほうに向かって、「姉貴！」とわざとヒステリックな声を上げ、「車ば置いていかん？」と訊いた。

どうやらケンが勝負に負けたようなのだ。

すると、さっきの水玉模様のワンピースを着たあねしゃんが襖のあいだから顔を出し、「また、悪さばしに、どこかに行くとやろ？　今日は借されん！　明日、使うと！」とやはり大きな声で答えた。

　ケンは四月生まれですでに十八歳になっており、軽自動車のマツダクーペを運転できる自動二輪の免許を持っていた。この自動二輪の免許で、警察官になって白バイに乗るのが、ケンの夢なのだ。

「新婚さんの使うとは、ほかにあるやろもん？　よかけん、借さんね」とケンがもういっぺん頼み込んだが、あねしゃんは「いやらしかね。さかっとっとはわがやっか！」と言って、襖をバタンと閉めた。

　と、間もなくして、再びあねしゃんが現れ、「試験の終わったって言うて、あんまし羽ば伸ばさんとよ！」とひと言、弟に釘を刺し、玄関から出て行った。

　ガレージのほうで車のエンジンの音がひときわ高く響き渡ったかと思うと、やがて門を出たのか、すうっと小さくなっていった。

「チェッ！　小浜《おばま》温泉に*ハナデンシャば、見に行こうと*思うとったとんば」とケンが言い、どこからともなく、水色のパッケージに、赤いセロハンテープで封印されているハイライトを取り出していた。

「おっ！　よかもんのあるたい」

　雅志がさっそくその赤いセロハンテープの封を切り、人差し指でトントンと叩き、ハイライトを浮き上がらせると、「わいは吸わんとな？」と訊いてきた。

「おいは吸わん。酒は飲みきるっばってん、煙草は好《す》かん。咳の出ると。そいに煙草はうまかって思わんとばい」と耕平は答えた。

＊さかって（発情して）　＊ハナデンシャ（ストリップショー）　＊思うとったとんば（思ってたんだよ）

「そいはまだ、子どんやっけんたい。大人になれば、咳も出んと」と雅志はえらそうぶって言い、純喫茶・紫陽花《あじさい》と赤で書かれたマッチで火を付けた。

純喫茶・紫陽花はいわゆる不良仲間の溜まり場で、耕平も何回か、雅志に誘われて足を運んだことがある。他校の生徒や美容学校に通っている高校中退のでぶのマリたちがいて、とにかく煙草のけむりでいっぱいだった。

「ほんなこつ、大人になれば、咳も出んとな？」

耕平は、生意気な口を利く雅志に訊いた。

「そぎゃんたい。煙草もうまかって思うとたい」

雅志はけむりを勢いよく吐き出すと、「うまか！」となった。

そこへ、ケンが雅志の頭をポカリと叩いた。

「なんば言いよっか！　わいは煙草ば吸うとらんたい。ほっぺたば膨《ふく》らませよる。口に含んで吐き出しよっとやろ……？　こぎゃんやって、肺に入れんば、煙草のもったいなか」

ケンは煙草の吸い方を指南するように、深く煙草のけむりを吸うと、しばらく間をおいて白いけむりをふうっと吐き出した。

さっそく雅志がまねた。ところが、けむりを深く吸い込もうとすればするほど、雅志は咳こんでうまくいかないのだ。

耕平は「ほら、見んしゃい」と思った。先走って、大人ぶったりするからだ、と。

「子どんが大人ぶっとったい」と言って、源造も声を立てて笑った。

源造も煙草が苦手なのだ。

「*あっじょんが、おいは、ハナデンシャは*見きったばい」と、ここで雅志は妙に源造と張り合った。

「雅志はスケベーやっけんたい」とケンがまた、あいだに入って言い、「耕平にも見せたかったと。そんうち、見せてやるけん。そろそろ*フデオロシばせんば」と言って、何やらあやしげに「ヒッヒヒ……」と笑った。

「……？」

耕平だけが話に取り残されていた。なんだか仲間外れだった。ハナデンシャはもちろんのこと、フデオロシの意味もなんとなくはわかっていても、実際には経験もしていないことなので、わからなかったからだ。

頻りに小首を傾げている耕平を尻目に、雅志は「源造は鼻血、たらりーやったもんね」と言い、「社会勉強たい」と付け加えた。

それから、雅志はひょいと耕平のほうに向き直って、わざとズボンの上から太ももを触ってきた。

「気色の悪か。さわらんと！」

「ありゃー、こいは耕平もドウテイばい」と言って、雅志はさっきの煙草の件では負けたが、今回のハナデンシャでは完勝したかのように、大袈裟に畳の上にひっくり返って笑いだした。

源造が「おいもドウテイばってん、わいたちとは違《ちご》うと！」とむきになればなるほど、雅志は笑い転げた。

さらに雅志は、「源造は純愛路線やんもんね。接吻もせんとやろ……？」と茶々を入れ、「イッヒ

＊あっじょんが（だけれど）　＊見きったばい（全部見たよ）　＊フデオロシ（童貞を破ること）

ヒ……」と面白がって、仕舞いには笑いすぎてむせていた。

ケンの家でカバンと帽子、それに学生服を脱いでワイシャツに着替えると、ケンは源造と、耕平は雅志と組んで、繁華街の栄《さかえ》のアーケード街に繰り出した。もちろん、行く先はパチンコ店だ。四人とも坊頭刈りではなくて、髪は角刈りにしている。高校三年になると長髪が許されるので、たいてい二年生の春休みから一斉に髪を伸ばし始める。

「よかな、わいはおいが組の大工見習いやっけんね。補導されても、逃げんとばい。久能《くのう》組で、働いちゅうってことにしとるけん。電話すれば、事務の姉ちゃんがよう言うてくんしゃるたい」と雅志は言って、その事務の姉ちゃんとも、何やらあやしげな関係にありそうなことを、何回も聞かされてはいるが、それを今回もまた誇らしげに語り、パチンコ店に入った。

店の奥のカウンターで百円札を出して玉を買い、耕平は入口付近の台に向かった。と、雅志が「そっちは目立つと！」と言って、こっちの奥のほうに来るよう手招きした。

「入口のほうが、玉のよう出るとってばい」

耕平は、町の青年団の兄《あん》ちゃんから教えてもらったことを言ってみた。

「ほんなこつな……？」

「ほんなこつ！」

耕平は胸を張った。

「今度見つかれば、おいは停学ばい。謹慎二回やんもんね」

「よかよか。見つかっても、おいたちは久能組の大工見習いやろ」

耕平が雅志の肩を叩いた。

すると、雅志も「うん、うん。そぎゃんたいね」と何回も首を縦に振ってうなずいていた。

パチンコの玉はよく出た。

雅志は耕平の言うとおりだと言って、盛んに褒めた。どうやら雅志は、ヒヤヒヤしながら、負ける勝つには関係なく、ただ大人ぶってパチンコをしたいだけのようだった。耕平は自分でお金を出してやったのは初めてだったが、青年団の兄ちゃんに連れられて、もらい玉で何回かパチンコをやったことがあった。天の四つの釘はそろっているほうがいいとか、チューリップの上にある風車はこころもち右側に曲がっているほうがいいとか、いろいろ指南されていた。しかしそう指南されていたところで、台を見極めることは耕平にはほとんど不可能だった。ただ入口付近で灰皿に煙草の吸い殻が溜まっている台は、「ゼッタイ出るけん」とは教えられていた。というのは、外から見て、お客が入口付近にたくさん張り付いていると、この店は玉をよく出す店だと思わせる狙いがあるからなのだそうだ。


雅志と耕平がパチンコに勝って、待ち合わせ場所の純喫茶・紫陽花に行くと、ケンと源造はすでに来ていて、奥のいつもの六人がけの小部屋で漫画を見ていた。

「勝ったばい！」とさっそく雅志が切り出した。

「ほんなこつな。負けてばっかい*やったたい」

＊やったたい（…じゃないか）

源造がゆっくり顔を上げて言った。

「耕平が教えてくれたと。耕平はようパチンコば知っとる」

「ほう。そぎゃんな」と言って、今度はケンが顔を上げ、「*あいば、いくら勝ったと？」と訊いた。

「おいが六百円、耕平が千二百円ばい」

「ようやった。半分ずつ出さんか？　酒代たい」

「おう、よか」

耕平はさっそくケンに六百円手渡した。

このとき、雅志も「おいも六百円、出すばい」と妙に張り合った。

すると、ケンがなんとなくにやにやしながら、「おいたちのも合わせて、こいで二千二百円たい。うまか酒の飲めるばい」と言った。

「なぁーん、ケンたちもパチンコに勝ったと？」

雅志が残念そうに訊いた。

「ばかたれが、だいが負《ま》くっか！　雅志は引っかかったとたい。わいは*よかしーやんもんね」と源造が小馬鹿にして、舌をベーッと出した。

そこへ、他校のよからぬ連中が五、六人、奥の、耕平たちがたむろしている小部屋にどやどやと現れた。

「だいがパチンコに勝ったってや」

太ってがっしりとしたイガグリ頭の他校生が、じろりと奥のこちらのほうを見回した。

「だいでんよかやっか！」とケンが席に座ったまま、どすの利いた低い声で応酬した。

「席の二つあいとるごたるたい」とさっきの太ったイガグリ頭の他校生が空席を指さした。

このとき、雅志はすでに立ち上がっていて、壁際に飾ってあった銀色の花瓶を手に持っていた。

「あいとらん。こいかい、おいの女《スケ》が来ると。なんか、文句のあっとか！　売られた喧嘩は買わんばたいね」とケンは言い、部屋の入口でたむろしている連中のほうへとゆっくり視線を向けた。

耕平は女と待ち合わせしていたかなと小首を傾げつつも、ケンがやけに落ち着いているのを見て、「番長ば気取るくらいなことはあるばい」と感心していた。ケンの言うとおり、この低い位置からだと、少なくとも二人ぐらいは漫画本の角で、相手の金玉を狙い打ちする自信は、元剣道部の耕平にはあった。

と、部屋の入口でたむろしている連中のなかで、ちょっと後ろのほうにいた背の高い、痩せぎすの他校生が「ありゃ、杉浦さんばい。I高剣道部の……」と言って前に進み出た。

「わいはだいな？」

耕平もケン同様に、席に座ったまま、下から相手の顔を見上げていた。右手にはしっかりと漫画本を握りしめたまま……。

「一年生のとき、ちょこっとN農高の剣道部におったとですたい。もう辞めとるとばってん。杉浦さんは、たしか、去年の市の剣道大会で準優勝したとですばいね。一年生で……。よう覚えとりますと」と、そのノッポの他校生は、背をわざわざ低くして言い、後ろに控えているみんなの顔を見回しながら、「こん人は、こぎゃんこまかばってん、ほんなこつは強かと！」と言った。そして自ら

＊あいば（そしたら）　＊よかしー（見栄っ張り）

率先して奥の六人がけの小部屋から出て行った。自然とほかの連中もそれに倣って、「今日は相手の悪かごたるたい」とぶつくさ言いながら出て行った。

これを見ていちばんびっくりしていたのは、雅志だ。

「耕平はすごか！　名前ば言わんで、向こうが知っちょるばい」

「そいは昔の話たい。いまはもう剣道部は辞めたけん、なぁーんも関係なか！」

耕平はやや不機嫌だった。いやな剣道部のことをちょっと思い出したからだ。

それから間もなくして、ここで知り合った元T商高のバスケットボール部の選手だったという、でぶのマリが、口紅をべっとりとつけた美容学校の女の子二人を連れて現れた。マリは元バスケットボール部の選手とは思えないくらいよく太っていた。

そのでぶのマリが強引に耕平と雅志のあいだに割り込んできて、「耕平ちゃん、うちの煙草に火ばつけてくんしゃい」としなだれかかってきた。

マリはでぶのくせして、男子《おとこんこ》はなぜか、ちび好みだった。

耕平は「うわぁー、金玉のつぶる！」と悲鳴を上げ、マリのそばから逃げた。

どうやら、マリたちも今夜の酒盛りに参加する気でいるらしい。

初め、酒盛りは耕平たち四人だけだった。そのうち、少年院帰りのシンが加わり、久能組の本物の大工見習いがやってきたときには、耕平はもうかなりできあがっていた。

少年院帰りのシンは二枚目だった。ウイスキーを生《き》で飲み、煙草もハイライトではなくて、ロングピースだった。ネクタイとスーツでびしりと決めていて、とにかくかっこいいのだ。

それにひきかえ、大工見習いのほうはいまだに坊主刈りで、煙草は新生だった。二人とも耕平たちが通う高校の夜間部に在籍していて、年はともに二十歳《はたち》なのだという。

シンは高校二年のとき、他校生と喧嘩して、相手をジャックナイフで刺して少年院送りとなり、大工見習いのほうはどうしても学校に馴染めず、二年落第していて、今春から夜間部に通い始めたのだという。

そして最後に現れたのが、マリたちだった。いや、そのなかに立派な大人が一人交じっていた。アボちゃんだ。

アボちゃんはもうべろんべろんに酔っ払っていた。トレードマークの蝶ネクタイもはずしていて、濃く化粧をしたでぶのマリにしなだれかかっていた。

ケンのことを「賢一!」ときちんと名前で呼び、「酒ば持ってこんか!」と命令していた。

「アボちゃん、もう飲みすぎばい」

ケンはなぜか、やさしかった。

「なんば言いよっか! 酒ば飲まんば、生きておられんと。早う持ってこんか!」

アボちゃんはひどく荒れていた。

ケンがコップを差し出すと、それを一口飲み、「わいは大人ば、ばかにすっとか! こいは水たい。一升瓶ば出さんか!」と怒鳴って、コップの水を縁側から庭にぶちまけた。それからアボちゃんは、なんの疑いもなく押入れを開け、中から一升瓶の黎明《れいめい》を取り出すと、片手でコップになみなみと酒をつぎ、それを豪快にひと息に飲み干した。

　みんなはアボちゃんの酒の飲みっぷりに唖然としていた。

「わいたちは、こぎゃん*とこで、こそこそ酒ば飲まんとばい」とアボちゃんは少し説教めいたことを言い、その場にごろりと横になった。

　ケンが毛布をかけてあげようとすると、「まだ寝ん！」と言って、アボちゃんは毛布を手で払いのけていた。


　酒盛りはマリたち女三人組が加わったせいか、俄然盛り上がってきた。とくにシンは女の子にもてた。そのシンは女三人組のなかで、いちばん器量のいいちりちりにパーマをかけた女の子と一緒に、早々に引き揚げて行った。ケンによると、たぶん自分でやっているスナックに連れて行ったのだろうという。いっぽう、大工見習いは何かと女の子に小馬鹿にされているにもかかわらず、ずっと「エッへへ、エッへへ……」と楽しそうに笑ってばかりいた。この大工見習いも、そのうち、酔っ払うとからみ癖のある雅志をなんとかなだめながら、一緒に帰って行った。雅志はあれでも、二十人はいる土建屋久能組の御曹司なのだ。

　耕平はこのころになると、もうすっかり酔っ払ってしまい、眠くてねむくてしかたなかった。まぶたが自然と重くなり、しきりに船をこいでいた。ケンと源造は、マリともうひとりのキツネ目の女の子を相手に、まだ酒を飲んでいた。誰かに「こっちで寝んしゃい」と言われて、別の薄暗い部屋に連れて行かれたところまではなんとなく覚えていた。ところが、腰の付近を何か、重いもので押さえつけられているような息苦しさを感じて目を覚ましたとき、耕平はどきりとした。目の前に、あのでぶのマリの顔があったのだ。マリはぐうっと体重をかけてのしかかってきた。そして「したか！」と叫んだ。耕平は肋骨を強く押しつけられ、一瞬息が詰まった。

このとき、耕平は「ギャアー！」とか、「ウオーッ！」とかどっちつかずの悲鳴を上げていた。足下の襖が開いて、アボちゃんの「こら！」のひと声で、なんとか耕平は助かった。

「こぎゃんとこで、さからんと！」

アボちゃんは、のしかかっているのは男子《おとこんこ》だとばかり思っていたらしくて、耕平の上に乗っかっているマリの脇腹を足で蹴った。

マリが「ウッ！」とにぶい叫び声を上げて、畳に転がった。

「ありゃー、さかっとっとはおなごか！　マリたい」

アボちゃんはそう言うと、「こいは、あべこべたい」と続けて、突然「ワッハハ……」と声を立てて笑いだした。

すると、畳の上でエビ状にうずくまっていたマリが、にわかに起き上がり、どうしたことか、こちらは「わぁーっ」と泣きだした。そして縁側に向かって走りだし、そこでマリは「ゲー、ゲー」と吐き始めたのだ。

いっぽう、気がついてみると、耕平はズボンまで脱がされていた。

「ちくしょう！」

耕平はカーッとなった。

＊こぎゃんとこで（こんなところで）

「こまかと思うて、ばかにして！」

耕平は縁側でゲーゲー吐いているマリの後ろから、髪をつかんで、思いっきり頬を引っぱたいた。力まかせに引っぱたいて半殺しにしても、まだ気が済みそうになかった。

マリは裸足のまま、庭に跳び下りた。長い髪が四、五本手に絡みついた。スカートがめくり上がり、マリは白いふとももを剥き出しにしていた。

耕平はマリに続いて庭に跳び下りようとしたが、アボちゃんから止められていた。

「もうよか。わいは遊ばれとっとたい」

耕平はアボちゃんから首の根っこをつかまれていた。

「そぎゃんことは、ど*ぎゃでんよか。*そいよい、おいはおなごかい、バカにされたとばい。男の立たん！」

耕平は下を向いたまま、くやしくてくやしくて半泣きしていた。

「そいにばい、おなごは金玉のなかたい。ケンは金玉ば狙えって言うたばってん、おなごはどこば狙えばよかと……！」

耕平の目からぽろりと涙がこぼれ落ちた。

「ほんなこつばい。おなごは金玉のなかたいね」とアボちゃんはゆっくり手を離しながら言い、「わいはおもしろかね」と、また声を立てて笑いだした。

「なんのおもしろかろ。おなごは、もういっちょん好《す》かん！」

耕平は我慢ならず、思い切り大きな声を張り上げていた。剣道の試合で相手を威嚇するように、「キエーッ！」と気合いを込めて。

と、さっきまで「ワッハハ、ワッハハ……」と笑ってばかりいたアボちゃんが酔っ払っているせいかもしれないが、急に黙り込み、ぽつりと「おう。おいもほんなこつは、おなごはいっちょん好《す》かんと」と言い始めた。

このときアボちゃんは、なんだか泣いているようだった。

縁側の柱を背にして、だらしなく頭を垂れて座り込み、アボちゃんは「タエコ、タエコ……」としきりに女の人の名前を呼んでいた。

大人も泣くほどくやしいことがあるのかなと酔った頭で考えながら耕平は、アボちゃんと同じく縁側に座り込んだまま、なんとはなしに夜空を見上げていた。

庭にはすでにマリの姿はなかった。青く茂った一本の柿の木のてっぺんは、満天の星だった。


月曜日、物理の時間が休講になっていた。

うわさによると、どうやらアボちゃんはアルコール中毒で大村の精神病院に入院したらしいとのことだ。

耕平は物理の時間、図書館で自習していた。

そこへ、源造がそれとなく隣の席にやって来た。

初め、源造は「二次方程式を教えてくれんね」と言ってきた。

しかしそのうち、源造はニタニタしながら、「マリはどぎゃんやったな？」といやなことを訊いて

＊どぎゃんでん（どうでも）　＊そいよい（それより）

きた。

「もう、忘れたばい。アボちゃんもおなごは好《す》かんって言うて、泣きよらした。そいやっけん、おいも忘れたことにしたと。マリとは、なぁーんもなかったと」と言って、耕平はそれ以上何も喋らなかった。

　ところが、源造はたぶん図書館に本を読みにきたのだろうが、どういうわけかよく喋った。

「マリはあい*でん、かわいそかと。昔、バスケット部の連中にマ*ワサレとったとたい。学校に行ききらんで、中退しとっと。男はよか。あそこん立たんば、なぁーんもできんけんね。ばってん、おなごは違うたい。黙って寝てても、やらるっけんね」と源造はマリのことを喋って、今度はアボちゃんのことを話し始めた。

　アボちゃんは、この春、愛妻の妙子さんを亡くしたのだそうだ。肺結核で、長いこと佐世保の病院に入院していたのだという。その妙子さんというのが、つまりケンのいちばん上の姉で、とびっきりの美人だったそうだ。

　それから源造は、「わいはいちばん好《す》いとる女の人が死んだら、どぎゃんするかん？」と訊いてきた。

「いちばん好《す》いとるっていうことは、死ぬるごとっていうことたい。わかっっか？　死ぬるごと好《す》いとるけん、そん女の人が死んだら、わがも死なんばできんとたい。そいがほんなこつの男と女の純愛ばい」と源造は何やら難しい話をした。

そして、アボちゃんのあの酒の飲み方は自殺行為なのだ、と源造はいう。だから、「おいたちが付き合って、死ねんようにせんば。アルコール中毒で入院するくらいで、ちょうどよかとたい。大人は酒ば飲まんば、やりっきれんけんね。ばってん、こぎゃん話はだいにもできんばい。学校にばれれば、アボちゃんもおいたちも退学たい。よかな、こいはおいたち四人の秘密ばい！」と源造は堅く口止めして、アボちゃんの話を終えた。

耕平は源造の話を聞いていてショックを受けていた。今まで考えたこともない難しい質問をされたからだ。女の人を死ぬほど好きになれるどころか、耕平は、女は大嫌いなのだ。だがそれより、中原中也という詩人の作品のなかに、そういった難しい質問の答えが、すべて書かれているということを知らされたことだった。

このとき、耕平は初めて文学というものに触れていた。

＊あいでん（あれでも）　＊マワサレとっと（輪姦されてる）

第三話　恋《こい》する

　鼻が高く、口をつぐんで含み笑いを浮かべた田代順子の横顔のポートレートを撮ったのは、写真部部長のカメ吉だ。そのカメ吉に誘われて、昼休み時間、耕平は暗室にいた。

「どぎゃんな。田代順子ってよかやろ……？」

　定着液のなかに沈んでいるモノクロの印画紙を、カメ吉がピンセットでつまみ上げた。

「ここばい。よう見てみんしゃい。鼻と顎の線たい。出っ歯やなかけん、直線で結ばるっと。こぎゃん女《ひと》は、えっと*おんしゃらん。きれか。そいに、こん直線の角度たい。四十五度ばい。オードリー・ヘップバーン並み。こぎゃんなれば、もうおっとろしか！」

　カメ吉はそう喋りながら、横に長く張られた番線に、四つ切りの印画紙をアルミの洗濯ばさみで挟んだ。

「放課後までには乾くやろ。乾けばおさん*にやるたい」

　暗室から一緒に出て来たカメ吉は、部室の椅子に腰を下ろし、一眼レフのカメラのレンズを磨き始めた。

　いっぽう、耕平はしばらく突っ立ったままボーッとしていた。部室の窓枠いっぱいに広がる梅雨明けの青い空を眺めていた。

「写真はいらんと?」

カメ吉が訊いた。

このとき耕平は、ついさっき購買部で牛乳と餡《あん》パンを買ったことを思い出していた。お釣りをもらうとき、かすかに田代順子の指と触れ合った。

田代順子は一学年下の高校二年生だ。カメ吉がポートレートを撮る以前から、耕平は知っていた。といっても、週一回、購買部を手伝って昼休み時間に、牛乳やパン類を売っているのを見かけるくらいだった。その点、カメ吉はたいしたものだ。きちんと声を掛けて、写真まで撮っていたのだから。

「どぎゃんすっと。写真はいらんとな?」

カメ吉が再び大きな声で訊いた。

「ああ……」

耕平はそれとなく曖昧な返事をした。自分のヒミツをのぞかれたくないせいもあった。

「ほんなこつ、いらんと?」

カメ吉はびっくりしていた。てっきり欲しがっているものだとばかり思っていたからだ。

「わいは、おなごのきれかとば知らんとやろ? きれか写真はゲイジュツばい」

「あー、いらん」と返事したあと、耕平は内心しまったと思った。本当は欲しかったのだ。だが、そう返事してしまった以上、撤回は許されなかった。男に二言はないのだ。
＊えっとー(めったに)　＊おさんに(あんたに)

「せっかく、現像してやったとんば」と言い、カメ吉は暗室に戻り、生乾きの印画紙を持ってきた。

「いらんって言えば、いらんと！」

耕平はもうやけを起こしていた。

「見たかって言いよったとは、わいやっか。そいやっけん、暗室まで連れて来たと。おっかしか！」

「なぁーんのおかしかろ。見たかって言うたばってん、おいは、写真ばくれとは言うちょらん」

耕平は、そう屁理屈をこねながらも、自分自身にひどく腹を立てていた。何もかも自分の意思とは正反対のことを言っているのだ。

「そぎゃん言われれば、おいも黙っとらん。捨てんばできんたい」

カメ吉が印画紙をビリッと裂き、段ボールのゴミ箱に捨てた。

その瞬間、耕平はぐさっときた。田代順子の四つ切りの印画紙は、まっぷたつに引き裂かれていたからだ。もしこのとき、写真部の連中が現れなかったなら、耕平はおそらくカメ吉に殴りかかっていただろう。「なんも、破らんちゃよかやっか！」と。

連中は「糸永《いとなが》里子はよか。田代順子よい目のきれか」「白石珠子は引退ばい」「I高三大美人のなかに、糸永里子ば入れんばたい」などと言い合いながら入室して来て、再びカメラのレンズを磨き始めたカメ吉の周りに集まった。

耕平はなんとなく居づらくなって、「あいば、おいは行くけん」とカメ吉に声を掛けたあと、部室を出るとき、ふとさっきのゴミ箱に目がいった。四角い段ボールのゴミ箱には、失敗した印画紙や紙クズであふれていた。

「いんにゃー、ゴミのよんにょ＊溜まっとったい。おいが捨ててやるけん」

「おう、すまん。そん段ボールごと捨ててくれんね」

カメ吉はこちらを見ずに答えた。おそらく部員と喋るのに忙しかったのだろう。

「わかっちょる。写真ば見せてもろうた、お礼たい」

耕平はひょいとゴミ箱を持ち上げた。紙ばかりのせいか、大きい段ボール箱にしては、「ありゃ！」というくらい軽かった。

「糸永里子はよか。今度の文化祭は糸永里子ばい。黒真珠って知らんやろ……？　東洋三大美人のひとり、楊貴妃《ようきひ》が黒真珠のごたるひとみば持っちょったという話ばい」とのカメ吉の甲高い声を背に、耕平は後ろ手で部室の扉を閉めていた。

このとき、耕平は「カメ吉たちは、なんば言いよっとやろか」と小首を傾げていた。糸永里子は小学校のときの同級生で、木にも登るような「男女子《おとこおなご》」なのだ。

耕平は渡り廊下に出て、突き当たりのドラム缶大のゴミだめに、紙クズを段ボール箱ごと捨てた。その折、耕平はごく当然のように、引き裂かれた田代順子の四つ切りの印画紙を拾っていた。

破れ目をつぎ合わせてみた。田代順子の顎から鼻、おでこにかけてのきれいな横顔の線が現れた。なぜか、胸が少しキュンと鳴った。

耕平は一回だけ鼻水を啜った。それからまっぷたつに引き裂かれた生乾きの印画紙を四つに折って、学生ズボンの後ろポケットに突っ込んだ。

＊そいやっけん（そうだから）　＊よんにょ（たくさん）

田代順子の破れた写真を手に入れてから、耕平は購買部にパンと牛乳を買いに行かなくなった。行かなくても、田代順子と会えたからだ。それに、購買部に行ったからといって、最近必ず会えるというわけでもなかった。どうやら、購買部の手伝いは交代制のようなのだ。誰かと曜日を交代したらしくて、木曜日から突然水曜日に変わったり、あるいは月曜日だったりして、ここのところ空振りばかりなのだ。

購買部から足が遠のくにしたがって、耕平は田代順子の破れた写真を見る頻度が高くなった。まさか、授業中、教室で見るわけにはいかなかったので、自然と家にいるとき、勉強の合間に、ひそかに机の引き出しから取り出して眺めていた。いつもなら、まだテレビを見ている時間なのに、耕平は早々に二階の勉強部屋に引き揚げていた。

そんな折、母親がノックもせずに勉強部屋に現れた。耕平は引き出しから写真を取り出して、机の上で破れ目をうまくつなぎ合わせていた。

「精の出るたい。勉強は進んどっと?」

一瞬、耕平は全身こおりついた。

後ろを振り返った。母親が突っ立っていた。

つぎの瞬間、机の上に広げている写真を、耕平はわしづかみしていた。

「なんで、黙って入って来《く》っと!」

耕平はカッとなった。そして近寄って来る母親に向かって、思わず平手打ちを喰らわしていた。

母親は不意打ちを喰らってびっくりし、「親に手ばあげてよかと!」と怒鳴り、「こんバチあたりが！」とののしって階段を下りて行った。

耕平は震えていた。どうしようもなかった。友達にはもちろんのこと、絶対、親にも知られたくなかった。それなのに、寸前のところだったのだ……。耕平にしてはすでに我慢の限界を超えていた。

写真はくしゃくしゃになっていて、とても見るに忍びなかった。そのままゴミ箱に捨てた。しかし、震えはおさまらなかった。なぜか、小刻みに震え続けていた。

夜遅く、耕平は長崎から帰って来た国鉄員の父親に、一階の仏壇のある八畳の座敷に呼び出され、高校に入学して以来、初めて拳骨を頭に一発喰らっていた。終始黙って下を向いて、何も喋らなかったせいかもしれない。痛くはなかったが、不思議と体の震えはおさまっていた。

耕平が学校で「はやべん」をやるようになったのは、汽車通学で朝が早く、十一時ごろには本当に腹が減っていたからだが、もうひとつには興味本位からであった。何か、校則に違反するようなすれすれのことをやるのがカッコいいのだった。そのなかには、むろん男女不純交際も含まれていた。

三時限目の十分休みに半分「はやべん」をやり、残り半分はふつうに昼休み時間に食べる。しかし、木曜日に限っては弁当を全部食べて、昼休み時間には購買部で牛乳と餡パンを買って食べていた。毎日だとお金がかかるので、田代順子がいる木曜日を狙っていた。たいていはカメ吉と一緒に、写真部の部室で食べていたのだが、あのとき以来、耕平は彼とは少し距離をおくようになっていた。

カメ吉はカメラをやっているせいか、とにかく女の子にはよくモテた。グループ交際はもとより、一対一の男女不純交際も、こっそりとわからないようにやっていた。カメ吉が言うには、まずきっかけづくりが難しいのだそうだ。「モデルになってくれんかん?」と声を掛けても、「よかよ」とは誰も返事しないという。何か奇妙な顔をされて、「気色の悪か!」と逃げられるのがオチなのだそうだ。そこで、狙っている女の子の友達に口を利いてもらうのが、いちばんいいのだそうだ。放課後、友達と一緒に部室に来てもらって写真を撮る。帰り際に、今度は撮った写真を手渡す約束をとりつける。もしうまくとりつけることができれば、ほとんど成功したも同然だという。女の子は、たいていあんみつとかぜんざいとかいった甘いものが好きなのだそうで、初デートはそんなものを食べさせてくれる喫茶店に連れて行き、なおかつご馳走してあげることがミソなのだという。

耕平はカメ吉の言うことをいろいろ想像してみたものの、まったく実感がわかなかった。だいたい田代順子になんと言って声をかけていいのか、それさえわからないくらいなのだ。購買部にパンを買いに行ったが、田代順子はいなかった。だから、次回会ったとき、「いつでん購買部にいてくれんかん」と頼んでも、「はぁー?」といった顔をされ、「気色の悪か」で終わるだろう。といって、カメ吉にもう一回頼み込んで、田代順子のポートレートをもらうというのも、おかしな話だ。そんなことをすれば、誰にも知られたくないヒミツを自分で告白するようなものだ。

そんな折、偶然耕平は、田代順子と出会っていた。彼女は赤いナップサックを背負った女友達と一緒に校門を出て、横断歩道を渡っていた。彼女はトレードマークのように、前髪を輪ゴムで留めている。

耕平は前を歩く女の子を見て、「おっ、田代順子ばい」と思った。

耕平はそれとなく田代順子のあとをつけた。赤いナップサックの女友達とは、市役所のわきの小川のたもとで別れた。彼女はひとりきりで、急ぐこともなくふだんどおりに歩いていたにちがいない。それでも、男の足ではすぐに追いつきそうになる。なんとか早く声を掛けようと思うのだが、彼女の後ろ姿が目の前に迫ってくれば迫ってくるほど、胸がドキドキと高鳴るのだ。

後ろからつけて来る男の異様な心臓音の高鳴りを、田代順子は女の勘で察したのか、ふっと道路の端に身を寄せた。

耕平は「ほら、ここばい。なんばしょっと。*声ば掛けんば！」と自分にはっぱをかけつつも、つい目の前の田代順子を追い越していた。

耕平は本明川沿いの砂利道を、駅に向かってとぼとぼと歩いていた。

アーケード街の本屋・明和堂で数学の問題集を買うつもりでいたが、その気はとっくに失せていた。「購買部はやめたと？」と声を掛ける言葉も準備していたのに、なんとしたことかと自分のふがいなさに耕平は、ひどく落胆していた。

学校の裏の眼鏡橋公園を通り過ぎようとしたところへ、後ろから「おーい、耕平！」と呼ぶやや甲高い声があがった。

どうやらその声の主は、カメ吉のようだ。

耕平は初め知らんふりを決め込んでいた。なんとなくバツが悪いのだ。ここのところあまり話を

＊なんばしょっと（なにしてるんだ）

しなくなったし、ほんのさっきまでは田代順子のあとを追っていたばかりなのだ。できれば、ここはうまくやりすごしたかった。

やがて、足音が次第に高くなってきたかと思うと、後ろから右肩をカバンでいきなりドンと突かれた。

「痛《いた》かやっか！」

耕平はカチンときて、後ろを振り向いた。

ところが、そこにカメ吉はいないのだ。

「へい、へい。こっち、こっち！」

左側をひょいと見ると、カメ吉がケタケタと笑っていた。

「ちかっと話のあっとさ。聞いてくれんかん？」と言って、カメ吉は親しげに肩に腕をまわしてきた。

耕平はそれを手で払いのけた。

すると、カメ吉は「よか、よか……」と言いながら、再び強引に腕をまわしてきて、「田代順子はどぎゃんな？」と訊いた。

「どぎゃんもせん！」

耕平は強引に回してくる腕を、今度ははたき落とした。

「どぎゃんもせことはなかやろもん。おいは知っとっとばい」

「知っとって、なんばや？」

耕平はハッとした。あのまっぷたつに破れた田代順子の写真を、カメ吉には黙って持ち帰ったことがバレたのではないのかと思って……。

「男は誰《だい》でん、べっぴんさんは好《す》いとっと。そいやっけん、おいが田代順子ばわいに紹介してやるけん。どぎゃんな？」

耕平は即答しづらかった。どうやら、カメ吉は何かしら田代順子のことに気づいているようなのだ。だとしたら、ここはひとつのチャンスだ。とぼけたまま、カメ吉の話にのってもソンはないのではないのか……。

「そんかわり、糸永里子に、わいかい声ば掛けてくれんかん？」

このとき、耕平は「ほら、やっぱりきたばい」と思った。カメ吉はどうやら交換条件を用意していたらしい。

「糸永里子って、あん里子や？」

耕平が訊いた。確かに糸永里子は美人だった。しかし、写真部の連中が騒ぐほど美人とは、耕平は決して思わなかった。いや、思えなかった。小学校のころよく遊んだ仲だが、里子は中学に入るとき、湯江から諫早に引っ越してしまった。高校ではツンと澄ました顔をしているけれど、里子の正体は女だてらに、チャンバラもするような「悪童《おうどぼ》」なのだ。

「そうたい。五組のあん糸永里子さんばい」

カメ吉が同級生なのに、「さん」づけして言い直した。

「おさんなよう知っとっとやろ。そいやっけん、わいかい紹介してくれんかん？　糸永里子さんの目は二重できれか。写真に撮れば、もっとよかかもしれんばい」

カメ吉は里子のことを気色悪いほど褒めた。

「おう、よか。モデルになってくれんかんって言えば、よかとやろ？」

成り行き上、耕平はそう話を引き受けていた。

「田代順子のことは、おいにまかせんしゃい。悪かことはせん」とカメ吉は胸を張った。

「ばってん、里子がしきらん*って言えば、おいは知らんばい」

「わかっとー」と答えて、カメ吉は急にニコニコし始めた。

本明川沿いの砂利道から国道の交差点を渡って、駅の裏通りのほうへと向かう。線路の反対側に小さな商店がずらりと軒を並べている。そのなかには「アイスあります」の幟も見える。

カメ吉が「今日はぬっか*ね？」と訊き、「アイスキャンディーばおごるけん」と言って、駄菓子屋さんに入った。カメ吉は冷たいアイスキャンディーをがりがりと食べながら、「冷たかとば食えば、ここんとこの痛《いと》うなか？」とこめかみのあたりを指差して訊いた。

耕平は「わいも痛かと？」と訊き返し、「おいばっかいって思うちょったと。あいば、病気やなかったとたいね」とほっとしていた。

「病気って思うちょったと……？　わいはおかしかね」と言って、カメ吉は大笑いしていた。

このとき、耕平はアイスキャンディーをおごってくれたカメ吉が「ひょっとしたら、よか男かもしれんばい」と思った。

三年五組の糸永里子に、耕平が声を掛けたのは夏休みが始まる寸前だった。

夏休みに入ると、補習授業が始まって、週末にはたいてい試験があった。休めるのはお盆の三日間だけで、夏休みといっても進学組はのんびり遊んでいられなかった。

昼休み時間に、カメ吉から「今日がよか」と言われて、耕平はさっそく写真部の部室を出て渡り廊下を歩いていた。

と、偶然目の前をショートカットの里子が歩いていた。すぐにあとをつけた。なんとなく田代順子のあとをつけていたのが思い出された。しかし、今回はあのときとは違っていた。知らない相手ではなかったし、心臓もドキドキしていなかった。

里子が廊下を渡って五組の教室に入ろうと、扉に手をかけた瞬間、耕平は「里子やろ?」と声を掛けていた。里子はこちらをキッと睨みつけ、「あんたは誰《だい》ね?」と訊いてきた。

耕平は虚を衝かれてドキッとした。そして、奇妙なことに急に胸が高鳴りだした。たしかに、里子の目はきれいなのだ。

「お、おいたい」

耕平はどもっていた。

「お、おいたい……?」と里子はおうむ返しに訊き、しばらくじっと見つめていたかと思うと、「ああ!」と手を打ち、「耕平ね!」と顔をほころばせた。

「元気しとったと?」

「そぎゃんことは、どげんでんよか。そいよっか、あとでちかっと顔ばかさんか?」
＊しきらんって（できないって）　＊ぬっか（暑い）

耕平が訊いた。

「……よかよ」

里子が答えた。

「放課後、写真部の部室に来い。よかな?」

「写真部に入っとっと?」

「うんにゃ、入っとらん」

「そう。……ばってん、今日は掃除のあっとばい」

里子が困ったような顔をした。

耕平は「掃除はサボれ」と命令し、「よかか!」と念を押した。

すると、里子はこっくりとうなずき、子どものころと同じように両頬にえくぼを浮かべてニッと笑った。

耕平の頭のなかは、すでに子どものころと同じだった。勝ち気で気の強い里子には、いつも命令口調で喋っていた。

放課後、耕平は写真部の前で里子を待った。里子はなかなか現れなかった。しかし、里子が約束を破るとは、まず考えられなかった。むしろ、約束しようがしまいが、それとなくかぎつけて後ろからそおっとついて来るのが、里子なのだ。山に栗拾いに行くにしろ、ガタ海に貝拾いに行くにしろ、そうだった。

三十分ほど経っただろうか、「掃除ばサボりきれんかったと」と言いながら、ようやく里子が現れた。

耕平は、それについては何も言わなかった。

「写真部のカメ吉って、知っちょるやろ？」

「大橋くんのこと……？」

「そうたい。あいはカメラ気違いやっけん、カメ吉って言うと」

「へー、そぎゃんね。カメ吉くんって、言うとね」

「そんカメ吉が、わいの写真ば撮りたかって言いよっと」

耕平は、ここで初めて用件を切り出していた。

「なんね、耕平の用事やなかとね。カメ吉くんって、女たらしっていう噂ばい」

里子がいやな顔をした。

「そぎゃんことはなか。写真ば撮っとるけん、そぎゃん噂の立つとやろ。ほんなこつはよか男ばい。わいの目がきれかって言いよる」

耕平はなんとなく照れくさくなって、それ以上里子のことを言えなかった。カメ吉はそのほかに、スタイルがいいことをあげ、色が白いのを褒めていた。

「よかけん、中に入れ。なんの、黙って座っとればよかと」

耕平はなかば強引に里子を部室に入れていた。

中で待っていたカメ吉は、かつて見たこともないほど満面に笑みを浮かべて、「ようきんしゃった。悪かね」とペコペコしていた。

里子はすぐに女子部員にうながされて、奥の、暗室の隣の小部屋に入った。

「こいかい、メイクばしてもらうと」

カメ吉が言った。

「メイク……?」

耕平にはわからなかった。

「化粧たい」と教えたあと、カメ吉は「そいよっか、わいはこいかい、すぐ明和堂の隣の檸檬《れもん》に行ってくれん。購買部でパンば売っとった、あん一組の涼子がおるもんね。行けばわかるようにしとるけん。早う、行きんしゃい!」と耕平を急かすように早口で喋った。

「なんか、あっとな……?」

耕平は、初め小首を傾げていた。しかし、しばらく歩いたところで、一組の涼子と一緒に田代順子がいるなということに気づいていた。

ところが、耕平の足取りはなんとなく重かった。うれしい気持ちとは裏腹に、田代順子と会っても何も喋ることがないのだ。それに気がついて、耕平は愕然としていた。

喫茶・檸檬に行くと、いちばん奥の植え込みがあって、ちょっとわかりづらいテーブルの席に、一組の涼子がいた。涼子は笑うと、目尻が下がってかわいい顔になる。

涼子も田代順子と同じように、カメ吉に写真を撮ってもらっていた。しかし、カメ吉が言うには、涼子は一緒に購買部で手伝っている田代順子を誘い出すための囮《おとり》だったというのだ。学年がひとつ違うと、クラブ活動をしていないかぎり、ほとんど交流はなかった。そこで、カメ吉は就職組で一組の涼子ともども、田代順子をも部室に呼び出したらしいのだ。

涼子は「あらー。よかとこに来んしゃったばい」と偶然をよそおって言い、「ここに座んしゃい」と自分の隣の席をあけた。

「こん人が順子ちゃんばい」と涼子はこそっと耳打ちし、それから「購買部で一緒に手伝っとっと。……二年生。いっちょ下ばってん、べっぴんさんやろ?」と言って声をひそめて笑った。

田代順子は恥ずかしそうに目を伏せたまま、「こんにちは」と頭を下げて、それっきり黙ってしまった。

その代わり、一組の涼子はよく喋った。

「ぜんざいばおごってくんしゃい」から始まって、自分の好きな歌手・橋幸夫の話をして、この間ラジオにリクエストしたら、その曲がかかったとか、「うちはチビやっけん、できんばってん、順子ちゃんは背の高かけん、似合うばい。スカートの丈ば、ちかっと短こうしてみんしゃい。今の流行《はや》りってばい」とおしゃれの忠告までしていた。

耕平は黙って涼子の話を聞くばかりだった。そして、ぜんざいを黙々と食べていた。

ぜんざいは底のほうに小豆《あずき》のつぶつぶが沈んでいて、それを餅にからめて食べるのがうまかった。まずは汁をゆっくりと飲み干し、餅と小豆だけにする。餅に小豆をまんべんなくからみつけて、口にほおばる。餅のもちもち感と小豆のつぶつぶ感が口の中でまじり合い、噛めばかむほどそれぞれの別の甘みが出てきて、実にうまい。ごっくんと飲み込み、口の中の甘ったるさをコップの水でゆ

*いっちょ下ばってん（一学年下だけど）

すぐ。底にわずかに残った最後の小豆を、椀ごと傾けてズルッと飲み込めば、それでおしまいだ。

ところが、この最後の儀式を耕平はやりそこなっていた。というのは、口の中の甘ったるさをゆすごうとして、コップの水を飲み干したとき、涼子から「ありゃ、もう食べんと？」と訊かれていたからだ。

耕平は「いんにゃ、まだばい」と言おうとしたが、なんとなく言いづらい雰囲気になっていた。田代順子も椀の底に、こちらのほうはだいぶん小豆のつぶつぶを残していたのだ。「ああ、もったいなか！」と思いつつも、涼子がいる手前、田代順子の肩をもってあげなくてはならなかった。

涼子は「耕平くんも順子ちゃんも、あんまし、甘《あま》かもんは好《す》きやなかとやろ？」と言って、最後の小豆をズルッと飲み込んだ。

耕平は思わずごっくんと生唾を呑み込んでいた。

いっぽう、田代順子は「好《す》かんことはなかばってん……」と言いながら、一度は顔を上げたものの、再び深くうつむいてしまった。

それを見て涼子は、先輩面して「わかるばい。うん、ようわかる」と言い、「よかところば、見せんばできんもんね」と続けて、にわかに席を立った。

「うちはこいで帰るけん」

涼子が言った。

「ご馳走さんでした。順子ちゃんな、もうちかっとここにおんしゃい」

「うんにゃ、うちも一緒に帰る。バスの時間のなかけん」と言って、田代順子もすかさず立ち上がっていた。

涼子がさっさと出て行くのを見て、田代順子はカバンを胸に抱き、頭をペコリと下げたかと思うと、慌ててあとを追って行った。

喫茶・檸檬にひとり残された耕平は、「なんな*、あいは……」とあきれていた。結局、田代順子とは何ひとつ口を利いていないなかったのだ。次回の約束をとりつけるなんて、耕平にとっては神業《かみわざ》に近かった。

おまけにカッコ悪いことに、三杯分のぜんざいの代金を払うことができなくて、耕平は自動巻き・防水式の腕時計を質草として取られていたのだ。その腕時計は、日食に特急のウエイトレスとして就職した、姉貴から高校の入学祝いとして買ってもらった大切なものだった。もしこのことが親にバレていたらと思うと、耕平はゾクッと鳥肌が立っていた。親を引っぱたいたつぎは、腕時計質草事件なのだから……。

さいわい耕平は、春休みに地元の高田組で土方のアルバイトをしたお金を、全額貯金していた。「そん貯金ば、おろせばよか」と思って、耕平はひとまずほっと胸をなでおろしていた。

夏休みに入った。補習授業が始まる。補習授業はふだんどおりで七時限目まである。さらに、週末には隔週ごとに私立系三教科と国立系五教科の実力試験があった。

耕平は、いつものとおり三時限目に「はやべん」をやり、週二回は購買部ではなくて、ここのところ市役所の食堂にうどんを食べに行っていた。

＊なんな（なんだよ）

夏休みに入ると、購買部も休みに入る。パンが買えなくなったと同時に、唯一、田代順子と会える手段がなくなって、耕平はかえってすっきりしていた。田代順子に会えなくなると、べつに会いたいとも思わなくなっていた。

市役所の食堂には、校門からではなくて、こっそりと体育館の裏を抜けて通っていた。体育館の裏には城跡の堀がある。土手を下り、堀を跳び越えて向こう岸に渡る。雨が降ったら、堀の幅は広くなって渡れなくなるが、夏場の今は一メートルもないくらいで、誰でも簡単に渡れた。

購買部の前を通って、音楽教室の脇から体育館のほうへと行こうとしたところで、耕平はばったりと里子に出会っていた。里子は音楽教室から出て来た。初めは知らんふりを決め込んでいたが、里子から「耕平！」と呼び止められた。

「どこに行くと？」

耕平はスリッパではなくて、下履きの運動靴をはいていた。

「どこでんよかやっか。わいに言うことやなか！」

「うちは知っとっと」

里子が近づいて来た。

「うどん食べに行くとやろ……？」

「どぎゃんして知っとっとな？」

耕平は不思議に思った。里子とはあれ以来、会っていなかった。べつだん会う理由もなかったからだ。

「あん写真部の、カメ吉くんが教えてくんしゃったと」

「カメ吉とつき合《お》うとっとな？」

そばに来た里子に、耕平が訊いた。こちらはうまくいかなかったが、カメ吉のほうはうまくいったんだなと思って……。

「妬《や》いとっとね」

里子がニッとした。

「バカたれが！」

耕平は相手にしなかった。そのまま体育館のほうへと歩きだした。

と、里子が何を思ったのか、「うちも行く！」と言って、あとについて来た。

「補導の先生に見つかれば、謹慎ばい。よかな」と耕平は脅した。

「よかばい。こげんことば、*一回してみたかったと」

里子の目つきが変わっていた。子どものころ木に登って遊んでいた、あの「悪童《おうどぼ》」の目つきだった。

耕平は体育館の裏から土手を登り、堀のほうへと駆け下りた。里子も制服のスカートで、上履きのスリッパのまま、土手を駆け下りようとした。

「里子！　わいはやっぱい来《く》んな」

土手の上にいる里子に、耕平が叫んだ。

「女子《おなご》は、こぎゃんことはせんと！」

＊こげんことば（こんなことを）

「今は男でん女子《おなご》でん、関係なか。平等ばい」

「なんば言いよっか。男と女子《おなご》とは違うと。屁理屈ば、こぬっとやなか！　そいに、そぎゃんとこに立っとれば、パンツの見ゆっぞ」

耕平は、そう言い捨てておいて、泥沼の堀をひょいと跳び越えて、向こう岸に渡った。胸のうちで、「女子《おなご》の里子が、おいがやったごと、跳べんやろ。跳べんば、平等って言われんたい」と思いながら……。

と、背後からパタパタパタパタと土手を駆け下りて来る、スリッパの音がするのだった。

耕平が「ああ。やめんか！」と思って、後ろを振り返った瞬間、里子が宙に浮いていた。そして、案の定里子は堀を跳び越えることができずに、片足を泥沼に落としていた。

「ほら、みんしゃい！」

里子はスリッパの先端の甲の部分をどろどろにしていた。しかし、さすがの「男女子《おとこおなご》」の里子だった。着地に失敗しただけなのだ。

「なんの、こんくらい」と里子は平気な顔をして言い、「市役所の便所で洗えば、なんちゃなか。ぬ*っかけん、じき乾く」と白い靴下をどろどろにしたまま、呆れ返っている耕平を追い抜いて、先を歩きだした。

「里子！」

耕平が呼び止めた。

「女子《おなご》は男の後ろば歩かんば！」

「わかっとー」

里子は意外と素直に返事して、後ろに下がった。

耕平は先をゆっくりと歩きながら、「うどんは、すうどんが*いっとううまか。ネギと天かすはただやっけん、べったい入るっとぞ」と後ろの里子に言い聞かせた。

すると、里子は「そいは、すうどんとは言わんと。たぬきうどんって言うとばい」と言って、クックックと声を殺して笑った。

「あいば、すうどんがたぬきに化《ば》くっとか？」

耕平が訊いた。

「そうたい。たぬきは化くっけんね。きつねは化かさるっけん、気ぃつけんば」と言って、里子は今度もまた声を殺して笑った。

笑い終わると、里子は「田代順子とはつき合《お》うとっと？」と訊いてきた。

一瞬、耕平の足が止まった。

「カメ吉が言うたとか？」

里子は黙っていた。

耕平は先を急いだ。市役所の生け垣を跳び越えて、自転車置き場から地下の食堂へと階段を下り始めた。里子も生け垣を跳び越えて、小走りになってついて来た。

階段を下りきってしまうと、耕平はそのまま食堂へ、里子は便所へと二手に別れた。

食堂はひどく混雑していた。せっかく一緒について来たのに、里子は耕平とは別の席についた。


*なんちゃなか（なんでもない）　*いっとううまか（いちばんうまいんだよ）

帰りも、耕平のほうが先に食べ終えていたから、一緒ではなかった。けれど、里子はなんだかご機嫌だった。耕平がうどんを食べ終えて席を立ったとき、里子はそれとは悟られぬよう、ひそかに片目をつぶってウインクして見せたのだ。

八月に入ってすぐ、耕平は奇妙な噂を耳にした。

カメ吉が同じクラスの久野を誘って、田代順子の家まで遊びに行き、その後どうなったかは知らないけれど、彼女とつき合っているというのだ。どうやら、カメ吉は里子とはうまくいかなかったらしい。

そのことをカメ吉に訊くと、彼は「ハハハッ……」と笑いながら、「ふられたと」と言い、「写真に撮ったばってん、ようなかったと。なぁーんの、目のきつか」と、今までとは正反対のことを言っていた。スタイルのことも痩せすぎだと言い、少し色が黒いほうが健康的でいいとも言っていた。そして極めつきは里子のことではなくて、この間の喫茶・檸檬でのことだった。「順子が言いよったばってん、*なぁーも喋らんかったってたい。男らしゅうなかって言うて。あがん甘かぜんざいばっかい食《く》うて、好《す》かんって言いよんしゃった」とカメ吉に聞かされて、耕平はがっくりきていた。

たしかに、甘いものは好きだったし、喋れなかったのも事実だった。だが、それはあがっていたからだ。あのときは緊張していて、本当に食べるしかなかった。しかも、お金が足りなくて腕時計を質草に、恥までかかされていたくらいなのだ。

しかし、このとき耕平は妙なことに、なんとなくほっとしていた。くやしいとも思わなかった。

自分がだらしなかったせいかもしれない。あるいは、初めから本当に田代順子のことは好きでなかったのかもしれなかった。

この日、カメ吉は私立系三教科の実力試験が終わったあと、「こいかい順子とデートたい。銀線に映画ば観に行くと」と自慢気に話し、「イッヒヒ……」と笑いながら、教室を出て行った。

耕平は、田代順子のことはもうどうでもよかった。そのせいかどうか、ここのところよく勉強に集中できていて、今回の実力試験の成績は、なかなかよさそうだった。友達と答え合わせをしても、数学はだいたいできていた。

国立系五教科の実力試験は、明日、日曜日もある。二日目は理科と社会の二教科だ。暗記ものだから、ヤマをはればいい点数がとれそうだが、今さらやってもしようがない。こういうものは毎日の積み重ねだ。そう思うと、耕平は五時の汽車の時間まで図書館で勉強するのがなんとなく億劫になってきた。


耕平は、ぶらぶらと裏門に向かって歩いていた。とりあえず駅に行こうと思った。ひょっとしたら、駅の待合室に中学のときの同窓生がいるかもしれない。

テニスコートの前で足を止め、練習風景を眺める。「ぬっかとに、ようやるばい」とけなしつつも、耕平の目はそれとはなしに図書館のほうへと向く。

「どげんしょうか。やっぱい今日はやめとこ。気分転換たい」と決めて、耕平は図書館の前を通り過ぎた。

＊なぁーも喋らんかったってたい（何も喋らなかったんだって）

そこへ、どこからやって来たのか、里子がひょっこり現れ、「試験は、どぎゃんやったと?」と訊いて、脇に並んで一緒に歩き始めた。

「うん。数学はまあまあのごたる」

耕平は前を向いたまま喋った。

「数学ね。うちは文系やっけん、数学はわからん」

里子も前を向いたままで話す。

「ばってん、里子は五組やろ? 頭のよかたい。おいは九組で、ふうけもんばっかいばい」*

高校三年になると、クラスはグレード別に編成されていた。一組から四組までが就職組で、五組から八組までが進学組だ。そのうち進学組は文系と理系とに分かれていて、文系は五組と六組、理系は七組と八組だ。そして、それぞれ若い組がトップクラスだった。ところが、耕平が属する九組はそのどちらでもなかった。つまり、就職も進学も、公務員試験を受けようと、すべてごちゃまぜというのが九組で、補習授業は文系理系ごとに、それぞれの組に適当にあてがわれていた。

「クラスは関係なか。勉強すればよかことたい。五組は点取り虫ばっかいばい。いっちょん好《す》かん。そいよい、どぎゃんして図書館に来んやったと?」

里子がこちらを見た。

「なぁーん、図書館におったと?」

耕平も里子を見た。

「汽車の時間まで、図書館におるやろってカメ吉くんが言いよらしたけん、おったとばい」

「おう。そいはすまんかったの」と返事しながら、耕平は「……?」と思った。別に待ち合わせしていたわけでもないのに、と。

裏門を出ると、道は二手に分かれる。小高い丘のくすのき公園と、もうひとつは駅へと向かう通学路だ。小高い丘のくすのき公園は頂上に広場があって、そこは城の本丸跡だった。でっかいクスノキがでんと居座っている。その二股の分かれ道に来たとき、里子が唐突に、「汽車の時間はまだあっとやろ?」と訊き、「公園に行かん?」と誘ってきた。

このとき、耕平は少しムッときていた。

「女子《おなご》かい、そぎゃんことは言わんとばい」と言い、「男かい、言うと!」と耕平は声を荒らげていた。

耕平はうっそうと生い茂った雑木林の坂道を先になって登り、里子があとからついて来た。

「耕平は、子《こ》まんかときと、いっちょん変わっとらんたい」

石垣の角を曲がったところで、里子が後ろから話しかけてきた。

「男、男って言うて、のぼせとる。そいやっけん、田代順子にもふられたとたい」

里子はやや怒ったような口調で言った。

「里子。田代順子のことは、もうなんも言わんとばい!」

耕平の口調は、里子のよりも強かった。

「うん、わかっとー。もう言わん」

里子は黙ってしまった。

＊ふうけもんばっかいばい（頭の悪い奴らばかりだよ）

坂道は石垣の角を曲がると、詩碑のあるちょっとした広場まで、しばらく傾斜がきつくなる。そのちょっとした広場を過ぎると、坂道は二手に分かれる。そのまま真っ直ぐ石段を登ればくすのき公園で、もう一方のゆるやかな坂道を下ると、本明川にぶつかる。

耕平は詩碑の広場で立ち止まり、息を整えてから、「*そいよっか、中学のとき、諫早に引っ越したやろ？」と後ろの里子に訊いた。

「父ちゃんの転勤たい」

「そいはわかっとー。ばってん、黙って行ったやっか！」

耕平は後ろを振り向こうとした。

と、里子がタッタッタッと駆け足で登って来たかと思うと、耕平をいっきに追い抜いて、石段の上に立った。そして、回れ右をして、やや高い位置から見下すように、「あいば、なんって言えばよかったと！」と里子は目を釣り上げて言った。

「諫早に行くって言えばよかったと」

耕平は里子を見上げた。

「そぎゃんことば言うても、どうせ喰らわすったい」

里子は、そう言うと残りの石段を駆け上り、くすのき公園の広場へと姿を消した。

耕平が石段を、くすのき公園の広場へと登りつめたとき、そこには里子の姿はなかった。里子のことだ。どうせ、クスノキの木陰にでも隠れているのだろう、と思った。クスノキのほうには回らずに、真っ直ぐ見晴らし台に向かう。

耕平は見晴らし台の木柵の前に立った。街並みが一八〇度見渡せる。本明川が蛇のようにくねくねと蛇行しながら、干潟の諫早湾へと注いでいる。

「耕平！」と里子が呼ぶ。やはりクスノキの木陰からこちらを覗き込んで、手で「おいで、おいで」をしている。

耕平は「子どもんごたる」と思いながらも、里子のほうに向かった。

里子はでっかいクスノキを背にして突っ立っていた。

「耕平には、子どもんころから、ずっと腹に溜まっとるもんがあっとさ。そいば言わんば、こいかいつき合いきれんと」

里子はひどく真面目な顔をしていた。

「なんな。言わんか！」

耕平が睨みつけた。

「言わんでん、わかっとろ……？」

里子も負けずに、睨み返してきた。

耕平はぷいと視線をそらし、「わいが男女子《おとこおなご》やっけんたい」とまず牽制し、「泣かんばできんときは、泣かんば！」とあさってのほうを見て、里子を攻撃した。

すると、里子は「あいば、言うばい」と言って、カバンを地べたに置き、「今がいっとう腹ん立っとっと！　一発、喰らわすっけんね」と手を握りしめて、拳骨をつくった。
＊そいよっか（それより）

「おう、よか。なんの女子《おなご》たい。女子《おなご》ん力が、どんくらいあっじゃろかい！」と耕平は仁王立ちになった。

と、間をおかず、里子の拳骨が耕平の右頬に飛んだ。

ゴクッというにぶい音がしたと同時に、学帽が宙に浮いた。痛みが頬から顎へと走る。ペッとつばきを吐くと、血が混じっていた。

「どぎゃんね、痛かやろ？」

「なぁーんの、こんくらい」と耕平は学帽を拾いながら、舌で頬の内側をなでてみた。奥歯に当たって、頬が少し傷ついているようだ。だが、たいした傷ではない。

耕平はもう一度、口のなかの血をペッと地べたに吐いた。

「血の出とったい。痛かやろ？　ばってんうちは、小学校の時かいずーっと、そいよりも、もっと、もーっと痛かったとやっけんね……」

里子の黒いひとみが潤んでいた。けれど、里子は下唇を前歯でキッと噛んだまま、それに耐えていた。

「気の強かとこは、昔かい、いっちょん変わっとらんたい」と言い残して、耕平はクスノキのそばを離れて見晴らし台のほうに戻った。

雨ざらしになって朽ちかけた丸太のベンチに、耕平はカバンをほうり投げた。

それから耕平は、さっきと同じように見晴らし台の木柵の前に立ち、街並みの遠くに目を向けた。

雲ひとつない八月の暑い空が、視界いっぱいに広がっている。周りはセミがうるさいほど鳴いているが、そのほかは静かだ。人っこひとりいない。風もまったくない。ただ二の腕に汗がじわじわとわきでてくるばかりだ。

口の中の血は止まったようだ。唾を吐いても、血は混じっていない。その代わり、少々口のなかが腫れてきたようだ。

耕平は先週、喫茶・檸檬から取り戻してきたばかりの腕時計に目をやる。五時の汽車の時間までには、まだ一時間はたっぷりある。

耕平は里子のことを考えていた。

里子とはなんの話もない、と思った。それは里子と小学校以来、初めて口を利いたときからそうだった。だから、今ここで里子と別れてもいっこうにかまわなかった。ただ里子となら、なんでも話せた。格好つけなくてもいいし、なんの気兼ねなく喋れた。もっとも格好つけたところで、昔のあの里子だ。気が強く、男に負けたくなくて、木にも登ったし、チャンバラごっこでは頭にハンカチを巻き、棒切れを二本差して荒木又右衛門の役をやったほどの「悪童《おうどぼ》」なのだ。その里子が男を拳骨で殴るくらいのことは朝飯前だ。ちっとも不思議なことではない。カメ吉が里子の黒目がきれいだと言っていたが、あれは子どものころ、女だてらに男と一緒に外で遊んで、日焼けして黒くなったせいかもしれない。

と、背後からひときわ高いクマゼミの鳴き声が聞こえてきた。

里子がクマゼミを捕まえていた。
＊どんくらいあっじゃろかい！（どのくらいあるっていうのかい！）

「耕平。やろうか」と里子が、羽をせわしくパタパタさせているクマゼミを差し出した。

耕平は「いらん！」と答えた。

すると、里子は「いらんと……？」と不思議そうな口調で訊き、「覚えとらんとやろ？」と言った。

「よう意地悪ばされとったとばい。うちんクマゼミば、わざと逃がしたたい」

「そぎゃん昔の話は、覚えとらん。わいはよう覚えちょったい」

「女子《おなご》は意地悪されたことは、よう覚えとっとばい。忘れんと」

「そぎゃんな。そいよっか、もう逃がさんか！」

耕平は里子の手のなかで、パタパタと苦しんでいるクマゼミを指差した。

「あら、セミには優しかたい」と里子が嫌みを言う。

「バカたれが！　*せからしゅうて、耳のつんぼになると」

耕平はあきれていた。

「ふーん。そぎゃんね」と言って、里子はクマゼミを手放した。

その瞬間、里子の悲鳴が上がった。

クマゼミの小便攻撃を受けていたのだ。

「*よそわしか！」と里子が白の制服を手で払った。

耕平は思わず大笑いした。

「そぎゃん、笑わんちゃよかたい」と言い、里子はフンと怒って丸太のベンチに腰掛けた。

里子は、しばらくベンチに腰掛けていたが、「耕平！」と呼び、耕平がベンチに腰を下ろすと、「こいかい、高校ば卒業してかい、どぎゃんすっと？」と訊いてきた。

「大学には行くとやろ？」と里子。

「行かんばできんごたる……」

耕平が答えた。

「うちは東京の大学に行くとばい」

「トウキョウに行くとか！」

耕平は少し驚いていた。

「東京はえすかところって、先輩が言いよらした。男でん女でん、小便は座ってするとってばい。そいも水に流すとって。もったいなかか。糞も小便もよか肥やしとんば」

「そいは水洗便所って言うとたい。こいかいは、臭さかとより、きれかとがよかとげな」

「そぎゃんな。おいは頭の悪かけん、ようわからん」

耕平は、そう言ったきり黙った。

いっぽう、里子は「うちは東京に行って、ファッションの勉強ばすっと。ファッションデザイナーになって、きれか服ばよんにょ作るとたい」と将来のことを喋った。

「耕平はなんばしたかと？」

「おいはなぁーんも考えとらん。大学に入ってからたい」

「耕平は冷たかね。一緒に東京に行かん？」

「誰《だい》が行くか！　そいに、おいはここがよか。どこも行かん」と言って、耕平はカバンを手に取っ

＊せからしゅうて（うるさくて）　＊よそわしか！（汚い！）

た。

「帰ると？」

「おう。もう帰っぞ！　汽車の時間のあるけんね」

耕平はベンチから立ち上がった。

耕平が歩きだしたのを見て、里子が慌てた。

「うちも帰る！」

里子が後ろから追い掛けて来た。


くすのき公園の下りの石段のところで、耕平は里子がやって来るのを待った。下から風が吹き上がってきて、いい気持ちだ。ここだけが風の通り道になっているようだ。

里子が息をはずませながらやって来て、「耕平。走りごっこせん？」と訊いた。

「おー、よかぞ。わいに負けるもんか！」

耕平が下りの石段に向かって身構えた。

すると、里子が「ちかっと待たんね。ハンディーばくんしゃい」と言って、先に石段を駆け下り、「いちばん下までばい。よーい、ドン！」と自分でスタートの合図を送って駆けだした。

それを眼下に見て、耕平もスタートをきった。

里子は意外とかけっこが速かった。耕平が最初の石段を駆け下りたときには、里子はすでに次の石垣の角を曲がっていた。男の子のように髪を短く切った、里子の後ろ姿が視界から消えると、耕平は「もう追いつききらん。負けたばい」と思った。そう思うと、耕平の足はパタッと止まってしまった。

詩碑のあるちょっとした広場のところに来て、耕平は二手に分かれている坂道を、それとはなしに曲がっていた。本明川沿いの砂利道にぶつかる道だ。

このとき、耕平は小学生のころのことを思い出していた。さっき里子がクマゼミを差し出して、「覚えとらん？」と訊いてきたとき、耕平はすでに子どものころの悪夢を思い出していた。

今でも鮮明に覚えている。母親にひどく叱られて、押入れに逃げ込んだことを……。

「どぎゃんして、里子ちゃんばいじむっと！　糸永の母ちゃんが泣いとらしたばい」と母親は怒鳴りつけ、「男んくせしてひきょうか！」と物差しでぶたれたのだ。薄暗い押入れに逃げ込み、嗚咽《おえつ》を押し殺しながら、「里子はいっちょん好《す》かん。もう絶対、遊んでやらん！」と心に誓ったものだった。

あのとき、里子のクマゼミを逃がしたのはわざとだった。いや、本当はわざとではなかった。男の子のように強がる里子を、なんとか泣かせたかったのだ。せめて、里子が女々しく一粒でも涙を流してくれていたなら……。

耕平は里子とは正反対の坂道を、本明川に向かって歩きだした。

と、下のほうから「耕平、耕平！」と捜す里子の声があがってきた。

耕平は、一瞬立ち止まった。返事をしようかどうしようか迷った。後ろを振り返った。だが、里子の姿はなかった。

一歩、足を踏み出したところで、再び、「耕平、耕平！」と呼ぶ里子の声があがった。

ところが、その声は雑木林のすぐ下から聞こえてくるのだった。

耕平は思わず、下のほうに向かって、「里子！」と返事した。

「耕平！」

雑木林の茂みで姿は見えないけれど、里子はこのすぐ下にいるようだ。

「おいはもう帰るけん。汽車の時間のなか！」

「なんば言いよっと。下りて来んしゃい。*こすかたい！」

間をおかず、里子の声が下からあがってくる。

「こすかとは、わいやっか！」

耕平も負けじと声を張り上げる。

「へぇー、男子《おとこんこ》のくせして女子《おなご》のごたる。負けてくやしかとやろ？　耕平のバカたれ！」

里子が思いっきり大きい声で叫ぶ。

耕平は痛いところを衝かれて、少しカチンとくるが、引き返すようなことはしない。そんなことをすれば、里子の思うツボだ。

「里子のアンポンたん！」

耕平が応酬する。

しばらく里子からの返事がない。これで諦めたのだろうと思って、耕平は歩きだした。

そこへ、「耕平の小便しかぶり！」と再び応酬があって、「もう知らんけんね。泣いてやる！」とさっきよりさらに大きい声で里子が叫んだ。そして、それっきり里子の声は途切れてしまった。

耕平は胸の内で、「おー、泣け、泣け……」と呟いていた。「ばってん今さら泣いても、遅かばい」と。

耕平は歩いた。

明日は予定どおり、理科と社会の実力試験がある。理科は化学と物理を選択している。せっかく数学の点数がいいようだから、化学はヤマをはって、ベンゼン環の化学式を暗記しよう、と耕平は思った。

＊こすかたい！（ずるいじゃない！）

第四話　長崎《ながさき》くんち

耕平が学校をサボって、長崎くんちを見に行ったのは、諏訪《すわ》神社の三台の御輿《みこし》が長坂を一気に駆け下りる十月七日の「お下《くだ》りさん」の日だった。

お諏訪さんの奉納踊は毎年十月七日から九日まで三日間行なわれている。曜日に関係なく行なわれていたから、おくんちを見に行くには、どうしても学校をサボらなくてはならなかった。もちろん親には内緒だ。

耕平は自分が持っているなかでいちばん高価な腕時計、セイコースポーツマチックを質《しち》に入れて、軍資金をつくった。女たらしいの雅志は、この夏、新しくできた年上の美容師の彼女から千円借金してきていた。しかし、借金してきたとはあやしいものだ。あの雅志が借りたお金を返すはずがない。というより、その彼女はおそらく雅志の格好の金づるなのだろう。

言い出しっぺの源造は、お金を工面できなかったくせに、「浜町《はまんち》の夕月《ゆうげつ》のカレーば食《く》わんば」と何やらひとりではしゃいでいた。源造はすでに関西方面に就職が決まっていて、志望どおり消防士になる。だから源造は、今年おくんちを見ておかなくては永遠に見るチャンスは訪れない。

そこで、「学校サボって、おくんちば見に行こうたい」とのよからぬ相談事に集まってきたのが、いつもの悪友四人だった。自動二輪の免許を持っている番長のケンが軽自動車のマツダクーペを運転した。このころ番長のケンは「番ケン」とちぢめて呼ばれていた。喧嘩早く、すぐ噛みついていたので、都合よく「番犬」でもあった。ちなみに、番ケンは警察官志望だ。

長崎の番ケンの姉貴の家に着いたのは、夜中の十一時ごろだ。二台分のガレージのついた二階建ての立派な家だった。番ケンの姉貴とはすでに顔見知りで、みんな悪さばかりしている仲間だということも知っている。つまり、耕平たちにとっていちばん都合のいいあねしゃんでもあった。

あねしゃんはべっぴんさんで、新婚さんだ。旦那さんは造船所関係の下請の社長だそうで、年がずいぶんと離れているらしい。長崎と佐世保に工場があって、旦那さんは昨日からベトナム戦争で忙しい米軍の佐世保基地に行っているらしい。

家に着いた早々、耕平たちは台所に通されてインスタントのマルタイラーメンをご馳走になった。青ねぎが丼いっぱいに敷きつめられていて、紅生姜がのっかっていた。

「若《わか》っか者《もん》な、腹減っとれば、なんばすっかわからんもんね」とあねしゃんは笑いながら言い、「ほら、よんにょ食《く》わんね。*おうちが、いちばん食うとらんたい」とおかわりを勧められたが、耕平は断った。

「遠慮せんとばい」

「*あいば、おいが、もう一杯食おうたい」と言って、からっぽの丼を差し出したのは源造だ。源造はよく食べる。出されたものはほとんど残したことがない。といって、ぶくぶく太っているのかといえば、決してそうではなかった。むしろ、痩せているほうだ。喧嘩好きで、番ケンと組ませれば、

*おうちが（あんたが）　*あいば（そしたら）

諫早で勝つ相手はいない。

源造は二杯目のラーメンも汁まできれいに飲み干して、「うまかったばい」とお礼を言い、あねしゃんをひどく喜ばせていた。


ラーメンを食べ終わると、番ケンを先頭に、二階の八畳の部屋に上がった。

「蒲団はもう敷《し》いとるけん、早《はよ》う寝んしゃいよ。明日は早かとやろ！」とあねしゃんの大きな声が階段の下のほうから聞こえてきて、「煙草は吸わんとばい。寝煙草《ねたばこ》すれば、火事になるけんね」と先を越されて、ぴしゃりと釘を刺された。

「あん、う*う馬鹿が！　煙草は吸わんとばいって言えば、吸いとうなると」

番ケンが言った。

「そぎゃんばい」と相槌を打って、さっそくポケットからハイライトを取り出したのは雅志だ。

「めし食うたあとが、いっとう、うまか」とお互いに言い合いながら、雅志と番ケンは煙草をふかし始めた。

源造と耕平は煙草より、どちらかといえば、酒のほうだった。

「コップ酒ばきゅーっと引っかければ、こてっと寝れるばってん……」と源造が言い、なんとなく切なそうに「はぁー」と溜め息をついた。

「うんにゃー、世話のやけるたい！」

番ケンが言った。

「コップ酒ば持てきてやるけん。二つな……?」とぶつくさ言いながらも、番ケンは階段を下りて行った。

しばらくして、コップ酒を両手に、番ケンが階段を上ってきた。

「きゃっほー」と源造が歓喜の声をあげ、コップ酒を手に取ると、またたく間に半分ほど飲み干した。

「ぷふぁー。こりゃ、うまかばい」

「うん、うまか!」

耕平も唸った。

と、下戸の雅志が「そぎゃん、うまかと。あいば、おいにも飲ませんしゃい」と耕平のコップ酒をちょっと口にした。しかし、雅志はとたんにごほごほむせた。

「*わちゃー、もったいなか。雅志は煙草がよう似《に》ようちょるばい。赤子《あかご》んごとう、ハイライトばしゃぶっとればよかと。酒はもったいなか」と耕平が小馬鹿にした。

すると、雅志が「よう言うたい。煙草は吸いきらんくせに! 酒はウヰスキーばい。トリスがうまか」と言って、二本目のハイライトに火をつけた。

「耕平!」と番ケンが呼び、「飲んでしもうたらばい、コップば下の流しに持って行ってくれんかん? *わからんごとう」と言ってきた。

「よかばい。わからんごとう置いてくればよかとやろ……?」

「おお、黙って置いとけばよかか。どうせあとでばるったい」と番ケンは言い、「おいはもう寝るけん。


*うう馬鹿が!（大バカが!）　*わちゃー（わっおー）　*わからんごとう（気づかれないように）

運転しとったけん、きつか」と蒲団をかぶった。

　耕平は飲み終わったコップを二つ手に持つと、ゆっくり音を立てぬよう爪先立って階段を下りて行った。台所のあかり窓をたよりに、流し台の前に立ち、コップをそおっと置いた。

　このとき、なんとなく水道の蛇口が目に止まった。次の瞬間、耕平は蛇口を捻って、水道の水をコップで受けていた。蛇口をきゅっと閉める音が立ち、喉を鳴らして水を飲む音がしていた。

「だいね！」

　あねしゃんの声だった。

　しかし、耕平は返事しようにも、できなかった。酒を飲んだことはいずればれるとしても、いちばんやっていけないことは、寝ているはずのあねしゃんを起こすこと。これは絶対やってはいけないことだ。いわば一宿一飯のぎりぎりの恩義なのである。

「*だいかおっとね……？」

「耕平です」

　しかたなく、耕平は返事した。

「耕平くんね」

　台所の電灯がついた。ピンクのネグリジェを着たあねしゃんが佇んでいた。

　とっさに、耕平は目を伏せた。

「喉の渇いたけん、水飲みにきたと」と誤魔化して、耕平はそそくさと階段を上り始めた。そして階段を上りながら、「わちゃー、目に毒たい。ピンクのネグリジェば着とんしゃるばい。透けとる」

と思った。

と同時に耕平は、足首を挫いてうまく歩けない里子をおぶって、石段を懸命に登ったことを、不意に思い出していた。背中にかたいものが二つふれていた。そのふれた背中の箇所がカッと熱くなっている。


今日、里子は七時限目の体育の時間に足首を挫いた。学年は同じだが、クラスが違っていたから、その最終時限のとき、耕平は現代国語の授業を受けていた。終業のチャイムが鳴り、掃除当番の耕平は居残り、ほかの連中はそろって番ケンの家に向かった。本来なら、掃除をサボって仲間と一緒の行動をとりたかったが、悪いことをする前日だ。ここはひとつ真面目に掃除していたほうがいいとのことだった。

椅子と机を教室の後ろのほうに運んで、モップで雑巾掛けしているところへ、五組の翔子が「耕平くん！」と呼びにきた。里子が足首を挫いたことを知らせ、保健室に行くように促された。

耕平は初め、「*なんで、おいが行かんばできんと」と思っていた。里子とは別に付き合っているわけではなかった。翔子と同じで、小学校が一緒というだけのこと。つまり、幼なじみ。違うのは、中学のとき、里子は諫早に引っ越して、翔子はそのまま地元の中学校を卒業した。それだけのことだ。むしろ里子より翔子とのほうがよく顔を会わせている。同じ汽車で通学しているから、自然と挨拶は交わすし、雑談もする。だが、里子とは一回だけ、公園でデートしたことがあった。

「保健室の松島先生が呼んどんしゃっと。行ってみてくれんね。掃除のあとがよかごたる。鞄も持

*だいかおっとね？（誰かいるの？）　*なんで（なぜ）

ってばい。だいか、男の人が*おんしゃらんとって言いよんしゃったけん、送っていかんばばい。よかね」と言って、翔子はさっさと教室に戻った。

　掃除を済ませて保健室に行くと、里子は松島尚子先生に挫いた足首を繃帯でぐるぐる巻きにされて、「こぎゃん巻けば、歩けん！」と文句を言っているところだった。

「うんにゃー、こん子は気の強かたい」と松島先生はあきれていた。

　そこへ、耕平が現れ、「なぁーん、歩くっとや？」と訊いた。

　ところが、里子は耕平を見て喜ぶどころか、「なんしに来たと！」と反対に突っかかってきた。

「翔子が言うたとやろ。あん、おせっかいやきが！　なんの、こんくらい。歩けるけんよか！」

　里子はそう言って、椅子から立ち上がろうとしたが、よろっと肩が傾《かし》いだ。

　とっさに耕平は、里子を支えていた。

「ほら、見んしゃい！　やせ我慢はせんとばい。繃帯できつう巻いてもらえばよか。今はよかばってん、明日になれば、もっと腫《は》るっばい」

　里子は、つかまれている腕をちらっと見て、「フン」と鼻で笑い、「明日、あしたって、よう言うたい。よっぽどよかことのあるとやろ。歩けるけん、よか！　あんたはあっちに行きんしゃい。目障りばい」と言い、少しびっこを引きながら、保健室を出て、廊下をゆっくりと歩きだした。

　耕平は渡り廊下の下駄箱のところで、簀《す》の子の上に置いた里子のぶ厚い靴を、横合いから取り上げていた。

「よか。おいが途中まで送ってやるけん」

里子はうんともすんとも言わなかった。

校門を出て、本明川を渡った。後ろからやって来る里子を振り向き、どっちに行ったらよいか、目で訊くと、里子は顎で丘のほうを指さした。どうやら里子の家は、この丘の高台のほうにあるらしい。

道がやや登り坂になると、里子は「はぁーあ」と溜め息をついてはひと休みしていた。里子は挫いた脚のほうの靴の踵《かかと》を踏み、歩きにくそうに引きずっていた。

耕平は里子がひと休みするたびに、後ろを振り向き、「わいは口の悪かたい」と言ったり、「足はどぎゃんして挫いたと?」と訊いたりしていたが、里子は依然として黙っていた。

里子はぶすっとしたまま歩き続けた。そして道幅が少し狭くなり、人通りの絶えた砂利道を登り始めてから、ようやく里子は口を利いた。

「あんたは男のくせして、おしゃべりたい」と里子が言った。

「男は黙っとればよかと。こぎゃんときは、女子《おなご》かい口ば利くとばい」

里子は耕平の横に並んだ。人目を気にしていたのだろう、里子は足をひきずりながらも、ずっと耕平の後ろを歩いていた。

今度は、耕平のほうが黙った。

しばらく砂利道を登ると、このままだらだらと続く坂道と急勾配の石段の二股の道にさしかかった。

「こん石段ば登れば、すぐやっけん、もうよか」
＊おんしゃらん（いないの）

里子が言った。

「そん足で登りきっとな？」

「登りきる」と里子はきっぱり言い、耕平から鞄を受け取った。

「わいが、よかって言えば、おいも知らん！」

耕平はだんだんと腹が立ってきていた。そもそも自分がなぜ里子を送って行かねばならないのかと初めから不愉快だったし、あのおせっかいやきの翔子が知らせに来なかったなら、今ごろ、仲間が待っている番ケンの家で、学生服からブレザーやジャンパーに着替えて、長崎行を楽しみにしていたはずなのだ。また、そこのところを百歩譲ったとしても、困っている幼なじみの里子に、親切心で手を貸しているというのに、ああ口悪く言われたりすれば、不機嫌になるのは当たり前ではないか。

耕平は砂利道を下り始めていた。だが、里子のことがやはり気になる。耕平は「チェッ」と舌打ちし、「ちくしょう！」と自分に腹を立てつつも、後ろを振り返っていた。

案の定、里子は石段を登りきれずに、じっと佇んでいた。

「登れんたい」と耕平。

「けんけんで登ろうって思うとったと」と里子。

「ほら、鞄ば貸さんか」と言い、耕平は石段を見上げて、「か*ろうてやるけん」と腰をかがめた。

石段はそれほど長くはなかったが、ただ勾配がきつかった。

「よかって言えば、よかと！」と言って、里子はかがんでいる耕平の背中を鞄でドンと突いて、けんけんで石段を登り始めた。

耕平は背中をど突かれて、一瞬かっとなった。「知るか！」と本当に、そう思った。

しかし、里子は石段を三段も登らないうちにくたばっていた。

「耕平！」と里子が呼んだ。

耕平は返事しなかった。立ち上がって、ど突かれた背中の痛みを払拭するように背のびをしていた。「ゼッタイ、手は貸さん！」と。

「耕平はなんもわかっちょらん！」と里子は大声で言い、「うちは、知っちょっと」と何やら奇妙なことを言いだした。

「明日、おくんちば見に行くとやろ？」

耕平はぎくりとした。なぜ知っているのだろうかと思った。悪友四人しか知らない秘密なのだ。

「だいに訊いたとな」

耕平は思わず口を利いていた。ほんのさっきまでは「ゼッタイ、口は利かん！」と思っていたのに……。

「うちはなんでん知っちょっと。地獄耳たい」と言って、里子は薄ら笑いを浮かべた。

「うちも行きたかと」

里子が真っ直ぐ目を見て言った。

「なんば言いよっか。女子《おなご》のくせして」

耕平は睨んだ。
＊かろうてやるけん（おぶってやるから）

「女子《おなご》は学校ばサボって、おくんちは見に行かれんたい。そぎゃんやろ？」

「当たり前たい」

「そいやっけん、ずっと腹《はら》かいとっと」と言ったかと思うと、里子は「歯《は》がいか！」と叫んだ。

「なぁーん、そいでか。あん男女子《おとこおなご》の里子が、足ば挫《くず》くはずはなかって思うとったもん。……そぎゃーん、歯がいかか？　ばってん、しょんなかたい」

耕平はもう一度腰をかがめた。

今度は、里子は素直におんぶされた。

「うんにゃー、重か！」

里子は耕平の首を両手でぎゅっと抱きかかえるようにして、しがみついてきた。

「登りきるっとね？」

「おう」と返事したきり、耕平は石段を一段一段踏みしめるように「よいしょ、よいしょ」と登り始めた。そして登りきったあと、耕平はハアハアと息をつきながら、「里子！　からわるっときは、胸のボタンは外しとかんば、背中の痛かばい」と文句を言っていた。

すると、里子は自分の制服を見て、「ボタンってなんね。バッジね……？」と訊き、「はっ！」と何かに気がついたかのような顔をして、「こん馬鹿たれが！」と耕平の股間めがけて、挫いたほうの脚で蹴り上げてきた。

「なんばすっとか！」

耕平はとっさに身をかわした。

里子は「うっ！」と小さく悲鳴をあげ、足首をさすりながら、「こんすけべが！　もうよか。うちはあそこやっけん」と電信柱のあるほうを指さした。明かりの点いた赤瓦の家が見える。

「なぁーん、あそこか。すぐやっか」と言いながら、耕平はそれとはなしにあとずさっていた。

里子は家の門のところまで行くと、こちらを振り向き、「耕平！」と呼び、「おみやげば買《こ》うてこんばばい！」と叫んで、バイバイと大きく手を振って寄越した。

耕平は何も考えず、石段をできるだけ速くだだだっと駆け下りていた。


耕平は背中がカッと熱くなって、「*えくろうたごたる」と思った。階段を音を立てぬよう爪先立って上り、蒲団に潜り込んだ。

しかし、耕平はなかなか眠れなかった。酒がまわっているせいか、心臓がどきどきしていた。目をつぶれば、あねしゃんの透けたピンクのネグリジェが脳裏にちらつき、息苦しくなって大きく溜め息をつくと、今度は香水の甘い香りが鼻腔に蘇る。

耕平は何遍も寝返りを打った。寝返りを打つごとに、次は里子の洗い立ての制服のにおいなのだろう、石けんのいい香りが鼻につく。しかし、そのにおいを打ち消そうとすればするほど、どこからともなく香水の甘い香りと混ざり合って、より濃く里子のにおいが漂う。そして背中に残っているあの固さは、絶対にボタンだと否定すればするほど、里子がしつこく金玉を蹴り上げる。

どうしようもなくパンツがテントを張ってきて、耕平は「こんすけべが！」と呟きながら、なんとか耐えていた。

＊腹かいとっと（怒ってるんだよ）　＊えくろうたごたる（酔っ払ったようだ）

と、隣に寝ていた雅志が「こぎゃんところで、*せんずりはかかんとばい」と言って、耕平の蒲団をはぎ、「ギャハハ……」と笑いだした。

翌朝、耕平たちはあねしゃんに五時に叩き起こされた。

「今日はお諏訪さんのおくんちやっけん、甘酒ば飲まんばばい」と言って、起き抜けにそれぞれ湯呑み茶碗に一杯ずつ甘酒を飲まされた。「ごはんもべったい食わんば」と言われ、朝食はいつもご飯茶碗に一杯も食べきれずに、味噌汁をぶっかけてかっこんでいた耕平も、ちょこっと焦げ目のついた辛子明太子に、いわしのかんぼこ、それに卵かけご飯で、つい二杯目をおかわりしていた。

朝食をたっぷり食べたあと、耕平たちは螢茶屋《ほたるぢゃや》行の市電に乗って、おくんち会場の諏訪神社に向かった。踊り場のすぐ上の石段の席は無料で、早く席を取った者の勝ちだった。前から七、八段くらいまでは、すでに席が埋まっていたが、耕平たちはなんとかうまく十段目あたりの席を四つ確保できていた。これもうるさく起こしてくれた番ケンの姉貴がいたからだ。

番ケンの両親は、あの諫早大水害のとき、行方不明になったきりなのだという。あねしゃんにとって番ケンは、どんなに悪さをしようとやはりかわいい弟でもあった。

諏訪神社の踊り場で行なわれるおくんちの圧巻は、なんといっても蛇踊《じゃおどり》だ。当番の踊町《おどりちょう》は七年に一度巡ってくるので、本場の籠町《かごまち》の蛇踊は見られないが、今年は五島町《ごとうまち》の蛇踊が見られる。

踊町がやって来ると、しゃぎりの音が鳴り響き、周りがにわかにざわつき始める。蛇踊はまず「スットコドッコイ」と銅鑼《どら》が叩かれ、「チーチャカ、パーチャカ」と何やら龍の鳴き声のようなチャルメラの音がしたかと思うと、唐人服に身をかためた遣手《つかいて》十人が長さおよそ十一メートルの龍蛇《りゅうだ》をささえ、先頭の玉遣《たまつかい》の宝珠《ほうじゅ》を追って登場する。龍は銅鑼や鉦《かね》、チャルメラの囃子《はやし》に合わせて、空中を右へ左へ、上へ下へと流れるように舞う。そして長坂を一気に駆け下りると、紋付き袴の男が一人立ち上がり、実によく透き通った声で、「しょもう。もってこーい！　もってこーい！」と叫び始める。観客もこの男の声につられて、「もってこーい！　もってこーい！」を連呼する。すると、再び龍がゆっくりと宝珠を探すように、首を高く差し上げて登ってくる。

「うんにゃー、よかばい。鳥肌の立つ！」と言って感動しているのは、やはり言い出しっぺの源造だ。源造はずっと「けぇーまぐるぅ！」*を連発していた。雅志も「こぎゃんた、初めてばい。冷やか！」と言っては、鳥肌の立っている両腕を何度も手で擦っていた。

耕平は里子が「男ん人はよかね。女子《おなご》は学校サボって、おくんちは見に行かれんたい」と悔しがっていたのを、それとなく思い出していた。

鯱太鼓《しゃちだいこ》を載せた御輿を、二回反動をつけて「こっこでしょ！」の掛け声とともに空中高く放り上げ、手拍子を一回打って、さらにこれを片手で受け止める離れ業の踊りが終わったあと、耕平は偶然、担ぎ手の男衆の投げた《まきもの》を拾っていた。鉢巻に使っていた手拭いで、これを拾うといいことがあるという縁起物でもあった。

このとき、耕平は「よかもんば拾《ひろ》うたばい」と思った。この縁起物を里子のおみやげにすればよかと思ったからだ。

＊せんずり（自慰）　＊けぇーまぐるぅ！（びっくりする）

午前中の奉納踊が済むと、耕平たちは諏訪神社のお下りさんを見ずに、アーケード街の浜町に繰り出した。夕月のカレーを食べたあと、腹ごなしにアーケード街をわけもなく練り歩く。

番ケンが「おう、行くばい」とそれとなく目で合図を送って寄越すと、背の高い順に縦一列になって、番ケンを先頭に、少しツンと澄まして歩いている女性の跡を追って練り歩くという、たわいもない遊びをやる。アヒルの行進で、周囲からくすくす笑いが湧き起こると、女性はふと後ろを振り向くことになるのだが、そのときにはすでに全員が列を乱し、通行人のなかに紛れ込んでいるという寸法だ。女性は「ひょんか？」*と鳩が豆鉄砲を喰らったような顔をしているが、また歩き始める。すると、再び全員が集まって列を組む。しかし、次に女性が気がついたときには、このゲームはおしまいで、全員「逃げやい！」の掛け声とともに四方八方に散る。そしてあらかじめ決めていた岡政デパートの前で落ち合う。

こんなたわいもない遊びにあきると、アーケード街の裏通りにある純喫茶・蘭《らん》に行く。この地域のよからぬ連中が溜まり場としている場所だ。ここでは番ケンがいちばん顔が利く。車でたびたび長崎に遊びに来ているからだろう。

番ケンが席に着くと、どこからともなく三、四人の男女が集まってくる。黙っていてもテーブルには煙草が用意され、コーヒーと一緒に頼んでもいないトーストが出てきたりする。番ケンは、そのなかで歌手の舟木一夫によく似た角刈りの男と話し込んでいる。

雅志は、たぶん顔見知りなのだろう、髪の長い子のそばで、こちらも何やら楽しそうに会話を交わしていた。

みんなから「その子」と呼ばれている赤い口紅の女が、耕平のわきに座り、「おうちは新顔たい」と話かけてきた。

「……」

耕平はわざと返事をしなかった。

「煙草は吸うと？」

「吸わん」

「吸いきらんとやろ」とその子はジャンパー姿の耕平をじろりと見回した。

「高校生ね？」

耕平は黙った。

すると、その子はわざと煙草の煙をふーっと耕平の顔に吹きかけてきて、「つまらん！　おうちは女子《おなご》の気持ちばいっちょんわかっとらんばい。合わせんば！」と言って席を立った。

どう見てもその子は年上だった。それに社会人で、どこかで働いているようでもあった。「あぎゃんなれば、女子《おなご》もえすかばい」と耕平はびびっていた。

源造がさっきからいないなと思っていたら、「長崎K高の連中にガンばつけられたと」と言いながら戻ってきた。どうやら喧嘩していたらしく、唇を切って少し血をにじませている。

「連中は三人できたとばい」と源造は興奮して喋り始めた。

「ひきょうかと。ばってん、一発殴らせてからたい。一人目は、ちかっと鼻先ばかすったばっかい。どばーっと鼻血ば流してばい、逃げんしゃったと。二人目はばい、後ろ蹴りで太ももばやったとさ。
＊ひょんか？（奇妙だわ？）

逃げっきらんで、地べたに転がって痛か痛かって言いよんしゃった。そいば見て、もう一人はかかってこられんで、逃げんしゃったと」

源造はそう言って、豪快に笑った。

と、あきらかにそれとわかる派手な服装の若い男が三人、どかどかと現れて「イサハヤのケンって、わいかい！」と黒のサングラスをかけた男が言った。

「おう、わしたい」と弁柄《べんがら》色のブレザーを着た番ケンが立ち上がった。

「ちかっと、顔ば貸してくれんかん」

「よか！」と返事したあと、番ケンはこちらのほうを見て、「わいたちは、ここにおんしゃい」と言って外に出て行った。

耕平は急に不安になって、「よかとか。番ケン一人ばい」と訊いた。すると、源造が「よかとー」と答えてにたりと笑った。雅志も「長崎のことは番ケンにまかせておけばよかとー」といわんばかりに、さっきの髪の長い女を相手に、相変わらず楽しそうに喋っていた。

間もなくして、番ケンが戻ってきた。殴られてぼろぼろになっているどころか、まったく普通だった。それが耕平には不思議でならなかった。

「おう、帰っばい！」と番ケンが声をかけ、四人分のコーヒー代を払うと、外に出た。

「なんもなかったと？」

耕平が訊いた。

「おう。なんもなか」

番ケンが答えた。

耕平は、それ以上何も訊けなかった。

ただ不思議なことに、車が浜町の市営の駐車場に置いてあったことだった。車は確か、番ケンの姉貴の家に置いて行ったはずなのだ。おそらく、さっきの派手な服装の連中と番ケン、それにあねしゃんとはなんらかの関係があるのだろう。

帰りは行きと同じように番ケンがマツダクーペを運転した。諫早に着いたのは五時ごろだ。親には友達の家に泊まって勉強していることになっていたから、耕平はいつもの五時半の汽車に乗らなくてはならなかった。里子のおみやげのことがちらりと頭をかすめたが、「明日にすればよか」と考え直し、雅志と一緒に駅に向かった。

雅志とは駅の途中で別れた。雅志は駅の反対側の大村線沿いにある美容室・カトレアで働いている彼女に、いつの間に買ったのか、長崎のおみやげをあげに行った。

雅志は別れ際に、「女子《おなご》にはやさしゅうせんばばい」と言っていた。


翌日、耕平は寝敷《ねじ》きしてきれいにしわをのばし、丁寧に折り畳んだ《まきもの》の手拭いを鞄に潜ませて学校に行った。もちろん、里子にあげるための長崎みやげだ。

しかし、昼休み時間に五組の教室を覗きに行くと、肝心の里子はいなかった。昨日も今日も学校を休んでいるという。挫いた足がよっぽど悪いのかもしれない、と耕平は思った。

そのことを翔子に訊くと「わからん」と答えるし、「明日はどぎゃんやろかい?」と耕平が訊いても、やはり「うちにはわからん」だった。

「なんか、用事のあっと……？　あればうちが聞いてやるばい」と翔子は言う。

「用事はなかばってん」と言いながら、耕平はそれとなくポケットに手を突っ込み、例の手拭いを取り出していた。

「なんね、そいは？」

翔子が興味深そうに、丁寧に折り畳んである手拭いを広げた。

「ありゃ、よかたい。こいはおくんちの《まきもの》やろ？　銀屋町《ぎんやまち》ね。《ここっでしょ》たい。うんにゃ、よか。こいば持っとけば、よかことのあるとげな。そいも人から、もろうたほうがよかって言うもんね。運のつくとさ。ゼッタイ、大学に合格するばい」と翔子は、何やらいろいろとおくんちのことを知っているようで、ひどく興奮していた。

耕平はなんだか、こんなに大喜びするのなら、里子より翔子にあげたほうがいいかもしれない、とひょいと思った。

そこで、耕平はなんとなく、「あいば、そん手拭いはわいにやろか」と言っていた。

「里子ちゃんに呉《く》るっとやなかと？」と翔子が訊く。

「そぎゃんばってん、もう一枚持っとっと」となぜか、耕平はうそをついていた。

「もう一枚持っとっと！　あいば、うちに呉れんね。うちとも幼なじみたい。里子ちゃんといっちょん変わらん」と言って、翔子は文系の秀才クラスらしく「タンキュー！」と英語発音で礼を言い、さっさと持ち去った。

あの女たらしいの雅志が「女子《おなご》にはやさしゅうせんばばい」と言っていたが、「どうも相手が違うごたる」と耕平は思った。

その日、耕平は七時限目が休講になっていたせいもあって、午後からの授業をサボった。本明川からせり上がった丘の高台のほうを目ざして、だらだらと続く砂利道を登っていた。急勾配の石段を下から見上げると、秋の高いスカイブルーの空が見えた。

この石段を登れば、やがて電信柱の向こうに赤瓦の家が見えてくるだろう。長崎みやげに縁起物の《まきもの》ではなくて、「蛇踊《じやおどり》の龍《りゆう》は、牙《きば》かい火ば吐くとばい。けぇーまぐるぅ！　《ここっこでしょ》も、かっちょよかったぁー。神輿《みこし》ば放り上げて、片手で受け取っとばい」とおくんちの話をいろいろと面白可笑《おもしろおか》しくしてあげたほうが、里子はより喜んでくれるにちがいない。いや、あれだけおくんちを見に行きたいと言っていた里子のことだ、果たしてそう、うまくいくだろうか。

＊よかごとのあるとげな（いいことがあるんだって）

第五話　蜜柑狩《みかんが》り

長崎本線の大草《おおくさ》から本川内《ほんかわち》にかけて、大村湾からせり上がった山の斜面は、一面の蜜柑畑である。十二月中旬、蜜柑が黄色く色づくと、扇形に広がったその蜜柑畑の全貌が現れてくる。棚田状の蜜柑畑に波静かな内海の大村湾、そして太陽。自然の恵みをいっぱいに受けた伊木力《いきりき》蜜柑は、皮が薄くてみずみずしく、甘い。

「耕平くん、蜜柑狩りにはいつ行くと？」

諫早市内の同じ高校に汽車通学している幼なじみの翔子が、今朝、最後部の四両目の車両で居合わせたとき、そう訊いてきた。

耕平はしばらく考えてから、「明日しか、なかやろもん……」と答えていた。

クラスは違っていたが、同じ学年の耕平と翔子の家は、親が外地からの引き揚げ者ということもあって、とくに母親同士が仲が良く、小さいころから家族ぐるみの付き合いをしていた。例年、十二月二十日近くになると、杉浦家と金井家は蜜柑狩りに行く。お正月用の蜜柑を買いに行くのだ。

「あさって、月曜日からね、補習授業は……？」

「そうたい。おいがごたるふうけもんは、盆も正月もなかばい」

二人とも志望は大学進学だったが、三年生はクラスがグレード別で、翔子は秀才クラスの五組、耕平は鈍才で九組だった。

「去年はたしか、鈴子姉ちゃんやったやろう。連れて行ってくんしゃったとは……。今年はおいたちが連れて行かんばばい。ヨシ坊《ぼう》も行くとやろ?」

「いつ行くとって言うて、せからしかと*」

「うちもばい。満智子が、パーマ屋さんの奈美ちゃんも一緒に行くって言うちょるばってん、よかねってせからしか。あいば、明日は九時のディーゼルカーにしようかね」

耕平は、そう言ってひとつ手前の東諫早駅で降りた。

降りるとき、翔子が「里子ちゃんば誘《さそ》おうか」と妙なことを訊いてきたが、耕平は無視した。

里子の家とも小学生までは一緒に蜜柑狩りに行っていた。ところが、里子は中学のとき、諫早に引っ越した。それ以降、家族ぐるみの付き合いはなくなったが、三家族の母親たちは年一回の旅行会を、今でも楽しんでいるらしい。三家族とも外地からの引き揚げ者だ。だが、翔子の父親だけは、大村収容所にしばらくいたそうだ。明日、蜜柑狩りに行く大草の松岡さん家《ち》のおじさんと耕平の父親とは、同じ国鉄員で、長崎駅で働いている。だから、里子の家とはなんの関係もないはずだ。いずれにしろ、里子と一緒に蜜柑狩りに行かなければならない理由は、耕平には見つからなかった。

日曜日、耕平たち一行五人は、九時十六分のディーゼルカーに乗った。いつもの七時の汽車と違って、車内はがらがらだった。通路を挟んで、男二人と女三人に別れて左右の座席についた。

*せからしかと(うるさいんだよ)

ディーゼルカーが走りだすとすぐに、ヨシ坊が小さな声で、「姉ちゃんがさ、おっとろしかごとう、喜《よろこ》んどっしゃたと」と話しかけてきた。

耕平は、初めなんのことを話しているのかわからなくて、「なぁーんの、蜜柑狩りは、今日しか行かれんたい。就職組は冬休みばってん、おいたちは明日から補習授業ばい」とヨシ坊には関係ないことを喋っていた。

すると、ヨシ坊が「うんにゃ、違《ちご》う。そぎゃんやなかと！」と大袈裟に首を横に振り、「おくんちば見に行ったげなたい」と言って、なぜかにやにやし始めた。

「おお。おくんちは、見に行ったばい。そいがどぎゃんしたと?」

「まきものたい！」

そうヨシ坊に言われて初めて耕平は、「ああ……！」と思い出していた。

長崎の諏訪神社のおくんちで、奉納踊が済んだあと、御輿の担ぎ手が使っていた鉢巻を、観客に向かってまく手拭のことを《まきもの》といっていた。これを拾うといいことがあるという縁起物でもあった。そのまきものをたまたま拾って、たしかに耕平は翔子にあげた。だが、あれはただの気まぐれだった。本来なら、里子にあげるつもりでいた。おくんちを一番見たかったのは、小さいころよく一緒に遊んでいた里子だったからだ。ところが、どういう風の吹き回しか、まきものは里子ではなくて、翔子の手に渡っていた。耕平は見てきた蛇踊やここでしょなどのおくんちの話を、里子に直接会って喋りかった。しかし、あのとき耕平は里子の家近くまで行っていながら、結局会わずに引き返していたのだった。そして里子ともあれっきりで、なんの進展もない。体育の時間に挫いた足首も、今ではすっかり治っていてぴんぴんしている。時折、廊下ですれ違ったりするが、目も合わせてくれず、無視され続けている。それを翔子がなんとなく勘づいていて、昨日、汽車の中で、「里子ちゃんば誘おうか」と妙なことを切り出してきたのだな、と耕平はこのときやっと気がついていた。

「なぁーん、そぎゃんやったと。気ぃ使わんちゃよかとんば……」とひとりぶつぶつ言いながら、耕平は通路の反対側に座っている翔子のほうを見た。

と、目が合った瞬間、翔子が「気色の悪か。なんばじろじろ見ちょっと！」と口を尖らせてきた。

「姉ちゃん！」とヨシ坊が大きな声で注意し、「姉ちゃんの話ばしちょったと。まきものばもろうたって言うて、喜んどったたい。壁に貼ってばい、いつでん見ちょったい！」と耕平の肩をもった。

「なぁーんの、あいは縁起もんたい。もろうたほうが運のつくって言うて、よかと。そいやっけん、大事にしとっと。ほかには、なぁーんもなか！」

翔子が少し怒ったような口調で言った。

ヨシ坊は、「あいはすらごとばい。照れとっと」とまた小さい声で言ってきた。

しかし、耕平はそれを無視した。ヨシ坊はまだ高校一年生だ。一年生のくせして、女の何がわかるというのか。

「ヨシ坊、野球はどぎゃんな？」

耕平が訊いた。

ヨシ坊は中学のとき、野球部で本格派のピッチャーだった。やはり諫早市内の、こちらは商業高校にバス通学している。

「一年でレギュラーばい。今はレフトばってん、そんうちピッチャーたい」

「ほんなこてや。そいは凄《すご》かたい」

「ばってん、怪我ばっかいしちょっと」と姉の翔子が、わきから横やりを入れた。

「こん前歯は、差し歯ばい。ボールの当たって、*きゃーまぐれたと。小指はデットボールで、*びっしゃげとる」と言って、ヨシ坊は「わっはは……」と笑った。

「うん、そいは男の勲章たい、野球部の。おいも剣道ばしちょったけん、ようわかる。手も足もたこばっかいできよった。冬はたこが切れてばい、血の出て、痛《いと》うてたまらんかった。ばってん、野球はよか。甲子園のあるもんね」

「いんにゃ、おいは甲子園には出られんと。ばってん、地方大会で名のあがれば、プロかい声のかかるかもしれんたい。そぎゃんなれば、西鉄ばい」と言って、ヨシ坊は、今度は「ひっひひ……」と笑った。

ディーゼルカーが諫早駅に着くと、翔子はいったんプラットホームに降りて、あたりを見回し、「やっぱい、来《き》とんしゃらん」と言って、戻って来た。

「里子や……？」

耕平が訊いた。

「うん……」

翔子がしょんぼりして答えた。

「なぁーんの、あん里子が来るもんか。つんって澄ましてばっかい。目も見てくれん」

耕平が言った。

「そいやっけん、気になっとっと」と翔子は言い、不意に「ねぇー……？」と、前に座っている奈美ちゃんに話しかけた。

すると、奈美ちゃんは何を思ったのか、最近の流行歌を口ずさみ始めた。それも出だしが難しい英語の「レモンのキッス」だ。ザ・ピーナッツが歌っている
「うんにゃー、奈美ちゃんはやっぱい上手たい。のど自慢で合格したことはあるばい」と翔子が言って、拍手した。

「のど自慢で合格したって、ほんなこつな？」

耕平はびっくりした。

「上手やろ？　奈美ちゃんはそんうち歌手になるとって。黛ジュンのごとう」と妹の満智子が言い、

「そぎゃんやろ……？」と訊いた。

「違う。黛ジュンやなか。うちはザ・ピーナッツ！」

「なんの、ザ・ピーナッツは双子やろもん」

ヨシ坊がけちをつけた。

「よかと。双子でん、なんでん……！」

奈美ちゃんがふくれた。

「そうたい。わがが、よかって思ちょることば、すればよか。奈美ちゃんはスタイルもよかけんね。
＊きゃーまぐれたと（気絶したんだよ）　＊びっしゃげとる（骨折してるんだよ）

背も高《たか》かたい。中学生には見えん。大人のごたる」と耕平が褒めた。

するると、奈美ちゃんは急に元気になって、ヨシ坊を睨みつけ、「ほら、みんしゃい！」と言って、ぷいと横を向いた。

奈美ちゃんは小さいころ、炭鉱事故で両親を亡くしていた。パーマ屋さんは遠い親戚で、奈美ちゃんは双子だったらしい。

「あいば、奈美ちゃんは、そんうちテレビに出ると。ひゃーっ、よかたい！」

翔子の声はひっくり返っていた。


大草の松岡さん家は、駅から歩いて十五分のところにあった。線路ぎわで、二階建ての母屋があり、納屋には驢馬《ろば》が二頭いた。驢馬は蜜柑を運び下ろすときに使うのだそうだ。

耕平たちは松岡さん家のおばさんに挨拶を済ますと、さっそく踏切を渡り、蜜柑畑を目指して、山道を登り始めた。二十分ほど登ると、茅葺きの蜜柑小屋がある。それが目印だ。まず、小屋から竹籠《しょうけ》と刃の短い鋏《はさみ》を持ち出す。竹籠は耕平とヨシ坊が背負い、鋏はそれぞれ一つずつ持って、蜜柑畑の真ん中の細いあぜ道を一列になって下る。三段ほど下りたところで、左右の蜜柑畑に入って、枝にたわわになった蜜柑を鋏で取り始める。

「よかな。枝は折んしゃんなよ。ヘタんところば、切っとぞ」

耕平が蜜柑畑に入る前に、みんなに注意した。

すると、翔子が「わかっと。知ったかぶってからに！」と言い、蜜柑狩りが初めての奈美ちゃんに「ねぇー？」と賛同を求めて、二人して声を立てて笑っていた。

初め、耕平はヨシ坊と一緒に蜜柑を取っていたが、そのうち翔子がそばに寄って来て、「里子ちゃんが来とんしゃれば、よかったとんばね」とぐちゃぐちゃ言ってきた。

「里子、里子ってなんな！」

耕平は翔子の言い草が気にくわなかった。こんなにしつこいと、逆に妬《ねた》みになっているのではないのか。

「なんの、せからしかろ。うちは知っとっと！」

翔子がきっとなった。

「知っとって、なんばや？」

「まきものたい、おくんちの。もう一枚持っとって言うとったばってん、あいはすらごとやろ？」

「すらごとがどぎゃんした！」

耕平が居直った。

「なぁーんも、わかっちょらんたい。大事かことばい。うちがなんて思っちょっか＊、知らんやろ？」

と翔子は早口で言い、自分でせっかく皮を剝いていた蜜柑を、「ほら！」と耕平の手に握らせて、ぷいと向こうに行ってしまった。

耕平はもらった蜜柑にかぶりつき、石垣を一段跳び下りた。なんとなくむしゃくしゃしていた。「すらごとって言われても、おいにはいっちょんわからん」と耕平は思った。取ったばかりの蜜柑にかぶりついた。けれど酸っぱくて、おえっと吐きたくなった。気分が変わるどころか、かえって気持

＊うちがなんて思っちょっか（私がどう思ってるのか）

ち悪くなった。気持ち悪くなっていらいらし、小便したくなった。

耕平は石垣をもう一段跳び下り、あぜ道を横切って反対側の蜜柑畑に入った。ここなら、みんなのところからずいぶんと離れているし、石垣に向かって放尿しても、どうってことはない。

耕平は何気なく石垣の隅のほうに目を向けた。

と、そこには赤いセーターの奈美ちゃんがスカートを下ろしてしゃがみこんでいた。奈美ちゃんが何をしていたのか、それは一目瞭然だった。

「見＊んしゃんな！」

奈美ちゃんの鋭い声があがった。

耕平はぎくりとした。とっさに目をそむけた。けれど、あまりにもあからさまだったものだから、その場を去ろうとしても、足が棒になり、動けなかった。

「見たやろ！」

奈美ちゃんが近づいてきた。

「見＊ちょらん！」

耕平は石垣沿いに、たじたじと後ずさった。

「見た！」

「うんにゃ、見ちょらん」

耕平はそう繰り返すばかりだった。ここはしらをきるしかなかった。

ところが、後ろはやがて崖となり、もう下がれなくなっていた。

「うんにゃ、見た」と奈美ちゃん。

「見ちょらん」と耕平。

「見た!」

いよいよ奈美ちゃんがそばに来た。もう奈美ちゃんは目と鼻の先だ。耕平はぴたりと止まったままだった。奈美ちゃんの赤いセーターの腕が伸びてきて、耕平の学生服のうえから、胸倉を掴みにかかった。

そのとき、奈美ちゃんがじろりと耕平の顔を見たかと思うと、「ありゃ?」と少し驚いたような顔をして、「なんかついとるごたる。蜜柑の皮やろか……? 目ばつぶってみんしゃい」と言った。

耕平は言われたとおり、目をつぶった。

その一瞬だった、「やった。レモンのキッス!」と奈美ちゃんが言ったのは。

「うっ……!」

耕平は声も出なかった。

しかし、次の瞬間、奈美ちゃんは「わぁー、きれか。ほら!」と、後ろの崖のほうを指さしていた。

耕平は後ろを振り向いた。

崖下は一面、青緑の葉っぱと丸いいくつもの黄色い蜜柑でいっぱいだった。その先は真っ青な海……。対岸で銀白色にキラキラと無数の光を反射しているのは、おそらく大村市の街並みだろう。目の高さに聳えている霞のかかった山並みは多良岳《たらだけ》だ。そして視界を少し上げると、そこに広がっ

＊見んしゃんな!(見ないで!)　＊見ちょらん!(見てないよ!)

ていたのは、十二月の薄氷を張ったような透明な青い空だった。

辺りはしんとしていた。だが、それはほんの二、三秒だったかもしれない。

妹の満智子の声があがった。

「奈美ちゃん！　どぎゃんね。もうすんだと？」

眼鏡をかけた満智子が、あぜ道のところからひょっこり現れた。

「うん、もうすんだばい！」

奈美ちゃんが大きな声で返事した。

「なんば、しちょっと？」

満智子が近づいて来て、不思議そうに訊いた。

満智子はなぜ兄の耕平が奈美ちゃんと一緒にいるのか、ひどくいぶかっている様子だった。

「見てみんしゃい、きれかばい」

奈美ちゃんが、「ほら！」と崖のほうを再び指さした。

すると、満智子も「うんにゃ、ほんなこつきれか！」とあっけにとられて言い、「見てみんしゃい。あん船は、おもちゃのごたるばい」ときゃっきゃ騒ぎ始めた。

耕平は大村湾に目を凝らした。ちょうど島影になっていたせいか、さっきまでは見えていなかったが、ポンポン船が一艘かすかに動いていた。音は聞こえてこないが、空に向かって突き出ている排気口からわっか状の煙がひとつふたつと出ている。真っ青な海に白線が描かれているのは、そのポンポン船の航跡だ。

耕平は、これらの圧倒的な彩りで目に迫ってくる絶景を、ただぼんやりと眺めていた。

「東京はどっちね……?」

奈美ちゃんがぽつりと訊いた。

耕平はしばらく考えてから、「東の方向やっけん、あん多良岳の右側ばい。阿蘇《あそ》のずっと先……。急行で二十三時間かかるけんね、遠《とう》かと」と答えた。それから耕平は腕時計に目をやり、「もう十二時やっけん、昼にすっぞ」と言い、二人を先にやった。

満智子と奈美ちゃんがあぜ道を登り始め、二人の姿が蜜柑の木で見えなくなってから、耕平は石垣に向かって放尿した。


妹の満智子たちより一足遅く、蜜柑小屋にたどり着くと、ヨシ坊が上のほうからにやにやして待ち受けていた。耕平は竹籠いっぱいに取った蜜柑を背負っていた。その竹籠を下ろすと、耕平はにやついているヨシ坊に、「なんば、笑《わら》いよっとな!」と声を荒らげた。

耕平は背が低いせいか、長身の人に上から見下ろされると、ついかっとなる癖があった。

「なんでんなか」とヨシ坊は答えながらも、なおにやついていた。

「あいば、薪ば拾うってこい。たき火せんば、寒《さむ》うして、にぎりめしも食《く》えんばい」

耕平がそう指図すると、ヨシ坊は「へい、へーい……!」とふざけながら返事して、上の雑木林のほうへと薪を拾いに行った。

「なんな、あいは!」と耕平は吐き捨てるように言った。

「翔子！　マッチは持ってきちょっとやろ?」

「うん。持ってきちょるばい」

「火ば点《つ》くうでぇー」

耕平はたき火の準備を始めた。

蜜柑小屋のわきにちょっとした広場があって、その真ん中あたりで例年たき火をしながら、昼のにぎりめしを食べていた。

新聞紙を丸めて小枝をのせ、マッチで火をつける。生木は煙が出るから、ヨシ坊が拾ってきた枯れ木をどんどんくべていっておきをつくる。

火をおこしているあいだに、翔子たちは小屋からござを持ち出して、家から持ってきたおにぎりの包みを開ける。卵焼きとたくわん、それにいわしの丸干しが入っている。

ちょうどそこへ、松岡さん家のおばちゃんがやって来て、「*うんにゃー、ままごとのごたるたい」と言って笑い、沸かしてあるアルミの薬罐と急須に湯呑みが入った買い物籠を置いていった。

おばちゃんの姿が見えなくなると、ヨシ坊が「なぁーんの、ままごとやろうか。ままごとは食えんばってん、こいは食えるたい」と言って、奈美ちゃんや満智子たちを大笑いさせていた。

串刺しにしたいわしの丸干しが焼けてきた。その芳ばしい匂いに誘われて、耕平は思わず三つ目のにぎりめしに手を出した。

「よう、食うたい。五つ目ばい」

翔子が言った。

「うんにゃ、三つ目！」と答えたのは、耕平だ。

「耕平くんやなか。うちんヨシ坊たい。食いすぎ」と翔子は言い、「ばってん、耕平くんはさっきかい、なんかおかしか……」と続けて、奈美ちゃんのほうを見た。

「なんかあったと……？」

「なんもなか！」と直ぐに答えたのは、このときも耕平だ。

続けて耕平は、「奈美ちゃん！　パンばっかい食わんで、にぎりめしば食うてみんしゃい。うまかばい」と勧めた。

奈美ちゃんは「昼はパンしか食わんけん」と言って、家から菓子パンを二つ持ってきていた。みんなとは違うものをぼそぼそ食べているのを見て、それとなく耕平が声をかけていた。

しかし、奈美ちゃんは「めしは好《す》かん！」と答え、「魚も生臭《なまぐ》そうて、食えん！」と言って、クリームパンをかじっていた。

奈美ちゃんは、いわゆる札つきの不良少女だ。パーマ屋さんの子らしく、中学生のくせして薄紅もつけ、ふいと飛び出してはのど自慢に出たり、諫早の銀線でひとりで映画を観ているところを補導されたりしていた。妹の満智子は兄の耕平とは違って、頭がよく、クラスの副級長をしていた。そのせいもあって、満智子は同じクラスの奈美ちゃんにいろいろと気を使っていた。蜜柑狩りに誘ったのも、そのせいだ。しかし、奈美ちゃんはそれとはまったく違うことで、蜜柑狩りには来ていたらしかった。

「なぁーん、ヨシ坊はもう五つも食うたとか。丸干しもうまかもんね。山に来れば、海のもんがう
＊うんにゃー（あれ、まぁー）

まかとさ」

耕平は、そう言いながら、二匹目の丸干しに頭からかぶりついた。

「あいば、海に行けば山のもんがうまかとね?」と翔子が訊き、「海でん、海のもんがうまかばい!」と妙に突っかかってきた。

これを見てヨシ坊が、「あいたた……!」と奇声をあげ、「姉ちゃんと耕平兄ちゃんな、仲《なか》ん良かたい。見ちゃおれんばい」と言って立ち上がった。

昼のにぎりめしを食べ終わると、竹籠いっぱいに取った蜜柑を耕平とヨシ坊の二人で背負って、下の松岡さん家に戻った。翔子たちも取った蜜柑は、買い物籠や手提げに入るだけいれて持ち帰った。松岡さん家で蜜柑を箱詰にし、代金を払ってリヤカーで駅まで運ぶ。荷物は駅止めで、明日、月曜日に着くとのことだった。

帰りは三時のディーゼルカーに乗った。帰りになると、決まって狭いのに、みんなで詰め合って一緒の座席につく。例年どおり、誰がいくつ蜜柑を食べたかを言い合って、大いに盛り上がる。結局、今年もヨシ坊が、蜜柑を三十三個、にぎりめしを五つ食べて一等賞だった。耕平はどんなに頑張っても、蜜柑は二十五個ぐらいしか食べられなかった。それ以上食べると、吐いてしまうし、手の甲が黄色くなってしまうのだ。

女の子たちのなかでは、パンしか食べていなかった奈美ちゃんが、蜜柑をなんと三十一個食べていて、みんなを「あっ!」と言わせていた。

奈美ちゃんは行きとは違って、帰りは終始はしゃいでいた。「楽しかったばい。よかったね。蜜柑もうまか！」と何度も言い、満智子と一緒に歌をうたったり、何がそんなにおかしいのか、突然「きゃはは……」と笑ったりして騒いでいた。駅でみんなと別れるときも、耕平が後ろを向いたとたん、奈美ちゃんは「明日のおみやげ、たこ三つ！」と背中を三回叩いて逃げて行った。

ところが、それから二日後のことであった、奈美ちゃんが家出したというニュースを、耕平が昼休み時間に翔子から聞いたのは。

火曜日、耕平はいつもの朝七時の汽車に乗った。そのとき、翔子の姿がないのをなんとなく気にしていたが、学校に着いて補習授業が始まると、翔子のことはすっかり忘れていた。

翔子は弟のヨシ坊と一緒に、同じバスで来たらしかった。昼休み時間にひとりでやって来て、机をコンコンと叩き、「耕平くん！」と呼んだ。

ここのところ、耕平は弁当を食べたあと、まじめに自習するのが日課になっていた。補習授業は、ふだんの授業と違って抜き打ち的に実力試験があったりしたからだ。

「なぁーん、翔子か。どぎゃんしたと？　里子のことはよかぞ」

翔子は何かといえば、里子のばかり言ってくるので、耕平はあらかじめ予防線を張った。

「里子ちゃんのことやなか。奈美ちゃんばい」

「奈美ちゃん……？」

「ほら、おととい、蜜柑狩りに行ったやろ？」

「おお、行ったばい。そいがどぎゃんしたと？」

「家出したとって」

「家出。ありゃー」

耕平はあっけにとられた。

「今朝、手紙の見つかったとげな。東京に行って、歌手になるとって」

そう聞いて耕平は、思わず吹き出していた。

あのとき、奈美ちゃんが「東京はどっちね？」と訊いてきたのを思いだしたからだ。

「やっぱい、耕平くんはなんか、知っとったい！」

翔子はあきらかに疑っていた。

「うんにゃ、おいはなんも知らん」

耕平は即座に打ち消した。

しかし、それがかえって翔子を不安がらせる結果となった。

「ちょっと、こっちに来んしゃい！」

翔子が耕平の腕を取って強引に立たせ、音楽教室のほうへと連れ出した。

翔子は音楽の先生になるのが夢で、一年のときから吹奏楽クラブに入っていた。グランドピアノのある広い音楽教室の奥のほうに、吹奏楽クラブの部室があった。部室には誰もおらず、耕平が中に入ると、翔子は扉を閉めて、「今朝、バスん中でヨシ坊に聞いたばってん」と言って切り出した。

「奈美ちゃんと接吻したげなたい」

耕平は「えっ！」と思った。どうして知っているのだろうか、と。

「ヨシ坊が見とったとて。耕平兄ちゃんが石垣ば跳び下りたけん、なんやろかって思うて、跡ばついて行ったとげな。そしたら……」と言って、翔子はひと息つき、「耕平兄ちゃんと奈美ちゃんがくっついとったとて……」となぜか、涙声になった。

「あいは、違うとばい。舐められたばっかい。なぁーんの、まだ中学生たい。小便くさか。そいに不良少女たい。あがんこともすっさ」

耕平はおろおろしながら、言い訳していた。

翔子は少しずつ耕平のほうに詰め寄り、「年には関係なか。奈美ちゃんが不良少女でん、なんでんよか。そぎゃんやろ……？　そいよい、里子ちゃんに言い付けるけんね」と迫ってきた。

このとき、耕平はだし抜けに里子のことを持ち出されてかちんときた。

「なんで、里子に言い付けるとな。里子は、そいこそ関係なかやろもん！」

場違いなことを言われて耕平は、だんだん腹が立ってきた。そして、里子のことで腹が立ってくればくるほど、今度は自分自身がひどくうろたえ始めているのにびっくりしていた。

「里子ちゃんば、好《す》いとっとやなかかと？」

翔子が訊いた。

ちょっと間があって、耕平が「好かん！」と答えた。

耕平は心のなかで、「ゼッタイ、そぎゃんことはなか」と反芻していた。

「あいば、うちにもしてくれんね」

「接吻ばや。だいがすっか！　バカたれが」と耕平はあざ笑った。

「しっきらんとは、うちがチョウセンジン……」

「違うとって、そぎゃんことやなかとって。ほんなこつ、ぺろんって舐められたばっかいさ……！」

耕平は、わかってくれない翔子が悲しくて泣きたくなった。

と、翔子の顔が目の前にあった。

このときも、ほんの一瞬だった。

翔子は「里子ちゃんには黙《だま》っとってやるけん。こいであいこたい！」と言い残して、さっさと部室から出て行った。

耕平はカーッと頭に血がのぼっていた。何もかも気にくわなかった。ちきしょうと思った。侮辱されているとも思った。筆箱に小刀の肥後守があるのに気がついた。

耕平はふらりと部室から出た。真っ直ぐ教室に戻った。筆箱から肥後守を取り出すと、翔子のいる五組の教室へと向かった。

教室には翔子も里子もいた。

翔子は「はっ！」と驚いたような顔をしていたが、里子は自分に会いに来たとでも思ったのか、「耕平！」と呼びかけて、どこか嬉しそうに近づいてきた。

耕平は近づいてくる里子に向かって、肥後守の刃をカチリと開いた。この際、女だったら、相手はもう誰でもよかった。

次の瞬間、里子の悲鳴があがった。

「ぎゃあー！」

ところが、このとき血を流していたのは、里子ではなくて耕平のほうだった。突き刺そうとした瞬間、上向きの刃が閉じ、自身の親指を切っていた。

里子はとっさに機転を利かせて、まず肥後守を取り上げ、それを自分のスカートのポケットに隠してから、「よか。なんでんなか！」と教室のみんなに言った。そして里子は血を流している耕平の親指をハンカチできつく縛って、医務室へと連れて行った。

後ろの教室のほうから、翔子の「わぁー！」と大泣きする声があがったのは、耕平が里子に付き添われて廊下を二、三歩あるきだしてからだった。

＊うちがチョウセンジン……（私が朝鮮人だから）

第六話　卒業《そつぎょう》

耕平は駅に向かって急いでいた。最終の汽車の時間まで、あと五分だ。走ったら、まだ充分に間に合う時間だが、耕平はなかなか走れないでいた。

朝倉《あさくら》陽子とは、さきほど、四面橋《しめんばし》の交差点で別れたばかりだ。「明日、弟って言うて、店に電話せんばばい」と言って、陽子は美容室・カトレアの電話番号を書いたメモを手渡した。しかし、耕平は陽子とは何ひとつまともな会話を交わしていなかった。ずっと陽子の後ろ姿を見ながら、栄のアーケード街から本明川沿いに四面橋まで歩いてきた。そして信号待ちしているところで、陽子は回れ右をしてメモを手渡し、さきほどの言葉を残して、宇都《うと》の検問所のだらだら坂をゆっくりと登っていった。

卒業式の当日、最後の打ち上げを番ケンの家でやった。そのとき、福岡の大学に合格した雅志が「大事か、話のあるけん」と言って、日時と場所を指定してきた。純喫茶・紫陽花に夜の八時に、と。夜の八時とは「ひょんか?」と思っていたが、あとでよく考えてみると、陽子が七時まで仕事で、そのあと店の掃除などがあって、やって来られるのが八時ごろということだったらしい。雅志からは何も聞かされていなかったが、陽子は耕平のことを少しは知っているようだった。地元のN大の水産学部に落ちたことを知っていて、「頭の悪かね」と言われたし、「うちよい、背の低かたい。ほなこつ、チビたい」と言われたことだった。初対面のときから、露骨に言われていたものだから、耕平はちょっと陽子が苦手だった。というより、耕平は陽子が大嫌いだった。何も落ち込んでいるときに、追い打ちをかけるようなことを、わざと言わなくてもいいではないか、と。

ところが、先を行く陽子の姿が視界から消えたとたん、耕平は腹立しさから一転して、うろたえ始めていた。どうやら、雅志は陽子の借金を返しきれなかったようなのだ。その埋め合わせに、雅志は耕平を陽子にあてがって、自分は勝手に博多へと遁走したようなのだ。別れ際に、雅志はこそっと、「よか姉ちゃんばい。銭《ぜに》はいくらでん、くんしゃる」と耳打ちしてきた。しかし、こんなときに彼女を紹介されても、耕平はとにかく困るのだった。四月からは長崎の予備校に通う、哀れな浪人生なのだ。女と遊んでいる時間はない。それに彼女といっても、もともとは雅志の彼女なのだ。「雅志もひどかことばするばい」と耕平は思った。お金も持っていることだし、もし呼び出されて、映画館やら、ボーリング場などに連れ回されるという事態になれば、勉強どころではなくなるではないか。「ばってん、ほんなこつ、おっとろしかとは、そぎゃんことやなかばい」と耕平は思った。「陽子のメモばうれしがってもろうた、わがばい」ということに耕平は気がついた。そして、そう気がついたとたんに、耕平はうろたえ始めていた。たしかに、さっきまでは悪い気はしなかったのだ。「スキ、ありたい！　あっじょんが、なんちゅうことはなか*。こっちかい、電話せんばよか！」

耕平は、そう自分に言い聞かせると、陽子からもらったメモを破り捨てた。

それから、耕平は腕時計を見た。最終の汽車の時間まで、あと三分。これから走ってぎりぎり間

*なんちゅうことはなか（何ていうことはない）

に合う時間だ。

耕平は駆けた。

耕平が駅に着いたとき、最終の列車は、すでにプラットホームに入っていた。今月いっぱいまで使える定期券を改札の駅員に見せ、「こいで間に合《お》うたばい」と思った。ところが、次の瞬間だった。目の前に里子が口を大きくぽかんと開けて、「アッ！」というような驚きの表情でこちらを見ていたのは。

「なぁーん、里子やなかか！」

耕平のほうが先に声をかけていた。

「耕平！」

ひと呼吸おいて、ようやく里子が口を開いた。

「なんね！　もう会えんって思うとったとばい。卒業式の日は、どぎゃんしとったと？」

「*どぎゃんもこぎゃんもせん。東京に行っても、元気しとけよ。おいは浪人ばい。もう汽車の時間のなか！」と言うや、耕平は走りだした。

2番線の発車のベルが鳴り始めたのだ。地下通路を全力で駆け抜けなくては間に合わない。少しくらい動きだしても、蒸気機関車だから、なんとかデッキに飛び乗れる。

と、地下への階段を駆け下りようとしたところで、今度は里子の母親にばったり会っていた。

「ありゃ、糸永の母ちゃん！」

一瞬、耕平は立ち止まった。

「あら、耕平ちゃんやなかね」

糸永の母ちゃんはびっくりしていた。

そこへ、里子が大きな声で、「お母さーん！」と呼び、「耕平ばひっかまえんしゃ！」と叫んだ。

このとき、小柄な耕平は、大柄で太っている糸永の母ちゃんから二の腕をがつんと掴まれていた。

「いててぇー！」と思わず悲鳴が上がり、耕平はよろけていた。

「糸永の母ちゃん、手ば離してくんしゃい。あん汽車に乗らんば、帰られんとばい！」

耕平が懇願した。

しかし、発車のベルはすでに鳴り終わっていて、「ポーッ」と汽笛がなっていた。

「なぁーんの、よかたい。帰られんば、うちに泊まっていきんしゃい。こまんかときは、よう泊まりにきとったたい」

糸永の母ちゃんが言った。

「＊ぞうたんもなか。帰らんば、がらるっ！」

耕平はがっくりきた。

「なんの、あんたんちの母ちゃんとは、今まで一緒やったと。こいかい、電話しといてやるけん、よかね。駅に電話しとけばわかっとやろ？　同じ国鉄たい。嶋田駅長さんが言うてくんしゃる。耕平ちゃんは、里子と先に行っときんしゃい」と糸永の母ちゃんは言うと、さっさと駅員室に入っていった。

＊どぎゃんもこぎゃんもせん（どうもこうもしない）　＊ぞうたんもなか（冗談じゃない）

さっき、慌てて通ってきたばかりの改札口を出ると、里子が待ち構えていて、いきなり耕平はびんたをひとつ張られていた。

「*なんばすっとか！」

耕平はかちんときた。しかし、相手が悪い。「男女子《おとこおなご》」の里子だ。殴り返すことはできない。それに、里子にはひとつ大きな借りがあった。刺傷事件を引き起こす寸前のところで、耕平は里子に助けられていた。そのときの小刀、肥後守も返してもらっていない。

「*ひったたかれることば、しとるけんたい！　うちはなんでん知っとっと」と里子は言うと、自分が先になって、駅のロータリーの道をバス乗り場のほうへと歩き始めた。

「パーマ屋さんの家出娘、奈美ちゃんのことも知っちょっと。翔子ともなんかあったとやろ……？」と里子はそれとなく探りを入れてきた。

「ばってん、そぎゃんことは、もうどぎゃんでんよか。あったことたい。うちが腹ん立っとっとは、すらごとば言うとることたい。よかね、今日会えんかったら、もうずーっと会えんかったとばい。そいでよかったとね……？　卒業式の日は、待っとったと……」

里子の声はだんだん小さくなっていく。

「わいとは、なぁーんも約束しとらん！」

黙って聞いていられなくなって、耕平が口を挟んだ。

このとき、耕平は里子に追いつき、肩を並べていた。

「まだそぎゃんことば、言うとっとね！」

里子が横目できっと睨む。

「おいにも、行かんばできんとこのあったと。番ケンって知っとるやろ？　依口たい。あん日は番ケンの家で、最後の酒盛りばやったと。源造が、そん日の夜行で、大村線回りばってん、門司港行きで、大阪に行くって言うて……。雅志も番ケンの家に泊まったと。……ばってん、もうよかたい。里子とは、こぎゃんやって会《お》うたけん。番ケンも今日、長崎に引っ越したとばい」

耕平は初めは早口で、あとになるほどゆっくりと喋った。

駅前の十字路の交差点にさしかかった。信号を渡ると、すぐにバス乗り場だ。

信号待ちしている間に、里子は「翔子のこと、知っとるやろ？　さっきまで金井の母ちゃんとも一緒やったと」と言って、翔子のことを喋り始めた。

金井翔子の父親が脳溢血で倒れたのは、国立一期校の入学試験がちょうど終わったころだった。翔子は地元の国立一期校のN大に合格した。中学の音楽の先生になる夢が叶ったのだ。だが、翔子は入学を辞退した。翔子の父親の容体があまりよくなくて、ひょっとしたら、このまま寝たっきりになるかもしれないというのである。そうなれば、いくらお金がかかるかわからないという。とりあえずの入院費は、大阪で働いている一番上の鈴子姉ちゃんが払ってくれるのだそうだが、そのあとが続かないらしい。野球をやっている弟のヨシ坊は、この四月からようやく高校二年生だ。まだまだ働けるような状態ではない。「うちが働いて、高校だけは出してやらんば」と翔子は言っているそうだ。

信号が変わった。

＊なんばすっとか！（何するんだ！）　＊ひったたかれることば（ひっぱたかれることを）

「しょんなかたい。親が倒れたら、子どんが面倒見んば、できんもんね。金井の父ちゃんは、そぎゃん悪かとか……？」と耕平は、歩きながら訊いた。

どうやら、糸永の母ちゃんたちは、長崎の病院に入院している金井の父ちゃんのお見舞いに行ってきたらしいのだ。その帰りに、耕平は里子とばったり会っていた。この日、耕平は通学していたいつもの汽車で、番ケンの家の引っ越しの手伝いに行っていた。雅志とは、引っ越しのあと、少々時間をつぶしてから会った。だから、母親たちが、今日、三家族で長崎の病院に見舞いに行ったとは知らなかったのだった。

「悪かごたる」

里子が答えた。

「なぁーん、わいも一緒に行ったとか？」

「翔子がかわいそかたい。うちも、明日かい、東京に行くとばい」

「ふーん、そぎゃんな……」と耕平はうなずいたあと、「明日かい？」と思わず大きな声で訊いていた。

「うん、明日かい。長崎にも、もうめったに行かれんたい。翔子とも、会われんごとうなる……」と里子は言いながら、交差点を渡ってバス乗り場の待合室に入った。

待合室の壁に貼り出されているバスの時刻表を、里子を真似て、耕平もそれとなく眺めていた。

このとき、耕平はすでに帰るのを完全に諦めていた。母親ともなんとか連絡がつくだろうし、里子の家に泊まるのはいやだけど、子供の頃は勲《いさお》兄ちゃんや弟の郁夫たちと一緒によく枕の投げ合いなどをしながら、雑魚寝していたものだった。里子も一緒に寝ると言って、泣いていたが……。今はその勲兄ちゃんも大学を卒業して、東京に就職が決まっている。今まで勲兄ちゃんが下宿していた叔父さんの家に、今度は里子がお世話になるようで、里子の父親が一足先に東京に行っていて、家を留守にしているのだそうだ。そこで、今夜はその郁夫と将棋でもさしながら、寝るとするかと耕平は覚悟を決めていた。

ところが、よくよくバスの時刻表を見ると、なんと県界《けんざかい》行きの最終バスがまだあったのだ。それも、あと十分も余裕がある。

耕平は喜び勇んで思わず、里子の手を取り、「見てみんね！　まだ県界行きのバスのあるばい」と時刻表を指さしていた。

すると、里子は「なんね、こん手は！　気色の悪か」と怒って、握っている手を振り払った。

耕平は、とたんに赤面した。

しばらく沈黙が続いた。

「わいん家の母《ち》ちゃん、遅かたい……？」

耕平が訊いた。

「……」

里子はうんともすんとも言わない。

「わいたちは、まだ時間のあっとやろ？　おいは先に行くけん」

耕平は気まずくなって、切符売り場のほうへと向かった。ポケットから百円札を取り出す。番ケンの家の引っ越しで、あねしゃんからお駄賃をもらったのだ。バス賃を払っても、まだずいぶんと小遣いが残っている。

切符を買って、待合室を出ようとしたところで、耕平は後ろを振り返った。

と、そこにはもう里子はいなかった。「腹《はら》かいて、歩いて帰ったとやろか？」と耕平は思った。

あたりをきょろきょろ見回す。やはり里子の姿はない。なんだか、耕平は急に淋しくなった。明日は雅志も博多に行くのだという。たぶん、午前中の急行で諫早を離れるのだろう。番ケンは長崎へ。そのあと、番ケンは採用が決まっている熊本県警へと故郷を去って行く。源造はすでに大阪だ。里子は希望どおりデザイン系の大学に合格して、雅志と同じ日に東京へと旅立っていく。翔子は大学にいかずに、就職すると言っているようだが、どこに行くのかは知らない。おそらく、賃金の高い大都会へ、大阪とか神戸あたりに行くのだろう。「明日かい、だいもおらんごとうなる」と耕平はつくづくそう思った。

そのとき、「耕平！」と里子の声が聞こえ、「明日、何時に行くとって、なんで訊かんと？」と言いながら、里子が現れた。里子は母親と一緒だった。

「ああ、そぎゃんたいね」と耕平は、里子の顔を見て、なんとなくほっとしていた。

そこへ、糸永の母ちゃんが「なんの、バスで帰らんちゃよかたい。バス賃のもったいなか」と言ってきた。

「うんにゃ、バス賃はもっとる。アルバイトしたと」

「ありゃまた、耕平ちゃんは銭もちたい。あいば、わがが*よかごとしんしゃい」と糸永の母ちゃんは言って、小野方面と書かれたバス乗り場に向かった。

「里子は行かんとか？」

耕平が訊いた。

「行かん」

里子が答えた。

「竹《たけ》の下《した》まで、一緒に行く」

「うん……」

耕平もごく短く答えた。

県界行きのバスが来た。最終の赤バスのせいか、乗客は多く、座席はすぐに埋まった。

耕平と里子は立っている車掌のすぐ後ろの座席についた。ここからだったら、途中の竹の下で降りるのも便利だ。竹の下は、バスが県界方面と小野方面へと二手に分かれる分岐点だ。

耕平が窓際の席につき、先に降りる里子が通路側の席に座った。乗客が次々と乗り込んできて、通路に立ち始めた。

「そいで、明日なんで行くとか？」

耕平が隣の里子に訊いた。

「さくらばい。寝台車……」

「ああ、あいはよか。寝とれば、着くけんね。うちん姉ちゃんな、さくらの食堂車で、ウエイトレスばしとんしゃっとばい。明日は乗っとらんばってん……」
＊わががよかごとしんしゃい（自分で好きなようにしなさい）

「そうね。下の姉ちゃん、ウエイトレスばしとんしゃっと」

「うん、そぎゃんばい、ウエイトレス……」とうなずきながら、耕平はさくら号が諫早駅を何時何分に出発し、何時何分ごろ湯江駅を通過するのかを考えていた。長崎本線は単線だから、たしか、さくら号は湯江駅で下りの特急と待ち合わせをするはずだ。ウエイトレスの姉が言っていたから、間違いない。だったら、ひょっとしたら地元の湯江で、窓は開かないが、顔くらいは見られるかもしれない、と耕平は思った。そう思うと、耕平はなんだか急に元気になった。明日、里子をびっくりさせることができる、と。

「見送りには来てくれるとやろ?」

里子が訊いた。

「バカたれが、だいが行くか!」

耕平はにやにやしながら答えた。それも乗客がいるのに、少し声を大きくして。

「ほんなこつは、行きたかくせに。こんひねくれもんが!」

里子は、そう言うと黙ってしまった。

バスが動き始めた。カーブを曲がるごとに、肩と肩がかすかに触れ合う。

里子は「ほら、くっつきんしゃんな」と言っていたが、これはどうしようもなかった。里子のほうからも、肩をくっつけてきていたからだ。

「次は竹の下、竹の下……」

赤バスだから、車掌は男だ。

いよいよ里子が降りる番だ。

「はーい。次、降りるけん！」

耕平のほうが声をかけていた。

「黙っとけば、よかとんば！」

里子はあきらかに怒っていた。

「里子のことたい、おいはよう知っとっと。黙っとけば、湯江までついてきたとやろ？　湯江には翔子もおるけんね」

「ほんなこつ、耕平はふうけもんばい。知っとれば、黙っとくとが男やろもん。もうよか。夏休みにはゼッタイ帰ってくるけん、そんときたい！」と言って、里子は立ち上がった。その際、里子は知らぬ振りを装って、耕平の手の甲をギュッとつねってきた。

「ばぁーか！」と耕平。

「バカはどっちね」と里子。

里子はバスから降りると、耕平に向かって舌を出し、「あっかんべー」をしていた。


次の日、耕平は五時前に自転車で家を出て、駅に向かった。さくら号は、たぶん五時過ぎに湯江駅に臨時停車するはずだ。

駅の改札口を通り過ぎようとしたとき、案の定、耕平は嶋田駅長さんに呼び止められていた。

「耕平くん！　ゆんべ、母ちゃんが笑っとらしたばい。諫早の糸永さん家《ち》に泊まったとやろ？」

嶋田駅長さんは、同じ国鉄員の父親とはほぼひと回り違う。父より若いのに、駅長さんなのだ。

「うんにゃ、泊まっとらん。バスで帰ってきたと」

「そぎゃん遅か、バスのあっと？」

「うん、あったと」と返事したあと、耕平は「さくらはまだこんやろ？」と訊いた。

「もう、すぐ来るばい。なぁーん、糸永さん家《ち》の里子ちゃんば見送るとね」

嶋田駅長さんがにたにたしながら訊いた。

耕平は返事しなかった。

すると、嶋田駅長さんはちょっと駅舎に戻って、「臨時停車は、二分ばい」と教えてくれた。

「何号車に乗っとらすとか、わかっとっとね？」

「わからん！」

耕平が答えた。

「あいば、そいは難かしか」

嶋田駅長さんはそう言うと、耕平のあとについて上り線の線路を渡り、下り線のプラットホームに立った。さくら号は下り線の、もう一方の待避線に入線する。

耕平も嶋田駅長さんの言うとおりだと思った。二分はあまりにも短かすぎる、と。あのとき、せめて何号車に乗るのかを聞いておけばよかった、と耕平は後悔した。

あのとき、さくら号で上京すると里子が言ったとき、湯江駅での臨時停車時間が五分もあれば、ゼッタイ捜しきれると思った。さくら号は待避線に入線するから、ゆっくり徐行しながら、人が走るくらいのスピードでやってくるはずだ。プラットホームの真ん中あたりに立っていれば、前の車両は自分が動かなくても、確実に乗客の顔が見られる。問題なのは、後ろの車両だ。二分では、おそらく捜しきれまい。それに、後ろのほうには食堂車もある。せめて停車時間が四分あれば、いや、三分あれば……。

耕平はなかば諦めつつ、それでも用心深くプラットホームの真ん中よりやや後ろよりに立った。

「会えんば、しょんなかたい……」

やがて、遠くにさくら号とプレートのついた赤いディーゼル機関車が見えてきた。

このとき、嶋田駅長さんが、「耕平くん！」と再び呼び、「三分、三分……！」と教えてくれた。

一分早く、さくら号が到着したようなのだ。

耕平は、一瞬「やった！」と歓喜した。三分なら、ゼッタイ捜しきる、と。

さくら号はゆっくりと下りの待避線に入ってきた。目の前を今にも停まりそうなスピードで、一号車、二号車と通り過ぎていき、三号車にかかったとき、前から二つ目の窓から、たしかに、右側の一番奥の席に里子がいた。

耕平は思わず「いた！」と叫んでいた。

耕平はほぼ二両ぶん前に駆けた。初め考えたとおりに、真ん中あたりに立っておけばよかったと思いながら。

三号車の二つ目の窓のところにきて、耕平は窓ガラスを二、三回ノックした。だが、中の人は誰も気づかない。もう一回、今度は手のひらを使って、窓ガラスをドンドンと叩く。

と、通路側の女性が気がついて、こちらを見た。耕平は口を大きくあけて、「お・く・の・ひ・と！」と言いながら指さすが、相手の女性には声が聞こえていないせいかわからず、しきりに小首を傾げる。

そのとき、里子がこちらを向いた。

里子はすくっと立ち上がっていた。二重まぶたの大きな目をさらに大きくして。口ではたしかに、「こ・う・へ・い！」と言っている。

里子が窓際に立った。

ガラス窓一枚隔てているといっても、里子の顔は目の前にある。じっと見詰められていると、なんだか耕平は気恥ずかしくなる。

耕平はひょいと視線を外した。

後ろの下り線を特急が通過していく。

再び、視線を元に戻すと、里子が窓ガラスをコツコツと叩き、「なんばしとっと！」とたぶん言っているのだろうが、視線をわざと外したことを怒っていた。

「*けぇーまぐれたやろ！」

耕平が大きく口を開けてゆっくり言った。

すると、里子にもわかったのだろう、「うん、うん……」と大きくうなずいてみせた。

それから、里子はポロポロと涙を流し始めた。決して視線をはずすことなく、真っ直ぐ耕平の目を見て……。しかも、手には何かを持っているようで、ハンカチで涙を拭こうともしていなかった。

「な・く・な！」

耕平は声には出さず、口を大きく動かして伝える。

「わかっとー」と、たぶん答えているのだろうが、里子の涙は止まらない。

このとき、ディーゼル機関車の「ピーッ」という出発の汽笛がなった。

耕平は一歩後ろにさがった。

里子が車中から頻りに手を振り始めた。その手にはなんとあのときの小刀、肥後守が握られていた。おそらく、里子は諫早駅に見送りに来るだろう耕平に、その肥後守を渡すつもりでいたようなのだ。

「なつ、なつ……」と里子は言っているようなのだが、その先、何を言おうとしているのかわからない。たぶん、夏には帰ってくるとか、そのときに渡すとか、そんなことを言っているのだろう。

さくら号が動きだした。

耕平はただ「うん、うん」とうなずくだけだった。

里子の乗った青い車体のさくら号が鉄橋を渡って行く。ゆったりとしたカーブを曲がり、だんだんと小さくなってゆき、そして遠くの山並みにふっと姿を消した。

「とうとう、行ってしもうたばい」

鼻水がツーッと流れ落ちる寸前、耕平は鼻水をすすっていた。

耕平は改札口を通った。そのとき、嶋田駅長さんが「どぎゃんやったね。里子ちゃんとは会《お》うたね？」と興味深そうに訊いてきた。「知ちょるくせに……！」と思いながら、耕平は「うんにゃ、会
＊けぇーまぐれたやろ！（びっくりしただろう！）

えんかった」と嘘をついてやった。

すると、嶋田駅長さんは「耕平ちゃんも、すみにおけんたい」と言って、「ひっひひ……」とひきつけるように笑っていた。

耕平はちぇっと舌打ちし、乗ってきた自転車にまたがって、駅の構内を出た。

耕平が里子の顔を見たのは、実はこれが最後だったのである。このとき、里子の髪はまだ短く、ボーイッシュだった。


四月に入ると、耕平は長崎の予備校に通い始めた。九十分授業で、午前中に二教科、午後から一教科を受けた。二時半には、もう予備校は終わっていて、あとは諏訪神社に近い県立の図書館で問題集を解いていた。

予備校には二年、三年と浪人している人もいて、廊下やらロビーでは平気で煙草を吸う人がいた。耕平が煙草を吸うようになったのは、N大の医学部を目指しているという、二浪の神近《かみちか》さんに出会ってからだった。神近さんはただでも難しい医学部を目指しているというのに、パチンコには行くし、酒も飲むようで、下宿している部屋にはビール瓶がいくつも転がっているという。例の長崎の悪い連中が集まる純喫茶・蘭も知っているらしかった。あそこにいた、みんなから「その子」と呼ばれていた女性とは顔見知りなのだそうだ。

「うちん予備校には、よかおなごがひとりもおらん」というのが、神近さんの口癖だった。「よかおなごば紹介せんか」と言われて、「うんにゃ、おなごよい、勉強せんばばい」と相手をしているうちに、いつしか、耕平も煙草を吸うようになっていた。

そんなある日、五月の連休が終わったころだった、耕平が予備校の事務室にお姉さんからだという電話に出たのは。

耕平はなんの疑いもなく、ウエイトレスをやっている姉貴からの電話だとばかり思っていた。時折、電話で呼び出されて長崎駅の日食のレストランでロースカツとかハンバーグなどをごちそうしてくれていたからだ。

「もし、もし。姉ちゃんね。なんね……?」

「耕平ちゃん！」と、ややくぐもった女の人の声が聞こえてきた。なんとなく姉貴の声とは違うようだった。

「うちたい、陽子たい！」と言われて、耕平はハッとした。雅志の元の彼女だ。

「どぎゃんして、電話してこんやったと?」

今度は、受話器からはっきりと声が聞こえてくる。

「ああ、あいね。なぁーんの、わいかいもろうたメモをばい、ポケットに入れちょったとさ。そいをばい、知らんで、母ちゃんに洗濯されたと。わちゃなか！*」と耕平は平気で嘘をついた。

「ふーん、そぎゃんね。すらごとやなかやろね?」と陽子は半信半疑で訊き、「あいば、よかたい。五月かい、うちも長崎にきとっとたい。うちん店が、長崎に店ば出したと。そこん店長がうちたい」と言った。

耕平は「へぇー」と驚いていた。たしか、陽子は三つ年上だったはずだ。そんなに若くて店長と

＊わちゃなか！（しょうがないんだよ！）

は凄い。「店はどこな?」と耕平は思わず訊いていたが、陽子は「うっふふ……」と笑っているだけで、何も答えず、電話はぷつりときれた。

それから、一週間ほどたっただろうか。そのころはよく神近さんと一緒に、「今日はうさばらしたい!」と言って、図書館ではなくて、パチンコ通いをしていた。その日もパチンコに行こうとして、神近さんと一緒に予備校の門を出た。ちょっとした石段の坂があり、その石段を下りた角に、陽子が突っ立っていた。

水色に赤の水玉模様の派手なブラウスを着た陽子が、「耕平ちゃん!」と声をかけてきた。突然だったので、耕平は声が出なかった。それに神近さんと一緒だったから、どう返事すればいいのか、とっさにはわからなかったのだ。

すると、陽子は神近さんのほうをちらっと見て、「お友だちね?」と訊き、「うちん弟がいろいろ迷惑ばかけとっとでしょ」と挨拶をした。

耕平はしかたなく、「うちん二番目の姉ちゃん。美容師ばしとんしゃっと」と陽子の口裏に合わせるしかなかった。

「あいば、おいは先に行くけん」

神近さんがちょこんと頭を下げて立ち去ろうとした。

「うんにゃ、行かんでんよか!」と陽子が神近さんを立ち止まらせ、あらかじめ用意していたのか、あのときと同じように白いメモ用紙のようなものを手渡し、「こいで、問題集でも買いんしゃい。うちはそこにタクシーば待たせとっと。すぐ、行かんばできん」と言って、さっさと石畳の坂を市電通りのほうへと下りて行った。

陽子の姿が消えると、神近さんが、「よか姉ちゃんたい」と言い、「小遣いば、もろうたとやろ？ ちーった、ごちそうせんか。ばってん、あんまし似とらんごたる……？」と小首を傾げていたから、耕平は「よかばい。ごちそうするばい。夕月のカレーば食いに行くたい」と言って、先を歩きだした。

陽子は千円札を三つ折りにして、白いメモ用紙に包んでいた。そして、そのメモ用紙には美容室・カトレア長崎店への道順と電話番号が記されていた。しかもご丁寧に木曜日が休日とあり、来るなら「木曜日ばい」と言っているようだった。だが、耕平はその手にのるものかと思っていた。こっちには「勉強のあっとばい！」と。

ひと月がたった。あれから陽子は予備校にも現れなかったし、事務室にも電話をかけてこなかった。しかし、今度は耕平のほうがなんとなく気になり始めていた。陽子は店長だから、店が忙しくて遊んでいられないのではないのかとか、問題集を買ったお釣りを渡さなくてもいいのだろうかとか……。木曜日がくるたびに、耕平はもやもやしていた。

耕平がそれとなく様子を窺いに陽子の店に行ったのは、梅雨が終わり、そろそろ暑い夏がやってくる七月に入って最初の木曜日だった。この間、東京の里子からは相変わらず、なんの連絡もなかった。ザ・ビートルズが来日したとかいって大騒ぎしているはずなのに……。夏には帰ってくるようなことを言っていたから、ただそれを信じるしかなかった。

メモされた道順どおりに赤迫《あかさこ》方面の市電に乗って、浦上天主堂近くの電停で降りた。市電通りから二つ目の角を曲がって、しばらく行くと三叉路にぶつかり、その正面が美容室・カトレア長崎店だった。店はシャッターが下りていたが、半分開けられていて、電気がついていた。店を覗くと、陽子の声で「だいね？　カズコちゃんね？」と訊かれ、陽子が現れた。

「ありゃ、耕平ちゃん！」

陽子はびっくりしていた。

「ようきんしゃった。うちはまた、カズコちゃんってばっかい思うとったと。店の子たい」と言いながら、陽子は耕平を店の中に招き入れ、「うちもこぎゃんやって、勉強せんばできんと。休みもなんもなか……」と、クシやらハサミ、カツラ、美容雑誌などでちらかっているテーブルを指さした。

髪を後ろで束ねている陽子から髪型のことをいろいろ説明されても、耕平にはまったくわからず、ただ「へぇー」とか、「ふーん」とか、うなずいてばかりいた。

「ばってん、ほんなこつ、ようきんしゃった」と陽子はまた、同じことを言って、今度は「うれしか！」と耕平に抱きついてきた。子供を抱くように、顔を胸に強く押しつけられ、耕平は「わちゃー」と思ったが、陽子はすぐに離し、「ちかっと、待っときんしゃい。着替えてくるけん」と言って、店の奥のほうに姿を消した。

しばらくして階段をトントンと下りてくる足音がして、普段着の見慣れた陽子が現れた。

「耕平ちゃん。こいかい、寿司ばおごってやるけん」と陽子は言い、「うんにゃ、若っかもんは、寿司よい肉がよかやろ？」と言い直し、「今日は泊まっていきんしゃい。よかやろ？」と訊いてきた。

「うんにゃ、ぞうたんもなか。おいは帰るばい」と耕平は即座に断り、「あんときもろうた、お釣りば渡しにきたばっかい。数学の問題集を買おうたと。ほら、こいがお釣りたい」と言って、百円札を三枚手渡そうとした。

すると、陽子は百円札のほうには目もくれず、「ふーん」とうなずきながら、「またすらごとば、言いよんしゃったい。だいか、好《す》いとる女《ひと》がおんしゃっとやろ……?」とずばり訊いてきた。

「雅志かい、聞いたとね。東京に行ったばってん……」と耕平は、ここで初めて自分には好きな女の子がいるんだというようなことを、陽子に喋っていた。

「東京は遠かたい。耕平ちゃんは、長崎にずーっとおっとやろ? 大学ば出てかい、東京には行くとね?」

耕平は返事に詰まった。まだ大学にも合格していないのに、その先のことなんてとても考えられなかったからだ。

「まあ、よかたい。うまか肉ば食うていきんしゃい。朝鮮料理ばってん、ホルモンでよかやろ? 最終は八時半ね。六時やっけん、あと二時間半ばい。そぎゃん、好いとう女《ひと》がおんしゃれば、うちもなぁーんもできんたいね。ばってん、東京ん女《ひと》は、そんうち、長崎ん女《ひと》にゼッタイ負けるばい」と言って、陽子は「うっふふ……」と笑いながら、店のシャッターを下ろした。

それからというもの耕平は、陽子が休みになる木曜日には予備校が終わると、すぐに陽子の店に遊びに行っていた。たまには最終列車に乗り遅れて、泊まることもあったが、そのときは必ず店の待合室のソファーで寝ていた。母親には医学部志望の神近さんの下宿に泊まっているということにしていた。医学部というだけで、母親は安心していたようだった。

そんなある日、耕平が長崎に一泊して、この日は本当に神近さんの下宿に泊まっていたのだが、母親が妙なことを話してきた。

「こんごろは、よう長崎に泊まってくるばってん、勉強はしとっとね？」と母親が訊き、「東京の大学にいっとんしゃる、糸永の里子ちゃんに、なんかあったごたるばい」と言ってきた。

耕平は母親にいちいち返事するのが面倒臭くて、「ああ、勉強はしちょる」と答えただけで、あとのほうの話は聞いていなかった。それに、何かあったら、直接里子から連絡があるはずだと思っていた。手紙とか、ハガキとかで……。

それからまた、十日ほど経っただろうか。朝、家を出る間際に、母親が突然、「明日、諫早に行くばい。糸永さん家《ち》に。耕平も一緒に行かんばできんけんね」と言われて、翌日、予備校を休んで、耕平は母親について、里子の家に向かった。

一回だけ見たことのある赤瓦の家の門を、耕平はくぐった。玄関を開けると、線香のにおいがしていた。

里子は、夏休み、長崎に帰るためのアルバイトをあるデザイン事務所でやっていたそうだ。そこで知り合ったボーイフレンドと一緒にバイクに乗っていて、事故に遭ったらしい。カーブを曲がりきれず、ダンプカーに突っ込んだのだという。二人とも即死だったらしい。

耕平は正座したまま、額に入った里子の写真をじっと見詰めていた。だが、どう見ても里子ではないのだった。写真のなかの里子は、ボーイッシュではなくて、髪を長くし、化粧もしていた。あか抜けしていて、諫早にいたころの里子とはまるで別人だった。

「こん写真は違《ちご》うばい。里子やなかばい」と耕平は思った。だからかもしれないが、耕平は不思議と涙も出なかったし、悲しいとも思わなかった。それはたぶん、もういっぽうで、おそらく心の片隅で、「腹ん立つ！　里子は東京に行って、彼氏ばつくっとるたい……」と嫉妬していたせいかもしれなかった。

この夏、耕平は予備校の夏期講習を受けなかった。ひと月あまり、家で勉強した。長崎にも行かなかったし、陽子にも会わなかった。ただ神近さんがわざわざ長崎から遊びにきて、地元で唯一の観光地である、轟《とどろき》の滝《たき》で一日だけ遊んだ。里子のことは何も話さなかったが、神近さんを駅まで見送りに行ったとき、やはり里子のことが想い出された。この日の夜だけだった、耕平が二階の勉強部屋で机にうつぶせになって、ひとりさめざめと泣いたのは……。

九月に入って、予備校の二学期が始まった。朝六時の汽車に乗り、予備校には八時半には着いていた。相変わらずパチンコばかりしている神近さんがいて、木曜日にはまた、陽子の店に通う自分がいた。

しかし、耕平はまだ里子のことを陽子には何も話していない。「いつかは、話さんばできんたい」と思っているのだが、その機会がなかなかおとずれない。陽子は、この秋、休みがとれたら、「雲仙《うんぜん》にでも、紅葉ば見に行こうたい」と言っているが、おそらく実現することはないだろう。美容室・カトレア長崎店店長の陽子はいま、仕事に夢中なのだ。それに秋になれば、今度は耕平のほうがいよいよ追い込みの季節に入る。入試試験は、もう目の前だ。

このころから、耕平は里子が暮らしていた東京って、いったいどんなところなんだろうかと思いはじめていた。

（完）

諫早夏物語《いさはやなつものがたり》

一章　貝掘《かいほ》り

このもの語りは昭和三十年代後半の、団塊の世代の人たちが小学高学年のころの話です。当時、諫早湾には、まだ干潟のがた海がありました。例年、集中豪雨をともなう梅雨があけますと、一点の曇りもない青空が広がります。待ちにまった*ぬっか夏休みの始まりです。

夏休みに入ってすぐでした。僕《ぼく》は真向かいの内村《うちむら》さん家《ち》の正夫《まさお》くんに誘われて貝掘りに行きました。真向かいの内村さん家は半農半漁です。二階建ての立派な母屋があって、離れ家の階下には納屋があります。その納屋には収穫した穀類や農機具を仕舞っておける部屋が四つもあります。ほかに母屋の裏に離れが一棟、表のほうにやぎ小屋と牛小屋があります。母屋の前の庭は、ものすごく広いのです。茣蓙《ござ》を全面に敷いて、浜から採ってきたアミを干したり、*かんころ餅の材料にするさつまいもの輪切りを天日干しにしたりします。庭に続いて畑があり、母屋のすぐ横から、ずーっと先まで細長い*一反ほどの田圃があります。田植のとき、僕はこの田圃をよく手伝っていました。田圃は、ほかに小学校の裏のほうの丘になん枚か、僕にはわかりませんが、段々畑と棚田があるそうです。そして、浜にはポンポン船が一隻船溜まりに停泊しています。ポンポン船とは焼き玉船のことで、気筒の中で焼き玉がはじけるとき、ポンポンという音を出すので、そう呼んでいます。このポンポン船でがた海の諫早湾に乗り出すのです。まだ一回も行ったことのない二つ島のあたりまで行くのですから、僕は嬉しくてたまりませんでした。

内村さん家からは、僕より二つ年上の中学二年の正夫くんのほかに、離れ家に住んでいる青年団の三郎兄《さぶろうあん》ちゃんとごま塩頭の松《まつ》じいちゃん、それから、最近、母屋の裏の離れに住むようになった出戻りの桃子《ももこ》おばちゃんが一緒に行きます。決して遊ぶに行くわけではありません。内村さん家の浜の仕事を手伝うのです。中学生の正夫くんは、もう立派に一人前の仕事をしています。今日の水揚げは何キロで、何千円の売り上げがあったというぐわいに、大人の会話にも口を出しています。ですから、正夫くんに誘われたとき、僕はなんとなく男として一人前に扱われたような気がしたのです。なにを隠そう、僕はちびなのです。朝礼で背の高い順に並ぶとき、たいてい一番前か、二番目なのです。それで、僕はつい誰かに「どぎゃんな！」と威張りたくなるような気分だったのです。

僕は正夫くんに教えてもらいながら、内村さん家の縁側で今日の分の「夏休みの友」を終えると、さっそく家に帰りました。家に戻ってまず、僕は小学三年の妹の里美《さとみ》を呼びつけて「こいかい、正夫しゃんと貝掘りに行くとばい。ポンポン船にも乗ると」と羨ましがらせて見せました。

すると、妹は案の定「うちも付いて、行きたか」と言ってきました。

「女子《おなご》は行かれんと！」

僕はそう言ってやりました。

「どがんして、行かれんと？」

＊ぬっか（暑い）　＊かんころ餅（サツマイモのお菓子）　＊一反（10アール）

「女子は力のなかやろが。そいに、わいは泳げんたい」

「泳ぐぅー」

妹が涙ぐんできました。

そのとき、母が「祐二《ゆうじ》！」と僕の名を呼びました。

「そぎゃんことは、言わんとばい！」

僕は海水パンツの上から日焼けよけ用のランニングシャツを着ました。それから、左右が真ん丸い輪っか状の水中メガネを手に取ると、叱る母の声を背中で受けながら、玄関を飛び出し、内村さん家に引き返しました。


僕たちは三郎兄ちゃんが運転する耕耘機《こううんき》に乗って、両側に稲穂が青々と繁った農道を真っ直ぐ浜まで行きました。浜には内村さん家の茅葺《かやぶき》小屋があります。その小屋からがたスキーやら、網、釣竿、桶などを船に積み込むのです。まだ潮の引いていない、満潮の船溜まりには、何十隻と小船が繋がれていますが、そのなかで排気筒の付いたポンポン船は、やはり数えるくらいしかありません。ほとんどは櫓《ろ》で漕ぐ小舟です。

三郎兄ちゃんが燃料の重油をタンクに入れ、油の付いたぼろ布にマッチで火をつけ、気筒の焼き玉を暖めています。いよいよ発動機を始動させて出発です。はずみ車を勢いよく回転させますが、一回目はうまく始動せず、プスプスという情けない音を立てて、発動機は停まってしまいました。しかし、三回目でポンポンと弾けるような大きい音が出たかと思うと、うまく発動機が回転し始めました。

　船首のほうで正夫くんが錨を揚げ、船尾では松じいちゃんが船溜まりに繋いでいたロープをはずし、船に飛び乗りました。三郎兄ちゃんが一段高くなった運転席で、発動機を全開にします。排気筒から、夏の青い空に向かって、白くまん丸い輪っか状の煙が勢いよく、いくつも立ち昇っていきます。

　正夫くんは錨を揚げると、そのまま船首にまたがりました。両足でしっかりと体の重心を支えています。僕は船の中央にあるぶ厚い横板に腰掛けています。僕の隣には桃子おばちゃんがいて、うるさいほど「＊ゆーっと掴まっとかんばばい！」と言ってきます。まるで子ども扱いです。ですから、僕は「＊せからしかばい」と思いながら、気づかれないようにこそっと桃子おばちゃんから離れるのですが、すぐに見つかって引き戻されます。それで、仕方なく僕は桃子おばちゃんに掴まれたままじっとしています。ぶ厚い横板の縁につかまっている手と座っている臀部《でんぶ》に、焼き玉船の心地いい振動が伝わってきます。それから、かすかにですが、潮風と一緒に、忍者みたいに覆面をした桃子おばちゃんからクチナシの花のいい匂いが漂ってきています。

　正夫くんはほとんど何も喋らずに、ずっとがた海の彼方を見つめています。真っ黒に日焼けしていて、ランニングシャツの下には、僕と違って赤いふんどしを締めています。僕はランニングシャツに海水パンツです。本当は正夫くんと同じように、ふんどしを締めたいのですが、ふんどしは中学生にならないと、締め方を教えてもらえません。

　三郎兄ちゃんはくわえ煙草をしています。潮風に吹かれて、その煙草の煙が後方に棚引いていま

＊ゆーっと（しっかり）　＊せからしか（うるさい）

す。松じいちゃんも船尾に腰掛けて、目を細くしてキセルで刻み煙草を吸っています。

すべて国鉄職員の僕ん家にはない光景です。僕には高校生の兄がいますが、大学受験に忙しく、以前のようには遊んでもらえなくなりましたし、父は煙草のみではありません。海水浴には国鉄の「海の家」によく連れて行ってもらえますが、このようにポンポン船に乗って、貝掘りに行くということは、まずありません。

僕はずっと夢心地でした。


ポンポン船はやがて、二つ島の手前までやって来ました。スピードが鈍くなり、間もなくして発動機が停まりました。しばらく波間を漂い、船首と船尾のほうで錨が投げ下ろされました。

対岸の島原半島はすぐそこです。人家の黒瓦屋根が見えます。一方、後ろを振り返りますと、僕たちの町はずっと遠くで、ここからは多良岳と緑一色になった田圃ぐらいしか見えません。いくら泳ぎが達者だからといって、泳いで帰ることはまず無理でしょう。それに、潮が引いてしまうと、がたの上では泳げません。また、がたを歩いて帰るということもできないのです。がたは浅いところもあれば、深いところもあります。もし深みにはまって腰まで埋まってしまうと、もう命取りです。有明海の干満の差は六メートルといわれているように、その潮の満ち引きのスピードは速く、深みにはまってモタモタしているうちに、波に呑み込まれてしまうのです。大人なら、なんとかできるでしょうが、子どもの力ではどうにもなりません。

僕はふと「*とぜんなか……」と思いました。涙ぐんでいた妹の里美のことを思い出しました。妹は今ごろ、きっと母と一緒に、昨日の残りもので、昼ご飯を食べていることでしょう。僕も貝掘りに行かなかったなら、たったひとりきりではなくて、夏休みだから中学生の姉たちとも一緒に、昼ご飯を食べているころです。

錨を下ろして、船が潮の流れで揺れなくなると、桃子おばちゃんは運転席の船底から風呂敷に包まれた四段重ねの重箱を取り出しました。これから弁当の握り飯を食べながら、潮が引くのを船上で待つのだそうです。

重箱の蓋を取ると、中には真っ白い米の握り飯に、卵焼き、マルハのソーセージ、たくわんが詰まっていました。僕は真っ白い米の握り飯と卵焼きに目を奪われました。僕ん家は七人家族で、めったに米ばかりのご飯を食べたことがありません。麦が入っていたり、サツマイモが入っていたりします。卵焼きも、メリケン粉のほうが多くて、白みがかっています。しかし、マルハのソーセージは国鉄の物資部で安く手に入るため、これは弁当のおかずとしてよく食べますから、珍しくありません。正夫くんが最初に手に取ったのは、このマルハのソーセージです。けれでも、僕が最初に手にとったのは、握り飯でした。二番目が卵焼き。三番目がたくわん。マルハのソーセージは最後です。

「うまかな？」

正夫くんが声をかけてきます。

「うん。うまか！」

僕は握り飯にかぶりつきました。

＊とぜんなか……（さみしい……）

「こんソーセージば食《く》うてみんしゃい。うまかばい」

「うんにゃ、よか。おいはこん握り飯がうまかと」

「ありゃ、祐二は変わっとるばい」

正夫くんは「握り飯なんか、いつでん、*よんにょ食べらるっとんば」と思っていたにちがいありません。

と、顔の覆面をとった桃子おばちゃんが「祐ちゃんな、握り飯が好《す》いとると？　そいはよかばい」とにこりとして言いました。それから「ほら、ここにも*べったいあるけん、よんにょ食べんしゃい」と、もう一つ別の風呂敷に包まれた二段重ねの重箱を取り出しました。その重箱には真っ白い米の握り飯だけが三つずつ三列に、びっしりと詰められていました。

僕はそれを見て、思わず「よかと！」と叫んでいました。

桃子おばちゃんは僕を見て、にこにこしています。

「こぎゃん白か握り飯は、食うたこともなか。食うてもくうても、麦は出てこんばい。ほんなこつ、うまか！」

僕はいつもなら、三つぐらいしか食べられない握り飯を、このときは四つも食べてしまいました。でっかいアルミの薬罐から麦茶を竹のコップで、二杯ほど飲むと、もうお腹《なか》には何も入りません。

僕は大きくふくらんだお腹を自慢げに正夫くんに見せました。ですが、正夫くんのお腹は、握り飯を四つ食べてもそれほど変わりません。三郎兄ちゃんのお腹もそうです。僕は「やっぱー、大人はちごうばい」と思いました。大人は握り飯をたくさん食べても、僕のようにお腹はふくらまないのです。

そのとき、桃子おばちゃんが「うんにゃー、ほんなこつ、べったい食うたたい」と言って、僕のお腹をなでてくれました。

「祐ちゃんな、おもしろかね。食うてもくうても、麦は出てこんやったね」

桃子おばちゃんは、そう言って笑っています。

桃子おばちゃんは、暑いときも寒いときも、家にいるときも外にいるときも、いつでも首にスカーフを巻いています。中学生の姉たちが言うには、長崎の造船所で＊ピカドンにやられたからだそうです。


諫早湾のがた海は、まだ干潮にはなっていませんが、潮の流れが変わったようで、沖のほうへとどんどん潮が引いています。

このころ、僕はどうしたことか、急に便意を催していました。握り飯を食べ過ぎたせいでしょうか。船には便所なんかありません。家に帰って、便所に行くというわけにもいきません。三郎兄ちゃんに頼み込んで、発動機をなんとか動かしてもらって、対岸の島原半島につけ、そこでよそん家の便所を借りるということも、こんなに潮が引き始めては、もう無理です。がたでスクリューが空回りして、発動機が壊れるだけです。こうなると、なんだか心細くなってきます。僕はがまんできず、正夫くんに小さな声で「クソしたか」と言いました。

すると、正夫くんは聞こえなかったのか、あるいは聞こえないふりをしたのか、「なぁーんて？」

＊よんにょ（いくらでも）　＊べったい（たくさん）　＊ピカドン（原子爆弾）

と訊き返してきました。

「クソしたかと……」

僕は再び小さな声で言いました。

「なんば、言いよると？」と、また正夫くんが訊きました。

僕はしかたなく、大きな声で「クソしたかと！」と言ってやりました。

と、少し間があって、正夫くんが「へっへっへ……」と声を立てて笑いだしました。

「こぎゃんとこには、便所はなかばい」と言って、正夫くんはまだ笑っています。

僕は、そんなに大袈裟に笑わなくてもいいのに、と思いました。父は「出もの腫れもの所かまわず」と言って、道を歩きながらも、オナラを「ぷっぷ、ぷっぷ」とします。我慢するのがいちばん、体によくないのだと言って……。

「我慢できんと？」

桃子おばちゃんが声かけてきました。

僕は懸命に「いんのクソ、いんのクソ」の呪文を唱えていました。

いんのクソとは犬の糞のことで、犬のウンチはなかなか出てきません。背骨を弓なりにして頑張っているのに、それでも出ません。そのことから「いんのクソ」の呪文を唱えると、ウンチが我慢できると言われています。

「いんのクソ、いんのクソ……」

「そぎゃん、我慢できんと。我慢できんとなら、がたにすればよか」

桃子おばちゃんも、白い歯をにっと見せながら、そう言ってきました。

僕は「いんのクソ」を引き続き唱えていました。

そのときです、僕がびっくりしたのは。というのは、ほんのさっきまで船はがた海に浮かんでいたはずなのに、今ではあたり一面に灰白色のがたが現れて、船はがたの上に乗っかっているではありませんか。

「ありゃー！　潮の引いとる」

「おい、祐二。下りるばい」

正夫くんがさっそく、船の縁につかまりながら、がたに下りました。桃子おばちゃんは竹籠《てご》をがたの上に放り投げると、ひょいと跳び下りました。

僕も正夫くんを真似して、船の縁につかまってがたに下りたのですが、ヌルヌルとぬかるんでいて、なかなか足が地べたにつかないのです。僕は急に恐ろしくなって、船の縁にしがみつきました。何回やっても駄目です。足が地べたにつきません。怖いのです。一方、正夫くんは僕がオロオロしている間に、片手をがたの中に突っ込んで、もう貝掘りに夢中になっています。

三郎兄ちゃんと松じいちゃんは、それぞれ慣れた手つきでがたスキーを下ろし、大きな桶をくくりつけています。松じいちゃんはがたスキーに、扇形に広げられる網を乗せ、左足の膝をついて、桶につかまり、もう一方の右足でがたを蹴って、スイースイーと沖のほうへどんどん滑って行きました。三郎兄ちゃんは釣竿を二、三本、がたスキーに乗せると、二つ島のほうへ、これもがたスキーをうまくあやつって、スイースイーと滑っていきました。

船にはもう誰も乗っていません。残っているのは僕だけです。正夫くんと桃子おばちゃんはしきりに手招きしながら、「おーい、早く下りてこんか！　置いて行くばい」と叫んでいます。

しかし、僕はどうしてもがたに下りられません。ぬるっとしたがたの感触が、なぜか、気色悪いのです。こんなことはかつて経験したことがありません。浜に遊びに行けば、がたにはまって泥だらけになってもなんともありませんでした。おまけに、ぬるっとした気色悪い感触は、何ものかによって足を引っ張られているような気もするのです。もし、そうなら、助かりっこありません。何せ、相手は有明海の不知火《しらぬい》の妖怪なのですから……。

僕は再び便意を催してきました。どうにも我慢できそうにありません。「いんのクソ」をいくら唱えても、今度ばかりは駄目です。

そのとき、僕はふと「二つ島に行けばよか！」と思いました。二つ島に上がって、そこでウンチすれば、わけないことでした。正夫くんと桃子おばちゃんは、その二つ島に向かってどんどんがたのなかを歩いていいます。僕は勇気を出して、反対側から、つまり僕たちの町が見えるほうからがたに下りてみました。

すると、どうでしょう。こちら側のがたはそれほど深くなくて、僕の膝ぐらいで地べたにつきました。僕はこれくらいだったら、大丈夫だと思いました。しかし、肝腎の正夫くんと桃子おばちゃんを追っかけることはできません。少し進むと、急にがたが深くなって、足を取られて動けなくなるのです。それに、二つ島に行くには、途中で川のように流れている澪筋《みおすじ》を泳いで渡らなくてはならないのです。中学生の正夫くんにはできそうなのですが、小学生の僕にはとても泳いで渡れそうになかったのです。もし流されでもしたら、おそらく生きて戻って来れないでしょう。

僕はしかたなく、ひとりぼっちで船の周りを探検することにしました。僕のところから、二つ島は裏側になっていて見えません。正夫くんと桃子おばちゃんは、そちらのほうにいます。僕は船首側から回り込もうとしました。ですが、進めば進むほど、がたが深くなるのです。それで、しかたなくスタート地点の船尾のほうに向かいました。こちらのほうはがたが浅いのです。どんどん浅くなって、しまいには踝《くるぶし》あたりまでしかありませんでした。これだったら、桃子おばちゃんが言っていたとおり、しゃがんで「クソができっぱい」と思いました。ところが、そんなときに限って不思議と便意を催さなかったのでした。

僕は浅瀬をどんどん歩いて行って、澪筋の上流のほうにたどり着きました。澪筋の向こう側に、二つ島の手前に、正夫くんと桃子おばちゃんの姿が小さく見えます。僕は二人に向かって手を振りました。「おーい！」と叫んでみたりもしましたが、誰も振り返ってくれません。僕は照りつける太陽で暑くなったいがぐり頭に、まず澪筋の潮水を両手ですくい取って、何回も浴びせかけました。それから、腹ばいになってゆっくりと体を沈めて行きました。潮水はあたりの泥水と違って、透明で冷たく、とても気持ちよく、ついでに小便までしてしまいました。僕は澪筋を泳いで渡ろうかと考えていました。けれども、やっぱり無理です。こうして両手をがたに突っ込んでしっかり掴んでいなくては、足下から掬われて体ごと流されそうなのです。誰かから両足をがつんと掴まれて引っ張られているような気がするのです。とてもではありませんが、高校生の兄から教わったばかりの自由形でも泳いで渡れそうにありません。僕は諦めて、再び船のほうへと引き返しました。潮が満ちてくる夕方まで、誰も戻って来ないでしょう。でも、僕はさみしくありませんでした。僕はほかの遊びを見つけたのです。

ちょっとした窪みを見つけると、そこに腹這いになって、溜まった生ぬるい潮水に浸かるのです。しばらくじっとして耳を澄ましていると、周りがにわかに騒がしくなります。目の前のあちこちのがたに小さな穴が、シャボン玉がはじけるようにパチンパチンと幾つも空いていきます。次にそれらの穴からピュッピュッと小さく潮を吹くものが登場します。これはおそらく、シャコかアサリでしょう。ピューッと高く二本潮を吹いているのは、アゲマキです。それから、がたの中から這い出してくるのは、たくさんの蟹たちです。大きな赤い鋏を一本だけもっているシオマネキは、どっしりと構えていて動かず、ぶつぶつと口に泡を溜めています。目線を少し上げると、鋭い歯を剥いたトビハゼがぴょんぴょんと跳びはねています。ムツゴロウは小さな丸い目をきゅっと立てて周りを警戒しています。何かを察すると、おそろしい速さでピョンピョンと向こうのほうに逃げて行きます。僕は盛んに潮を高く吹き上げている穴に指を突っ込みました。かっつーんと指先にふれるものがあります。五本の指でグイと掴んで、引っ張り上げます。がたにまみれて細長いアゲマキが出てきました。大きくて、黒い産毛のようなものがびっしりと付いています。ピュッピュッと小さく盛んに潮を吹いている穴には、おそらくシャコがいるはずです。アサリは溜まっている潮水にがたから這い出してきて、横歩きするというか、口から勢いよく潮水を吐き出してスーッと横に進みます。シャコは逃げ足が速いので、とても手では掴めません。シャコを捕るときには、竹ひごや、木の枝などを使います。シャコの居そうな穴に枝を差し込みます。しばらくすると、シャコが鋏で、その枝を挟みます。挟んだとき、かすかに枝が揺れますから、素早く釣り上げるのです。しかし、今日はそんな道具を持ってきていませんので、シャコ釣りは無理です。

　僕はアゲマキを掘り当てると、立ち上がって、再び周りを見回しました。砂とがたが混じった、ちょっと周りと違った黒っぽいところで、いくらか大きな穴を見つけました。穴の中に、確かに何かがいるようなのです。ウナギか、アナゴか、そんなでっかくて、食べたらとてもうまい魚がいるようなのです。僕はドキドキしながら、穴の中に手を突っ込みました。案の定かすかに指先に触れるものがいます。僕はそれにつられてどんどんがたの中に手を突っ込んでいきます。肩ががたに届くくらい掘り進めたときです。昼に食べた握り飯ぐらいの大きな、そうです、魚ではなくて貝に触れました。石ではありません。表面にギザギザが付いていて、ぬるぬるしているのです。まさか、アカガイ？　と思いながら、僕は掴み上げました。アカガイは滅多に採れない高級貝です。橋本魚屋さんが買い取ってくれます。殻から大きな舌を出しているような三味線貝《しゃみせんがい》より値段がずっと高いのです。僕は思わず両手を上げて「アカゲーばい！」と叫びました。

　僕は、今度はアカガイ探しに夢中になりました。アカガイはがたが深いところにいるようです。がたが臍《へそ》ぐらいまであるところで、もう一つのアカガイを探し当てました。手ではとうてい掘り進むことができないので、足の指全部を使って、ぐっと握り締めて持ち上げるようにして採るのです。採り上げると、ずっしりと重く、なかなかの手応えでした。僕はアカガイを一つ掘り当てるごとに、船に戻って、船体をよじ登り、潮水がはってある船底に入れて置きました。採ってそのままがたの上に置いておくと、簡単に逃げられてしまいます。貝の逃げ足は、あれでもとても速いのです。殻を横にして、見るみるうちにがたに潜っていきます。がたの中に逃げ込まれると、また一からやり直しです。

こうして僕は、アカガイを八つぐらい掘り当てたでしょうか。アゲマキは十個、いや十五個は拾ったでしょう。アサリやハマグリなどはもう眼中にありませんでした。僕は船によじ登るごとに、船首のほうの深いがたを指さしては「アカゲーのがた、収穫三つ。よし！」と誰にというわけでもなく報告し、今度は回れ右をして、船尾のほうのがたを指さしては「ヘイタイゲーのがた、収穫八つ。よし！」と言って、自分で報告の受け答えを元気よくしていました。というより、貝掘りごっこを一人で楽しんでいたのです。

やがて、陽射しが弱くなってきたな、と思ったころでした。船の周りがなんとなく騒がしいのです。あちこちに無数にあった穴が、一斉にぶつぶつと泡を立て始めているのです。と、じんわりと潮水ががたの表面に滲んできました。そうです。潮が変わったのです。満ち潮なのです。

僕は急に心細くなってきました。だって、まだ誰も船に戻って来ていないのです。正夫くんも桃子おばちゃんも、もちろんずっと沖のほうに行った三郎兄ちゃん、松じいちゃんの姿も見えません。僕は船の上でひとり、なんだか涙が出そうになってきました。僕は誰もやって来ない船首の沖合のほうには背を向けています。遠くに小さく見える自分の町ばかり見ていました。緑一色の多良岳が見えます。大川があって、キラキラ光る線路があります。その向こうに、すぐにも帰りたい僕ん家があるのです。

「帰りたか、帰りたか……」

僕はなんだか、お腹も少し痛くなってきました。

そんなときでした。

「なぁーん！　祐ちゃんな、こぎゃんとこにおったと？」

桃子おばちゃんが僕のすぐそばに立っていました。

「どぎゃんしたと？」

桃子おばちゃんが僕の顔をのぞき込みます。

僕は泣くまいと頑張っていましたが、涙のほうがかってに流れていたのでしょう。

「ありゃ、涙のちょん切れとるたい」と桃子おばちゃんは言って、くすくす笑っています。

「とぜんなかったと……」

桃子おばちゃんが僕のいがぐり頭を「よか、よか」と撫でながら言い、「よっこらしょ」と肩から竹籠を下ろしました。

桃子おばちゃんの竹籠が貝でいっぱいになっているのを見て、僕はびっくりしました。

「うんにゃー、べったい採ったたい！」

ほんのさっきまでの涙がふっとんでいました。今まで見たこともない貝がいるのです。貝殻がとにかく大きくて、大人の手のひらの二倍ぐらいあるのです。表面がつるつるしていて、浅黒く光っています。見るからに高く売れそうです。

「こん貝はなんって言うと？」

僕は両手で貝を持ち上げました。

「ブーアンたい！」

桃子おばちゃんは、なんだかおもしろそうにまだ声を立てて笑っています。

「祐ちゃんな、泣いとったんやなかと？」

「泣いとらん！」

僕は桃子おばちゃんを睨みつけてやりました。

と、二つ島の先のほうから、正夫くんと松じいちゃんがうまくがたスキーを操って、あっという間に澪筋を渡り、船のすぐ近くにやって来ました。二人は大きな桶にクッゾコやタコ、アゲマキ、ワタリガニ、シャコなどをたくさん採っていました。

三郎兄ちゃんはどこをどうやって戻って来たのか、僕にはわかりませんが、これも腰に提げた魚籠《びく》いっぱいのムツゴロウを釣っていました。

僕は自分の獲物が少ないので、恥ずかしかったのですが、それとなく正夫くんを促して、船底にころがっているアカガイを指さしました。

すると、正夫くんはひと目見て「うんにゃー、こんアカゲーはよかばい！」と言いました。三郎兄ちゃんも気がついて「ほんなこつ。*えっとー、形のよか。どこにおったと？」と訊いてきました。

僕は得意になって「アカゲーのがた！」と船首のほうを指差したのですが、もうそこにはがたはなく、一面の乳白色の泥海になっていたのです。

「あちゃー、もう潮のきちょる！」

僕はびっくりしました。

三郎兄ちゃんは「なぁーん、そぎゃんとこにおったと？　ばってん、よかったたい。形のよかけん、橋本魚屋さんで高《たこ》う買《こ》うてくんしゃるかもしれんばい」と僕を盛んに褒めてくれました。

潮が満ちてくると、正夫くんがバケツぐらいの木の桶を使って、海水をすくい上げました。そして、その海水を頭からかぶって、体に付いたがたをきれいに流し落としました。僕も正夫くんの真似をして、体についたがたをきれいに手でこすり洗いしました。体がすっきりすると、お腹がへります。桃子おばちゃんがでっかいアルミの薬罐からぬるくなった麦茶を竹のコップに注いで、みんなに配ります。次に出てきたのが、握り飯です。

僕は「うまかばい、うまかばい」と何度も呟きながら、でっかい握り飯を二つぺろりとたいらげました。

ちょっとした腹ごなしが終わると、三郎兄ちゃんは煙草をいっぷくして、発動機を始動させる準備にとりかかりました。気筒が暖まっているせいか、一発で発動機は動き始めます。ポンポンと白い輪っか状の煙が、勢いよく空に向かって突き上げられています。船のスピードがじょじょに上がっていきます。発動機の心地よい振動が伝わってきます。とてもいい気持ちです。僕は正夫くんから「ほら、食わんかん！」と言ってもらった三つ目の最後の梅干し入りの握り飯を頬張っています。

正夫くんは行くときと同じように、帰りも船首に陣取っています。松じいちゃんもやはり船尾のほうで刻み煙草を、これもうまそうにふかしています。桃子おばちゃんが僕の隣にいて、「貝掘りは、おもしろかったやろ？」と話しかけてきました。

僕は不思議と桃子おばちゃんがそばにいるというのに、行きとちがって帰りは、そんなに「せか

＊えっとー（とっても）

らしか！」とは思いませんでした。逆に僕は、元気よく「うん、おもしろかったばい」と頭を縦に振り、「そいに、ごっつー*握り飯がうまかったとがよかった！」と答えていました。

桃子おばちゃんは忍者のように顔を覆っていた日本タオルを取っています。首の白いスカーフは巻いたままですが……。少し微笑んでいて、口元がちょっと上がっています。桃子おばちゃんもひと仕事終えて、すがすがしい気持ちになっているのでしょう。

僕は三郎兄ちゃんがどのくらいムツゴロウを釣ってきたか、さっきからなんとなく気になっていました。そこで、僕は魚籠のなかにこそっと手を入れたのです。

と、そのときでした。僕は桃子おばちゃんから「こら、あせくらんと*ばい！」と叱られました。

「ぬっか手で魚にさわれば、魚の傷《いた》むと。傷めば、売れんけんね！」

桃子おばちゃんがきっと睨みつけてきました。

僕はびっくりして手を引っ込めました。別に悪いことをしようとしたわけではありません。ちょっとどのくらい釣れているのかな、と思っただけのことなのです。

僕はなんとなく気弱になって、うつむいてしまいました。

ぶ厚い横板の縁を掴んでいる僕の手が、発動機の振動で小刻みに震えています。隣に座っている桃子おばちゃんが、その小刻みに震えている僕の手を「よか、よか……」と言いながら、そおっと撫でてくれていました。

＊ごっつー（最高に）　＊あせくらんと（掻き混ぜない）

二章　花火《はなび》

お盆近くになりますと、あちこちの広場で花火が始まります。バ・ババーンと連続して破裂する爆竹や、夜空に向かってヒューッと音を出し、ポーンと破裂する火矢などが上がり始めますと、僕はもうたまりません。夕ご飯もそこそこに早く外に出掛けたくなってしまうのです。

しかし、そんなときに限って、夕ご飯は僕の大嫌いなニンジンやダイコンの煮物が出てくるのです。ニンジンもダイコンも生臭くて、口に入れるとおえっとなります。鼻をつまみ、二、三回かんで思いっきり飲み込みますが、それでもやっぱり駄目なのです。途中で、せっかく飲み込んだニンジンを吐き出してしまうのです。気持ち悪く、目に涙が浮かんできます。こうなると、もう食べられません。兄も姉も妹もみんなは夕ご飯が済んでいるのに、僕だけが食卓の前に残されます。そして、一切れも残さず食べ終わるまで座らされるのです。

一番上の姉を、大きい姉ちゃんと呼んでいます。大きい姉ちゃんは家事の手伝いをしています。ご飯を炊いたり、茶碗を洗ったりしています。その大きい姉ちゃんが「後片付けの遅うなるけん、うちがちょこっと食《く》うてやるばい。黙っときんしゃいよ。ばってん、あとは我慢して食わんばばい」とこそっと言って、加勢してくれることがあります。そうなると、しくしくと泣きながら食べるしかありません。何度も吐きそうになりますが、それでもなんとか食べ終わります。食べ終わると、不思議なことに、とたんに元気が出るのです。あとは楽しい花火をすることしか残っていないからでしょうか。

ところで、今日、僕は内村さん家にお呼ばれで、お昼ご飯をご馳走してもらうことになったのです。僕の大嫌いなニンジンもダイコンも食べなくていいのです。その反対に、僕の大好きな肉や、とくに内村さん家のかんころ餅が食べられるのです。僕が採った形のいい赤貝が橋本魚屋さんでたいそういい値で売れたのだそうです。そのご褒美に呼ばれて、お昼ご飯をご馳走してもらうのです。そして、夜は花火をしてくれるそうです。

お呼ばれは、田植のあととか、稲刈りのあととかによくあります。大人たちは夜お酒を飲みますが、子どもたちはお昼に、田植のときは田植まんじゅうを、稲刈りのあとは大壺《おおつぼ》お菓子屋さんの酒《さか》まんじゅうが食べられます。

正夫くんのおかあさんが「祐ちゃんな、なんば食《た》べたかとね？」と訊いてきました。僕は正直に大きな声で「内村さん家のかんころ餅！」と答えました。

すると、正夫くんのおかあさんは「かんころ餅はおやつばい」と言って、「祐ちゃんな、欲のなかね。おばちゃんは原田うどん屋さんの肉うどんって思っちょったばい」と言って笑っていました。

このとき、僕は本当に内村さん家のかんころ餅が食べたかったのです。僕は内村さん家のかんころ餅が、親戚やよそん家で作るかんころ餅より「いっとう、うまか！」と思っています。その証拠に天日干ししているさつまいもをちょっと失敬して食べたことがあります。とても硬いのですが、口に含んで唾液で湿らせながら、ゆっくり噛めばかむほど甘みが出てくるのです。本当にほっぺたが落ちるくらいです。そんなに甘いのに、内村さん家ではそこに黒砂糖を混ぜるのです。輪切りにして天日干ししたさつまいもを石臼《いしうす》でゴリゴリとすって粉にし、黒砂糖はすり鉢に入れ、すりこぎで同じくごりごりとすって粉にします。それらを一緒にして全部混ぜるのですから、内村さん家のかんころ餅は甘いのが二倍になるんだ、と僕はひそかに思っています。粉を水で練るときも親戚ん家とは違って、最後にあのしょっぱい塩をパラパラと振るのです。そして、よく練ったあと、正夫くんのおかあさんと桃子おばちゃんが片手でぎゅっと握って形を整えると、かんころ餅のできあがりです。決して形は丸くはありません。どちらかというと、色も形もうんちに似ていますが、これが実においしいのです。指紋がくっきりと付いていて、愛情がこもっているとでもいうのでしょうか。あとは大きな蒸籠《せいろう》で蒸すだけです。食べごろは熱いうちではなくて、ちょっと冷めたころです。

一つ目はあっという間に食べてしまいます。二つ目になってようやく黒砂糖の味がします。三つはもらえませんが、ここは知恵を絞って桃子おばちゃんに「もういっちょくんしゃい？　里美にも半分やるけん」と言って妹の分を要求するのです。すると、桃子おばちゃんは仕方なさそうに、「こいは里美ちゃんの分やっけん」と言って一つおまけして二つくれます。こうして、僕はかんころ餅を二つ持って家に帰ります。ですが、家に持ち帰っても妹の分の一つは見せびらかすだけで、ゼッタイ妹にはあげません。これ見よがしにおいしそうに食べているところを見せるだけです。妹が欲しがって泣きだしたら、もうしめたものです。けれども、妹は声を押し殺して泣けばいいものを「う

＊いっとう（いちばん）

ちも食《く》いたか！　あーん、あーん」と声を出して泣くものですから、たいてい母に見つかり、こっぴどく叱られます。こうなると、最後の一つを妹と半分っこするしかありません。妹に見せびらかさなければいいだけのことですが、これが僕にはどうにもならないのです。妹が欲しがるところは見たいし、でも、そうなると半分っこしなければならないしで、いずれにしてもひじょうに悔しいのです。本当は妹に見せびらかして、まるごと自分が食べられたら本望なのですが……。しかし、妹が欲しがらずに無視されると、どうしようもありません。

「祐ちゃんな、かんころ餅ば食《く》いたかとね？」

桃子おばちゃんの声がしました。

桃子おばちゃんは、たぶん裏の離れから庭を通って、縁側にやって来たのでしょう。

僕たちは庭に面する風通しのいい縁側で、いつものようにテーブルを出して「夏休みの友」をやっていたのです。教え役の先生は正夫くんです。正夫くんは頭がよくて、中学校では級長をやっているそうです。ほかには僕と同い年の柾子《まさこ》ちゃんと小学五年の春子《はるこ》ちゃんがいます。

「かんころ餅は、あとでおばちゃんが作ってやるたい。今日はカレーライスはどぎゃんね？」

桃子おばちゃんはそう言いながら、みんながいる縁側に腰掛けました。

このとき「カレーライスね？」と訊き返したのは、僕ではなくて、柾子ちゃんです。

柾子ちゃんは僕と同じ学級で二組です。僕より背が高く、太っていて、女子《おなご》のくせして「のぼせて」います。学校ではまったく口を利いてくれません。学校ではじつにおとなしいのです。でも、こうして内村さん家に遊びに行くと、何かとうるさく言ってくるのです。

「柾子には訊いとらん！」と桃子おばちゃんが叱りました。

すると、柾子ちゃんはぷーっと頬を膨らませ、僕をぎょろりと睨みつけるや、「子どもんごたる」と小馬鹿にしました。

「よかたい。祐ちゃんの食《く》いたかもんでよかと。ばってん、カレーの肉は角煮ばい。角煮ば入れてやるたい」

桃子おばちゃんは「かくに」を二回、声を大きくして言いました。

僕は桃子おばちゃんがいう「かくに」を食べたことがありません。それでも、僕の大好きな角砂糖の「かく」の音だけが似ていますから、すごく甘いように感じられるのはなんとなくわかります。

桃子おばちゃんは、時々、何かの用事で長崎に行っています。「かくに」とは、おそらく長崎の中華街あたりで食べられる料理なのでしょう。きっとおいしいにちがいありません。

「かくにってあまかと？」

僕が訊きました。

「あもうはなかばってん、うまかばい。肉の固まりたい。四角《しかく》かっと」

桃子おばちゃんが答えました。

「四角かっと。そいはまた、うもうごたるたい。ばってん、カレーはニンジンの入っとるとやろ？」

僕は不安になって訊きました。

「ニンジンは好《す》かんと？」

「うん。いっちょん好かん！」

「あいば、祐ちゃんな角煮とじゃがいもばっかいたい」

「うん。そいでよか！」

僕はほっとしました。

ここで、桃子おばちゃんは何がそんなにおかしいのか、「祐ちゃんな、やっぱおもしろかね」と言いながら、「あっははは……」と大笑いしていました。

それから、桃子おばちゃんは腰かけている縁側からぽんと庭に下り立って、玄関の土間を通り、裏の釜*小屋のほうへ行ってしまいました。正夫くんのおかあさんも、「あいば、カレーライスば作ろうかね」と言いながら、こちらは縁側から続く座敷を通って、裏の釜小屋へ行きました。

僕たちは再びテーブルに向かって勉強を始めました。

しばらくして、正夫くんがふいに立ち上がって「勉強しとかんばばい！」と言って、どこかに行ってしまいました。きっと便所にでも行ったのでしょう。正夫くんはいつも今ごろの時間になると、ふいにどこかに行って、なかなか戻って来ないのです。たぶん小便ではなくてクソをしているのです。

何かと口うるさい兄の正夫くんがいなくなると、柾子ちゃんがここぞといわんばかりに、僕にちょっかいを出してきます。柾子ちゃんはいつもそうなのです。僕が体が小さいからといって、小馬鹿にするのです。

「祐ちゃんな、ニンジンも食《く》いきらんとね？」

柾子ちゃんが訊いてきました。

僕は正直に「ニンジンは臭《くさ》かもん」と嫌《きら》いな理由を答えました。

するとと、柾子ちゃんは「ニンジンは臭か。カレーば食いたか。ほんなこつ、子どもんごたるたい」と言って、鼻でフンと笑い、威張って見せました。そして、柾子ちゃんは僕のすぐそばに近寄って来て、背中を手でドンと突きます。

「痛《いた》かたい！」と僕は怒ります。

「あらー、男のくせして、痛かと」

柾子ちゃんがまた、叩こうとします。

僕がちょっと身を引くと、柾子ちゃんが何やらへんな目で見て、「祐ちゃんな、どぎゃんね。もうケは生えたと？」と訊いてきました。

「ケってなんね」

僕には何もわかっていませんでした。

「うちはもう大人ばい。赤めしば炊いてもろうたと」

柾子ちゃんはそう言って、もう一回鼻でフンと笑って、今度はとても偉そうに威張って見せました。

それから、柾子ちゃんは僕の胸を両手でいきなりドンと突いて、そのまま押し倒してきたのです。大きな体の柾子ちゃんが馬乗りになっています。僕は柾子ちゃんの四〇キロもある体重で「うーん！」とうなりました。

＊釜小屋（台所）

と、柾子ちゃんが「春子！」と呼び、「早う、祐ちゃんのズボンば脱がせんしゃい！」と命令しました。でも、これもよくあることなのです。僕はこれでも、背が小さくても、駆けっこは速いのです。すばしこいのです。ズボンに手を掛けた春子ちゃんを思いきり、足で蹴っ飛ばします。春子ちゃんは「ぎゃあー！」と悲鳴をあげますから、柾子ちゃんの力がふとゆるみます。そのときがチャンスなのです。すばやく仰向けから腹這いに体の向きを変え、腕の力でするりと柾子ちゃんの体からすり抜けるのです。

柾子ちゃんとドタバタやっているところに、正夫くんが戻って来ました。

「こら、なんばしよっとか！」

とたんに、柾子ちゃんは小さくなって、テーブルに向かって勉強を始めました。

「柾子はまた、祐二ばいじめちょったとやろ！」と正夫くんが言って、柾子ちゃんの頭をゴツンとやりました。

僕は「ほら、見んしゃい！」と柾子ちゃんに言ってやりました。

しかし、柾子ちゃんは何を言われようと、へっちゃらです。

僕に向かって「あっかんべー」をやり、「見とってみんしゃい。そんうち、抜いてやるけん」とわけのわからないことを言って、漢字の書き取りの続きを始めました。

お呼ばれのお昼ご飯は、本当にニンジンの入っていないカレーライスでした。角煮は見た目では四角で硬そうなのですが、口に入れると、とろりと溶けて、これが実においしいのです。こんなにおいしい肉は食べたことがありません。もちろんクジラの肉でも、ニワトリの肉でもありません。桃子おばちゃんは「牛《うし》の肉ばい」と言っていましたが、僕は「うんにゃー、牛の肉ば食《く》うたと」とどきりとしました。といいますのは、内村さん家の牛小屋には二頭の牛がいます。この一頭を、僕は食べたとばかり思っていたのです。でも、牛小屋には二頭の牛がちゃんといました。内村さん家の松じいちゃんはニワトリはもちろんのこと、ヤギもつぶして食べるのです。

「祐ちゃんな、牛の肉ば食《く》うたことがなかったとやろ?」

桃子おばちゃんが縁側のほうから声をかけてきました。

「なぁーんの、牛は田植んとき、田圃《たんぼ》ば耕《おこ》しよんしゃったい。畑に連れて行けば、畝《うね》ば作ってくんしゃる。そぎゃん牛ば、おいは食《く》いきらん」

僕が答えました。

すると、桃子おばちゃんは「ぎゃはは……」と声を出して笑い、「祐ちゃんな、ほんなこつおもしろかね。よう笑《わら》わせんしゃるたい」と言い、僕の頭をすりすりして「肉《にくぎゅう》牛って言うて、食《く》う牛はまた別におっと」と説明してくれました。

「にくぎゅう……?」

僕はさらにわからなくなりました。

「祐二は乳《にゅうぎゅう》牛って、知らんと?」

正夫くんが訊いてきました。

「にゅうぎゅうは乳《ちち》ばしぼっとやろ?」

した。

「そうたい。牛乳ばつくる牛たい」
「あいば、にくぎゅうは肉ば食うけん、肉牛って言うと」
「まあ、そぎゃん憶えとけばよか」

正夫くんはそう言って、カレーライスのおかわりをしてむしゃむしゃとおいしそうに食べていま

カレーライスのご馳走を腹いっぱいに食べ終わりますと、あとはお昼寝の時間です。昼寝から覚めますと、大川に泳ぎに行き、それから待望の内村さん家のかんころ餅のおやつをご馳走になります。たぶんそのころ、ちょうどいい按配にかんころ餅は冷めていることでしょう。さて、それからです、木下おもちゃ屋さんに行って、花火を買ってもらうのは。おそらく桃子おばちゃんが連れて行ってくれるでしょう。

といいますのは、桃子おばちゃんが内村さん家の裏の離れに住み始めてからなのです。貝掘りに行ったり、花火をしてくれたりと、僕たちとよく遊んでくれるようになったのは。桃子おばちゃんは働き者です。段々畑でデンプンの原料になる「ごこくばっちゃん」*をつくっています。腰の曲がった竹《たけ》ばあちゃんのぶんまで、釜小屋の仕事も夜遅くまでやっています。内村さん家は全員で十人いるのです。

僕はご馳走のカレーライスを食べたあと、一度家に帰りました。そして、母に「内村さん家のカレーライスはうまかったばい」と報告しました。

「*えんちとちごうて、クジラの肉やなかったと。角煮っていうて、牛の肉やったばい。にゅうぎゅうって言うとって。とろっと溶けて、うまかった」

「牛肉ね、そいはよかったたい。うちじゃ食《く》えんもんね。桃子おばちゃんは、元気しとらした？」

母が訊きました。

「うん、元気ばい。ばってん、どぎゃんして？」

「うんにゃ、よかと。あとでわかるたい」

母はそう言ったきり、何も話してくれませんでした。

僕は、なんだそういうことか、と思っただけでした。それより、今夜の花火のことです。

「桃子おばちゃんに言われちょっと。今夜、花火ばするけんって。行ってよかやろ？」

「よかばってん、里美も連れて行かんばばい。行きたかって言うとったけん」

「わかっと」

僕はしかたなくそう返事しました。妹がいると、何かとつきまとってきて邪魔なのです。でも、妹は大喜びして「はなび、はなび……。こんやは、はなび……」と何度も呟きながら、お昼寝してしまいました。

正夫くんが「祐二！　泳ぎに行くばい」と誘いに来たとき、僕はちょうどお昼寝から覚めて、泳ぎに行く準備をしているところでした。玄関脇の洗面所でパンツを脱いで、海水パンツに穿き替えていました。そこへ、とつじょ、柾子ちゃんがぬーっと顔を出し、「ありゃ、もう着替えたと」と言って、なぜか、ひどく残念そうにしていました。

＊ごこくばっちゃん（サツマイモの一種）　＊えんち（自分の家）

そのとき、妹もすでにお昼寝から覚めていて「うちも一緒に行くと」と言って、浮き輪を探していたのです。

僕は「あとで来ればよか」と言いましたが、小《ち》っちゃい姉ちゃんも「うちも連れて行きんしゃい」と言うので、しかたなく待つことにしました。小っちゃい姉ちゃんも妹と一緒になって、浮き輪を探していたのです。

僕は玄関の戸を開けたまま「浮き輪は見つかったと？　早うせんば！」と叫んでいました。すると、小っちゃい姉ちゃんに手を引かれた妹がようやくやって来ました。ふくらませた浮き輪は小っちゃい姉ちゃんの肩に掛かっています。

僕ん家からは、僕と妹と小っちゃい姉ちゃんの三人、内村さん家からは、正夫くん、柾子ちゃん、春子ちゃん、そして小学四年の保夫《やすお》ちゃんの四人、合計七人で大川に泳ぎに行きました。

総大将は一番年長者の正夫くんです。正夫くんが全員に号令をかけて、ラジオドラマの「一丁目一番地」をうたいながら、大川の地蔵淵《じぞうぶち》に泳ぎに行きます。女子《おなご》の大将は小っちゃい姉ちゃんです。

流れのゆるい、地蔵淵の下流のほうで、浮き輪を使って遊んでいます。男たちはほかの部落も仲間を引き連れて泳ぎに来ていますから、部落ごとに別れて陣取り合戦をやるのです。陣取り合戦といいましても、陣を広げるゲームではなくて、人の取り合いなので、人取り合戦なのです。上流と下流とに分かれて、それぞれ大きな石を陣地とします。相手より陣地を早く離れたほうが捕まえる権利があります。ですから、狙った相手を充分に引き付けておいて、素早く陣地に戻り、泳いで行って自分で捕まえるか、あるいは、泳ぎの達者な誰かを差し向けるかするのです。こうして全員を捕虜にして、陣地を獲得したほうが勝ちなのです。でも、ここで捕虜を助ける方法があるのです。捕虜にされた仲間の体に、わからぬよう潜って行ってタッチすることなのです。タッチすることができると、わあーっと蜘蛛の子を散らすように逃げます。こうなると、陣取り合戦は一回リセットされます。これを全員捕虜にするまで続けるのです。もちろん、直接相手の陣地にタッチして勝つ方法もありますが、これはいろんな作戦がいりますので、なかなか成功しません。部落が違うので「おいのほうがわいより早かったばい」「うんにゃ、わいはおいより遅かった」との言い合いになり、最後には石の投げ合いとなり、本当の喧嘩によく発展したものでした。

今日は隣村の汲水名《くみずみょう》の連中が泳ぎに来ていました。汲水名の総大将は正夫くんより一学年上の満田《みつだ》くんです。中学三年生です。僕たちは先に泳ぎに来ていた小学生の四人を仲間に加えて、同じ人数、七人ずつに分かれて陣取り合戦をやっていたのですが、何回やっても勝てません。汲水名には中学生が三人もいるので、歯が立たないのです。全員すぐ捕虜になって負けてしまうのです。もちろん、捕虜になった仲間を助けるなんて無理なのです。反対に満田くん率いる汲水名の連中は、かんたんに捕虜を解放できるものですから、途中で嫌気がさしたのでしょう。「つまらんたい。川上淵《かわかみぶち》に行くばい」と言って、満田くんは子分六人を引き連れて、地蔵淵からもっと上流の川上淵のほうに行ってしまいました。

僕たちは仕方なく鬼ごっこや堤防をよじ登って跳び込む「高跳《たかとび》ごっこ」をしたりして、いつもより早めに大川から上がってきました。僕はなんとなくかんころ餅のことが気になってしかたなかったのです。それで、正夫くんと目を合わせるたびに「もうかんころ餅ができとるかもしれんばい。

早う帰らんばー」と言っていました。帰りは近道をしてよそん家の畑を横切って、内村さん家の裏口から帰って来たのです。内村さん家の釜小屋は、裏の薄暗い土間にあります。かまどが五つぐらいあって、天井には天窓があります。とても広いのです。

正夫くんが「桃子おばちゃん！　帰って来たばい」と大きな声をかけると、桃子おばちゃんが釜小屋の奥のほうから顔を出し、「かんころ餅やろ？　できとるばい」と言って、薄暗い土間の一番端っこのでっかい蒸籠の蓋を開けて、僕たちにそれぞれ二つずつかんころ餅を配ってくれました。

僕たちはそれを持って、表の庭のほうに向かいます。夏みかんの木陰になった風通しのいい場所に、夕涼み用の縁台を二つ出して座ります。

「里美、うまかやろ？」

僕は妹に言いました。妹はかんころ餅を二つも食べきれないのです。食べられても一つ半で、お腹《なか》いっぱいになるはずです。僕はその半分を狙っているのです。

「うん、うまか」

妹が答えました。

「二つも食いきらんやろ？」

「うん……」

妹は二つ目のかんころ餅を手で裂いて半分にしました。

僕はすかさず、「くるっと？」と訊くつもりでした。

ところが、ここで僕より先に手を出したのは、小っちゃい姉ちゃんです。

「あいば、うちがもらうたい」

小っちゃい姉ちゃんはそう言うと、妹の手のひらに乗っかっている、半分っこされたかんころ餅をぱくりと口にしたのです。

僕は「ありゃ！」と口にできないほど驚いていました。口をぽかんと開けたままでした。

「うにゃー。小っちゃい姉ちゃんな、こすか！」

僕はやっとそう言えました。

すると、小っちゃい姉ちゃんは「なんのこすかろ。早いモン勝ちたい！」と言います。それはそうなのですが、僕はだんだん悔しくなり、どうしたことか、涙ぐんできたのです。だって、僕が狙っていたのです。ですから、てっきり自分が食べられるものだとばかり思っていたのです。それを小っちゃい姉ちゃんに横取りされたのです。こんなに悔しいことはありません。それに、小っちゃい姉ちゃんは中学生ですから、文句が言えません。文句を言っても、ただ殴られるだけです。

それでも僕は、涙を流すまいとがんばろうとしました。

でも、こんなときに限って、柾子ちゃんがちょっかいをだすのです。

「ありゃりゃー。祐ちゃんな、＊涙のちょんぎれよるたい。そぎゃん悔しかと？」

柾子ちゃんが僕の顔を下から覗き込んでいます。

「わいにはわからんたい！　わいん家のかんころ餅やっけんね。ばってん、わいん家のかんころ餅が、ほんなこつ、いっとううまかと！」

僕は大声で、内村さん家のかんころ餅がどんなにうまいかを叫んでいたのです。

＊くるっと？（くれるの？）　＊涙のちょんぎれよるたい（悔し涙を流してるじゃない）

「あいば、うちのばくるっばい」

柾子ちゃんが言いました。

「ばかたれ。だいがわいのば食《く》うか！　わいかいもらえば、おいはわいの子分にならんばできんたい」

僕は同級生であっても、女子《おなご》の柾子の子分になるなんてゼッタイいやでした。

「うちの子分になればよか。うちがいつでん助けてやるばい」

柾子ちゃんはもう一方の手に持っているかんころ餅を半分っこせずに、丸ごと一つ差し出してきたのです。僕は思わずごくりと喉を鳴らしました。

「ほら、欲しかやろ？」

柾子ちゃんが畳み掛けてきます。

「なんば言いよるとか！　いっちょん、欲しうなか！　こん、小便しかぶりが！」

僕はもう破れかぶれでした。

「うちのどこが小便しかぶりね！　見たことがあっとね！」

柾子ちゃんがにわかに立ち上がり、僕の腕を掴んでぎゅっと捻ったのです。

僕は「痛ててぇー」と悲鳴をあげました。

このとき、小っちゃい姉ちゃんが僕を助けてくれました。征子ちゃんを蹴っ飛ばしたのです。もし助けてくれなかったなら、僕は柾子ちゃんの手に噛みついていたでしょう。指を噛み切るくらいに……。

僕と柾子ちゃんが喧嘩しているところへ、桃子おばちゃんがやって来ました。

「柾子はまた、祐ちゃんと喧嘩しちょるると？　喧嘩しちょればしちょるごと仲んよかって言うばってん、柾子はちごうと？　仲ようせんば。隣同士たい。こいかい、花火ば買いに行くばい」

桃子おばちゃんは麦わら帽子を被り、手には大きな買い物籠をさげていました。

「うちは行かん！」

柾子ちゃんはそう言い捨てると、縁側のでかい石の踏み台に、赤いゴム草履を脱いで座敷にあがりました。それから、柾子ちゃんは階段をばたばたと駆け登って行ったのです。おそらくおかあさんに何かを訴えに行ったのでしょう。ひょっとしたら、二階の子ども部屋で悔しくて泣いているのかもしれません。


僕たちは桃子おばちゃんに連れられて、商店街の中程にある木下おもちゃ屋さんに花火を買いに行きました。一人ひとつずつ自分のやりたい花火を買ってくれるそうです。そうすると、柾子ちゃんが一人いませんから、全部で六種類の花火を買ってもらえます。僕は何を買おうか、迷っていました。バババーンと破裂する花火を見るのはいいのですが、それに火をつけたり、自分がやるとなると、どうしても怖くてやれないのです。本当はそんな男らしい花火をやりたいのですが、結局は勢いよく火の粉がすすきの穂のように出る、ススキぐらいしか買えないのです。妹はネズミ花火を買いました。くるくると回って、最後にパーンと破裂する花火です。母は女の子なんだから、そんな音の出る花火は駄目だと言いますが、妹はいつパーンと破裂するのか、そのどきどきが「よかと」

と言って、今日初めてネズミ花火を買いました。正夫くんは火矢を、保夫ちゃんは爆竹を買いました。春子ちゃんは五連発、そして、小っちゃい姉ちゃんはなんと十二連発を一本買ってもらったのです。小っちゃい姉ちゃんは「こいは太いか。腰ば落としてせんば、できんごたる」と大喜びしていました。柾子ちゃんには線香花火が「よかやろ」と言って、桃子おばちゃんが五束ぐらい買っていました。

僕たちは買ってもらった花火をそれぞれ手に持つと、内村さん家まで「走ごろ」*をして帰りました。桃子おばちゃんはまだ買い物の続きがあるのだそうで、木下おもちゃ屋さんの前の紙谷《かみや》肉屋さんに入って行きました。

僕たちが内村さん家まで駆けっこをしたのは、今日は紙芝居が来る日だったからです。五時のサイレンが鳴る前に、「どんどこどん、どんどこどん……」と太鼓を叩きながら「かみしばい、かみしばい」と大声で叫びながら、紙芝居屋さんがやって来るのです。内村さん家の石垣の前の、三叉路の広場で「カンラ、カンラ、ワッハハ……!」と黄金バットの高笑いを発する、丸坊主頭の紙芝居のおじさんは、僕たちの羨望の的です。ですが、時々売り上げが少ないと、おじさんは怒って紙芝居をせずに、次の場所に移動してしまうこともあります。イカ焼きが五円、せんべい付きの水飴が十円でした。

けれども、今日は僕たちはとても気前がよかったのです。桃子おばちゃんが「紙芝居ば見っとやろ?」と言って、五円ずつイカ焼き代をもらっていたからです。僕たちは大喜びでした。

紙芝居には続きものがあって、それを見ていると、どうしても気になって次回も見たくなります。

見たくなりますが、最低五円は必要なのです。この五円を親からもらうのが大変なのです。一円あれば「五十銭*のんきゅう」が二つも買えるのですから。一日分のおやつ代なのです。風呂を沸かしたり、風呂の水を手押しポンプで汲み上げるのは自分の仕事ですから、おこづかいはもらえません。でも、炊事場にある水槽に水を汲み上げるのは、大きい姉ちゃんの仕事なのです。これを手伝ってあげると、大きい姉ちゃんからおこづかいが五円もらえるのです。毎日とはいきませんが、僕は時々手伝っています。

それが、今日は何もしなくても紙芝居が見られて、イカ焼きも食べられて、そして暗くなったら花火ができるのですから、もう盆と正月が一緒にきたようなものです。

続きものの黄金バットは、今日も最後に「カンラ、カンラ、ワッハハ……！」の高笑いでおしまいでした。主人公のアキラ少年が悪者にやられているところなのですから、本当は笑っていられないはずです。紙芝居のおじさんは何を考えているのでしょうか。

僕は紙芝居を見るといつも不思議な気分のまま、手押しポンプでぎしぎしと風呂の水を汲み、新聞紙に火を点け、夏でも風呂を沸かします。そのころになりますと、母と大きい姉ちゃんが今日の夕ご飯のおかずの天ぷらを揚げ始めます。小っちゃい姉ちゃんと妹は茶碗や皿、箸などを食卓に並べます。高校生の兄と長崎駅に勤めている父が一緒の六時の汽車で帰ってきます。そうすると、一日で一番楽しい夕ご飯の時間です。今日は僕の大嫌いなニンジンの煮物も、ダイコンの煮物もありません。サツマイモ、カボチャ、レンコン、ゴボウのささがけ、そしてイワシのつみれの天ぷらです。父は毎日、コップで焼酎を飲みます。父の前にはいつも一皿多く、今日は白いさらしクジラが

＊走ごろ（駆けっこ）　＊のんきゅう（イモ飴）

出ています。僕はさらしクジラを食べたことがありません。さらしクジラは大人の酒飲みの食べものなのです。酢味噌で食べるそうですから、おそらくとても酸っぱくて子どもには食べられないのでしょう。

高校生の兄は、食事中、いつも僕たちに目を光らせています。ご飯粒を一つでもこぼそうものなら「ほら、祐二！　こぼした。拾うて食《く》わんかん」と叱ります。そして、僕の嫌いなニンジンなどを肘《ひじ》をついていやいや食べていると、「祐二！　肘はつかんと」と言い、バシリと肘をはたかれます。でも、今日は僕の大好きな天ぷらですし、このあと花火がひかえています。夕ご飯は、僕が一番に食べ終わりました。

花火はあたりが暗くなって、蝋燭《ろうそく》の光がピカピカとよく輝くころになってから始めます。内村さん家の広い庭に縁台を出し、提灯を柿の木に吊します。縁側には内村さん家の人たちが団扇《うちわ》を片手に、煙草をふかしたり、酒を飲んだりしながら見物しています。もちろん、長崎の造船所で働いている内村さん家のおとうさんもいます。今日、山のほうの畑仕事から帰って来た松じいさんと三郎兄ちゃんは、縁側に釣り道具を出して何やら仕掛けを作っています。明日は浜へ漁に出るのだそうです。赤目のいいボラが揚がっているのだそうです。竹ばあさんと正夫くんのおかあさん、桃子おばちゃんの女衆はいませんが、花火が始まれば直にやって来るでしょう。おそらく釜小屋で夕ご飯の後片付けをしているはずです。

花火はまず保夫ちゃんの爆竹から始まりました。バ・ババーンと景気よく連続して破裂しますから、みんなのやる気がいっきに盛り上がります。空のビール瓶に火矢をセットして、正夫くんがマッチで火を点けます。導火線に火が点くと、シュルシュルと火花を散らして燃えてゆき、それからヒューッという音と同時に、夜空に向かって飛んでいって、ポーンと破裂するのです。一瞬、夜空に火の粉の花が咲きますから、見ているみんなの拍手が起こります。たまにですが、シュルシュルと導火線が燃えているにもかかわらず、途中で消えてしまうことがあります。これは火薬が湿っているからなのです。でも、ここで気をつけなくてはならないのは、消えたかなと思っているところへ、突然シュルシュルと燃え始めて、夜空には向かわず、その場でビール瓶に差し込まれたまま、あるいは地べたを這って破裂することがあります。これが僕にはとても怖くて、火矢が扱えないのです。爆竹は導火線に火を点けると、すぐに破裂します。いくら駆けっこが速いからといっても、追いつけないのです。保夫ちゃんは怖いもの知らずで、手に持ったまま火を点け、それを空中に放り投げます。すると、爆竹は空中で四方八方に散って破裂します。これが「かっちょよか！」*と言ってみんなは拍手しますが、僕はどうしても拍手ができません。もし投げるタイミングが狂って、自分の頭上で破裂したらと思うと、ゾーッとしてしまうのです。

　みんなが僕のことを「ひけしぼ！」*と言って囃し立てますが、怖いのはどうしようもないのです。もちろん、柾子ちゃんもこのころになりますと、機嫌を直し、僕のそばに近寄ってきて、何かといちゃもんをつけてきます。

　このときもそうでした。僕が小っちゃい姉ちゃんに火を点けてもらって、ススキをやっているときでした。火の粉が勢いよくはじき出ているのに、柾子ちゃんが僕のススキを「うちもしたか！」

＊かっちょよか！（格好いい！）　＊ひけしぼ！（小心者！）

と言って、横取りしようとしたのです。

柾子ちゃんには線香花火しか買ってもらえていませんでしたから、それが柾子ちゃんには不満だったのです。本当は僕がやっているススキをやりたかったのです。僕は柾子ちゃんが何回も「うちもしたか！」と言うのを、その都度、「うんにゃ、させん！」と拒絶していたのです。

柾子ちゃんが花火を持つ僕の手をつかもうとしたので、僕は瞬間、手を引っ込めました。すると、柾子ちゃんは、ちょうど火の粉が盛んに燃えている花火の、火薬の部分を握るようなことになってしまったのです。

「ギアーッ！」と柾子ちゃんの悲鳴があがりました。

直ぐそばにいた桃子おばちゃんがとっさに、柾子ちゃんの手を取ってバケツの水に突っ込みました。そのとき、ジュッと火が消えたような音がしたのです。手のひらが赤くなって、火傷していました。でも、ゼッタイ僕のせいではないのです。

柾子ちゃんは「痛《いた》か、痛か……！」と泣きわめきながら、「祐ちゃんのせいで火傷したと！」と桃子おばちゃんに訴えていました。しかし、桃子おばちゃんは「なんの、火の点《つ》いとっとんばー。そぎゃんときにおっ盗《と》れば、火傷すっさ。祐ちゃんのせいやなか」と言ってくれていました。

それでも、柾子ちゃんは「祐ちゃんのせいばい。祐ちゃんのせいで火傷したと。どげんしても、祐ちゃんのせい！」と言い張ります。そして、「もう、はがいか！」と言うや、柾子ちゃんはその場にうつ伏して泣き始めたのです。

桃子おばちゃんが柾子ちゃんの背中を「よか、よか……」と言ってさすりながら、「あらー、こん子はイロケんついたとやろか……？」としきりに小首を傾げていました。

それから、柾子ちゃんはおかあさんに連れられて、近くの古川病院に行ったのです。

その日、花火は途中でお仕舞いになりました。正夫くんたちは二階の子ども部屋に上がり、小っちゃい姉ちゃんと妹は一緒に家に帰りました。僕は桃子おばちゃんに呼ばれて、おばちゃんの離れに行きました。柾子ちゃんが古川病院から帰って来るのを待たされたのです。

僕は桃子おばちゃんから叱られるものだとばかり思っていました。

ところが、桃子おばちゃんは「祐ちゃんな、いま六年生ね。まだ声変わりはしとらんごたるたいね。来年のいまごろは中学生たい。声変わりもして、もっと大人になっとるやろ。そぎゃんなれば、ちょこっとはわかるかもしれんばってん、女子《おなご》には優《やさ》しゅうせんばばい。そいが男っていうもんたい」と言って、戸棚から長四角い包みのようなものを取り出して、佐賀の小城羊羹《おぎようかん》をご馳走してくれました。

桃子おばちゃんの部屋はとても変わっています。入口の正面に小っちゃな四角い仏壇があるのですが、なかに収めてあるのは仏像ではなくて、銀色のクルスなのです。本棚の上に真空管のラジオがありますが、これも姉たちがよく聴く歌謡曲ではなくて、もの静かなクラシックが流れています。そして、桃子おばちゃんによく似た女の人が額に入って壁に飾られていました。どこを見ても僕ん家とは違います。ですから、なんとなくあれこれ訊いてはならないような気がします。

僕はおそらく、実に不思議そうに、じっと目をこらして壁に飾られている女の人の写真を見ていたのでしょう。桃子おばちゃんがいつも首に巻いている白いスカーフを取りました。すると、そこには小さなクルスの首飾りがあったのです。中学生の姉たちが言っていたピカドンにやられた火傷の痕ではなかったのです。

　僕はハッとしました。

「おばちゃんはキリスト教たい。昔はキリシタンって言うとったとさ。祐ちゃんにはわからんばってん、おばちゃんの曾《ひ》ばあちゃんな*浦上崩《くず》れたい」と桃子おばちゃんは難しいことを喋り、壁の写真を指差しながら、「原爆で死んだ姉ちゃん。姉ちゃんも一緒やったけん、今《いま》でんおばちゃんは、*隠れキリシタンかもしれんばいね」と言って、手を額から胸へ、そして両肩にもっていって、指を組んでお祈りの仕草をして見せました。

　僕はそれをただぽかんとして眺めていただけでした。父が勤めている長崎に行くと、たしかに三角屋根の教会があちこちにあります。お祈りをしているところを見たこともあります。ですから、べつに珍しくはありませんでした。それより僕は、小城羊羹がおいしくて、あまりにもおいしいものですから、半分っこして残りの半分を、「持って帰ってよか?」と桃子おばちゃんに訊いていました。

　桃子おばちゃんは「ほんなこつ、祐ちゃんなまだ子どもたいね」と言い、「うっふふ……」と小さく笑いながら「よかよ。持って行きんしゃい」と言っていました。

　それからしばらくして、手に白い包帯をした柾子ちゃんがおかあさんに連れられて古川病院から帰って来ました。僕はそれを桃子おばちゃんが住んでいる離れの玄関のところから見ていました。

ポケットには半分っこした残りの小城羊羹が入っています。
僕は、その半分っこした小城羊羹を征子ちゃんに、黙って差し出していました。

＊浦上崩れ〈幕末から明治にかけて、長崎・浦上の地で起きた密告者によるキリシタン弾圧事件。一番崩れから四番崩れまである〉　＊隠れキリシタン〈禁教下でも改宗せず土着の切支丹を今なお信仰する人々〉

三章　海水浴《かいすいよく》

　お盆を過ぎると、クラゲが出るというので、僕ん家ではお盆前に家族全員で大村湾の横島へ海水浴に行きます。横島の海水浴場には国鉄の「海の家」があるのです。毎年、この時季になりますと、家族全員で海水浴に行くのが、僕ん家の行事なのです。今年、兄が高校三年生ですから、家族全員で海水浴に行けるのも最後になります。来春、兄はおそらく長崎か佐賀の国立の大学に合格するでしょう。地元の長崎だったら、汽車通学するでしょうが、佐賀だったら、下宿です。そうなると、夏休みはどちらの大学に合格しても、兄はアルバイトするしかないでしょう。国鉄職員の家ですから、お金があるわけがありません。給料日前はたいてい「*はっちゃんめし」と、僕の大嫌いなダイコンとニンジンの「*にしめ」の二品だけなのです。ですから、僕は中学校を卒業すると、一日も早く働いて白いご飯を腹いっぱい食べたいのです。

　昨年、僕は背中に三針も縫う大怪我をしました。それでも、なんとか糸がとれて、海水浴に間に合ったのです。一年に一回の海水浴に行けないなんて、僕はゼッタイいやです。

　でも、今年はなんもなくて、僕は海水浴に行けました。もし、内村さん家の柾子ちゃんが行きたいと言っても、火傷していますから、行けません。柾子ちゃんのことを考えると、少しかわいそうですが、僕をいじめた天罰です。いい気味です。

横島駅は夏の間だけの臨時の駅です。今日は母が国鉄の家族パスを見せて改札口を出ました。地元の駅だったら「お願いしまーす」で入るのも出るのも顔パスなのですが。

諫早の普通高校に通学している兄は、補習授業が終わってからやって来るそうです。兄は僕と違って、とにかく中学の先生が認めるほどの秀才なのです。大学に行こうとして一生懸命に勉強しています。その兄は三時頃、父は、今日は早番だそうで、お昼頃には「海の家」に着くそうです。ですから、僕ん家の家族全員が集まるのは三時過ぎということになります。

それから、僕ん家では海水浴に行くとき、大きい姉ちゃんが空豆《そらまめ》を炒ってくれます。空豆はすぐに食べるのではなくて、巾着袋に入れて腰に提げ、泳いでいる間中、海水に浸けておくのです。海から上がるとき、ふやけてちょうどいい軟らかさになっています。このふやけた軟らかい空豆を横島駅までの帰り道、ぼりぼり食べてもいいし、汽車の中で食べてもいいわけです。ですが、横島駅の広場では必ずといっていいほど、アイスキャンディー屋さんがいます。これがまた、もうひとつの僕の海水浴での楽しみなのです。

海水浴場のある横島駅にはお昼前に着きました。踏切を渡って、小高い丘を切り取った坂道をしばらく行くと、葦《あし》が繁った沼地に突き当たります。二股に分かれていて、右に曲がります。左側にも海水浴場はありますが、そちらには国鉄の「海の家」はありません。右に曲がるとすぐに、赤土の道が砂浜に変わります。木製の太鼓橋を渡りますと、潮の香りがぷーんと強くにおってきます。

そして、潮の香りがだんだん強くなってくるにしたがって、僕は早く泳ぎたくなってうずうずして

＊はっちゃんめし（イモご飯）　＊にしめ（煮物）

きます。こうなると、僕にもわからないことなのですが、自然と歩くのが速くなるのです。

「祐二、そぎゃん急がんと！」と小っちゃい姉ちゃんが声をかけてきますが、「うんにゃ、急いどらんと。こん足のさ、知らんばってん、速うなっとたい」と答えて、僕はどんどん先になって進みます。

「場所ば取っとってやるけん！」

　僕は駆け足になりました。


　国鉄の「海の家」は、もうたくさんのお客さんでごった返していました。いつもの場所はよその人に取られていましたが、真ん中あたりの丸い柱のある場所があいていました。僕は物置から茣蓙《ござ》を二枚持って来て、場所取りをしました。

　しばらくして、母たちがやって来ました。しかし、母は「海の家」には上がらずに、外できょろきょろしています。

「かあちゃん！　こっちばい」

　僕は母に手を振りました。が、母はこちらを見ているのに、知らんぷりです。

　妹が「海の家」に上がって来ました。それから、大きい姉ちゃんと小っちゃい姉ちゃんがやって来ました。大きい姉ちゃんは弁当の入った大きな手提げを持っています。

「かあちゃんな、*どぎゃんしんしゃったと？」

　不思議に思って、僕が訊きました。

「なぁーんの、とうちゃんば捜しよんしゃっと。もう来とんしゃっとって」

大きい姉ちゃんが答えました。

「とうちゃんな、もう来とんしゃっと！」

僕はびっくりしました。お昼過ぎと言っていたので、まだ来ていないとばかり思っていたのです。

父と遊ぶなんてめったにないことなのです。今年は春の黄金週間に、山茶屋《やまんちゃや》にワラビ採りに行ったきりです。あのときは、山茶屋草原で焼いて食べたイワシの丸干しが「いっとう、うまかった」のです。

横島駅の臨時の駅長さんが、父の顔を知っていて、母に「委員長さんな、もう来とんしゃるばい」と知らせたそうなのです。

父は国労の地方区の委員長をしているそうですが、僕にはなんのことだかさっぱりわかりません。でも、駅員で父の顔を知らない人はいないのだそうですから、よっぽどエライ人なのかもしれません。家では焼酎を飲んでばかりですし、親戚の家に行っても酒を飲んでみんなで皿踊《さらおど》りなんかをやっています。それから、あまりいい話ではありませんが、父は痔が悪くて、歩きながらも「ぷっぷ、ぷっぷ」とおならをします。時々お尻に手をやって、片足を上げ、ぼりぼりと掻いています。そして、このことを一番嫌っているのが、大きい姉ちゃんです。大きい姉ちゃんは酒を飲んだ父に「よそばしか！　近寄《ちかよ》んしゃんな」と言って、いつも怒ってばかりいます。

その父が「海の家」の一番奥にある売店の前に陣取って、おそらく同じ国鉄職員なのでしょう、五、六人の人たちともう酒を飲んでいるのでした。母が呼ばれて何かを喋っています。ふつう女の
＊どぎゃんしんしゃったと？（どうされたのですか？）

人は、恥ずかしがって何も喋りません。いや、喋れないのかもしれません。ですが、母は違います。母は以前、妹が小学校に上がる前まで、近くのお寺で幼稚園の先生をしていました。そのときの先生のくせがまだ残っているのでしょう。背筋をぴんとのばし、毅然とした態度で何かをしきりに喋っています。メガネをかけていて、キッと睨まれると、僕は恐ろしくて思わず小便をちびりそうになります。僕が悪いことをすれば、母は「わがが手で叩けば、わがが痛かもんね」と言って、革のバンドでぶってくるのです。ですから、僕の友達はみんな「祐二のかあちゃんな、オニのかあちゃんやんもんね。角《つの》の生《は》えとらすたい」と、先生を辞めた今でも怖がっています。

母の代わりに、大きい姉ちゃんがあれこれ指図しながら、お昼ご飯の用意をしています。でも、父も母もなかなかやって来ません。僕は待ちきれなくて、先に海水パンツに着替えました。早く泳ぎたくてしかたなかったのです。お昼ご飯は一回泳いでからでもいいのです。拡声器からＮＨＫのお昼の十二時の時報が鳴ったのは、ほんのさっきだったのです。海は目の前にあるのですから、半時間ぐらいは泳げるはずです。

僕は「一回、泳いでくっけん！」と言って、ひとりで「海の家」を飛び出し、裸足で波打ちぎわに駆け出しました。さあーっとフナムシが逃げ出し、道を作ってくれます。白く乾ききった砂は、夏の暑い太陽の光をあびて、鉄板のようにパチパチとはじけています。その上を裸足で踏みつけるものですから、思わず「あっちっちー」と悲鳴があがります。でも、このままザブーンと頭から海に飛び込めば、「うんにゃー、冷《つめ》とうて気持ちんよか！」となるはずです。

ところが、僕は波打ちぎわの冷たい海水に足を突っ込んだ瞬間、二の腕をぎゅっと掴まれて、岸辺に引っ張られていました。

大きい姉ちゃんが突っ立っていて、いきなりバシリと頬を張られていたのです。

「*なんばしよっと！　*うんぶくれれば、一人じゃどぎゃんしょうもなかとぞ！」

大きい姉ちゃんは目をかっと見開いて、さらに殴りかかりそうだったのです。

僕はとっさに両手で頭を覆い「かんにん！」と謝っていました。

しかし、僕は決して金槌《かなづち》ではないのです。泳ぎの達者な水泳部の兄の教えを受けて、自由形も平泳ぎもできます。今日はたぶん、兄が背泳ぎとバタフライを教えてくれるはずなのです。なのに、大きい姉ちゃんは僕を金槌扱いなのです。本当は「うんぶくれん！」と口答えできるのですが、大きい姉ちゃんの初めてのバシリの一発が効いていました。

僕はしかたなくうつむきながら、大きい姉ちゃんの後ろについて「海の家」に戻りました。


お昼ご飯は、麦の混じったお握りを三つずつ食べました。貝掘りでポンポン船の上で食べた内村さん家の白い握り飯と違ってぽろぽろしています。おかずは父が長崎の大波止の魚市場から買って来たイワシのかんぼことアゴのちくわ、部厚く切ったハムです。あとは油でさっと炒めた高菜があります。

僕はこのなかでは高菜が大好きです。次にイワシのかんぼこ、ちくわは中が空っぽなので、なんとなく食べても損しているような気分になります。ですから、あまり食べません。

父は、ほんのいっときアゴのちくわを囓《かじ》りながら、「祐二はまた、高菜ばっかい食いよるとな」と

＊なんばしよっと！（何してるのよ！）　＊うんぶくれれば（もし溺れたら）

言い、「一人で泳《およ》がんとぞ。海は潮の流れがあっけん、うんぶくるっと」と僕に注意して、再び売店のほうに戻って行きました。

僕は父の後ろ姿に向かって「うんぶくれん！」と言ってやるつもりでしたが、なんとなく言うのを取りやめました。ほんのちょっとでも父と話ができて、僕はうれしかったのです。

お昼ご飯を食べ終わりますと、しばらくごろごろしています。小っちゃい姉ちゃんが物置からマンガ本を持ってきてくれました。

僕たちはそれを回し読みします。ちょうど一冊ずつ読み終えたころに、母の声がかかります。

「もうよかやろ。泳ぎに行くばい」

母は幼稚園の先生をやっていたものですから、準備体操としてラジオ体操の第一を僕たちにやらせます。みんなが見ていますので、恥ずかしいのですが、しかたありません。

母は大きな声で「オイッチ、ニー、サン、シー」と号令をかけて、自分でも体を動かします。準備体操が終わると、次は波打ち際に行き、そこで足から順に海水に体を浸けていきます。最後に、頭に海水をかけるとお仕舞いです。

大きい姉ちゃんは、去年から海に入らなくなりました。大きい姉ちゃんはひどく運動神経がにぶいのです。駆けっこも遅いし、いくら泳ぎを教えても泳げないのです。手をばたばたするだけで、すぐに顔を上げます。ですから、大きい姉ちゃんは去年から荷物番になりました。裁縫が大好きで、何時間でも飽きずに、今は鉤針編《かぎばりあ》みに夢中です。

父は、今日はもう海に入らないでしょう。酔っ払っていますので、母がきつく止めるはずです。

酔っ払った父が大嫌いな大きい姉ちゃんのそばで、おそらく父は何も知らずにお昼寝を長々とするでしょう。海風が吹いていますので、とても気持ちいいはずです。それから、三時になると、兄が来ますので、荷物番といっても、大きい姉ちゃんはいろいろと忙しいのです。

横島の海水浴場は、今はまだ引き潮で、どんどん潮が引いています。沖のほうに飛び込み台がります。二、三人の人が二段目から沖に向かって飛び込んでいます。母は妹の浮き輪を片手に持って、横泳ぎでずんずん飛び込み台のほうへと泳いでいきます。

僕はまだ足が地べたに届きますから、泳がずに海の中を歩いています。目に海水が入ると痛いので、左右が真ん丸い輪っか状の水中メガネをかけています。そして、腰には空豆の入った巾着袋をひもでくくりつけて、海水パンツの中に隠しています。

飛び込み台の近くまで行きますと、さすがに足が地べたに届きません。僕は自由形で泳いで行って、丸太に掴まり、一段目の飛び込み台に登りました。まずは肩慣らしです。立ち飛びなら簡単です。足から飛び込みますから。しかし、これが頭から飛び込むとなりますと、少し勇気がいります。自分ではうまく頭から飛び込んでいるはずだと思っているのですが、海面に着水するときに失敗して、お腹をばしゃんと強く打つことがあります。そうなると、海水が鼻から入ってツーンと痛いし、お腹も赤くなってヒリヒリします。痛いのもありますが、それより、自分ができない悔しさからつい泣きたくなります。

一段目から何回か飛び込んだあと、僕は二段目に挑戦しました。梯子段《はしごだん》を登り、二段目に上がりますと、海面がほとんど遠くに見えます。立っていることはできるのですが、真っ直ぐ海に向かって突き出ている飛び込み台の板にのることができないのです。なんとなくブルブルふるえてきます。寒くもないのに、顎がガチガチふるえるのです。でも、ここまで来て引き返すのもしゃくにさわるのです。

　下からは小っちゃい姉ちゃんの声で「祐二、早うしんしゃい！」と言われるのですが、体のほうがいうことを聞いてくれません。そうしているうちに、小っちゃい姉ちゃんが二段目に登って来ます。

「なんばしよっと、祐二は！　*ととしかたい！」

　小っちゃい姉ちゃんはそう言うと、板の上をとっとっと歩いて行って「こぎゃーんやって、飛び込むとばい」と言い、鼻をつまみ、なんのためらいもなく、足から立ち飛びでドボーンと飛び込んだのです。でも、そう手本を見せられても、性格が怖がりなものですから、僕には、すぐにはできないのです。

「なぁーん、祐二はひけしぼね！」と母から言われても、どうしようもありません。

　仕舞いには小学三年生の妹さえからも「ひけしぼ、ひけしぼ……！」と連呼されて、馬鹿にされる始末です。

　僕はとうとう飛び込むことができずに、後ろ向きで梯子段を下りました。そして、一段目からはなんのこともなく、足からではなくて、頭から飛び込むことができるのでした。

　兄が沖合のほうからぽっかりと現れたのは、僕が二段目の飛び込み台から鼻をつまみ立ち飛びで、ようようのことで飛び込むことができたときでした。

「なぁーん、祐二はまだ立ち飛びしかできんとか」

兄はそう言いながら、スイースイーと自由形で泳いで行き、飛び込み台の二段目に登るやいなや、板を大きくゆらしてさらに上に向かって飛び込み、きれいな弧を描いて、もちろん頭からザブーンと着水するのでした。

僕は思わず「すごか！」と拍手します。僕には大人になってからも、兄の真似はできそうにありません。とにかく、頭もいいし、運動神経もとびぬけています。学校の先生からも「兄ちゃんな、すごかばってん、弟はなんな！」とあきれられています。

兄が僕のところにやって来て、「祐二、自由形ばやってみんか！」と指図します。

僕は頑張って泳ぐのですが、「うんにゃー、息継ぎのなっとらんたい」と注意されるし、「バタフライはまだできんばい。力のなかもん」と言われて、端から教えてくれませんでした。背泳ぎはただ浮かぶだけだからと言われても、海の上で仰向けになれないのです。だって、顔にすぐ波がかぶさってきて「うんぶくれる」のです。海水を飲んでゴホンゴホンとなります。

兄は「しょんなかたい。もっと力ばつけんば」と言い、「ボートば借りに行くばい」と岸辺の貸しボート屋さんのほうに向かって、浅瀬をばしゃばしゃと歩いて行きます。僕は「兄ちゃん、待ちんしゃい！」と呼びながら、あとを追いました。

貸しボートには、僕と小っちゃい姉ちゃんが乗りました。母と妹は三時休みだと言って「海の家」に戻りました。大きい姉ちゃんは風がよくとおる涼しい場所に移動していて、やはり鉤針編みに夢

＊ととしか（意気地無し）

中でした。酔っ払いの父は、ガーガーと大きないびきをかきながら、思ったとおり昼寝をしていました。このとき、小っちゃい姉ちゃんが小枝で父の鼻の穴をこちょこちょといたずらをしたのです。するとと、父は「フン」と鼻を鳴らしたあと、「はくしょん！」とやりました。小っちゃい姉ちゃんは大喜びして「あっはは……」と笑いながら、兄のあとを追って「海の家」を飛び出したのです。

貸しボートの前には僕が、後ろには小っちゃい姉ちゃんが陣取りました。漕ぎ手はもちろん兄です。兄は力があり、また漕ぐ要領がいいのか、ひとかきするたびにスピードがどんどん増すのです。

あれよあれよという間に沖に出ました。沖に出ると、兄はオールを引き揚げて、僕に「よかか、オールば流されんごと、見とかんばばい。ひと泳ぎしてくっけん」と言ったかと思うと、想像もつかないほど深そうな青々とした海面にドボーンと飛び込みました。

小っちゃい姉ちゃんも、妹の浮き輪を持ってきていましたので、その中に入ってボートからそろりと降りました。ボートは少しずつ潮に流されて、岸からずいぶんと遠くにきています。海水浴場の裏側のほうに来ていますので、周りに海水浴客は見あたりません。

「奈美絵《なみえ》姉ちゃん、もう上がってこんね」と声をかけますが、小っちゃい姉ちゃんは浮き輪の輪のところにお尻を入れて、仰向けになって波間をどんぶらこどんぶらこと気持ちよさそうに漂っています。

僕はなんとなくつまらなくなりました。つまらなくなりますと、兄が注意していたオールを流されないようにと言っていたことが、つい気になります。ちょっとぐらいさわってもいいのではないのかと思うのです。

そこで、僕はオールを一本持ち上げてみました。思っていたより軽いのです。これならオールを半円形の鉄の受け手に置いて漕げるかもしれない、と僕は思いました。それにボートが少し沖のほうに流されているような気がしないこともないのです。岸を背に、沖のほうを見ながら漕げばいいわけですから、「朝めし前ばい！」と僕は思いました。

オールを二本とも半円形の鉄の受け手に置いて「よいしょ！」と漕ぎました。ところが、海水を掻くという手応えがまったく感じられないのです。

「うんにゃー、こいはなんか違《ちご》うごたるばい」

僕はオールの先を見ました。どうやら平らな部分を海面と平行にして漕いでいたようなのです。たしか、兄はオールの平らな部分を海面に垂直に立てて漕いでいたような気がします。僕のやり方とはまったく正反対です。そして、その際、オールを持つ手を下げ、オールの先端を大きく半円を描いて漕いでいました。

僕は兄を真似て、オールの先端を大きく上にあげようとしました。

と、そのときです。オールの片方がすっぽんと抜けて、海面に落ちたのは。

「ありゃりゃー」

僕は叫んでいました。

「こいは、兄ちゃんにがらるっばい。早う、オールば拾わんば」と思いましたが、僕にはできないのです。ドボーンと飛び込んで、ばしゃばしゃと泳いで行ってオールを掴むなんて……。

僕はとっさに大声をあげました。

「兄ちゃん！　オールの流れよる！」

小っちゃい姉ちゃんがすぐに気がついてくれて、「兄ちゃん！　祐二がオールば流しよるばい！」と沖に向かって叫びました。

小っちゃい姉ちゃんの声は、僕の声より二倍か、三倍ぐらい高く大きいので、沖で泳いでいた兄にすぐに伝わったようなのです。

僕がハッと気がついたときには、兄はもうボートの近くにいて「どこな?」と訊いていました。

僕は「あっちばい！」と指差しました。

オールはかなり沖まで流されています。でも、兄は何事もなかったかのように、ばしゃばしゃと泳いで行って簡単にオールを掴みました。そして、オールを掴んで横泳ぎで持って来るのではなくて、オールを目の前に浮かべたまま、それをボートに向かってスィーと押し、平泳ぎで再び掴み、またスィーと押して戻って来たのです。

「こん馬鹿たれが！　オールば流《なが》されんごとう、見とかんばって言いよったろうが！」

兄はそう口で叱っただけで、珍しく殴ってきませんでした。僕は殴られるものだとばかり思っていたので、なんとなく拍子抜けしたことを覚えています。

しかし、このあと僕は兄からガツンと頭を殴られるような大失態をおかしたのです。

ボートをそろそろ返すという段になって、岸辺が目の前に迫って来たときです。僕は立ち上がって、内村さん家の正夫くんを見習ってボートから岸へぽんと跳び降りる気でいたのです。

兄は「祐二！　立たんと。座っとかんば、危なか」と注意していましたが、僕は「なんのこんくらい」と思っていました。

そして、岸がほんの目の前に来たとき、僕はボートの船底を「エイ！」と蹴って、自分では岸に跳び降りたつもりでした。ですが、利き足の左の爪先が何か滑ったような、蹴っているのに蹴っていないような、まるで何者かに爪先をペロンと舐められて気持ちよく空中を飛んでいるかのような感じで、そのままどぼーんと海に落ちたのです。

「アリャ！」と僕は思いました。しかし、そのあと海に落ちて、海水を飲んだのでしょう。いっぺんにパニックに陥り、泳げるはずなのに、泳げずにただバタバタしていたのです。

兄がすかさず跳び込んで来て、僕の顎を両手でグイと引き上げました。すると、すーっと楽に呼吸ができて、僕は思わず「死ぬるごとあった！」と叫んでいました。

兄は「こん馬鹿たれが！」と叱り、頭をガツンと叩いてきたのです。

「わいは物理の法則ば知らんとやろ！　反作用ちゅう力が働くっとぞ」

兄はそう言って、僕にはまったくわからない「ブツリノホウソク」という謎の言葉を使ってきたのです。おそらく、兄はこのころ、物理の勉強を頑張っていたのでしょう。

僕はボートに引き上げられると、海水を飲んで喉をやられたのか、ゴホゴホと何回も咳き込みました。そして、咳き込みながら、僕の頭の中では「ブツリノホウソク」という謎の言葉が呪文のようにぐるぐる回っていたのです。

ボートを返して海から上がると、僕たちは「海の家」の売店に行って、国鉄の引換券を使ってラムネと菓子パンを買ってきます。ラムネは人数分、菓子パンはそれぞれ自分が食べたいものを買います。僕は甘くて黄色いクリームが大好きなので、クリームパンにします。妹にも同じクリームパンを買わせます。もし、食べきれずに残ったら、その残り物にあずかろうという魂胆が、僕にはあるのです。父は甘いものが嫌いなので、その券が僕と妹の分になりますが、たいてい小っちゃい姉ちゃんが口を出してきます。そして小っちゃい姉ちゃんの大好きなメロンパンを三等分することになります。兄はあんパン、大きい姉ちゃんはジャムパン、それから母だけがなぜかいつも板チョコを買います。板チョコはパンの半分ぐらいで、ほんの三口半ぐらいで食べきってしまいます。母は損していないのでしょうか。

母は満州生まれで、満州で育ったといいます。父とは満州で出会ったのだそうです。ですから、僕ん家は満州からの引き揚げ者なのです。兄と二人の姉は満州生まれです。母は外国で育ったせいか、考え方がとてもハイカラなのです。食べるものも好きなのは、父と違って、魚ではなくて肉なのです。板チョコを食べるのも、何か知らないけれど、糖分の吸収がよくて、疲れがいっぺんに取れるのだそうです。

「海の家」に行くと、自分の食べたいものが食べられて、好きなだけ泳げて、まるで夢のような一日です。おまけにお小遣いを一円も使わなくていいのです。それは大人もそうですから、父が酔っ払ってずっと昼寝してしまうのも、わからないわけではありません。

僕はクリームパンを食べ終えた後、なんとなく妹をちらちら見ながら、漫画本を読んでいました。けれども、妹はきれいにクリームパンを食べ終わり、メロンパンまでぺろりとたいらげてしまいました。

僕は「あーあ！」と溜息をつき、ごろりと仰向けになって漫画本の続きを読みました。

長い昼寝から目覚めた父も、おいしそうにラムネを飲んでいます。ラムネを飲み終わりますと、父はズボンのポケットから鉄道員しか持っていない丸い蓋付きの懐中時計を取り出し、カパッと蓋を開けて時間を見ます。それから、折れ線グラフ模様の時刻表を見て「五時の汽車しかなかばい」と言って、立ち上がりました。

今年の海水浴はこれでお仕舞いです。僕は父よりも先に「海の家」を出て、国鉄スワローズの野球帽子を被ってみんなが出てくるのを待ちます。その間に、巾着袋に入っているふやけた空豆をぽりぽり食べるのも、僕の楽しみの一つです。今日はここで全部食べてもいいのです。自分の孟宗竹の貯金箱から、苦労して十円玉を二つ取り出してきたのです。薄いセルロイドの下敷きの角を貯金箱の入り口に入れ、何回もひっくり返し、うまく十円玉が乗っかったところでそろりと引き出すのです。これはあとで、駅に着いてからアイスキャンディーを買うためのものなのです。今は誰にも秘密です。

「祐二は、もう食べよっと。あとは知らんばい。＊くんしゃいって言うても、うちはやらんけんね」

小っちゃい姉ちゃんが注意してきました。

「＊いんにゃ、よか。駅に着けば、アイスキャンディーば買《こ》うけん。そんために、二十円持ってきたと」

僕はズボンのポケットから十円銅貨を二つ取り出して、小っちゃい姉ちゃんに見せびらかしまし

＊くんしゃいって（ちょうだい）　＊いんにゃ、よか（いいえ、いいですよ）

た。

　すると、小っちゃい姉ちゃんは「ありぁー、よかたい。うちにもひとくち、ぺろんって舐《な》めさせんしゃい」と言ってきました。

「ばぁーか！　だいが舐めさせるもんかん」

　僕はそう言って、駆け出しました。


　横島の海水浴場から帰るときは、たいてい満潮になっていて、木造の太鼓橋の下は海水で満杯です。陽はまだかんかん照りですが、木陰に入りますと、さすがにひんやりとします。背中は陽に灼けてヒリヒリしています。ひと夏に二回は皮がむけます。これから一週間ぐらい経つと、横島の海水浴場に行った分の皮がむけるはずです。途中で皮が切れないように、ビリビリと少しずつはがしてゆく感覚がとても気持ちいいのです。

　切り通しのゆるい坂を登って、踏切を渡ると、横島駅はもうすぐです。道の脇に雑貨屋さんとうどん屋さんがあります。そこを通り抜けて角を曲がると、駅の広場があります。

　その広場には、自転車の後ろの荷台に大きな箱を載せたアイスキャンディー屋さんが必ず二人はいます。アイスモナカとか、アイスキャンディーとかの幟《のぼり》を立てて売っています。ハンドベルを派手にシャリン、シャリンと鳴らしています。アイスキャンディー屋さんは今が稼ぎどきなのです。

　僕は踏切を渡って、アイスキャンディー屋さんの「キャンディーはいらんかの?」の声を聞くと、もうだめです。口の中は、冷たいアイスキャンディーの味でいっぱいになります。誰より早く、アイスキャンディーを口にするのが、今日の僕の海水浴での一番最後の楽しみなのです。

しかし、困ったことに今日は、どのアイスキャンディー屋さんから買ったらいいのかひどく迷っているのです。といいますのは、新しく頭にねじり鉢巻きをしたおじさんがいるのです。去年までは麦わら帽子のおじさんと、丸い黒縁のメガネをかけたおじさんしかいませんでした。麦わら帽子のおじさんはアイスキャンディーで、メガネのおじさんはアイスモナカです。アイスモナカのほうがおいしいのですが、くじがついていません。アイスキャンディーにはくじがついています。食べ終わったあと、棒に「アタリ」の表示があれば、もう一本、今度はただで食べられるのです。ですから、どうしても麦わら帽子のおじさんから買うことになるのです。食い意地がはっているものですから。

ところが、今日はもう一人、新しくねじり鉢巻きのおじさんがいるのです。アイスキャンディーの天辺《てっぺん》にスキムミルクが入っているそうで、おまけにくじもついています。ちょっと高くて十五円だそうです。二十円持っていますから、買えないことはないのですが、やはり迷います。何を迷っているのか、自分にもよくわからないのですが、迷います。

そして、汽車の時間が差し迫ってきているのに、まだ決めきれずにいるので、大きい姉ちゃんが「去年は、麦わら帽子のおんちゃんのアイスキャンディーば、買うたと《こ》やろ？　アイスキャンディーは、いつでん売りにきんしゃるけん、よかたい。今年は、どぎゃんね。試しにスキムミルクのキャンディーば、買うてみんしゃい」と助言しますが、僕はねじり鉢巻きのおじさんのキャンディーがどうしても信用できないのです。スキムミルクが少ししか入っていないのではないのかとか、初めから

「アタリ」のキャンディーは入っていなくて、売れ具合を見てこそっと一本入れるのではないのかとか、いろいろ考えてしまうのです。

「もう、祐二はごちゃごちゃ言うてせからしか！　うちは知らん」

大きい姉ちゃんはそう言って、さじを投げてしまいます。

こうなりますと、僕は一番無難ないつもの麦わら帽子のおじさんのアイスキャンディーを買うことになるのです。この間にみんなは、父からやはり同じ麦わら帽子のおじさんのアイスキャンディーを買ってもらっていて、汽車が来るころには食べきっています。ただ僕だけが「よか。二十円持ってきとるけん」と父が買ってくれるというアイスキャンディーを拒み続けます。そして、結局みんなと同じアイスキャンディーを自分のお金で買って食べるころには、汽車がプラットホームに滑り込んで来て「ほら、祐二！　乗るばい。早う食わんか」と兄から叱られる羽目に陥ります。

「祐二はほんなこつ、*とろかばい。*ぬたーっとしちょっと！」

小っちゃい姉ちゃんが兄の肩をもって、そう畳み掛けてきます。

「おいは、ぬたーっとしちょらん！　ちかっと決めっとが、遅かばっかいたい」

僕はそう言い返します。

すると、小っちゃい姉ちゃんは「ありゃー、そいばとろかって言うとたい」と言い、「わっはは」と人を小馬鹿にして笑い、頭をぽかりと叩くので、僕はつい頭にきて腕にがぶりとかぶりついてやります。

「ぎゃあー」と小っちゃい姉ちゃんが悲鳴をあげ、「兄《にい》ちゃん！」と兄に助けを求めます。

「こら、祐二！」と叱られて、今度は兄からぽかりと頭をやられます。

こんな場合、止めに入るのは大きい姉ちゃんです。

「なぁーん、そぎゃん頭ばっかい叩かんちゃよかやろもん。祐二はとろかばってん、よかたい。誰《だい》も考えんことば、*ゆうーっと考えよんしゃるばい」

大きい姉ちゃんはそう僕のことを言ってくれて、早く汽車に乗るようにデッキのほうに背中を押します。僕は押されたまま、汽車に乗り込みます。


帰りの汽車は、海水浴客でいっぱいです。しかし、次の駅の諫早駅までです。今は夏休みなので、通学している高校生も少ないのです。諫早駅から乗ってくる高校生は進学校に通う、兄のように補習授業を受ける学生しかいません。中学三年の大きい姉ちゃんは、来年大村のほうにある私立の高校に行く予定です。僕は兄のように秀才ではありませんので、たぶん中学校を卒業したら、名古屋の親戚の家に働きに行くことになるでしょう。名古屋の親戚の家は、自動車の部品を作っている工場を経営しているそうです。そこのおじさんが「祐二は、中学ば卒業すれば、うちにくればよか。夜間高校に通ってもよかぞ。そんうち、国家試験ば受けて、整備士の免許ばとればよかやろもん。将来は独立して、自動車整備工場の社長ばい」と言ってくれます。ですから、僕は大きい姉ちゃんが言うように「誰も考えんことば、ぐちゃぐちゃ」と考えているわけではないのです。ただ勉強が嫌いなだけなのです。

汽車が諫早駅に着くと、案の定、乗客が次々と降りて、座席ががらがらになりました。僕は通路

＊とろか（愚鈍）　＊ぬたーっと（ぼーっと）　＊ゆうーっと（ずぅーっと）

を中のほうに入って行きました。

そのときです。

「祐ちゃん！」と僕を呼ぶ女の人の声が耳に入ったのは。

ひょいと見ると、内村さん家の桃子おばちゃんが窓際の席に座っていました。白いスカーフを首に巻いています。

「なぁーん、桃子おばちゃんたい。どぎゃんして、ここにおると？」

僕はびっくりして訊きました。

「長崎からの帰りたい。祐ちゃんは、なんね？」

桃子おばちゃんは珍しく赤いべにをさしています。

「おいは海水浴たい。横島に行ったと」

「そぎゃんね、そいはよかったたい。面白かったやろ？」

桃子おばちゃんは満面に笑みを浮かべていました。

僕は桃子おばちゃんの前の席が空いていましたので、そこに座りました。

僕の隣には大きい姉ちゃん、桃子おばちゃんの隣には小っちゃい姉ちゃんが座っています。通路を挟んで、反対側の席に母と妹、そして父と兄が座っています。

汽車が動きだすと、母が「いつも、祐二がお世話になって、悪かね」と桃子おばちゃんに声をかけました。

すると、桃子おばちゃんは「祐ちゃんな、面白かもんね。いっちょん悪うなか。おばちゃんのほうが元気づくっとよ」と答えます。

僕はなんだか、褒められているようで照れくさくなります。

「体のほうは、どぎゃんですか？」

母が訊きます。

「まあ、今んとこは、どぎゃんもこぎゃんもなかとです」

「そいが一番よか。なぁーんもなかとが、一番たい」

母はそう言うと、窓際に座っている妹の里美を見て「ありゃ、こん子はもう寝とるばい」と言っていました。

このとき、僕はなんとなく桃子おばちゃんは病気しているのかなと思っていました。姉たちはこそこそと「ヒバクしとらすとたい」と言っていましたが、僕にはヒバクの意味がわかっていませんでした。はしかや水ぼうそうのように子どもがかかるハヤリヤマイではなくて、大人のかかるハヤリヤマイだとばかり思っていたのです。それに、姉たちが小さな声でぼそぼそと言っていましたので、そんなことは訊いてはならないような気が僕にはしていたのです。

桃子おばちゃんは汽車のなかで、僕たちに明治のミルクキャラメルをご馳走してくれました。たまたまバッグのなかに一箱入れていたそうです。

駅に着くと、僕は桃子おばちゃんと一緒に家まで帰りました。帰り道、桃子おばちゃんがいろいろと訊いてきますので、僕はボートに乗っていておぼれかけたことを話しました。

「あいば、祐ちゃんな、うんぶくれたと？」

＊どぎゃんもこぎゃんも（どうもこうも）

桃子おばちゃんが訊いてきます。

「ウン、うんぶくれたと」

僕はすぐに答えました。男としては少し格好悪いのですが、本当のことなので仕方ありません。

「ケガはせんやったやろうね？」

「だいがケガばするかん。ちょこっと辛《から》か水ば飲んだばっかい」

「そぎゃんね、そいはよかったたい」と桃子おばちゃんは言って、それからふいに「あっはは……」と声を立てて笑い始めました。

「ばってん、おいのせいじゃなかと」

僕は笑っている桃子おばちゃんに大きな声で言いました。

「あいは「ブツリのホウソク」っていうとげな、兄ちゃんが言いよらした。そん「ブツリノホウソク」っていう化け物がさ、おいの足の裏をばい、ペロンって舐めんしゃったと」

そう言うと、僕は再び大きな声で笑いだした桃子おばちゃんを置いてきぼりにして、隣の曾野《その》さん家《ち》から、びゅーんっと走って帰りました。

この日、僕は夜遅くなってお腹が痛くなり、下痢をしました。キャラメルやらアイスキャンディーやら、クリームパン、そして空豆などをたくさん食べ過ぎたせいでしょう。僕は母から無理やり、にがくてくさいセイロガンを飲まされました。

四章　お盆《ぼん》

僕の地元では、お盆の三日間は川に泳ぎに行ったり、山に遊びに行ったりしてはいけないと言われています。その日、川に行けば河童《かっぱ》に尻から「じご＊」を吸われて「うんぶくれる」と言われていますし、山に行けば「やーこう＊」に引っ付かれて、気がおかしくなると言われています。

夏休みに事故が起こるのは、このお盆の三日間が一番多いのだそうです。お盆で親戚の人たちが県外からもたくさん集まり、ご馳走を食べたり、大人はお酒を飲んだりするものですから、陽気になり、つい羽目をはずしすぎて、事故の起こる確率が高くなるのでしょう。子どもは急流にのまれ、深い淵にはまって水死したりします。川面に浮いている子どもがいればすぐに引き揚げてパンツを脱がせ、「尻の穴ば見んしゃい」と言います。死んでいる子どもは尻の穴があいているそうです。河童に尻から「じご」を吸われているのです。それから、山にはおなごは、ゼッタイ一人で登ってはいけないのだそうです。特に「若《わ》っかおなご」は県外からやって来る「やーこう」に狙われて、あとで気が触れたり、首をくくったりするそうです。

僕ん家ではお盆の一日目は、お墓参りに行きます。二日目は親戚の家に行って、ご馳走を食べます。三日目は家にお坊さんが来て、お経をあげます。お坊さんは忙しいものですから、お経をあげ

＊じご（内臓）　＊やーこう（キツネ）

ますと、さっさと帰って行きます。

お坊さんはさっき朝早く来て、お経をあげて帰ったばかりです。次の檀家の人が待っているのだそうです。仏壇の前にはいろんなお供え物が置いてあります。お盆の干菓子をはじめ、果物ではスイカ、ウリ、長崎の親戚の家からは福砂屋のカステラが供えてあります。が、このお供え物は明日にならなければ食べられません。

お供え物を見ていてもつまらないものですから、僕は内村さん家に遊びに行きました。大きい姉ちゃんと小っちゃい姉ちゃんは長崎の螢茶屋《ほたるぢゃや》の親戚ん家に、お呼ばれで出掛けています。兄は諫早の図書館に行っています。家には母と妹しかいません。父は、今日は夜勤で明日帰って来ます。川にも泳ぎに行けませんので、正夫くんがたくさん持っている漫画本を見せてもらおうと思ったのです。

ところが、正夫くんたちは小江《おえ》の親戚ん家に行っているそうで、桃子おばちゃんしかいませんでした。その桃子おばちゃんも、これから自転車で小江に行くのだそうです。

「なぁーん、だいもおらんと。つまらんたい」

僕はしかたなく家に帰ろうとしていました。

そこへ、桃子おばちゃんが「あいば、おばちゃんと一緒に、小江に行くかん？　後ろに乗って行けばよかやろもん」と言ってきたのです。

僕は思わず「ほんなこて、よかと！」と大声をあげていました。

僕には家に帰っても何もすることがないのです。妹と遊んでもいいのですが、つまりません。すぐ泣くのです。

「後ろに乗せてくるっと？」

僕はうれしくて、つい二度訊いていました。

「よかばい。ばってん、尻の痛かばい」

「なぁーんの、そんくらい！」

「あいば、かあちゃんに言ってきんしゃい。おばちゃんと小江に行くばいって」

桃子おばちゃんがそう言いました。

僕はすぐ家に帰って「かあちゃん！　小江に行ってよか？」と訊いたのです。ですが、母は「お盆やっけん、行かんと！」と言ってきたのです。

「桃子おばちゃんが、自転車の後ろに乗せてくるって言いよんしゃると。小江には正夫しゃんがおんしゃっとばい。よかやろ？」

僕は必死になって、母にせがみました。

しかし、母は「小江は遠《とう》かたい。自転車でん、一時間半はかかるばい。桃子おばちゃんがきつかたい」と言って許してくれません。

僕はくやしくて泣きたくなってきました。

「ばってん、姉ちゃんたちは長崎に行っとったい。よかべべ*ば着て。うまかもんば食いよらす。小江は長崎よっか、ごっうー近《ちか》か！　そいに帰りは正夫しゃんたちと一緒に、バスで帰って来《く》けん、桃子おばちゃんな、なぁーんもきつうなか……」

*よかべべ（お酒落着）

僕の声はだんだん鼻声になってきました。

すると、母が「そぎゃーん、行きたかと？」と訊いてきたので、僕はすかさず「うん！」と大きくうなずいて見せました。

「ほんなこつ、祐二はこすか。悪知恵の働くたい。小江は長崎よっか、ごっつー近かもんね」

母はとうとう小江行きを許してくれたのです。それもバス賃だと言って、三十円もくれたのです。

僕は思わず「バンザイ！」を叫んでいました。


内村さん家に戻ると、もんぺ姿の桃子おばちゃんが麦わら帽子のあご紐をきちんと結んで、納屋の前で待っていてくれました。自転車は青年団の三郎兄《あん》ちゃんが時々、橋本魚屋さんや農協に行くときに使っている、でっかくてごつい自転車です。後ろには荷台が付いています。中学二年生の正夫くんがようやく三角乗りからサドルにまたがって乗れるようになった自転車です。

桃子おばちゃんはサドルに跨《またが》っても、充分に脚が地べたに届きます。桃子おばちゃんは背が高く、すらりとしています。僕は桃子おばちゃんを見上げるたびに、いつも圧倒されます。

「うんにゃー、おばちゃんな、やっぱーすごかばい。おなごやなかごたる」

僕はつい圧倒されて、そう言ってしまいました。

「おばちゃんは、おとこやなかばい！」

当然のことのように、桃子おばちゃんが怒ります。でも、桃子おばちゃんはすぐに、くすっと笑い、「早《はや》う乗んしゃい」と言いました。

僕は後ろの車軸のところにある出っ張りに足をかけて「よいしょ！」と荷台にまたがりました。

「乗ったと？」

「うん！」

僕はドキドキしています。自転車にはまだ乗れませんが、後ろに乗せてもらうのが大好きなのです。大きい姉ちゃんが友達の赤い自転車を借りて練習しているところです。乗れるようになると、父が月賦《げっぷ》で自転車を買ってくれるそうです。ですが、大きい姉ちゃんは運動神経が鈍いので、いつ乗れるようになるかわかりません。もしかしたら、乗れなくて諦めるかもしれません。そうなれば、僕が自転車の練習をして、ゼッタイ一日で乗れるようになります。

「ゆーっと掴まっとかんばばい。よかね！」

桃子おばちゃんはそう言うと、チリンと一回ベルを鳴らしました。

僕はいよいよ出発だと思いました。もう、うれしくてたまりません。

桃子おばちゃんがサドルに跨ったまま、始めのペダルをぐぅいーっと踏み込みました。自転車がふんわりと動き始めます。

僕は思わず「ヤッホー！」と叫んでいました。

自転車は牛小屋の前を通って、内村さん家の石垣の角を曲がります。

桃子おばちゃんはなぜか知りませんが、「クック、クック……」と声を押し殺して笑っています。

僕は荷台の手すりに掴まり、脚はぶらんぶらんさせています。

牛車《ぎっしゃ》か、耕耘機しか通らない内村さん家の前の狭い道に出ますと、桃子おばちゃんは轍《わだち》のところを避けて少しずつ自転車のスピードを上げます。

「どぎゃんね、えすなか？」

桃子おばちゃんはまだ小さく笑っています。

「なぁーんの、えすかろう。ごっつうおもしろか！」

僕は大きな声で答えます。

「祐ちゃんな、自転車にはよう乗せてもらっとっと？」

「うんにゃー、乗せてもろうとらん。昨日、初めて親戚ん兄ちゃんに、乗せてもろうたばっかい」

「ほんこてや。ばってん、乗り方のじょうずたい。馴れとんしゃる。ハンドルのぐらぐらせんもん」

桃子おばちゃんはそう言うと、お尻をひょいと上げて、ガッシャンガッシャンとチェーンの音をさせて、もっとスピードを上げました。

突き当たりの古川《ふるかわ》せんべい屋さんの前の道をキッキッキーとブレーキをかけ、商店街のほうに曲がります。ここは砂利道で、時折、自動車も通ります。商店街の大通りに出ると、アスファルト道路になります。舗装された道になりますので、荷台がガタガタしません。しかし、ボンネット型のバスも通りますので、バスが来たら、自転車から降りなくてはなりません。後ろからバスに「プップー」と、突然クラクションを鳴らされますと、びっくりします。その拍子に倒れますと、大変なのです。クラクションを鳴らされただけで、交通事故になるような町なのです。ですから、たいていの人は自転車から降りて、バスが通り過ぎるまで道端で待っています。

山崎歯医者さんの角のところに来て、桃子おばちゃんは自転車から降りて、「大通りは車のよんにょ来《く》けん、あぶなか。駅まで歩くばい」と言ってきました。

僕は「うん、よかばい」と返事して、勢いよく自転車から跳び降りました。

「うんにゃー、祐ちゃんな、＊さかしかたい」

桃子おばちゃんは両手でハンドルを握って、自転車を押しています。ハンドルには大きな手提げ籠《かご》が一つぶら下げてあります。何が入っているかわかりませんが、軽そうです。

橋本魚屋さんの前を通るとき、桃子おばちゃんは「橋本のかあちゃん！」と呼んで、「今日は、まだお盆ばい。お盆でん、店ば開けとっと。そぎゃん、稼《かせ》いでどぎゃんするかん？」と店の奥まったところにいる、橋本のかあちゃんに声をかけます。

すると、橋本のかあちゃんは「どぎゃんもこぎゃんもせん。お盆やっけん、魚はあがらんたい。ばってん、えん家《ち》んとうちゃんがさ、＊ちかーっと刺身ば食いたかって言いよらすもんね。なぁーんの、酒の肴たい。わがばっかい、食うてさ」と何やら、怒っているわりにはうれしそうに不満を言っているのです。

「うんにゃー、そいは仲んよかたい。とうちゃんには、ずっと気張ってもろうたとやろ。盆くらいは、サービスせんばたい」

桃子おばちゃんはそう言うと、「わっははー」と大きな声で笑いました。

「ばってん、桃子しゃんは自転車でどこに行くかん？」

橋本のかあちゃんが店先に出てきます。

「小江たい。小江のばあちゃん家《ち》！」

＊えすなか？（怖くない？）　＊さかしか（素速い）　＊ちかーっと（少し）

「小江に行くと。あいば、こいば持っていきんしゃい」と言い、橋本のかあちゃんは店の棚から、あごのちくわを五本ばかり新聞紙に包んで手渡そうとしました。

「よかばい。荷物になるけん」

「なぁーんの、よかたい。食いもんやっけん、食えば*のうなるばい」

「橋本のかあちゃんには負けるばい。小江までは食えんけん、荷物ばい。ばってん、よかたい」

桃子おばちゃんはそう言うと、「祐ちゃん、ちくわばもろうてきんしゃい」と、僕に新聞紙に包まれたちくわをもらって来るように促しました。

「祐ちゃんも一緒に行くと？」

橋本のかあちゃんが訊きます。

「うん。小江には正夫しゃんがおんしゃるけん、遊びに行くとたい」

僕は橋本のかあちゃんからちくわを受け取りました。

「うんにゃー、そいはよかたい。気つけんばばい」

橋本のかあちゃんはそう言うと、再び店の奥のほうに引っ込んでしまいました。

次に、桃子おばちゃんは大壺お菓子屋さんの前で止まりました。小江のばあちゃん家の仏壇のお供え物だと言って、マルボーロを箱ごと買ったのです。それを桃子おばちゃんはハンドルにぶらさげている手提げ籠に入れました。

「ぐちゃぐちゃにならんやろうかね」と桃子おばちゃんはひとり言を呟き、「そぎゃんなれば、そぎゃんときたい」と自分で答えて、「ねぇー、祐ちゃん？」と僕に訊いてきました。

僕は「うん！」と大きく頷いて、「そぎゃんなれば、おいが食うてやるけん、心配せんちゃよか」と胸を張って答えてみせました。

すると、桃子おばちゃんは「わがが一人で食うと」と言い、「おばちゃんにはくれんと?」と訊いてきたのです。

一瞬、僕は「箱ごとは多かばい」と思いました。そして、食べ切れないのなら、半分は桃子おばちゃんにあげて、あとの半分は自分で食べて、それでも食べ切れなければ、妹におみやげに持って帰ろうと考えたのです。

ですから、僕は「よかばい。桃子おばちゃんには半分やるけん」と答えたのです。

桃子おばちゃんは「えっ！」というような驚きの目で僕を見て、「祐ちゃんな、ほんなこつ、面白かね！」と言い、あとは「わっははは……」と声を出して笑い、「冗談ばい、じょうだん」と言ったのです。

このとき、僕は頭に少しカチンときました。

「なぁー、桃子おばちゃんな、＊すらごとば言いよんしゃるたい。大人は子どんばだますけん、いっちょん好《す》かん！」

僕はそう桃子おばちゃんに言ってやったのです。

桃子おばちゃんは「かんにん……」と言ってあやまり、「小江に着けば、マルボーロば一つやるけん、そいで許してくんしゃい。もうー、どっちがだまされたか、わからんたい」と、首を何やらしきりにかしげていました。

＊のうなる（無くなる）　＊すらごと（嘘）

でも、僕は「やったー」と両手を上げて喜んでいました。

駅前の角にある郵便局を通り過ぎると、商店街が終わります。それと同時に、アスファルトで舗装された道路も終わって、再び砂利道になります。ですが、砂利道だといっても国道ですから、時折トラックやオート三輪車などが通ります。後ろから「プップー」とクラクションを鳴らされたら、注意しなければなりません。

桃子おばちゃんはアスファルト道路が終わって、砂利道が始まる駐在所の前で自転車にまたがり、「祐ちゃん、乗んしゃい。こいかい、坂道やっけん、とばすばい」と言ってきました。

僕は後ろの荷台にまたがり、「よかばい」と返事しました。

「後ろかい、トラックの来れば教えてやるけん」

「そぎゃんね、あいば教えてくんしゃい」

桃子おばちゃんはそう言うと、びゅーんと自転車を走らせました。

公相寺《こうそうじ》の急坂にさしかかると、桃子おばちゃんはブレーキをキッキッキーと掛けながら、少しずつスピードを落とします。

「おっとー、こん坂はやっぱー、スピードの出るばい。えすかー」

桃子おばちゃんが言います。

しかし、僕は反対にスピードが出ておもしろいものですから「もっとスピードば出しんしゃい」という気分なのです。

この急坂は膳住寺名《ぜんじゆうじみよう》へと行く分かれ道まで続いています。そこから先は田島川までゆるい坂です。田島川の橋を渡ると、八幡神社までずっと田圃沿いの平坦な真っ直ぐな道が続きます。

田島川の橋を渡ってから、急に暑くなりました。風がやんだというより、スピードが出ていないので、顔に風が当たらなくなったせいでしょう。

僕は荷台の手すりにしっかり掴まっていました。砂利道で、少しお尻がガタガタします。田圃の青い稲穂の上空には、黒光りしているツバメが低空飛行をこころみています。

桃子おばちゃんはペタルを漕ぐのに夢中です。誰の歌を口ずさんでいるのか、僕にはわかりませんが、「フンフンフン……」とハミングしています。

このとき、僕は何か、とてもいい匂いをかいでいました。貝掘りに行ったとき、ポンポン船でかいだクチナシの花の匂いに似ています。そして、この匂いはどうやら、桃子おばちゃんの白いブラウスから匂ってくるようです。

僕は桃子おばちゃんの白いブラウスに鼻を近づけ、クンクンと匂いをかいでみました。なんだか、とてもいい香りです。目をつぶると、頭の中がふんわりと軽くなり、まるで夢の中で鳥になって大空を飛んでいるような感じです。僕は手すりから手を放し、両手を広げました。

自分ではツバメになって、上空を飛行している気分なのです。両手を広げていますが、自転車の振動で落っこちないように、両足はちゃんと荷台を強くぎゅっと挟みつけています。耳に聴こえてくるのは、ツバメのさえずりです。「ピュー」と近くでさえずって、「ピュー」と遠くで反転して聴こえてきます。ツバメが上空で反転しているのです。そうです。あの、剣豪の佐々木小次郎が編み出

＊とばすばい（速いよ）

です。

のです。

した「燕返し」です。僕は宮本武蔵です。両手を使って「エイ、ヤーッ！」と二刀流の使い手なの
と、そのときです。自転車が砂利道の凹みにがたんと落ち、一瞬、僕のお尻がふぁーっと浮いた
のです。僕は思わず桃子おばちゃんの腰にしがみつきました。

「ありゃー、びっくりしたと。かんにんしんしゃい」

桃子おばちゃんが言いました。

「うんにゃー、おいが悪かと」

僕が後ろで、宮本武蔵になりきって両手を振り回していたものですから、桃子おばちゃんはバランスをくずして、うまく凹みを避けきれなかったのです。

僕はすぐに桃子おばちゃんの腰から手を放し、荷台の手すりに掴まりました。

桃子おばちゃんはガシャガシャとチェーンの音をさせながら、ペダルを漕ぎ、「祐ちゃんな、やさしかね……」と言い、「ばってん、おいが悪かって考えんちゃよかとばい。子どんは、子どんでよかと。あやまることはなか！」と言ってきたのです。

「うんにゃー、そがんやなかと。桃子おばちゃんな、よか匂いのすっとやんもん」

僕は思いきって、そう言ってみました。

すると、桃子おばちゃんは「よか匂いね……？」と訊き、しばらくしてから、「なぁーん！　洗濯石けんたい」と答えました。

僕は「石けんの匂いかん！」とびっくりしました。

「ぷーんって、よか匂いのすっと。そいば嗅《か》いどけば、なんか知らんばってん、頭のほんわかって軽うなると。そぎゃんなればさ、気持ちんよかとー。目ばつぶってばい、手ば放せば、ツバメたい。低空飛行ばして、クルッとひっくり返ると。燕返したい！」

「わちゃー、燕返しね？」

桃子おばちゃんはそう言うと、「うちには、いっちょんわからんばい」と言って笑っていました。

それから、桃子おばちゃんはまた「フンフンフン……」とハミングしていました。


石の鳥居のある八幡神社の前を、道なりに曲がりますと、こんもりとした森があります。そのおかげで、砂利道は日陰になって、急に涼しくなりました。

「桃子おばちゃん！　小江には柾子ちゃんもおんしゃっと？」

しばらくして、僕が訊きました。

「うん、おるばい。どぎゃんして……？」

「うんにゃー、どぎゃんもなかばってがさ……」

僕はなんとなく訊きづらくて、途中でやめようと思ったのです。

「なんね、言ってみんしゃい。柾子とまた、喧嘩したと？」

「喧嘩はしとらんばってん……」

「なんね。早《はよ》う言いんしゃい！」

桃子おばちゃんがいらだってきました。

僕は黙ったままです。

前方から土煙を立てながら、トラックがやって来ました。

桃子おばちゃんは自転車から降りて、道路のわきに寄せます。

「降りんでよか。乗っときんしゃい」

トラックが「プップー」とクラクションを鳴らして通り過ぎます。

土煙がおさまってから、桃子おばちゃんが再び、ガシャガシャとチェーンの音を響かせながら、ペタルを漕ぎ始めました。

「柾子ちゃんな*のぼせとっと」

僕はそう言って、また口をつむりました。

桃子おばちゃんは、今度は何も言ってきません。黙々とペタルを漕ぎ続けています。

「赤めしば炊いてもろうたとばい、大人になったとばいって言いよらす。ばってん、おいにはいっちょんわからんたい。なんば言いよらすと……？」

桃子おばちゃんがブレーキをかけて、自転車を止めました。

先のほうに長崎本線の鉄橋が見えます。下に国道が通っているのです。その鉄橋の手前に、お店が一軒だけ、ぽっんと立っています。なんでも売っている今泉《いまいずみ》商店です。

桃子おばちゃんは今泉商店を指さして、「今泉さんのとこで、休むばい。ぬっかけん、アイスキャンディーばおごってやるけん。そこまで、ちかっと歩きんしゃい」と言ってきました。

僕は後ろの荷台から「うん。よかばい」と言って飛び降りました。

前を桃子おばちゃんが自転車のハンドルを持って歩き、後ろを僕が歩きます。

「祐ちゃんな男やっけん、おなごのことはなんもわからんたいね」と言って、桃子おばちゃんが話し始めました。

「おなごは月に一回、メンスちゅうもんがあっとたい。なぁーんの、男も大人になればわかるけん、今はわからんちゃよか。ばってん、おなごは赤ん坊ば産まんばでけん大事か仕事のあっとたい。そいやっけん、おなごにはやさしゅうせんば。そいはわかるやろ?」

僕は黙っていました。

「赤ん坊ば産むっちゅうことは、ごっつうきつかことばい。死ぬこともあっけんね。そいやっけん、おなごは赤めしば炊いて、お祝いしてもらうとたい。柾子がのぼせちょっとは、当たり前のことばい」

桃子おばちゃんはそう話し終わると、自分だけ自転車に乗って、「祐ちゃん、走《はし》んしゃい!」と言いました。

僕は桃子おばちゃんに言われてダッシュしました。僕は足が速いので、すぐに桃子おばちゃんの自転車を追い越しました。今泉商店には僕のほうが先に着いたのです。

桃子おばちゃんは「はあ、はあ……」と息をつきながら、「祐ちゃんな、速かたい!」と驚いていました。

今泉商店で、僕はアイスキャンディーではなくて、バケツの中の氷水で冷やされたラムネを飲み

＊のぼせとっと（威張ってるんだよ）

ました。母からアイスキャンディーを食べたら、また下痢をするので「食《た》べんとばい！」と釘を差されていたからです。

僕がアイスキャンディーを食べないと言ったら、桃子おばちゃんも「あいば、おばちゃんもラムネば飲もうたい」と言って、ラムネを二本、プシューと開けたのです。泡がシュワシュワと出ます。僕はすぐに舌でラムネの瓶に栓をします。それでも泡があふれ出てきますので、ごくんごくんと飲みます。ひと飲みして、息を深くふぁーとはき、「うまかぁー」と叫ぶと、本当にうまく感じるので不思議です。

桃子おばちゃんは「ここで、ひと休みするばい」と言って、麦わら帽子を取りました。前髪の汗が一滴落ちます。桃子おばちゃんは店の奥に行き、テーブルの前の長椅子に腰掛けました。僕は店の外に出て、葉が青々と繁った柿の木の下に座って、ラムネを少しずつ飲みました。ラムネを飲み終わりますと、汗がぶわぁーっと吹き出てきます。

僕は汗を素手で拭いました。浜に近いので、風があります。桃子おばちゃんが「こいば、舐《な》むんね？」と言って、さっき店を出るときに、ガラスケースの中からあめ玉を一個買ってくれたのです。表面にザラメが付いています。口に含みますと、舌の奥からじわっと砂糖の甘みが口中に広がります。あめ玉は噛まずに口に含んで、だんだん小さくなるまでしゃぶっています。そして、これ以上小さくならないところで、カリッと噛むのです。

今泉商店の前を耕耘機が一台通り過ぎました。そのあと、何も積んでいない空のオート三輪車がばたばたと砂埃を立てて通り過ぎました。

僕は店の裏側に逃げて、ポンプで井戸水を汲み上げ、直接口で受けてごくんごくん飲みました。桃子おばちゃんが店から出てきたのは、僕がちょうど店の裏側から戻ってきたときでした。さっきの空のオート三輪車の砂埃は、もうおさまっていました。

「祐ちゃん、乗んしゃい！　鉄橋ばくぐれば、浜やっけん、よか風の吹くばい」

僕は後ろの車輪のところにある出っ張りに、足をかけて荷台にまたがりました。荷台に板が敷いてありますから、砂利道でも、ただがたがたするだけで、お尻が痛くなることはありません。それより、風を切って走るので、うれしくてたまりません。

鉄橋をくぐると、すぐそばに潮のひいた浜があります。乳白色のがたにたくさんのシオマネキが出ています。浜風が吹いて、ほんとうに気持ちいいのです。

桃子おばちゃんがまた、歌をうたい始めました。今度はハミングではなくて、歌詞がちゃんとあります。ですが、僕には何の歌かわかりません。姉たちが歌ううたではないのです。ひょっとしたら、日本語ではないのかもしれません。

桃子おばちゃんがリンを「チリン、チリン……」と鳴らします。前を二人連れのおんちゃんたちが歩いています。自転車が近づいたことを知らせたのです。二人とも大きな風呂敷に重箱を包んでいます。おそらくお盆の親戚回りでしょう。少し酔っ払っているのかもしれません。

二人連れのおんちゃんたちをやり過ごしてから、桃子おばちゃんがふと、「祐ちゃんな、大人になったら、何になるかん？」と訊いてきました。

僕はとっさに「パイロット！」と答えました。

しかし、僕は背が低いので、本当はパイロットにはなれないのです。パイロットになるには、まず身体検査に合格しなければならないのだそうです。僕は中学校を卒業すると、名古屋の親戚ん家の自動車の部品を作っている工場に行くことになっています。ですが、それだけではつまらないのです。ですから、夢だけは鳥のように大空を自由に飛べる、パイロットになりたいのです。

「ばってん、背の低《ひく》かけん、パイロットにはなれんたい」

「うんにゃー、祐ちゃんなまだ、こいかい背のいくらでん伸びるばい。男ん子は、中学生になれば、変わるけんね。髭も生えっと」

「ほんなこてや。あいば、自衛隊に入らんばたい」

「自衛隊？　そいはなんね」

桃子おばちゃんが大きな声で訊きます。びっくりしたようなのです。

「おいは頭の悪かけん、私立の高校しかいかれんたい。そぎゃんなれば、ゼニのかかるたい。ばってん、自衛隊に入れば、月給ばもらえるとたい。ゼニばもらいながら、飛行機の運転ば教えてくれっちゅうもんね。よかことばっかい」

僕は正夫くんが教えてくれたとおりのことを言いました。

すると、桃子おばちゃんは「自衛隊ばっかいは、いかんばい＊」と、再び大きな声で言ったのです。

「どぎゃんして？」

僕はいい考えだとばかり思っていたのです。

「自衛隊は人殺しばばい」

「人殺し……？」

僕は不思議に思いました。今まで聞いたこともない話なのです。自衛隊は諫早大水害のときに、救援物資を運んでくれたり、ブルドーザーで大川の堤防を造ってくれたりしていました。小学校の校庭で映画も見せてくれたのです。

「おばちゃんは、戦争はもうよか。ピカドンで、うちん姉ちゃんも死にんしゃったとばい……」

桃子おばちゃんはそう言ったきり、黙ってしまいました。

このとき、僕はずっと不思議に思っていたことを訊いてみました。

「桃子おばちゃん。姉ちゃんたちが言いようすとばってん、おばちゃんはヒバクしとらすとって……。そんヒバクってなんかん？」

桃子おばちゃんはしばらくして、「おばちゃんも、ピカドンにやられとっと。原爆病たい」と言いました。

僕は「原爆病」と聞いて、びっくりしました。

父と同じ長崎駅で働いていた澤村のおじさんが亡くなったのは、去年の夏の終わりごろでした。父と一緒に浦上の原爆病院に一回、見舞いに行ったことがあります。とても元気そうで、病気には見えませんでした。ベッドに浴衣を着て寝ているので、病気かなと思えるくらいでした。澤村のおじさんからは病院の売店でグリコキャラメルを買ってもらいました。グリコキャラメルは「一粒で二度おいしい」キャラメルなのです。とてもおいしかったのを覚えています。その澤村のおじさんは原爆病で死んだのです。ピカドンで放射能を浴びたのだそうです。

＊いかん（だめ）

「あいば、桃子おばちゃんは死ぬと?」

僕はゼッタイいやだと思いながら訊きました。

すると、桃子おばちゃんは「いんにゃぁー、まだ死なんばい」と答えたのです。

僕はほっとしました。そして、ほっとしたと同時に、なぜか自分でもわかりませんが、涙がポロポロと出てきたのです。

僕は男ですから、女子《おなご》には涙を見せてはいけないのです。兄が涙を流しているところを、僕は見たことがありません。ですが、どんなに歯を食いしばって、涙をこらえようとしてもだめでした。

「祐ちゃんな、なんば泣きよらすと?」

桃子おばちゃんが訊きました。

僕は「うんにゃー、泣いとらん」と答えようとしたのですが、答えられませんでした。

桃子おばちゃんのほうが、どうも様子がおかしかったのです。背中がブルッと震えていたのです。

このとき、桃子おばちゃんはきっと心のなかで泣いていたのだと思います。

僕は手のひらで涙を拭いました。

「心配せんちゃよかばい。おばちゃんな、まだ死なんけんね。おばちゃんには子どんがおらんたい。放射能でやられとっけん、赤ん坊のできんと。石女《うまずめ》たい。西田さん家《ち》から追ん出されたのも、当たり前のことばい。ばってん、そんとき赤ん坊のできとれば、祐ちゃんと一緒で小学生たい」

桃子おばちゃんはそう話し終わりますと、前のほうから砂埃をあげながらやって来る、ボンネット型のバスが来ているのを見て、自転車をとめました。そして、僕を自転車に乗せたまま、自分は自転車から降りて、じっとバスが通り過ぎるのを待っていました。

砂利道の国道は、この先ずっと海岸線沿いに続いています。先端の岬を回りますと、小江の町です。浜は潮が引いていて、ずうーっと先まで干潟です。たくさんの生き物たちが、いっときの休憩に入っています。アサリはピューッと潮を吹き、ムツゴロウはピョンピョンと干潟を跳ねています。

桃子おばちゃんがバスをやり過ごしてから「祐ちゃん、ちかっと浜に下りるばい」と言い、前方の入江を指さしました。

「うん。よかばってん、どぎゃんしたと?」

僕はようやく元気を取り戻していました。

「*きつかと?」

僕が訊きました。

すると、桃子おばちゃんは「きつうなかばってん、よかことば思いついたったい」と言ってきました。

僕は自転車から降りて、ちょっと上り坂になっている砂利道を後ろから「うんとこしょ、どっこいしょ」と押しました。桃子おばちゃんはきつくないと言っていますが、きっと暑さで体が「*ねまって」いるのでしょう。それと、僕が気になっていたのは「よかこと」って何だろうと思ったことです。ですが、桃子おばちゃんは何も話してくれません。

入江のところに来て、桃子おばちゃんは自転車のスタンドをおろして止めました。大きな手提げ籠を手に持つと、さっさと堤防を下りて行きます。

＊きつかと?(疲れたんですか?)　＊ねまっている(だるい)

僕は桃子おばちゃんのあとについて歩いています。さっき今泉商店でラムネと井戸水をたっぷり飲んだせいか、小便したくなっています。不思議なもので汗が出ているのに、小便はしたくなるのです。困ったものです。

僕は石段を下りて、がた海に突き出ている船着き場のほうには行かずに、反対側の畑に向かって歩きました。畑には肥やしを撒きますので、畑に小便しても、誰も文句は言わないのです。むしろ、有り難がられます。

「祐ちゃん、どこに行くと?」

桃子おばちゃんが後ろを振り向いて訊いてきました。後ろから付いて来ていないのに、気がついたのでしょう。

「どこも、行かんばってん、小便したかと。そこん、畑でしてくっけん」

僕は畑の土手側にある、草むらを指さしました。

すると、どうしたことか、桃子おばちゃんも「うちもしたかけん、ちかっと待たんね」と言ってきたのです。

僕は「ありゃ!」と思いました。男は立って小便できますが、女子《おなご》は座ってしますから、一緒に「飛ばしっこ」はできないのです。

「よか。おいは一人ですっけん」

「なんの、連れしょんたい!」

桃子おばちゃんはそう言うと、腰の紐をシュルシュルと解き、もんぺをぺろりと脱ぎました。

桃子おばちゃんは、僕が立っているすぐそばにしゃがみ込んでいます。畑の土手側の草むらに向かってしょーっと小便を飛ばしています。かなり先まで飛んでいるのに、僕はびっくりしました。

「女子《おなご》の小便も、よう飛ぶたい」

「なんの、小学生には負けんばい」

桃子おばちゃんは「えへへ……」と笑いながら、立ち上がりますと、今度はもんぺの腰紐をぎゅっと結びました。

「祐ちゃんな、まだインゲの生えとらんたい」

桃子おばちゃんがぼそりと言いました。

僕は「はあっ！」と思いました。

「よかと、そんうちに生えるけん。大人になれば、わかるたい」

桃子おばちゃんはそう言ってから、船着き場のほうに歩いて行きました。そして、船着き場のおおきな置き石の上に腰掛けました。それから、手に持っている手提げ籠からマルボーロの入った箱を取り出したのです。

「よかことって、そんマルボーロば、こそっと食《く》うことね？」

僕は目を輝かして言いました。

「そうたい。ちかっと悪かことばするばってん、黙っときんしゃいよ」

桃子おばちゃんも悪戯っぽい目で言いました。それから、桃子おばちゃんは僕に箱から取り出したマルボーロを一つ手渡したのです。小江のおばちゃん家のお盆のお供えものなのに……。

僕はすばやくぱくりとかぶりつきました。桃子おばちゃんの気が変わらないうちに、と思いつつ。じわーっとカステラのあまさが口中に広がります。

「うんにゃー、うまかばい！」

「うまかね！」

桃子おばちゃんがおうむ返しに答えます。

夏の太陽はがんがんに照りつけていますが、干潟の乾いた匂いと一緒に潮風が吹き付けてくるものですから、とてもいい気持ちです。それに、僕の大好きな桃子おばちゃんがほんのすぐそばに背中合わせにいます。クチナシの花の匂いが漂っています。おまけに、口の中には桃子おばちゃんよりもっと大好きなマルボーロが入っているのですから、僕はもう夢心地です。

遠くに見えるのは、雲仙の山です。長く裾野を引いています。諫早湾の奥深くまで入り込んでいるがた海は、青い海ではありません。乳白色の干潟の海なのです。内村さん家の松じいちゃんは「宝の海」と言っています。キラキラと宝石のように、貝や魚がいっぱいいるからでしょう。

桃子おばちゃんが背中をくっつけてきます。僕は暑いので、すぐに離れます。

「離れんちゃ、よかたい」

桃子おばちゃんが言います。

「うんにゃー、くっつけば汗の出るとばい。気持ちん悪か」

僕が言います。

「なんの、そいがよかとたい」

僕には大人の人の言うことがわかりません。大人は子どもを騙します。ですから、僕は大人は大嫌いなのです。ですが、僕は、桃子おばちゃんはマルボーロと同じくらい大好きなのです。

小江の町に入るまで、桃子おばちゃんは海岸線の国道を歌をうたいながら、軽快に自転車を走らせました。小舟津《こふなつ》の先端を回って、小江の商店街に入ると、再びアスファルト道路になります。

小江の駅前を通り過ぎてから、丘のほうに向かいますので、坂道になります。ここからは後ろに人を乗せて、とても坂道は上れませんので、僕は自転車から降りました。長崎本線の線路に沿って、しばらく自転車を押しながら坂道を上って行きますと、踏切があります。桃子おばちゃんの小江の親戚ん家は、じつはこの踏切をわたったすぐそばにありました。

黒瓦屋根の大きな家です。内村さん家と同じくらいです。庭が広く、母屋の裏側にはスイカ畑があるそうです。

僕はよく正夫くんからスイカの話を聞かされていました。井戸に吊して冷やすのだそうです。一人、一個は食べられると言います。僕は「ほんなこてや?」と思っています。いっぺんは本当に自分一人で、スイカを一個食べてみたいものです。

広い庭に面している縁側に、柾子ちゃんと春子ちゃんがいました。ここの小江の親戚ん家の子どもでしょうか。ほかに三人ばかり、見馴れない女の子たちがいて、みんなでトランプをしていました。ですが、中学生の正夫くんはいません。庭先から、僕が柾子ちゃんに「正夫しゃんな、どこにおらすと?」と尋ねますと、柾子ちゃんは「ぶた小屋」とだけ答えて、トランプの「ばば抜き」に夢中です。

僕は桃子おばちゃんに連れられて、まず裏口から母屋に入って、一番奥の大広間の天井まである仏壇に手を合わせ、小江のおばちゃんに「こんにちは」の挨拶を済ませてから、正夫くんに会いにぶた小屋に行きました。本当は、朝、家でお坊さんと一緒に仏壇に手を合わせてきたばかりですから、やりたくなかったのですが、しようがありません。だって、お供え物のマルボーロを桃子おばちゃんと一緒になって盗み食いしてきたのですから。そのマルボーロは、桃子おばちゃんがおぼんにのせて、橋本魚屋さんのちくわと一緒に、仏壇にお供えしていました。桃子おばちゃんはただ指先を額と肩のほうにもっていって、十字を切るだけです。手を合わせて「なむあみだぶつ」と念仏を唱えなくていいのですから、その分、得だ、と僕は思います。

ぶた小屋はスイカ畑の隅っこのほうにありました。そこで、正夫くんは親戚ん家の兄ちゃんと一緒にぶたの世話をしていました。子ぶたが三匹生まれたばかりで「ブイブイ……」と鳴いてとてもうるさいのです。おまけにぶた小屋はひじょうにくそ臭いので、僕は子ぶたの頭を「よし、よし……」と撫でてから、柾子ちゃんたちがいる母屋のほうに引き返しました。

僕は庭先から縁側に上がりました。柾子ちゃんが「ばば抜き」に勝って、罰ゲームの「しっぺ」をしているところです。みんなが柾子ちゃんの目の前で、手のひらを重ねて山をつくっています。

「祐ちゃんも入っとやろ？」

僕を見つけた柾子ちゃんが、さっそく声をかけてきます。

「うん、入れてくんしゃい」

僕は場所をあけてくれた、柾子ちゃんの隣に座りました。

「あいば、入った者《もん》が一番上に乗せんば」

柾子ちゃんが妙なルールを押しつけてきます。

「よかばい」

僕はにやっとして、手の甲を上にして乗せました。うまく逃げられる自信が、僕にはあったのです。

柾子ちゃんが下唇を上の歯でぎゅっと噛みます。ここだと思って、僕はすばやく手を引っ込めました。

柾子ちゃんは見事にみんなから「しっぺ返し」を喰らっていたのです。いやというほど床の板を、自分の手のひらでぶっていました。

「痛かぁー」

柾子ちゃんが叫びます。

「ざまぁー、なかたい！」

僕は「いっひひ……」と笑いました。

柾子ちゃんが僕をぎろりと睨みつけて、いきなりぽかりと頭を殴ります。

「ばぁーか！」

柾子ちゃんはそう言うと、ぷいと横を向きました。

そこへ、桃子おばちゃんが真ん丸い大きなスイカを両手で抱きかかえるようにして、縁側に現れました。

「スイカばい。スイカば食うばい。三時のおやつたい！」

桃子おばちゃんは、後ろから包丁とまな板を持って付いて来ていた中学生ぐらいの知恵子《ちえこ》姉ちゃんに「まな板はそこばい」と指図していました。

みんなが桃子おばちゃんを囲んで、スイカを切るのを見ています。

「柾子はまた、祐ちゃんと喧嘩しとっと？」

桃子おばちゃんが訊きます。

「うんにゃー、喧嘩しとらん」

柾子ちゃんが答えます。

「ねぇー、祐ちゃん」と柾子ちゃんは後ろから手を回してきて、僕の脇腹をぎゅっとつねるのです。

「うん」と返事するように催促しているのです。

一瞬、僕は「痛ててぇー」と叫びますが、ここは一応「喧嘩はしとらんばってん」と答えておきます。

しばらくして、切ったスイカをみんなに配り終えてから、桃子おばちゃんが「喧嘩はしとらんばってん、そん先はなんかん？」と訊いてきます。

ですが、僕はもうスイカを食べるのに夢中ですから、適当に「こすかと！」と答えておきます。

「うちのどこがこすかと？」

柾子ちゃんが肘鉄《ひじてつ》を喰らわしてきました。

「どこでんたい！」

スイカは冷たくて、とても甘いので、柾子ちゃんのことはどうでもいいのです。肘鉄を喰らっても、痛いのはほんのちょっとですから、なんともないのです。それよりも、スイカです。暑くて喉が渇いているところに、この冷たくて甘いスイカは最高なのです。

「なんね、そん食い方は？」

柾子ちゃんがまた、いちゃもんをつけてきます。

「こぎゃんやって、食うとばい」と言い、柾子ちゃんはタネを出さずに、ばりばりとスイカの皮だけ残して食べるのでした。

僕は柾子ちゃんの食べ方を見て、すごいと思いました。タネを一粒ひとつぶ口からプイと小皿に出すのではないのです。タネごと噛み砕いて飲み込むのです。ですから、僕が一切れ食べ終わるころには、柾子ちゃんは二切れ目を食べています。なるほどこうやって食べたら、スイカを一個丸ごと食べきれるかもしれない、と僕は思いました。

スイカを食べ終わりますと、僕たちはまた、トランプの続きをやりました。とても暑いので、外では遊べないのです。玄関の土間から上がった、囲炉裏のある部屋の柱時計が四時のボンを打ちました。

「四時ばい。帰《かえ》っぞ！」

正夫くんが言いました。

正夫くんはぶたの世話をしたあと、母屋の釜小屋のほうでやはり三時のおやつを食べて、囲炉裏のある部屋で、ここん家の爺さんの話し相手をしていたのです。

　このとき、桃子おばちゃんは二階の、さっきの知恵子姉ちゃんの部屋で、少し疲れたからと言って、体を横にしていたそうです。

　僕は桃子おばちゃんのことがなんとなく気になって、「桃子おばちゃんな、どぎゃんしんしゃったと？　自転車で帰らすとやろ？」と訊いていました。

　できれば帰りも、桃子おばちゃんと一緒に自転車の後ろに乗って、僕は帰りたかったのです。バス賃は母からもらっていましたので、自転車で帰れば、その分の三十円が、自分の小遣いになるはずだったのです。

「おばちゃんな、今日は泊まりたい。明日帰らすと」

　正夫くんが答えました。

　そこで、僕は自転車で帰るのを諦めて、正夫くんたちと一緒に県営バスに乗って帰りました。

　僕たちはボンネット型のバスのいちばん後ろの席に一列になって座りました。右側の窓際の席に正夫くん、僕は左側の窓際の席につきましたが、柾子ちゃんが「あら、うちはどこに座ればよかと？」と言ってくるものですから、僕が席を譲ってあげたのです。

　バスの窓は開けられたままなので、涼しい風が吹き込んできます。浜の匂いと一緒に、かすかに甘酸っぱい匂いがします。柾子ちゃんの汗の匂いでしょうか。

　行きは潮が引いていましたが、帰りはもう潮が満ちていて、がた海の諫早湾は乳白色の潮水で満杯になっていました。

僕ん家の真向かいの内村さん家にいた桃子おばちゃんの姿は、じつはここで僕の記憶のなかからすっかり消えています。姉たちの話を総合しますと、あれから、つまり僕を小江まで自転車に乗せて連れて行ってくれたあと、体調をくずして、しばらく長崎の赤十字病院に入院していたそうです。赤十字病院とは原爆病院のことで、そこに入院したら、二度と退院することはないと言われていたそうです。ですが、桃子おばちゃんは奇跡的に退院でき、博多の牧師のお兄さんのところに行ったとか、久留米の弁護士さんのところにお嫁にいったとか聞かされています。いずれにしても、桃子おばちゃんの消息はここでぷつりと切れたまま、現在に至っています。もしかしたら、姉たちが、当時、小学生の僕にショックを与えないように、桃子おばちゃんは原爆病院を奇跡的に退院して、久留米にお嫁に行ったのだと言っていただけだったのかもしれません。おそらく、桃子おばちゃんの遺体は博多で牧師をしているお兄さんに引き取られたのでしょう。ほぼ六十年前の話ですから、本当のことはすでに誰にもわかりません。僕ん家の両親はスペインのバルセロナオリンピックの年に相次いで亡くなり、小っちゃい姉ちゃんも、その次の年に両親のあとを追うように旅立っていますので。

夏休みが終わりますと、二学期が始まります。友だちがたくさんいる学校は、勉強は大嫌いですが、楽しいことばかりです。柾子ちゃんは学校ではとてもおとなしいのです。ですから、僕は学校で柾子ちゃんと顔を合わせてもなんともありません。

そして、ぬっか夏が終わり、涼しくなりますと、今度は待望の秋の季節です。秋になりますと、僕たちは山に行きます。山には栗《くり》や椎《しい》、椋《むく》、うんべといったたくさんの甘い木の実がなっています。とくにうんべは甘くておいしいのです。早く採りに行かなくては、ほかの部落の連中に採られてしまいます。そうです、僕たちはまだまだ遊びに夢中でした。

（完）

あとがき

二〇二〇年の春先頃から新型コロナウイルス感染症のパンデミック（世界的大流行）が発生し、一年以上経った現在でもなお、四回目の「緊急事態宣言」が発令され、不要不急の外出自粛を余儀なくされている。ただこのような閉塞状態をネガディブではなく、ポジティブに捉え直してみると、誰にでも自分にとって自由な時間が、厖大に与えられているということになっているのでは……。だとしたら、この厖大に膨れ上がった自由な時間をどう使い切るかである。古稀を過ぎた老人にとっては、そろそろ自分の人生に区切りをつけなければならない年だ。人生百年といっているけれど、高齢者にとってコロナは、感染したら即命取りになるという空恐ろしい流行り病なのだ。百歳にはまだ三十年あると、悠長なことはいっていられない。

そんなわけで、拙作『夏休み物語―昭和篇』の解説文を書いていただいた細川光洋さん（静岡県立大学教授）に、「これで諫早三部作が出来上がりましたね」と言われたことをきっかけに、まずは唐十郎さんに戯曲『泥人魚』で参考資料として取り上げていただいた『諫早少年記』から手をつけ始めたという次第である。すでに単行本化し、一定の評価を受けているのだが、もう一度時間をかけて読み返してみると、やはり文章がどうしても気になる箇所が出現してくる。構成も気になり、副題として「暦」と、文末に「該当学年」を新しく付け加えてみた。これによって登場人物の少年たちの心情がより深く読み取れることを期待したい。『諫早思春記』のほうは、「事実でないことを事実らしく創り上げた」小説として完成しているようで、ほぼ書き直しはなかった。『夏休み物語―昭和篇』は、今回『諫早三部作』を出版するにあたり、『諫早夏物語』と改題し、諫早を冠することで統一感を試みてみた。

故郷・諫早を舞台に、都会人には詩的にしか聞こえてこない方言を駆使し、コロナ禍だからこそ再出版化できた、昭和三十年代の少年たちの泥くさい野遊びの世界をご堪能ください。

なお、表紙の墨絵は画家・絵本作家の木葉井悦子さん（一九九五年没）がテクネ創刊号から10号まで表紙用に描いていただいた作品を使用しています。木葉井さんとの出会いがなければ、おそらく「テクネ」も「諫早少年記」も生まれなかったでしょう。木葉井さんの全作品は「軽井沢　絵本の森美術館」で常設展示されています。

二〇二一年神無月　　浦野興治

初出誌一覧

諫早少年記

一月の章　喧嘩独楽　テクネ7（1994年8月）
二月の章　不知火　テクネ11（1999年10月）
三月の章　野苺　青銅時代31号（1989年10月）
四月の章　朋輩　テクネ8（1995年9月）
五月の章　千羽鶴　テクネ6（1993年8月）
六月の章　弓矢　テクネ2（1990年8月）
七月の章　七月二十五日　テクネ4（1991年11月）
八月の章　廿日えべっさん　テクネ10（1997年9月）
九月の章　丹波栗　テクネ3（1991年5月）
十月の章　浮立　テクネ9（1996年9月）
十一月の章　神待夜　テクネ5（1992年8月）
十二月の章　もちつき　テクネ12（1999年4月）

諫早思春記

第一話　爪先立つ剣士　テクネ14（2003年1月）
第二話　アボちゃん　テクネ15（2003年11月）
第三話　恋する（前編）　テクネ16（2004年8月）
　　　　恋する（後編）　テクネ17（2005年2月）
第四話　長崎くんち　テクネ18（2005年9月）
第五話　蜜柑狩り　テクネ19（2006年5月）
第六話　卒業　テクネ20（2006年12月）

諫早夏物語（※夏休み物語—昭和篇　改題）

一章　貝掘り　テクネ31（2014年5月）
二章　花火　テクネ33（2015年7月）
三章　海水浴　テクネ34（2016年1月）
四章　お盆（＊自転車　改題）　テクネ35（2016年8月）

（※すべて加筆訂正しています）

浦野興治自作年譜

1947（昭和22）年
9月、長崎県北高来郡（現・諫早市）高来町汲水名にて、父・安一（長崎駅勤務）、母・みつゑの五人兄弟の次男として生まれる。
1957（昭和32）年　9歳
7月25日、諫早大水害に見舞われ、作文「兄は助かった」を書く（「水禍」高来町発行に収録）。小・中学時代は野、山、川、潟海で遊び三昧。
1963（昭和38）年　15歳
4月、長崎県立諫早高等学校入学。剣道部に入部。
1966（昭和41）年　18歳
3月、長崎県立諫早高等学校卒業。大学受験に失敗。
1968（昭和43）年　20歳
4月、日本大学理工学部第二部建築学科に合格、上京。6月、日大闘争に参加。この頃、バリケードの中で大学の先輩の勧めで、倉橋由美子『パルタイ』や白土三平「カムイ伝」（月刊漫画「ガロ」）、ジャズ喫茶などを識り、カルチャーショックを受け、読書に熱中。11月、大成建設㈱豊洲技術研究所に日給月給制の実験助手。
1972（昭和47）年　24歳
4月、大成建設㈱豊洲技術研究所にて実行委員会（労働組合）運動より解雇。

1973（昭和48）年　25歳
11月、大学時代の友人3人と一級建築士事務所「設計工房K」設立。
1977（昭和52）年　29歳
4月、「設計工房K」退所。以後1年間無職。この頃から小説を書き始める。
1979（昭和54）年　31歳
7月、長女・貴和生まれる。11月、㈱東京出版サービスセンター所属、編集校正。
1982（昭和57）年　34歳
3月、月刊同人誌「作家」（主宰・小谷剛）の同人となり、「別れ」を発表。10月、「紙」（作家）。以後、「作家」に年二作のペースで小説を発表（83年6月、「キャンプの海老」、11月、「腕時計」、84年7月、「あやつり人形」、85年1月、「水たまり」、5月、「同郷人」）。この頃、文芸評論家・堀切直人と知り合う（「紙」を絶賛）。堀切直人の紹介より、武田百合子・花、親子との交流が始まる。坪内祐三、片山健とも知り合う。
1986（昭和61）年　38歳
1月、「迷子する」（作家）。9月、『ふらんす風邪』沖積舎刊。12月、早稲田文学編集・江中直紀に認められ、「笑宅」を発表。「猫と娘」（作家）。
1987（昭和62）年　39歳
11月、「他人ごと」（作家）。
1988（昭和63）年　40歳

2月、「おどける父」（早稲田文学）。10月、「あ」（早稲田文学）。12月、青銅時代の同人に、「鼻の低い天狗」（30号）を発表。小川国夫と知り合う。

1989（平成元）年　41歳

8月、生活・環境・文化「テクネ」（不定期刊）を㈱レック研究所のPR誌として発行（共同編集・堀切直人）、「戯作三題」（創刊号）を発表。木葉井悦子、種村季弘、池内紀と知り合う。日本将棋連盟の支部機関誌「将棋」（秋季号）に「あきれた将棋」、以降90年9月冬季号「へぼ将棋」、91年1月春季号「縁台将棋」を発表。9月、日本大学芸術学部文芸学科「江古田文学」に「愚者讃歌」（秋16号）を発表。10月、「野苺」（青銅時代31号）。11月、『おどける父』青弓社刊。㈱オーリス社報「月刊オー」創刊準備号に「らっきょ徳利」、以降12月創刊準備第2号「平手打ち」、90年1月号「替え玉」、2月号「糠喜之絵図」、4月号「珍味」、5月号「双子の神様」、6月号「小鳩」、7月号「緑蜂」、9月号「狐女」、11月号「魔法の梨」、91年1月号「七つ太鼓の雷神」を発表。12月4日刊朝日新聞、毎日新聞の書評欄に『おどける父』。

1990（平成2）年　42歳

1月、「流行神」に『おどける父』書評（浅羽通明評）。8月、テクネに「小説・少年論」を連載（※のちに「諫早少年記」と改題。初出誌一覧参照）。「音楽家の娘さん」（早稲田文学）。11月、「まんびき」（青銅時代32号）。

1991（平成3）年　43歳

5月、「パン屋の歯医者さん」（早稲田文学）。6月、松尾龍之介推薦で週刊誌「サンデー毎日」「JINGEKI特捜班」（6／16号～92年4／12号）にコント6作を発表。8月、㈱聚珍社と編集請負契約（編集と文筆の両立）。10月、「ものぐさ倶楽部」（青銅時代33号）。

1992（平成4）年　44歳

2月、父・安一没（「おどける父」のモデル）。6月、「高速道渋滞巡り」（早稲田文学）。7月、母・みつゑ没（「夢枕に立つ母」のモデル）。

1993（平成5）年　45歳

4月、次姉・瑞奈枝没（「姉とうまかビール」のモデル）。「夢枕に立つ母」（早稲田文学）。10月、文芸同人誌「カプリチオ」（不定期刊）創刊に編集委員として参加、「僕たちの黄金週間」（創刊号）を発表。12月、「電車内ウオッチング」（早稲田文学）。

1994（平成6）年　46歳

4月、「姉とうまかビール」（早稲田文学）。7月、『姉とうまかビール』青弓社刊。8月、千葉俊二、細川光洋、田中美代子と交流、後藤明生の軽井沢の別荘へ。10月8日刊図書新聞の書評欄に『姉とうまかビール』（堀切直人評）。タウン誌・ながさきプレスに『姉とうまかビール』新刊紹介。

1995（平成7）年　47歳

3月、「豪女伝」（早稲田文学）。4月、唐組「裏切り

の街」公演、堀切直人紹介より唐十郎との交流が始まる。11月、劇団第七病棟「人さらい」公演、石橋蓮司、緑魔子と知り合う。

1996（平成8）年　48歳

1月、「遁走する僕ら」（カプリチオ5）。10月、「おふぢさん」（早稲田文学）。

1997（平成9）年　49歳

5月、「ピアスをしたジャム猫たち」（早稲田文学）。

1998（平成10）年　50歳

10月、浜いさをと交流、北鎌倉宅へ。環境「諫早湾干拓」（テクネ11）竹野新太郎（ペンネーム）で発表。

1999（平成11）年　51歳

1月、「干潟のある町」（早稲田文学）。4月、環境「諫早湾干拓②」竹野新太郎（テクネ12）。11月、『諫早少年記』風媒社刊。

2000（平成12）年　52歳

1月、『諫早少年記』共同通信社全国配信記事（佐藤洋二郎評）に採用（長崎新聞、信濃毎日新聞他）。1月20日刊タウン紙・ナイスいさはやに『諫早少年記』新刊紹介。2月25日刊週刊読書人の書評欄に『諫早少年記』（清水鱗造評）。

2001（平成13）年　53歳

1月、劇評「唐十郎の芝居におけるフェティシズムの量子力学」（カプリチオ13）。2月、『諫早少年記』諫早コスモス音声訳の会にて音訳（諫早図書館貸出）。7月、『諫早少年記』三島市みつばち文庫音訳（録音図書）。8月、エッセイ「加能作次郎　小説の小道具について」（カプリチオ14）。12月、環境「諫早湾干拓③」竹野新太郎（テクネ13）。

2003（平成15）年　55歳

1月、山中湖唐組稽古場乞食城、「泥人魚」観劇。この頃、劇団員・稲荷卓央、藤井由紀と知り合う。テクネに「諫早思春記」を連載（初出誌一覧参照）。劇評「稲荷・藤井のコンビを観る」竹野新太郎（テクネ14）。「クルマは走る」（カプリチオ16）。4月、唐十郎「新潮」、戯曲「泥人魚」（読売文学賞他）を発表（『諫早少年記』参考資料）。11月、藤井由紀インタビュー記事（テクネ15）。

2004（平成16）年　56歳

4月、唐十郎、戯曲「津波」公演（「他人ごと」（作家87年11月号）参考資料）。11月、『唐十郎がいる唐組がある二十一世紀』共著（坪内祐三　永原孝道　室井尚　浦野興治　堀切直人）青弓社刊。

2005（平成17）年　57歳

5月、『諫早干潟干拓』レック研究所刊。9月、劇評「テント芝居について」竹野新太郎（テクネ18）。

2006（平成18）年　58歳

5月、劇評「２００５年、唐十郎事件！」竹野新太郎（テクネ19）。12月16日、テクネ20号記念イベント開催（トーク／大久保鷹、堀切直人　朗読／藤井由紀）。この頃、加藤幸子と知り合う(テクネ20号記念に特別寄稿)。
2007(平成19)年 59歳
7月、『諫早思春記』右文書院刊。8月、「湯島天神坂下」(テクネ21)、劇評「劇と演技についてのつぶやき…」竹野新太郎(同)。10月27日刊図書新聞の書評欄に『諫早思春記』(田中美代子評)。
2008(平成20)年 60歳
4月、「大井町路地裏」(テクネ22)、劇評「三色テント出で立ち公演」竹野新太郎(同)。12月、『ピアスをしたシャム猫たち』レック研究所刊。「中目黒ガード下」(テクネ23)、劇評「劇団唐組 夕坂童子(大阪公演)」竹野新太郎(同)。
2009(平成21)年 61歳
8月、「阿佐谷夢小路」(テクネ24)。
2010(平成22)年 62歳
5月、「神楽坂恋横丁」(テクネ25)、エッセイ「伊東静雄・菜の花忌」(同)。9月、『笑箱』レック研究所刊。12月、「浅草馬道通り」(テクネ26)、劇評「摩訶不思議な芝居」竹野新太郎(同)。
2011(平成23)年 63歳
8月、「新宿ゴールデン街」(テクネ27)、エッセイ「野呂邦暢・菖蒲忌」(同)。10月15日刊公明新聞、唐組「西陽荘」劇評。
2012(平成24)年 64歳
1月6日刊公明新聞、唐十郎作・蜷川幸雄演出「下谷万年町物語」紹介文。4月、「安洛亭」(テクネ28)。
2013(平成25)年 65歳
1月、「私と孫とよこやまの道と」(テクネ29)、劇評「ヨコガミヤブリのヒトとモノたち」(同)。3月、演技×服飾《華くらべ》に戯曲「桃花節」(テクネ30)を執筆、求道会館(指定有形文化財)にて上演(唐組協力)。4月、演技×服飾《桃花節プロジェクト》結成(代表・安楽きわ)、脚本を担当。この頃から戯曲を執筆し始める。4月5日刊公明新聞、唐組「鉛の兵隊」劇評。11月、「おるすばん」(テクネ30)。12月1日、テクネ30号記念イベント開催(トーク/金守珍、大久保鷹、堀切直人、浦野興治 朗読/大美穂)。『東京居酒屋噺』(テクネ21~28)レック研究所刊。
2014(平成26)年 66歳
3月、戯曲「猫町綺譚」(テクネ32)を求道会館にて上演。5月、テクネに「夏休み物語—昭和篇」を連載(※のちに「諫早夏物語」と改題。初出誌一覧参照)。
2015(平成27)年 67歳
3月、戯曲「オリヒメ星怪盗団」(テクネ33)を亀戸東覚寺にて上演。
2016(平成28)年 68歳
1月、劇評「不可抗力をものともしない役者陣」竹野新太郎(テクネ34)。3月、戯曲「春三月ひな祭り」を銀座奥野ビルにて上演。6月26日、テクネ27周年記念イベント開催(トーク/久保井研、西堂行人、浦野興治、朗読／藤井由紀）。11月、戯曲「こんぽこ妖術合戦ＴＡＭＡ」（テクネ37）をパルテノン多摩にて上演。

２０１７（平成29）年　69歳

6月、「さんとちゃんのお話」（テクネ36）。7月、『夏休み物語―昭和篇』（発売・右文書院　発行・レック研究所）刊行。10月、スペイン舞踏家・平富恵「葛飾北斎の浮世絵世界」（河上鈴子スペイン舞踏賞）に日本語歌詞監修として参加。11月26日刊長崎新聞の「長崎ひと百景49」に登場。

２０１８（平成30）年　70歳

3月、戯曲「猫町綺譚―銀座編」を銀座奥野ビルにて上演。10月、『紅テント劇場　唐十郎ギャラクシー／トーク篇』テクネ編集室編（発売・右文書院　発行・レック研究所）刊行。

２０１９（令和元）年　71歳

3月、戯曲「眠り姫―和の国」を六本木ストライプハウススペースにて上演。6月、「北斎曼荼羅」（テクネ38）、劇評「芝居を演るための内発的な意識の共有」竹野新太郎（同）。『夏休み物語―昭和篇』諫早コスモス音声訳の会にて音訳（諫早図書館貸出）。

２０２０（令和2）年　72歳

1月、「シニアドライバー」（テクネ39）、劇評「にわかに活気づくテント芝居」（同）。3月、戯曲「らっきょ徳利」、六本木ストライプハウススペース上演延期（コロナ緊急事態宣言）。4月、『「ユリイカ」総特集坪内祐三』に「東京人編集者の頃の坪内さん」を発表。9月、歴史ロマン小説「西郷家滅亡記」連載Ⅰ（テクネ40）。

２０２１（令和3）年　73歳

1月、コロナ禍、戯曲「眠り姫―夢魔の森の妖精たち」代々木能舞台（登録有形文化財）にて無観客トライアル公演実地（文化庁文化芸術活動の継続支援事業）。4月、歴史ロマン小説「西郷家滅亡記」連載Ⅱ（テクネ41）、公演記「不特定多数の視聴者に向けて」竹野新太郎（同）。11月、『諫早三部作』（発売・右文書院　発行◆レック研究所）刊行予定。

（※２０２１（令和3）年10月現在）

諫早三部作《いさはやさんぶさく》

令和三（二〇二一）年一一月一日初版

著者　浦野興治《うらのこうじ》

発行　株式会社　レック研究所　テクネ編集室
〒150・0001
東京都渋谷区神宮前六―三五―三　コープオリンピア三一八
電話　〇三・六四二七・七五〇一
ＦＡＸ　〇三・三七九七・七五〇三

発売　株式会社　右文書院
〒101・0062
東京都千代田区神田駿河台一―五―六
電話　〇三・三二九二・〇四六〇
ＦＡＸ　〇三・三二九二・〇四二四

編集・制作　文字舎
印刷　昴印刷　株式会社

ISBN978-4-8421-0823-0 C0093 ¥3000E